U0330412

DANGDAI YINDU SHUMIN SHEHUI DE
XIANGXIANG YU ZAIXIAN
ALAWENDE ADIJIA XIAOSHUO YANJIU

当代印度庶民社会的想象与再现

——阿拉文德·阿迪加小说研究

王伟均 ◎ 著

中山大学出版社
SUN YAT-SEN UNIVERSITY PRESS

·广州·

图书在版编目（CIP）数据

当代印度庶民社会的想象与再现：阿拉文德·阿迪加小说研究/
王伟均著. — 广州：中山大学出版社，2023.6
　　ISBN 978-7-306-07808-7

　　Ⅰ．①当…　Ⅱ．①王…　Ⅲ．①小说研究—印度—现代
Ⅳ．①I351.074
中国国家版本馆 CIP 数据核字（2023）第 097302 号

出 版 人：王天琪
策划编辑：李先萍
责任编辑：李先萍
封面设计：曾　斌
责任校对：陈晓阳
责任技编：靳晓虹
出版发行：中山大学出版社
电　　话：编辑部 020-84110283，84111996，84111997，84113349
　　　　　发行部 020-84111998，84111981，84111160
地　　址：广州市新港西路 135 号
邮　　编：510275　　传　　真：020-84036565
网　　址：http：//www.zsup.com.cn　E-mail：zdcbs@ mail.sysu.edu.cn
印 刷 者：广东虎彩云印刷有限公司
规　　格：787mm×1092mm　1/16　16.625 印张　275 千字
版次印次：2023 年 6 月第 1 版　2024 年 4 月第 2 次印刷
定　　价：58.00 元

　　本书的出版获得深圳市 2021 年第一批出站留（来）深博士后科研资助项目、国家社会科学基金一般项目"印度英语小说中的底层叙事研究"（项目编号：17BWW039）的资助

序 言

　　暮春时节，汇文楼前，碧绿的、小小的荔枝果挂满枝头，预示着今年荔枝将会丰收。办公室里，我拿着厚厚的书稿感叹：今年也是伟均博士的丰收年啊！

　　犹记得多年前硕士研究生复试时，伟均是唯一跨专业的考生。彼时，他已在深圳工作三年，也曾在报纸杂志发表多篇诗歌散文，一副意气风发文学青年的模样。入学后，伟均跟随我研究印度英语文学，从某种意义上讲，他是我指导的第一个硕士研究生。这本即将付梓的专著就是在其硕士毕业论文的基础上拓展、深化而来的。

　　20世纪七八十年代以来，印度英语文学日益受到学界的重视。不仅是从事东方文学研究的学者，一些原来从事欧美文学研究的学者也纷纷转向，投身其中。随着印度庶民学派研究的兴起，以及新世纪中国文坛对中国底层群体的生存境遇和生存体验的书写，近年来，学界对表现印度社会底层群体的小说给予了更多的关注。如印地语达利特作家翁普拉卡什·瓦尔密齐的自传体小说《剩饭》、泰米尔语达利特女作家巴玛·法奥丝媞娜的《棕榈叶》，以及孟加拉语女作家马哈斯维塔·德维的《乔蒂·蒙达和他的箭》等描写印度部落民历史和生活的小说。不过，这些小说虽有英文译本，但从严格意义上来说，不能算作印度英语小说。因为它们最初都不是用英语进行创作的，而是采用印度的其他语言，它们只能被归入印度文学。阿拉文德·阿迪加则是直接用英语来进行创作，是一位名副其实的印度英语小说家，一位出身于精英阶层，却非常关心印度底层民众的作家。

　　伟均以阿迪加的四部印度题材英语小说《两次暗杀之间》《白老虎》《塔楼最后一人》和《选拔日》为研究对象，通过分析小说中对印度庶民生活冷峻客观的书写，来考察作者对当代印度社会的发展进程、社会的堕落与黑暗的思考。在考察"庶民"这一概念的缘起及发展的基础上，伟均认为"阿拉文德·阿迪加与庶民研究历史学家们有着重新解读被遮蔽的庶民历史事实，以及揭示一直被忽视、被遗忘、被遮蔽的庶民历史类似的文学理想与目标"。四部作品"反映了印度底层人物的生存境遇，并试图赋予底层庶民言说的权力，体现出了其印度题材小说创作与庶民研究小组庶民研究在对象'庶民'上的不谋而合"。正是基于此，阿迪加被称为"孟买的狄更斯"，他本人也称自己是"狄更斯式的作家"。

伟均推断小说中的故事发生在 20 世纪 60 年代左右到 21 世纪初期，这段时间正是印度经济高速发展、社会激烈变革的时期。伟均将四部小说很好地糅合在一起，将它们看作是对当代印度庶民社会的文学想象和记录，阿迪加"致力于从印度内部分析当代印度社会发展过程中的真实现状，密切关注印度庶民社会的生活景象"，描绘出当代印度庶民社会的历史图谱，让身处底层的庶民群体有了"言说"的机会。庶民学派代表人物斯皮瓦克认为"如果庶民能够言说，庶民就不再是庶民"。那么，身处社会底层的民众到底如何"言说"？他们能否被言说？他们的声音能否被听到？文学作品能否为庶民代言？阿迪加如何为庶民代言？阿迪加的书写具有怎样的价值和意义？这些问题都是值得深入研究的。伟均在细读文本的基础上，从"庶民社会"视角出发，结合印度的历史、宗教和社会发展，较全面系统地探讨了以上的问题，给出了自己的解答。

伟均获得硕士学位后又继续攻读博士学位，博士后出站后留校任教，成为我的同事。他一直坚持研究印度文学、文化，笔耕不辍。当年的文学青年已成为两个孩子的父亲，校园里常见伟均忙碌的身影。可他仍然低调、谦逊，待我以师礼。当他希望我能为该书写序时，我感到非常"惶恐"但也很欣慰，于是写下了这篇小序。

"岭南五月荔如丹"，该书印出时，想来荔枝也成熟了。品尝着清甜的"仙果"，再翻阅此书，应该是一件很开心的事吧！

杨晓霞

2023 年 4 月 12 日于深圳大学汇文楼

目录
contents

绪　论

自 20 世纪 70 年代末、80 年代初以来，印度裔作家频频出现于国际文学大奖的领奖台，引起了英语文学与文化圈的广泛关注。尽管这些印度裔作家大多流散在世界各地，但是他们的文学创作都自觉或不自觉地带有"印度"这个文化标签。"他们生活在世界各地，受过西式教育，具有国际视野，用英语写作，却始终热爱、关心和表现着印度，没有离弃印度文化之根，这也是他们崛起于世界文学视野的共同形象。"①他们的创作使得印度英语小说迅速兴起与繁荣，并成为世界英语文学中一支不可忽视的力量。"在最近三十年间，灿若群星的印度裔外籍作家成果丰硕，他们以全新的主题、不断创新的文学表达方式在国际文学场域掀起了一股声势浩大的浪潮，冲击世界文学的固有版图。"②六十余年来，印度裔英语文学历经三代的前赴后继，始终保持着不衰的势头和较高的水平，新人辈出、名作迭现，尤其是第三代印度裔作家，他们的创作细腻沉稳，成就不逊前辈。阿拉文德·阿迪加（Aravind Adiga）就是其中的一位佼佼者。英国著名社会讽刺小说家和文学人物传记作者安德鲁·诺曼·威尔逊（Andrew Norman Wilson）称其为"当今最令人兴奋的用英语写作的小说家"③。

一、阿拉文德·阿迪加其人其作

1974 年 10 月 23 日，阿拉文德·阿迪加出生于印度南部泰米尔纳德邦

---

① 杨晓霞：《流散往世书：印度移民的过去与现在——兼论印度流散小说创作》，载《深圳大学学报（人文社会科学版）》2012 年第 6 期，第 15 页。

② 陈义华、王伟均：《印度海外文学的发展与研究》，载《外国文学研究》2014 年第 2 期，第 164 页。

③ A. Adiga. *Last Man in Tower*. London：Atlantic Books, 2012, Front Cover.

的海港城市马德拉斯（现名金奈）。阿迪加的家庭在当地属于中产阶级，种姓上属于"婆罗门"，曾祖父、祖父都是当地的知名人士。阿迪加在卡纳塔克邦的滨海小镇芒格洛尔（Mangalore）长大，先后就读于当地的私立教会学校卡纳兰高中（Canara High School）和圣阿洛伊修斯学院（St. Aloysius College）。1990 年，母亲因癌症去世，16 岁的阿迪加随父离开芒格洛尔，举家移居澳大利亚悉尼。高中就读于悉尼詹姆斯·鲁瑟农业高中（James Ruse Agricultural High School），1993 年完成学业。同年，阿迪加进入美国哥伦比亚大学学习英语文学，1997 年毕业，进入英国牛津大学莫德林学院（Magdalen College）继续进修。2000 年毕业后，阿迪加进入英国《金融时报》（*Financial Times*）实习，以一名金融记者的身份从事新闻工作。2003 年，阿迪加回到印度，担任《时代周刊》（*Time*）驻印度通讯记者，同时为《独立报》（*The Independent*）、《金融时报》、《星期日泰晤士报》（*The Sunday Times*）等英国媒体撰稿。他写过大量新闻类作品，内容涉及市场投资、名人访谈、政治、艺术与宗教等方面。工作期间，阿迪加常有机会去往巴基斯坦、孟加拉国、尼泊尔、斯里兰卡等南亚各国实地考察，并多次采访过南亚各国总理。2005 年，阿迪加辞去《时代周刊》专职记者的工作，成为一名自由作家，全心投入写作。阿迪加曾获得瑞典国籍，目前居住于孟买。

迄今为止，阿迪加出版和发表的作品，整体上可以分为两大部分。一部分主要创作于其从事新闻工作期间，为发表在《时代周刊》、《独立报》、《金融时报》、《星期日泰晤士报》、《华尔街日报》（*The Wall Street Journal*）、《每日野兽报》（*The Daily Beast*）、《印度斯坦时报》（*The Hindustan Times*）等刊物上的新闻通讯、报道、时评、文学评论与作家作品介绍等。内容涉及印度政治、经济、宗教、历史、艺术、科技等众多领域，细致描绘了当代印度社会的多个侧面。另一部分是其纯文学性的创作，包括四部长篇小说和一部短篇小说集，分别是长篇小说《白老虎》（*The White Tiger*，2008）、《塔楼最后一人》（*Last Man In Tower*，2011）、《选拔日》（*Selection Day*，2016）、《大赦》（*Amnesty*，2020），短篇小说集《两次暗杀之间》（*Between The Assassinations*，2009）。除《大赦》外，阿迪加的其他四部小说，都以丰富的想象力与冷峻的文笔，想象和再现了独立后印度社会发展的基本面貌。

目前，这些作品已经相继被翻译成德语、法语、西班牙语、俄语、意大利语、土耳其语、波斯语、朝鲜语、日语等二十余种语言。

阿迪加是目前印度裔中最有才华的年轻作家之一，世界文坛的一匹黑马，也是知名度蹿升最快的作家。阿迪加的四部印度题材作品，都选取了印度庶民作为叙述对象，表达了他作为知识分子对印度庶民社会的关注。四部作品都以严格写实的态度，书写和揭示了当代印度社会的黑暗与堕落，英国《观察家报》（*Observer*）对此进行评论，"阿迪加总是被印度的辉煌与暴力、不平等和社会苦难之间的差距所吸引，这些让这个国家想要重塑自己的愿望成为部分谎言"①。阿迪加的这些印度题材小说创作，超越了海外印度裔作家惯于表现东西文化差异与冲突过程，特别是印度族裔身份疏离与认同困境的整体创作格局，被认为使当代印度裔英语文学进入了一个新的创作方向。"可以说，他的创作改变了自萨尔曼·拉什迪以来人们对当代印度小说的刻板印象。"② 并且，阿迪加的作品用词规范、文风幽默朴实，展现了其独特的个人风格，引起了印度流散文学乃至世界文学界的关注。由于他对当代印度，尤其是对孟买的社会腐败和道德堕落的强烈控诉，他被著名评论家安德鲁·里默（Andrew Riemer）称为"孟买的狄更斯"③。阿迪加在接受采访时，也毫不避讳地称自己为"狄更斯式的作家"④。与狄更斯一样，阿迪加为普通人写作，完全忠于平民主义的故事和角色。也同狄更斯一样，当他创作的戏剧性的故事关涉城市时，总能展现出最好的创作状态。"两位作家都对人的优点有着深刻的爱，对人的缺点也有着深刻的认识和理解。除了这些倾向外，真正让阿迪加与那些未能效仿伟大的维多利亚时代的人区别开来的是他的想象力，他创造了一种情节比喻，能够围绕着这种比喻来重组他的作品。"⑤

首部长篇小说《白老虎》出版于 2008 年 4 月。阿迪加以印度班加罗尔的企业家巴尔拉姆给中国总理温家宝写信倾吐心声的形式，巧妙地在七封

---

① A. Adiga. *Selection Day*. London：Pan Macmillan, 2017, Auxiliary Text before Title Page.

② 陆赟：《印度的旧病新痛——评阿拉文德·阿迪加的两部新作》，载《外国文学动态》2012 年第 2 期，第 30 页。

③ A. Riemer. "The Dickens of Mumbai". *Entertainment*，2011-07-09.

④ J. Derbyshire. "The Books Interview：Aravind Adiga". *New Statesman*，2011-07-18.

⑤ A. White. "*Last Man in Tower*：A Parable Built on Ambiguity". *The National*，2011-07-29.

信件中讲述了巴尔拉姆的企业家发家史。一方面，通过讲述巴尔拉姆如何通过谎言、背叛和谋杀迅速发财致富的故事，阿迪加呈现了印度当代社会新富人阶层历经道德拷问，跨越种姓鸿沟，不择手段从庶民阶层崛起的过程，揭示了印度经济高速发展神话背后残酷的社会现实。另一方面，阿迪加将大量庶民的日常生活和烦恼，通过"白老虎"巴尔拉姆之口娓娓道来，不仅展现了印度浮华背后鲜为人知的底层庶民群体的生存艰辛与悲惨命运，还暴露了印度社会的多种痼疾，如印度农村残酷的宿命论、上层种姓的残暴及印度政治的腐败等。小说尖锐地批判了当代印度的社会黑暗、贫富差距和现实矛盾，对传统的种姓制度和随着经济发展贫富差距所产生的新的种姓制度，以及人们观念中根深蒂固的阶级划分进行了深入挖掘，对印度当代社会虚伪、残酷的生活方式和印度教神祇形同虚设的宗教信仰提出了质疑。《白老虎》的出现，呈现了印度社会转型时期的社会现实和庶民文化景观，将印度裔英语文学的发展推上了一个新的高度。

短篇小说集《两次暗杀之间》于 2009 年推出。小说集共收录了十四篇短篇小说。阿迪加将十四个故事置于虚构的海滨小城基图尔（以阿迪加故乡芒格洛尔为原型），以当代印度历史上具有重大影响的两次政治谋杀事件，即 1984 年印度总理英迪拉·甘地（Indira Gandhi）夫人和 1991 年英迪拉·甘地之子印度总理拉吉夫·甘地（Rajiv Gandhi）被暗杀事件，作为故事的历史背景。前者标志着印度以"紧急状态法"为标志的中央集权时代的结束，后者标志着印度经济高速发展时代的到来。这一时期，印度国内的宗教与民族矛盾激化，族群冲突持续不断。阿迪加以七天导游手册的形式，通过塑造基图尔小镇的众生群像，如工厂主、送货少年、年迈的婆罗门女仆等小镇居民，细致地刻画了重大事件背后以庶民阶层为主体的群体的生存状态。小说以小见大，从多角度、多层面描写了印度小城的社会生活，反映了印度特殊时期种姓、宗教、政治和语言等层面的社会问题与现状，影射了印度七年特殊时期的社会历史。《两次暗杀之间》实质上是以一种别出心裁的形式记录了当代印度社会和文化的分裂，真实展现了印度当代社会的"旧病"与"新伤"。基图尔小城是印度社会的一个缩影，也是当代印度国家的一幅"肖像画"。

第二部长篇小说《塔楼最后一人》出版于 2011 年年底。小说将目光锁定在 2008 年孟买城市中的一场抗拆迁之战，是阿迪加对人性复杂与奥妙真相的又一次精准审视。阿迪加通过描写印度孟买房屋拆迁过程中发生的一场道德悲剧，逼真地塑造了一个孤单度日的鳏夫形象，记录了一个贪得无厌、心无所依的印度社会，揭示了印度当代社会在经济高速发展过程中，衍生出的物质诱惑与精神困局。区别于前两部小说，该小说的背景是在孟买圣克鲁兹东区瓦科拉一个叫作维什拉姆的小区塔楼 A 内。塔楼内的居民已接近没落生活边缘，为了得到房产开发商沙赫先生所给的高出市场价两倍的拆迁费，他们共同孤立和对付邻居"大师"约格什·A. 穆尔蒂，使其成为"塔楼最后一人"，并最终集体谋杀了他。较之前两部小说，这部小说冷峻客观，冷静地再现了在巨额财富与穷苦生活共同作用下导致的社会悲剧，暴露了印度城市庶民在改变命运过程中的人性黑暗、道德堕落与沦丧。如果《两次暗杀之间》展现了印度当代社会的"旧病"，那么《塔楼最后一人》则揭示了印度当代社会发展过程中所形成的"新痛"。

第三部长篇小说《选拔日》发表于 2016 年 9 月。小说将关注点转向了印度的国民体育运动——板球，虚构了两个在孟买贫民窟长大的男孩，被执着的父亲强迫成为板球明星的故事。小说中，14 岁的主人公曼朱纳特·库马尔与相差只有一岁的哥哥拉达·库马尔很小就随父母从西高止山脉的一个村庄搬到了孟买贫民窟。在父亲莫汉·库马尔的个人意志主导下，他们被迫训练板球，并被要求成为世界上最好的板球击球手，从而摆脱家庭的贫困。父亲的专横与痴迷、哥哥的骄傲与嫉妒，以及自己对科学实验、CSI 游戏的痴迷，甚至自己同性恋的取向，都使得曼朱纳特在成长的道路上险些迷失了方向。通过描写库马尔一家试图凭借板球运动摆脱贫苦生活的故事，小说生动地展现了父子、兄弟之间存在的紧张关系，以及深藏在这些关系背后纯粹的猜测和根深蒂固的社会偏见，揭露和审问了当代印度社会的板球狂热现象，以及这项运动背后猖獗的博彩丑闻和腐败。《选拔日》利用体现印度民族自豪感之一的板球运动，对贫民窟孩子如何摆脱贫困命运、如何选择自己的人生道路和性取向进行了探讨，再现了板球比赛所体现出来的社会颓废症状，讽刺了在国民性运动荣耀之下，印度当代社会内部的混乱、不公、歧视和那些幻灭的梦想。

第四部长篇小说《大赦》于 2020 年 1 月出版。小说将聚焦的目标转向了移民国澳大利亚的非法移民，是阿迪加首次离开了他一直关注的当代印度社会，将视角转向了更为复杂的全球化移民世界。对于同样身为移民的阿迪加来说，这是他熟悉的领域。小说在充满悬疑与活力的氛围中讲述了一名从斯里兰卡逃到澳大利亚的年轻非法移民，因为见证了一场谋杀案件，陷入了是否出面指正罪犯和冒着被驱逐出境的风险之间艰难抉择的故事。整个故事展现了阿迪加小说中标志性的虚构智慧与想象魔力。在精心设计的圈套故事、极具推进力和洞察力的情节中，阿迪加再现了当今世界特别紧迫而又普遍存在的政治暴力、移民歧视、种族压迫等现实问题，展现了一场诸多社会问题导致的、永恒困扰人类的道德和人性危机，对一个没有权利的人是否还能保有责任与良心进行了戏剧化的拷问。

二、阿迪加小说研究现状

目前，在国内已有三部阿迪加小说作品被翻译成了中文，主要译本有长篇小说《白老虎》（路旦俊、仲文明译，人民文学出版社 2010 年版），《白老虎》更名版《白虎》（路旦俊、仲文明译，人民文学出版社 2018 年版），《塔楼最后一人》（路旦俊译，上海文艺出版社 2013 年版），短篇小说集《两次暗杀之间》（路旦俊、仲文明译，人民文学出版社 2011 年版）。此外，《两次暗杀之间》还有阿迪加的研究者李道全的部分选译版本。①

1. 国内研究现状

目前，国内有关阿迪加的研究形成了一定的规模，但还没有出现专门研究其小说作品的专著。相关研究主要体现在以下四个方面。

其一，关于阿迪加及其小说的介绍、导读与评述。这类文章主要是对阿迪加和他的前三部小说，以及小说的社会背景进行的介绍、导读与评述。如姜礼福的《布克奖新得主阿·阿迪加及获奖小说〈白老虎〉》②，祝平的《〈白老虎〉：幽暗的印度——2008 年布克奖得主阿拉文德·埃迪加其人其

---

① 李道全：《两次刺杀之间（选译）》，载《外国文学》2011 年第 5 期，第 10-16 页。
② 姜礼福：《布克奖新得主阿·阿迪加及获奖小说〈白老虎〉》，载《外国文学动态》2008 年第 6 期，第 15-17 页。

作》①，王鸿博的《初出茅庐的布克奖得主：阿拉温德·阿迪加》②，都对阿迪加的生平与创作，以及布克奖获奖小说《白老虎》进行了详细的介绍；又如赵干城的书评《印度的仇富情结与杀富血案》③，介绍与点评了《白老虎》，指出该小说在政治立场上的不正确与价值观上的不可认同性；陆建德的《为什么要写信给中国总理？——〈白老虎〉导读》④，指出了《白老虎》是对印度国民性的反思和现实价值的批判；静言的《〈白老虎〉：幽暗的印度》⑤，认为《白老虎》暴露了印度社会的幽暗；海仑的《阿迪加出版新作〈两次刺杀之间〉》⑥、《阿迪加出版新著〈塔楼里的最后一个男人〉》⑦，以及陆赟的《印度的旧病新痛——评阿拉文德·阿迪加的两部新作》⑧，黄夏的《分裂文明的阵痛与忧伤——读〈两次暗杀之间〉》⑨，不同程度地对阿迪加的《两次暗杀之间》与《塔楼最后一人》进行了介绍与评述，并分析了小说中涉及的印度种姓制度、经济发展不平衡和政治腐败等社会问题。以上这些文章，都不约而同地提到了阿迪加小说中涉及的几个重要问题，如印度阶级差别、贫富分化、印度的主仆制度，以及后殖民时代背景下印度发展的未来等。

其二，关于阿迪加小说的文学批评。其主要体现在小说人物形象、小说中的叙事手法与技巧两个大的方面。有关阿迪加小说中的人物形象分析，

---

① 祝平：《〈白老虎〉：幽暗的印度——2008 年布克奖得主阿拉文德·埃迪加其人其作》，载《译林》2009 年第 2 期，第 171-173 页。

② 王鸿博：《初出茅庐的布克奖得主：阿拉温德·阿迪加》，载《世界文化》2009 年第 3 期，第 13-15 页。

③ 赵干城：《印度的仇富情结与杀富血案》，载《东方早报》2010 年 7 月 25 日。

④ 陆建德：《为什么要写信给中国总理？——〈白老虎〉导读》，载《书城》2010 年第 5 期，第 5-12 页。

⑤ 静言：《〈白老虎〉：幽暗的印度》，载《作家》2013 年第 6 期，第 1-2 页。

⑥ 海仑：《阿迪加出版新作〈两次刺杀之间〉》，载《外国文学动态》2010 年第 2 期，第 22 页。

⑦ 海仑：《阿迪加出版新著〈塔楼里的最后一个男人〉》，载《世界文学》2011 年第 6 期，第 308 页。

⑧ 陆赟：《印度的旧病新痛——评阿拉文德·阿迪加的两部新作》，载《外国文学动态》2012 年第 2 期，第 29-30 页。

⑨ 黄夏：《分裂文明的阵痛与忧伤——读〈两次暗杀之间〉》，载《书城》2012 年第 7 期，第 26-28 页。

如李臻、李红霞的《冷漠丛林中的孤寂白虎——〈白老虎〉主人公形象剖析》①，从人物形象的自然主义内涵、阶级属性、社会意义等方面解读了小说《白老虎》的主人公巴尔拉姆；周银凤的《〈白老虎〉中的印度人物形象》②，围绕巴尔拉姆生活过的四个典型空间，从社会空间的角度对印度人物群像进行了分析，并从教育和自我塑造、家庭和社会、对现代性的思索等几个角度，阐述了小说主人公身份上的杂糅性；张锦的《印度女性的现代哀歌——以〈两次暗杀之间〉中的女性形象为中心》③，对《两次暗杀之间》中传统、现代和具有自我解放意识的几类女性形象进行了分析，指出了印度女性在传统与现代的多重压迫下要实现真正解放任重道远。

关于阿迪加小说中的叙事手法与技巧的分析，涉及小说中的自白叙事、启蒙叙事、不可靠叙事，以及叙述者与隐含作者等，主要集中在小说《白老虎》。姜礼福的《寓言叙事与喜剧叙事中的动物政治——〈白虎〉的后殖民生态思想解读》④，从后殖民和生态批评的双重视角出发进行论述和分析，认为阿迪加将小说《白老虎》的背景置于后殖民和全球化语境，将动物园与动物意象蕴含于寓言叙事和喜剧叙事，其中的动物隐喻反映出了一定的反殖民思想和生态意识，为后殖民主义批评和生态批评的对话提供了蓝本。黄芝的《"我坦白"：〈白虎〉的自白叙事伦理》⑤，从叙事学中"自白叙事"这一视角，对小说《白老虎》中"自我指责"与"自我脱罪"相结合的"自白叙事"手法及其效果进行了剖析。陈晓宇的《浅议〈白老虎〉中的启蒙叙事》⑥，则对小说《白老虎》中采用的第一人称叙事技巧与人物的

---

① 李臻、李红霞：《冷漠丛林中的孤寂白虎——〈白老虎〉主人公形象剖析》，载《作家》2013 年第 6 期，第 3-5 页。

② 周银凤：《〈白老虎〉中的印度人物形象》，载《读书文摘》2016 年第 14 期，第 44-45 页。

③ 张锦：《印度女性的现代哀歌——以〈两次暗杀之间〉中的女性形象为中心》，载《沧州师范学院学报》2021 年第 4 期，第 46-50 页。

④ 姜礼福：《寓言叙事与喜剧叙事中的动物政治——〈白虎〉的后殖民生态思想解读》，载《当代外国文学》2010 年第 1 期，第 89-95 页。

⑤ 黄芝：《"我坦白"：〈白虎〉的自白叙事伦理》，载《当代外国文学》2012 年第 4 期，第 137-144 页。

⑥ 陈晓宇：《浅议〈白老虎〉中的启蒙叙事》，载《戏剧之家（上半月）》2013 年第 11 期，第 340-341 页。

启蒙进行了分析。朱珍珍的《〈白老虎〉中的不可靠叙述研究》①，分析了不可靠叙述在《白老虎》中的运用和体现，指出小说中叙述的矛盾点与隐含作者投射了作者的价值取向。黄金龙的《小说〈白老虎〉叙述者与隐含作者辨析》②，分析了叙述者和隐含作者在小说文本中的价值体系，以期减少读者对文本的误读。向东的《现实与虚拟重叠——阿拉文德·阿迪加作品中的印度》③，是从叙事学角度研究阿迪加小说比较系统的一篇论文。该论文以《白老虎》中的虚拟叙事（文学作品）与现实叙事（记者报道）两大部分作品为主要研究对象，在立足文本与文本细读的基础上，结合印度的经济、政治、文化等领域，对阿迪加作品中所描绘与展现的印度社会现状进行了较为系统、全面地探究；论文对阿迪加作品中有关印度现实的全景式写照、全球化问题的重视、虚拟与现实交错的写作方法等问题的分析，对细致研究阿迪加小说具有重要的参考价值。王皓的《一名谋杀犯的成长——从叙事伦理学角度分析〈白老虎〉》④，则从叙事伦理学的角度，探索了小说中的叙事安排和叙事技巧。

其三，关于阿迪加小说中的社会与文化研究。主要可以分为以下四个方面。

一是有关小说中社会伦理与传统的研究。例如，李道全的《〈白虎〉：身份转型的伦理思考》⑤，分析了《白老虎》中主人公巴尔拉姆身份转型涉及的伦理问题，并指出身份问题也是小说的核心议题，巴尔拉姆在对种姓身份的焦虑和身份转型中解构了其自身的种姓身份观念，是对印度传统种姓制度的全新思考；其另一篇论文《叙说自己的故事——印度小说〈白老

---

① 朱珍珍：《〈白老虎〉中的不可靠叙述研究》，载《北方文学》2018年第2期，第122页。

② 黄金龙：《小说〈白老虎〉叙述者与隐含作者辨析》，载《牡丹江大学学报》2015年第3期，第73—75页。

③ 向东：《现实与虚拟重叠——阿拉文德·阿迪加作品中的印度》（学位论文），重庆师范大学，2012年。

④ 王皓：《一名谋杀犯的成长——从叙事伦理学角度分析〈白老虎〉》（学位论文），浙江大学，2017年。

⑤ 李道全：《〈白虎〉：身份转型的伦理思考》，载《西安外国语大学学报》2011年第2期，第46—49页。

虎〉对发展中国家的启示》①，也以印度种姓制度为出发点，将其对印度社会发展的影响进行分析，最终的落脚点是社会公正问题，思考了印度社会制度对发展中国家的启示。金玥成的《权威的解构与人性的消解——〈白老虎〉的反神话色彩》②，分析了《白老虎》的主人公巴尔拉姆创业历程的反神话书写及其涉及的伦理问题，指出阿迪加在小说中消解了印度传统的神圣与权威，还原了人的动物性，使得《白老虎》具有深远的文学、历史和现实意义。黄芝、徐龙涛的《下一代人没有道德观？——论〈白虎〉中的父性书写与伦理选择》③，从主人公巴尔拉姆"父性缺失和回归"这一伦理线索分析和审视了《白老虎》中印度父性缺失的社会根源、心理影响及伦理选择，认为小说体现了阿迪加对文学教诲功能回归的期待与对和谐伦理秩序理想社会的向往。

二是有关印度城市化这一社会学问题的研究。如李田梅的《〈白老虎〉：对印度城市化的反思》④《论阿拉文德·阿迪加〈白老虎〉中的过度城市化》⑤，以及黄芝的《"城市腐蚀了你的灵魂"：〈白虎〉中的印度人口城市化》⑥，探讨了小说《白老虎》中城市化及印度城市化建设过程中，暴露出的价值观念腐坏和伦理道德堕落等社会问题，认为阿迪加的小说为广大发展中国家的城市化进程提供了明镜之鉴，拓宽了阿迪加作品研究的视角，具有较高的参考价值。

三是有关阿迪加小说的后殖民文化批评，如姜礼福的《当代五位前殖民地作家作品中后殖民动物意象的文化阐释》⑦，论述了《白老虎》涉及的

---

① 李道全：《叙说自己的故事——印度小说〈白老虎〉对发展中国家的启示》，载《世界文化》2010年第10期，第4-6页。

② 金玥成：《权威的解构与人性的消解——〈白老虎〉的反神话色彩》，载《戏剧之家》2020年第16期，第176-178页。

③ 黄芝、徐龙涛：《"下一代人没有道德观"？——论〈白虎〉中的父性书写与伦理选择》，载《当代外国文学》2022年第4期，第82-90页。

④ 李田梅：《〈白老虎〉：对印度城市化的反思》，载《北方文学（下旬刊）》2014年第8期，第21-22页。

⑤ 李田梅：《论阿拉文德·阿迪加〈白老虎〉中的过度城市化》（学位论文），苏州大学，2016年。

⑥ 黄芝：《"城市腐蚀了你的灵魂"：〈白虎〉中的印度人口城市化》，载《外国文学评论》2013年第3期，第115-127页。

⑦ 姜礼福：《当代五位前殖民地作家作品中后殖民动物意象的文化阐释》（学位论文），南京大学，2010年。

后殖民的动物意象，指出了动物意象不仅成为反映印度殖民历史嬗变和后殖民复杂权力关系的媒介，而且也成为表达作者生态思想和生态价值观的载体，具有重要的后殖民文化意义；李云洁的《印度人的追求：〈白老虎〉的霍米·巴巴式解读》①，借用霍米·巴巴（Homi K. Bhabha）后殖民理论中的模拟（也译为"模仿"）理论，探讨了主人公巴尔拉姆进行的模拟所体现出的矛盾和威胁性，指出巴尔拉姆颠覆了印度社会中的殖民及新殖民势力，为《白老虎》的研究提供了新的阐释视角；徐舒娴的《后殖民主义视角下〈白虎〉解读》②，运用后殖民主义理论中斯皮瓦克（Gayatri C. Spivak）的庶民理论、法农（Frantz Omar Fanon）的暴力学说及霍米·巴巴的模仿概念，探讨了小说《白老虎》中所展现的社会政治问题和印度现状；彭秋媛的《后殖民视角下〈白老虎〉汉译本中的"他者"与"自我"研究》③，从后殖民翻译理论的视角考察了译者在翻译中如何看待、处理和重塑《白老虎》原作中的"他者"成分，以及对原作中具有后殖民主义色彩的话语的处理；杨晓霞与赵洁的《想象视野：〈白虎〉中的异国形象与文化定位》④，从后殖民主义中的异国形象的视角，分析了《白老虎》中阿迪加以想象的方式策略性地建构的他国文化形象，以及通过这些形象对印度文化现实的定位，并指出阿迪加通过书写凸显的印度民族差异，实际上是想要完成印度文化寻根与精神重构的历史探索。

此外，田豆豆的《从弗洛伊德精神分析学的视角分析研究阿拉文德·阿迪加的〈白老虎〉》⑤，以弗洛伊德（Sigmund Freud）的精神分析理论诠释了《白老虎》中主人公的蜕变，以及小说蕴含的贫富差距和阶层歧视等社会问题；雷武锋的《论〈白老虎〉对印度现代社会的批判与反思》⑥，剖

---

① 李云洁：《印度人的追求：〈白老虎〉的霍米·巴巴式解读》（学位论文），广西师范大学，2013 年。

② 徐舒娴：《后殖民主义视角下〈白虎〉解读》（学位论文），南京理工大学，2018 年。

③ 彭秋媛：《后殖民视角下〈白老虎〉汉译本中的"他者"与"自我"研究》（学位论文），上海外国语大学，2018 年。

④ 杨晓霞、赵洁：《想象视野：〈白虎〉中的异国形象与文化定位》，载《当代外国文学》2020 年第 2 期，第 94–102 页。

⑤ 田豆豆：*Unscrambling Aravind Adiga's The White Tiger from the Perspective of Freud's Psychoanalysis*（学位论文），西安外国语大学，2011 年。

⑥ 雷武锋：《论〈白老虎〉对印度现代社会的批判与反思》，载《商洛学院学报》2021 年第 1 期，第 25–30 页。

析了主人公巴尔拉姆的成长经历中所反映出来的传统种姓制度，及其对印度现代社会各个层面的影响；仵澄澄的《权力的运作在小说〈白老虎〉中的体现——"颠覆"与"含纳"合力下的自我形塑》①，基于新历史主义代表人物格林布拉特（Stephen Jay Greenblatt）提出的"颠覆""含纳"与"自我形塑"三个概念，解读了《白老虎》中的人物命运、历史文化和社会权力及其运作方式。

其四，关于阿迪加小说的庶民研究。从庶民研究的视角对阿迪加小说中的庶民群体及其心理、诉求和主体性等层面进行的分析已有不少成果。如李道全的《悖论的庶民觉醒：阿拉文德·阿迪加及其短篇集〈两次刺杀之间〉》②，对小说集《两次暗杀之间》中的庶民，尤其是其中的"车夫"形象进行了分析，指出阿迪加在小说中关注印度的庶民境遇，传递庶民的诉求，但在批判印度社会种种弊端的同时，将印度庶民形象刻板化，有使其陷入东方主义的嫌疑，并有与影响庶民命运的全球资本主义保持暧昧、与之合谋的倾向；他的《寄往中国的信：〈白虎〉中庶民的倾诉欲望》③，则对小说《白老虎》中主人公巴尔拉姆有着强烈倾诉欲望却又得不到倾听的庶民困境进行了分析，指出印度庶民并非不能言说，而是无人倾听他们的诉求，并提出从倾诉与倾听角度来看，文学批评需要更加重视倾听的作用和价值；朱卉艳的《重构自我——论 Aravind Adiga 的〈白虎〉中的属下心理》④《文化与自我：〈白虎〉之拉康式解读》⑤，从阿迪加小说中的属下（即庶民）人物及其心理着手，以拉康（Jacques Lacan）的自我与文化大他者理论为理论依据，结合属下研究和后殖民理论，研究了属下人物的自我建构、重构，以及属下自我与文化大他者的关系；黄小慧的《庶民视角下

---

① 仵澄澄：《权力的运作在小说〈白老虎〉中的体现——"颠覆"与"含纳"合力下的自我形塑》，载《今古文创》2021年第9期，第18-19页。

② 李道全：《悖论的庶民觉醒：阿拉文德·阿迪加及其短篇集〈两次刺杀之间〉》，载《外国文学》2011年第5期，第3-9、157页。

③ 李道全：《寄往中国的信：〈白虎〉中庶民的倾诉欲望》，载《宁波大学学报（人文科学版）》2017年第1期，第62-66页。

④ 朱卉艳：《重构自我——论 Aravind Adiga 的〈白虎〉中的属下心理》（学位论文），浙江师范大学，2011年。

⑤ 朱卉艳：《文化与自我：〈白虎〉之拉康式解读》，载《青年文学家》2013年第10期，第18-19页。

的〈白老虎〉研究》①，以庶民理论论述了《白老虎》中所呈现出的庶民现状，主要从民主的缺失与自我身份迷失、种姓背离与自我身份追寻、暴力实施与自我身份实现三个方面进行了论述，试图阐释阿迪加的作品对庶民理论的丰富；王鸿盼的《阿拉文德·阿迪加小说中的庶民叙事》②，结合了实证研究和诠释学的方法，在阿迪加前三部小说文本细读的基础上，结合作品主题内容和创作形式，对阿迪加庶民叙事的过程、结果、原因做出了较为详尽的分析阐释；黄金龙的《暴力与身份验证：〈白老虎〉的庶民之思》③，分析了经济高速发展下印度底层的遭遇及其反映的身份验证之难，认为小说《白老虎》关于庶民的思考，有助于对全球化的今天如何维护人民权益、实现社会公平正义的问题进行探索，指出了其正是进行庶民研究的意义。以上几篇有关阿迪加小说庶民研究的论文，大体遵循了以下四个方面的思路：首先分析阿迪加小说中的庶民形象，解读不同形象之间的差异；其次从意象、叙事结构以及叙事视角等方面分析阿迪加小说的庶民叙事艺术；再次是进一步剖析小说中庶民困局背后隐藏的印度社会现实问题，最后从文学史角度来强调阿迪加小说对于拓展印度庶民题材的贡献。

2. 国外研究现状

目前，国外对于阿迪加的研究分两类：一类是对阿迪加的生活、工作与写作经历的回顾，以及对小说作品的报道与评述，主要见于各大刊物；另一类是针对阿迪加的采访和谈话，既有涉及针对印度社会政治、经济、文化现状方面的探讨，也有针对小说内容的讨论。

学术性的评论与研究，一方面是针对阿迪加小说作品的写作动机，另一方面是针对小说内容中涉及的社会伦理和作品人物等方面的分析。如同国内研究，目前国外公开发表的关于阿迪加的学术论文，研究的主要作品也是《白老虎》。论文分析的主题也大都集中于小说所揭示的印度社会问题，如从跨文化政治经济视角的分析，从印度社会的黑暗和巨大的贫富差距、社会民众的"鸡笼"心理等社会角度的分析，从底层发出声音的后殖

---

① 黄小慧：《庶民视角下的〈白老虎〉研究》（学位论文），江西师范大学，2013 年。

② 王鸿盼：《阿拉文德·阿迪加小说中的庶民叙事》（学位论文），天津外国语大学，2014 年。

③ 黄金龙：《暴力与身份验证：〈白老虎〉的庶民之思》，载《黑河学刊》2015 年第 9 期，第 26–27 页。

民视角分析，还有从全球化大都市的发展与崛起（新印度、大都会等）引发的动乱来分析《白老虎》，呈现种族身份的形成和展现印度城市现状。印度学者塞巴斯蒂安（A. J. Sebastian）的《阿拉文德·阿迪加〈白老虎〉中的贫富分化》①，分析了《白老虎》中的贫富分化问题；苏尼塔（P. Suneetha）的《阿拉文德·阿迪加〈白老虎〉的双重视角》②，则重点分析了《白老虎》中的乡村与城市、黑暗与光明；乔杜里（M. A. Choudhury）的《阿拉文德·阿迪加的〈白老虎〉是对当代印度的重新书写》③《将"黑暗的印度"带入光明：阿拉文德·阿迪加〈白老虎〉的社会政治研究》④，通过分析《白老虎》中一些最有力的隐喻，解读了当代印度农村和城市人民的生活和文化，质疑了印度经济、科技繁荣的成功形象，阐述了地主制度、贫困、教育系统设备不良、卫生设施差、政府机构腐败和道德败坏等社会问题，是如何加重穷人痛苦和减缓国家发展的；安贾丽娅（U. Anjaria）的《现实主义象形学：阿拉文德·阿迪加和新社会小说》⑤，以现实主义象形学（Realist Hieroglyphics）来形容阿迪加的小说创作，指出了其与印度当代写作格调的相反，对当代社会问题进行了恶毒的批判，称阿迪加的小说勾勒出了一种新的社会现实主义的轮廓。

值得注意的是，国外有许多关于阿迪加作品的比较分析，如塞巴斯蒂安与尼加马南达（D. Nigamananda）的《从赫门·博格海恩的〈皮塔太子〉和阿拉文德·阿迪加的〈白老虎〉和〈两次暗杀之间〉中看印度式民主的缺陷：一种比较的研究》⑥，比较研究了赫门·博格海恩（Homen

---

① A. J. Sebastian. "Poor-rich Divide in Aravind Adiga's *The White Tiger*". *Journal of Alternative Perspectives in the Social Sciences*, 2009, 1（2）, pp. 229-245.

② P. Suneetha. "Double Vision in Aravind Adiga's *The White Tiger*". *ARIEL—A Review of International English Literature*, 2011, 42（2）, pp. 163-175.

③ M. A. Choudhury. "Aravind Adiga's *The White Tiger* as a Re-inscription of Modern India". *International Journal of Language and Literature*, 2014, 2（3）, pp. 149-160.

④ M. A. Choudhury. "Bringing 'India of Darkness' into Light: A Socio-political Study of Aravind Adiga's *The White Tiger*". *English Language and Literature Studies*, 2015, 5（1）, pp. 21-25.

⑤ U. Anjaria. "Realist Hieroglyphics: Aravind Adiga and the New Social Novel". *Modern Fiction Studies*, 2015, 61（1）, pp. 114-137.

⑥ A. J. Sebastian, D. Nigamananda. "Drawbacks of Indian Democracy in Homen Borgohain's *Pita Putra* and Aravind Adiga's *The White Tiger* and *Between the Assassinations*: A Comparative Study". *Journal of Alternative Perspectives in the Social Sciences*, 2009, 1（3）, pp. 635-644.

Borgohain）的《皮塔太子》（*Pita Putra*，1975）和阿迪加的《白老虎》与
《两次暗杀之间》中印度民主制度的缺陷，探究了印度式民主造成政府贪腐
低效、恶性循环的原因，审视了印度民主的弊端；新加坡学者戈赫（R. B.
H. Goh）的《〈伦敦斯坦尼〉和〈白老虎〉中的"黑暗"印度叙事：流散
状态下身份的保持》①，从"黑暗"印度的叙写、民主制度的缺陷来比较分
析流散文本《伦敦斯坦尼》（*Londonstani*，2007，Gautam Malkani）和《白
老虎》，指出阿迪加等有着海外流散经历的作家之所以采用"黑暗"式的印
度叙事，意在保持自己特殊的文化身份，体现出他们与恶化的全球化以及
霸权主义暧昧的合谋。美国学者斯科特兰德（S. D. Schotland）的《冲出
"鸡笼"：论阿拉文德·阿迪加的〈白老虎〉和理查德·怀特的〈土生子〉
中的暴力犯罪》②，通过比较分析理查德·赖特（Richard Wright）的《土生
子》（*Native Son*，1940）和《白老虎》两个文本中两位底层主人公的犯罪
事实，总结了两部小说中底层人民的困境，以及在生活环境、犯罪动因、
问题处理等方面的异同，由此得出结论——阿迪加深受赖特影响，并指出
《白老虎》中主人公的暴力反抗只是暂时改变了自身的处境，不能给印度社
会带来真正的改变。美国学者迪瓦卡尔（E. S. Divakar）与费尔（M. Phil）
的《社会批判视域下拉什迪的〈午夜之子〉和阿迪加的〈白老虎〉》③，从
社会批判的角度，对拉什迪的《午夜之子》与阿迪加的《白老虎》进行了
比较分析，指出拉什迪的长处在于以神话和史诗等文本手段对印度社会结
构的现实进行消解并重构，而阿迪加则擅长还原和再现真实的社会结构。
印度学者穆尔塔尼（A. Multani）的《从"动物园"到"丛林"：安纳德
〈不可接触的贱民〉和阿迪加〈白老虎〉的一种解读》④，比较分析了安纳
德（Mulk Raj Anand）的《不可接触的贱民》（*The Untouchable*，1935）和

---

① R. B. H. Goh. "Narrating 'Dark' India in *Londonstani* and *The White Tiger*: Sustaining Identity in the Diaspora". *The Journal of Commonwealth Literature*, 2011, 46（2），pp. 327-344.

② S. D. Schotland. "Breaking out of the Rooster Coop: Violent Crime in Aravind Adiga's *The White Tiger* and Richard Wright's *Native Son*". *Comparative Literature Studies*, 2011, 48（1），pp. 1-19.

③ E. S. Divakar, M. Phil. "Rushdie's *Midnight's Children* and Adiga's *The White Tiger* as Social Critiques". *Language in India*, 2011, 11（6），pp. 102-117.

④ A. Multani. "From the Zoo to the Jungle: A Reading of Mulk Raj Anand's *The Untouchable* and Aravind Adiga's *The White Tiger*". *US-China Foreign Language*, 2012, 10（3），pp. 1039-1044.

《白老虎》中主人公的转变之路，对《白老虎》中主人公巴尔拉姆转变的深层社会原因进行了探索；迪克希特（J. Dixit）与潘迪（B. C. Pandey）的《卡马拉·马坎迪亚的〈孟买虎〉和阿拉文德·阿迪加〈白老虎〉中的社会忧虑》①，比较分析了卡马拉·马坎迪亚（Kamala Markandaya）的《孟买虎》（Bombay Tiger，2008）与阿拉文德·阿迪加《白老虎》中反映的社会忧虑，指出两位作家都将印度社会视为一个带有不同程度恶意的社会，他们的故事深刻审视了如贫困、童工、无效的教育体系、单身母亲、腐败和乡村大规模移民等当代印度社会中的紧迫问题，表达了作者对印度社会的忧虑，并阐述了印度的理想世界。

此外，有关阿迪加小说的庶民研究也十分引人注目，但主要也集中在《白老虎》。如辛格（K. Singh）的《阿拉文德·阿迪加的〈白老虎〉：底层之声——一种后殖民辩证法》②，可谓阿迪加小说庶民研究的起点，论文围绕"鸡笼"体系，对印度特有的种姓制度及其带来的婚嫁、土地、贪腐等社会问题进行了论述，指出阿迪加的《白老虎》旨在强调庶民在印度发展中的重要作用，尽管该文没能厘清庶民理论与小说文本的联系，但是提供了一种以庶民理论考察与观照当代印度特有的社会问题的视野，为此后有关阿迪加小说的庶民研究奠定了基础；德国学者迪特马斯（I. Detmers）的《新印度？新都会？阿拉文德·阿迪加"印度境况小说"〈白老虎〉解读》③，借助斯皮瓦克提出的庶民概念对《白老虎》中的"庶民自我"及"庶民言说"现象进行了分析，并提出了"印度境况小说"（condition-of-India novel）这一全新的概念，用于分析阿迪加如何塑造企业家作为一个新的、不稳定的关键人物，文章首次将阿迪加小说的庶民研究从庶民心理转向了庶民生存环境，尤其对小说中展现的"新印度"和"新都会"格外重视，这一点对此后阿迪加小说的庶民研究方向有着重要的影响；印度学者亚达夫

---

① J. Dixit, B. C. Pandey. "Social Worries in Kamala Markandaya's *Bombay Tiger* and Aravind Adiga's *The White Tiger*". *Research Journal of English Language and Literature* (*RJELAL*), 2020, 8 (3), pp. 161-167.

② K. Singh. "Aravind Adiga's *The White Tiger*: The Voice of Underclass—A Postcolonial Dialectics". *Journal of Literature*, *Culture and Media Studies*, 2009, 1 (2), pp, 98-112.

③ I. Detmers, "New India? New Metropolis? Reading Aravind Adiga's *The White Tiger* as a 'condition-of-India novel'". *Journal of Postcolonial Writing*, 2011, 47 (5), pp. 535-545.

（R. B. Yadav）的《后殖民庶民的再现：阿拉文德·阿迪加〈白老虎〉研究》①，借鉴"庶民研究"理论对小说《白老虎》进行了剖析，认为《白老虎》是一部描写庶民的小说，阿迪加在小说中刻画了以巴尔拉姆为代表的印度庶民阶层，揭示了印度庶民群体在经济全球化背景下的挣扎生存与反抗意识，并指出以巴尔拉姆为代表的印度庶民阶层可以言说其"庶民性"（subalternity）；波尔库利（G. Pourqoli）与普瓦利法德（A. Pouralifard）的《庶民不能说话：阿拉文德·阿迪加的〈白老虎〉研究》②，基于后殖民批评理论考察了《白老虎》中是否为庶民阶层留有被倾听空间的问题，并通过文本细读，探讨了主人公巴尔拉姆的性格变化，以及变化所导致的被排除在庶民阶层之外的结局；拉瓦尼亚（A. Lavanya）与拉希拉（M. R. Rashila）的《阿拉文德·阿迪加和比娜·沙阿后殖民社会中的庶民压迫》③，通过分析阿拉文德·阿迪加《白虎》和比娜·沙阿（Bina Shah）的《贫民窟的孩子》（*Slum Child*，2015）两部小说中后殖民社会背景下的庶民阶层，揭示了后殖民社会中庶民所遭受的如压迫、被边缘化、被征服、性别歧视、妇女经验的擦除、阶级、种族和种姓歧视等社会问题。

此外，也有部分论文集中存有对阿迪加小说的介绍与论述，主要是关于阿迪加小说文学创作特点的分析，以及作品中具有代表性的人物和社会背景的探究。因此，由国外目前的研究状况和水平来看，关于阿迪加小说的研究同样侧重第一部小说《白老虎》，对于另外四部作品的评介与研究相对缺乏，总体上缺乏系统性。但相较国内研究而言，国外关于《白老虎》的研究比较深入，除访谈、广播、书评等评介性内容外，也出现了大量的学术论文，研究视角涉及政治、经济、文化及小说的艺术表现手法等方面。但值得注意的是，国外的研究总体还是从传统的研究方法入手，以社会层面的分析研究为主，同时还可以看出，在分析阿迪加关于黑暗和弊端面的

---

① R. B. Yadav. "Representing the Postcolonial Subaltern: A Study of Aravind Adiga's *The White Tiger*". *The Criterion: An International Journal in English*, 2011, 2（3）, pp. 1-7.

② G. Pourqoli, A. Pouralifard. "The Subaltern Cannot Speak: A Study of Adiga Arvinda's *The White Tiger*". *International Journal of Applied Linguistics and English Literature*, 2017, 6（3）, pp. 215-218.

③ A. Lavanya, M. R. Rashila. "Subalterns' Oppression in the Post Colonial Society of Aravind Adiga and Bina Shah". *Shanlax International Journal of English*, 2020, 8（3）, pp. 71-73.

书写时，研究者往往带有一定的东方主义眼光。阿迪加作品已体现出一定的影响力和社会价值，随着阿迪加新小说的面世，相信更多的研究手段和研究成果将不断地被呈现出来。

总体而言，国内外关于阿迪加小说的研究，已具有了相当的水准，但是也呈现出了三个层面的缺陷：其一，从研究范围上看，涉及的小说比较单一，多数集中在其布克奖获奖小说《白老虎》，对于阿迪加创作的《两次暗杀之间》和《塔楼最后一人》涉及的不多，关于《选拔日》的研究更是罕见；其二，从研究主题上看，大都集中于小说所揭示的印度社会问题和对印度社会制度的批判，其中对于小说中的庶民问题有一些集中性的探讨，但是往往缺乏对庶民群体关联的印度社会结构的总体反映，也缺少全球化背景下印度种姓制度变化对庶民群体的影响的深入剖析；其三，在研究视角和研究理论上，多数集中在后殖民批评视角及相关理论的宏观分析上，而且多涉及其中的文化层面，由于阿迪加小说具有的特殊性，批评理论与小说文本的结合阐释明显不足，叙事学和形象学有所涉及，但总体不多。

三、研究思路和研究方法

从阿迪加目前的五部小说来看，尽管第五部小说《大赦》已经将关注点转向国外，开始往世界性议题的方向努力，但是《两次暗杀之间》《白老虎》《塔楼最后一人》和《选拔日》的故事背景都在印度，而且这四部小说从创作特点和创作的主题来看，具有明显的连贯性。从作品设定的时间背景来看，《两次暗杀之间》的时间背景大约是 1984—1991 年；《白老虎》中虽然没有明确说明时间背景，但是根据主人公巴尔拉姆的年龄和犯罪时间，可以推算出作品故事的时间为 20 世纪 60—80 年代；《塔楼最后一人》的时间背景则可以根据作品扉页的货币兑换表推算为 2008—2009 年之间；《选拔日》中，"选拔日"的具体日期为 1996 年 9 月 4 日，但是小说开篇是从选拔日的 3 年前开始，以选拔日 11 年后结尾，时间跨度在 1993 年至 2007 年之间，此外小说中还涉及了 20 世纪 60—70 年代的历史。因此，这四部小说的时间总跨度是从 20 世纪 60 年代到 21 世纪初期，"这段时间见证了印度经济的起飞到繁荣，也目睹了随之而来的印度社会各个方面的转变，这就使得阿迪加的作品具有了一定的时代意义"①。

更为突出的是，这四部印度题材小说，描写的人物主体都是庶民。四部小说作品均将笔触安置于印度庶民社会，时逢印度社会充满变革或经济高速发展的特殊历史时期。作者通过想象与再现，创作的四部小说都关注印度庶民的生存境遇，传递庶民的社会诉求，剖析印度社会现实和问题。此外，这四部印度题材小说都充满本土化的关切，采用了沉浸式的书写和庶民化的叙事，都不同程度地展现了阿迪加对印度社会黑暗和人性堕落等社会问题的深刻批判与反思。小说内容深入印度的历史、政治、宗教、文化、科技及印度当代经济发展等诸多方面，触及当代印度社会诸多敏感话题，饱含着作者对印度当下发展现状的关怀与思考、实践与探索，表达了作者试图推动印度社会朝着更合理、更和谐的方向发展的美好愿望。因此，阿迪加的四部印度题材小说及其反映的印度社会历史和文化等议题，具有开阔文化视野和深化印度研究的学术价值。对这些小说的分析研究，不仅可以加深对印度这个多种族、多文化、多宗教国度的认识，从中梳理出影响当代印度社会经济文化发展的因素，还可以探索经济高速发展的时代背景下，印度人民的真实状况和生活秘密。

"庶民"是近年备受文人知识分子关注的焦点，尤其是新世纪的中国文坛，作者们十分关注对中国底层群体的生存境遇与生命体验的书写，因此关注不同社会的庶民及庶民意识越来越具有某种普遍性。当代的印度作家，同样有着关注印度庶民社会的情怀，庶民书写因此也成为新时期一个值得普遍关注的文学现象。纵观印度的社会构成，数十年以来始终保持"顶层富豪—中产阶级—庶民阶层"这一"葫芦型"三层结构，生活在农村和城市贫民窟的庶民阶层始终占据印度总人口的三分之二以上。然而，作为印度社会广大且重要组成部分的庶民阶层，其思想和行动对作为统一体的印度国家尽管具有不可忽视的影响力，但在精英主导的印度社会仍处于弱势地位。在印度现代化转型的今天，庶民阶级在印度国家建设与发展的过程中的力量日渐突显，"庶民"也因此越来越触动印度时代的现实神经。

---

① 王鸿盼：《阿拉文德·阿迪加小说中的庶民叙事》（学位论文），天津外国语大学，2014年，第10页。

那么，什么是"庶民"？"庶民"一词最早出现在意大利马克思主义思想家安东尼奥·葛兰西（Antonio Gramsci）的《狱中札记》（*Prison Notebooks*，1929—1935）中。葛兰西在书中"意大利历史随笔"一节中提出了"庶民阶级"（subaltern classes）一词。subaltern 含义广泛，在各语言间具有很强的不可译性，很难找到一个完全涵盖其意的中文词，除译为"庶民"外，曾经出现过不同的译法，如"贱民""农民""底层""下层""臣属""从属""属下"等。葛兰西有时将其与"从属阶级"（subordinate）或"工具"（instrumental）交替使用，用来表示受霸权团体或阶级统治、没有权力的人群和阶级。葛兰西在书中对这一概念进行过说明：

> 在定义上，下层阶级是不统一的，也无法统一。
>
> 下层社会集团的历史必然是支离破碎的。无疑在这些集团的活动中存在着一种统一的趋势（至少是暂时的阶级），但这种趋势不断被统治集团的活动打断；因此，只有当一段历史周期结束并以成功而告终的时候，该趋势才能得到证明。下层集团往往受统治集团活动的支配，甚至当他们起义反抗的时候亦是如此；只有"永久性的"胜利才能打破这种从属关系，而且不能立即实现。实际上，下层集团甚至在好像胜利的时候，也是急于自卫的。①

从葛兰西的说明中可以看出，庶民阶层在经济地位上类似于马克思（Karl Marx）的"无产阶级"，在政治地位上属于"无权阶级"，在文化上则属于顺从与依附阶级。葛兰西以此来定义意大利南部不具备阶级意识、处于从属地位的底层与社会边缘群体。"并且，相对于'无产阶级'在经济关系上的较为明确的定位，'属下'则是一群处在'沉默'之中的、没有理论严格性的群体称谓，而这种概念所指问题上的临时性、易变性，透露出的恰好是某种程度上的结构主义精神。"②

---

① ［意大利］安东尼奥·葛兰西：《狱中札记》，曹雷雨、姜丽、张跃译，中国社会科学出版社 2000 年版，第 36—37 页。

② 李应志：《解构的文化政治实践——斯皮瓦克后殖民文化批评研究》，上海三联书店 2008 年版，第 151 页。

此后，形成于 20 世纪 70—80 年代的庶民研究学派（Subaltern Studies School），在关于殖民与后殖民时期南亚庶民的历史研究中，继承与发展了这一词汇。对于从事庶民研究的庶民学派历史学家来说，"葛兰西关于意大利南部农民所受压迫的讨论适于描写独立后的印度社会中的农民、工人阶级和贱民（the untouchable）"[1]。因此，庶民学派基于后殖民文化的学术语境，将其进一步发展应用于独立后的印度社会底层阶级的历史还原和描述。其目的在于从历史领域，反抗殖民主义精英和本土的民族主义精英对庶民历史的遮蔽，通过书写庶民的历史，重构庶民意识，寻找庶民的主体性。[2]其后又将注意力拓展至文学领域，试图通过文学经典中的庶民研究，探究庶民是如何被表达的，努力发掘庶民的声音，以及其参与知识生产、民族国家话语等领域，建构自我叙事的状况。

印度庶民学派创始人、历史学家拉纳吉特·古哈（Ranajit Guha）在《庶民研究》（Subaltern Studies）第一辑序言中，对"庶民"进行了界定："作为一种总称，用以指称南亚社会中被宰制的或处于从属地位的下层（Subordination），不论是以阶级、种姓、年龄、性别和职位的意义表现的，还是以任何其他方式来表现的。"[3]在庶民研究的纲领性文献《论殖民地印度史编纂的若干问题》（On Some Aspects of the Historiography of Colonial India）中，古哈又将"庶民"视为"人民"的同义词，认为由广大劳动者与中间阶层构成的庶民阶级与群体就是人民，以此区别于由外来的和本土的权势集团组成的"精英"阶级。他甚至认为，"这些（精英）阶级和集团中有一些，如较小的乡绅、破落地主、富农和上中农，他们'自然地'属于'人民'和'庶民'阶级行列"[4]。因此，庶民学派的这一概念体现出了高度情景化的特点，使这一词汇不仅"可以指农民、贱民、部落民，也可以是妇

---

① ［美］斯皮瓦克：《从解构到全球化批判：斯皮瓦克读本》，陈永国等译，北京大学出版社 2007 年版，第 17 页。

② R. Guha. *Subaltern Studies* Ⅲ：*Writings on South Asian History and Society*. Delhi：Oxford University Press，1984，p. 9.

③ R. Guha，*Subaltern Studies* Ⅰ：*Writings on South Asian History and Society*. Delhi：Oxford University Press，1982，p. vii.

④ ［印度］古哈：《论殖民地印度史编纂的若干问题》，见刘健芝、许兆麟选编《庶民研究》，中央编译出版社 2002 年版，第 11 页。

女或者相对西方处于弱势地位的印度本土社会"①。这一概念的提出，有着很复杂多元层面的原因，也有其特殊的文化背景。从阶级地位和资产的拥有层面意义上看，在庶民学派的概念视野中，"庶民"与马克思的"无产阶级"概念存在一定的相似性。但是，庶民学派除了从政治和经济上的从属地位层面考察"庶民"外，更为重要的是其进一步从文化层面上考察庶民的顺从和依附性。根据葛兰西的概念说明，从文化层面而言，"他们是不能'自立'、缺乏历史整体性和鲜明自我主体性的一群。相比之下，马克思的'无产阶级'则是一个有着鲜明主体意识、强烈社会组织性和明确的政治历史感的群体"②。因此，庶民学派着眼于庶民的主体自觉意识，力图从经典马克思主义历史变革的生产式叙事的角度，"恢复"庶民阶级的历史和阶级意识，寻找庶民阶级的历史、力量和声音。

总之，从文化和思想的角度来理解，可以依据古哈的"精英"判断原则来区分庶民，即非精英就属于庶民，这实际上是一种建立在权力维度之上的判断依据。尽管这一术语的定义相对模糊，但是将其放置在印度这一存在着外来与本土两套截然不同的政治等级结构的社会语境之中，却具有高度的适应性。印度社会存在着西方殖民者带入的现代西方政治结构，以及前现代的印度本土政治结构，这造成了社会群体地位的双重性。这种双重性，往往促使群体的权力关系发生颠覆，处于此权力体系的统治地位者，在另一个权力体系中被颠覆为从属地位者，反之亦然。例如，曾经在种姓体系中处于特权地位的高种姓，因经济原因不得不从属于低种姓富人，成为弱势群体；而曾经的低种姓因为经济地位的上升，一跃成为这一权力体系中的强势者。

最后，经由斯皮瓦克和萨义德（Edward Said）的进一步阐释和延伸，"庶民"一词又衍生出了关涉民族、阶级、性别等极其丰富的文化内涵，使其概念更具情境化和灵活性。尤其是斯皮瓦克认为，"克服了后殖民批评与女性主义批评僵化的种族或者性别纬度，从而能够根据研究对象与具体情

---

① 陈义华：《关注庶民文化表达 恢复庶民历史地位——当代印度庶民研究学派评述》，载《中国社会科学报》2011年8月2日，第13版。

② 李应志：《解构的文化政治实践——斯皮瓦克后殖民文化批评研究》，上海三联书店2008年版，第151页。

境来赋予庶民临时的所指意义，以描述不同底层群体"①。有批评家指出，"斯皮瓦克运用'庶民'这个术语来意指一系列无权的社会群体，包括上层妇女（如色目尔王妃），以及边缘群体（如农民、部落民及城市无产阶级）"②。总体而言，"庶民"是一个直接指向弱势群体的直观概念，在不同的语境中，庶民可以被认为是包括政治地位低下、经济困窘、文化教育程度低等不同标准层面的社会底层人群。依照中国学者王晓华的研究，其可以在三个层面进行界定：①政治学层面——处于权利阶梯的最下端，难以依靠尚不完善的体制性力量保护自己的利益，缺乏行使权利的自觉性和有效路径；②经济层面——生产资料和生活资料匮乏，没有在市场体系中进行博弈的资本，只能维系最低限度的生存；③文化层面——既无充分的话语权，又普遍不具备完整表达自身的能力，因而其欲求至少暂时需要他人代言。在这三个层面中，文学家最关心的无疑是文化层面。正是底层的持续沉默激发了他们代言的热情，甚至将是否为底层代言视为良心的标尺。③

印度庶民，由于宗教与种姓的原因，呈现出更为复杂的状态，其内涵的确立是相对的，需要借助一定参照系，不同参照物之下的"庶民"，其内涵存在差异，其形态也具有多样性、流动性。例如，在种姓制度中，低种姓、次种姓者被纳入"庶民"范畴；而从现代物质生产力来看，婆罗门群体因其清净、苦修的种姓传统往往成为无产或低产阶级，因而也属于"庶民"范畴；从宗教群体来看，伊斯兰教、基督教、锡克教等少数宗教群体相对于多数印度教群体而言，在印度社会中亦处于边缘、弱势地位，同样被涵括在"庶民"范畴之内。因此，"庶民"一词在庶民学派的发展中具有强大包容性，确定其内涵所指的关键在于，某一具体阶层在同一参照系的权力关系中处于末端位置。

"庶民研究历史学家们试图从下层阶级的角度，从农民运动的历史角

---

① 陈义华：《斯皮瓦克庶民研究的"臣属者"视角》，载《暨南学报（哲学社会科学）》2014年第1期，第22页。

② 陈义华：《后殖民知识界的起义：庶民学派研究》，中央编译出版社2009年版，第167页。

③ 王晓华：《当代文学如何表述底层？——从底层写作的立场之争说起》，载《文艺争鸣》2006年第4期，第34—35页。

度，通过后殖民话语研究策略与后殖民阅读策略等后殖民研究手段，重新解读被遮蔽的庶民历史事实，揭示一直被忽视、被遗忘、被遮蔽的庶民历史。"①阿拉文德·阿迪加与庶民研究历史学家们有着重新解读被遮蔽的庶民历史事实，以及揭示一直被忽视、被遗忘、被遮蔽的庶民历史类似的文学理想与目标。他的小说创作超越了印度裔作家通常着重表现的东西文化冲突和印度海外族裔疏离感的整体格局，进入了一个新的创作方向：印度本土的民主自由及种姓阶级之间的不平等。阿什克罗夫特（Bill Ashcroft）等人在《逆写帝国》（*The Empire Writes Back*，1989）一书中曾批评印度英语小说在主题上普遍"过于城市化，过于关注印度精英的经历"②。阿迪加虽属于精英阶层，并且用英语来写印度的故事，但是他亲身经历了印度经济的高速发展及全球化给印度带来的冲击，目睹了印度社会巨大的贫富差距，记者相关工作经历又使他广泛地接触了印度社会各行各业的人物，这些因素使得他书写的印度故事深刻地扎根社会现实，关注社会底层的庶民。迄今阿迪加出版了五部作品，其中四部都描写了印度庶民的生活，反映了印度底层人物的生存境遇，并试图赋予底层庶民言说的权力，体现了其印度题材小说创作与庶民研究小组关于庶民研究在对象上的不谋而合。

目前，国内外对阿迪加小说的研究已经具有了一定的规模，研究的视角和领域也日益宽泛。但是，尚未出现从"庶民社会"的视角出发，全方位、系统性、深层次地挖掘阿迪加小说中的庶民社会，分析庶民社会所展示出的印度历史、政治、宗教和社会发展，以及在此影响之下印度庶民群体生存境遇中人性真实面的研究。因此，本书尝试从"庶民社会"的视角，切入阿迪加的四部印度题材小说《两次暗杀之间》《白老虎》《塔楼最后一人》《选拔日》，选取阿迪加这四部小说中的庶民及其生存的社会作为主要研究对象，结合四部作品中关于印度庶民社会描写所具有的共同特性，期求对阿迪加小说的当代印度庶民社会的书写，做一个相对全面细致的分析与探讨。

从四部印度题材小说创作特点和创作主题的连贯性来看，阿迪加小说

---

① 关熔珍：《斯皮瓦克理论研究》，复旦大学出版社 2017 年版，第 111 页。

② B. Ashcroft, G. Griffith, H. Tiffen. *The Empire Writes Back*: *Theory and Practice in Post-colonial Literatures*, London and New York: Routledge, 1989, p. 123.

的印度书写，始终将当代印度社会中的庶民作为关注点，系统地展现了印度庶民这一被当代社会忽视和遮蔽的弱势群体，以及其在社会转型时期的生活型态。"阿迪加的庶民叙事塑造了许多形态各异的庶民形象，反映了庶民的心理体验和生活实践，折射了当代印度社会种姓制度、妆奁制度、宗教冲突、官僚腐败、贫富差距、民主存在缺陷等旧痛新伤。"①它既是对当代印度庶民社会群体的一种艺术想象，也是对印度庶民社会场域及其群体镜像和生存状况的一种艺术再现。它为世界了解印度社会、了解印度庶民阶层及其社会关系提供了新的文学视点。另一方面，从书写立场角度看，阿迪加对印度庶民社会的书写，体现了他积极参与印度庶民现实生活的自觉性写作姿态，也彰显了他关注弱势群体的伦理立场。从叙事学的角度而言，史学观的庶民视角是阿迪加文学创作中庶民书写的理论支撑，是从庶民观看庶民及其生存世界的独特视角，同样反映出阿迪加对印度庶民社会和庶民群体的关注和关怀。因此，阿迪加的印度题材小说无疑也体现着阿迪加庶民书写的创作姿态、文化观念与道德立场，阿迪加小说的印度庶民书写也因此为世界了解印度裔海外作家书写印度背后的策略立场和逻辑思维提供了参照。

基于此，本书将从"庶民社会"的视角，围绕阿迪加四部印度题材小说中的庶民书写，从阿迪加的文学之路和庶民之思、当代印度庶民的生存场域与境况、当代印度庶民的群体镜像与庶民性、当代印度庶民的反抗意识与言说，以及当代印度庶民的历史编年与演义五个维度进行细致解读，探析四部小说庶民书写所体现的独特创作情怀、叙事艺术和人文价值，并反思阿迪加想象与再现印度庶民社会具体场域、庶民群像、庶民言说及庶民历史的真实性与当代价值。

本书的第一章着重分析阿迪加在文学梦想、工作缘故和印度情结方面所体现的庶民关怀与思考。第二章着眼于阿迪加对当代印度庶民的生存场域与境况的构筑，论述阿迪加在小说中描绘的两个印度世界："光明印度"与"黑暗印度"，以及两个印度中庶民的世界境况。第三章侧重于探讨阿迪

---

① 王鸿盼：《阿拉文德·阿迪加小说中的庶民叙事》（学位论文），天津外国语大学，2014年，第3页。

加对当代印度庶民的群体镜像与庶民性的再现，分别探索阿迪加小说中的当代印度庶民群体镜像、当代印度庶民的"庶民性"，以及当代印度庶民形成的"鸡笼文化"及其特征。第四章主要致力于研究阿迪加对当代印度庶民的反抗意识与话语言说的构想，分别从觉醒的印度庶民反抗意识、"自我言说"的印度庶民，以及印度庶民的言说与被言说三个层面，探讨阿迪加如何以小说为庶民代言，并在小说中创作出一个"自我言说"的印度庶民的文学理想。第五章主要探讨阿迪加对当代印度庶民的历史编年与演义，从当代印度庶民的历史编年、当代印度庶民的叙事演义，以及当代印度庶民的语言纪录三个层面，探讨阿迪加如何以小说书写和演义印度庶民的历史和经验。结语部分总结阿迪加通过小说想象、再现与阐释印度庶民社会的历史与文学价值，以及这些小说作为展现印度社会现实、探析印度社会合理发展之途的现实主义文学，为印度当代文坛乃至世界文坛的印度书写所提供的新创作视角、文学经验与精神资源。

第一章　阿迪加的文学之路与庶民之思

　　在阿迪加迄今出版的五部小说中，四部都描写了印度庶民的生活，反映了印度底层人物的生存境遇，并试图赋予底层庶民言说的权力。这种反复观看庶民及其生存世界的独特视角，以及对庶民社会及庶民群体的关注和关怀，绝非偶然。这显然是阿迪加对印度庶民社会的自觉书写，体现了他积极参与印度庶民现实生活的写作姿态，也彰显了他关注弱势群体的伦理立场。如同印度庶民研究小组的庶民研究致力于重新解读被遮蔽的庶民历史事实和揭示一直被忽视、被遗忘、被遮蔽的庶民历史一样，阿迪加的印度题材小说创作有着类似的文学理想与目标。他将他的印度故事深深地扎根于当代印度社会现实，展现印度庶民这一被当代社会忽视和遮蔽的弱势群体，以及他们在社会转型时期的生活型态，体现了其印度书写的基本定位，具有强烈的个人倾向。阿迪加庶民书写的创作姿态、文化观念与道德立场，与他的文学理想、生活经历和工作经验等背景有着很大的关联，也是他对当代印度社会发展情势做出思考与判断的结果。阿迪加不断从社会生活和工作经历中汲取创作的素材和灵感，对现实经验做出判断和评价，他笔下的人物是其人生阅历、生活经验和社会思考的结晶。

第一节　文学之梦

　　阿迪加出身于医生家庭，自小品学兼优，是老师和同学十分看好的未来外科医生或工程师。然而，阿迪加却自小希望成为一个小说家。在《英语文学如何塑造了我》（*How English Literature Shaped Me*）①一文中，阿迪加对他文学梦的早期形成做了一个总结性的介绍，从中可以看到许多英语文学作家和作品对阿迪加后来文学创作的风格、内容与形式的影响。

　　阿迪加 16 岁随父亲移民澳大利亚，此前他阅读了大量的英语文学作品，这为其后来的英语小说创作奠定了基础。他加入流动图书馆期间，最先接触到的是英译本印度神话连环画和史诗一类启蒙读物。流动图书馆实际上是一种以极低的价格出租通俗读物、小说或是笑话书籍的书摊。为了获取更多的阅读资源，阿迪加加入了多个流动图书馆。其中，英语侦探小说，尤其是英国著名侦探小说家阿加莎·克里斯蒂（Agatha Christie）的《罗杰疑案》（*The Murder of Roger Ackroyd*，1926）是他的最爱，该作品运用的革命性杀人犯叙述方式给阿迪加留下了很深的印象，也可以说是小说《白老虎》叙述方式的源头。此后，在祖父的私人书房，阿迪加陆续接触到达尔文（Charles Robert Darwin）和丁尼生（Alfred Tennyson）的作品，《白老虎》的整体创作基调无疑受到了达尔文的进化论和丁尼生诗歌中的信仰危机与怀疑精神的影响。而在阿迪加认为的脏乱且充满官僚主义气息的芒格洛尔中心市政图书馆里，有着大量免费借阅图书。在很长一段时间，他对英国作家普里斯特利（J. B. Priestley）、麦克莱恩（Alistair MacLean）、王尔德（Oscar Wilde）、萧伯纳（George Bernard Shaw）和毛姆（William Somerset Maugham）产生了强烈的兴趣。他们揭露社会罪恶、怀疑社会道德和反映社

---

①　A. Adiga. "How English Literature Shaped Me". *The Independent*, 2009-07-17.

会问题的文学主张，简洁明快、幽默讽刺的写作手法，对阿迪加后来的创作产生了重要的影响和启示。而对阿迪加影响最深远的是一类"内涵隐晦黑暗"的小说，如乔治·奥威尔（George Orwell）的《动物庄园》（*Animal Farm*，1945）和爱伦·坡（Edgar Allan Poe）的短篇惊悚小说等。其中影响最大的是英国作家戈尔丁（William Golding）的《蝇王》（*Lord of the Flies*，1954），小说中独特的黑暗描写和神秘色彩深深征服了阿迪加，对阿迪加的文学倾向和创作风格产生了重大影响。阿迪加自己坦言，"正是这部小说，让自己在文学创作上日趋成熟"①。

此外，印度本土英语作家 R. K. 纳拉扬（R. K. Narayan）也是阿迪加感兴趣的作家之一。阿迪加在多个场合提及纳拉扬对他的影响："我自小就读过印度作家 R. K. 纳拉扬写的书。我仍然认为他是最好的印度英语作家。他最著名的小说是《向导》（*The Guide*）。他持续地影响着我。虽然我读过很多作家，但对我影响最大的作家是在我大约八岁的时候读过的纳拉扬。"②纳拉扬的作品具有浓厚的民族特色和幽默诙谐的语言风格，这些特点在阿迪加后来的创作中都有不同程度的体现。

通过对英语文学作品的大量阅读和吸收，阿迪加逐渐形成了他的文学倾向，为此后其现实主义的创作风格、敢于揭露和批判的文学个性，以及追求真实的文学态度等一系列文学特性的形成奠定了基础。此外，阿迪加还在身为名律师的祖父的办公室里阅读了《今日印度》（*India Today*）、《星期日》（*Sunday*）、《前线》（*Frontline*）、《印度图画周刊》（*The Illustrated Weekly of India*）等大量的英语杂志，祖父的语言观念对其以英语进行创作产生了深刻的影响。在印度多语种的矛盾环境中，阿迪加建构了自己的语言观。他在《英语文学如何塑造了我》一文中提到，"于我而言，在行为处事时，一旦抛开英语，无异于就抛开了印度"，"世界是一片光明之地，如果我们能以合理的语言与之进行沟通，那么我们就能彼此理解"③。当然，合理的语言自然也是英语。在小说《白老虎》中，主人公巴尔拉姆与温家宝总理用英语进行沟通使阿迪加这一语言观念得到了高度的体现。

① A. Adiga. "How English Literature Shaped Me". *The Independent*，2009-07-17.

② Goodreads. "Interview with Aravind Adiga". *Goodreads*，2011-09-05.

③ A. Adiga. "How English Literature Shaped Me". *The Independent*，2009-07-17.

　　移居国外之后，阿迪加分别在哥伦比亚大学和牛津大学就读英语文学专业，进一步深化了他对文学的追求。在哥伦比亚大学期间，阿迪加师从英国广播新闻协会作家奖获得者、著名英国历史学家、哥伦比亚大学艺术史教授西蒙·沙玛（Simon Schama）学习英语文学，西蒙·沙玛也是他的主要研究对象。由于学校规定本科生必修一门外语，阿迪加选择了法语，并阅读了法国作家纪德（André Gide）的小说作品，从法语与法语文学中习得了完全不同的思考世界的方式、方法。在牛津大学期间（1997—1999 年），阿迪加的导师是英国文学教授、著名文学传记作家和评论家赫米奥尼·李（Hermione Lee）。赫米奥尼·李的批评传记作品涉及多位著名作家，如弗吉尼亚·伍尔夫（Virginia Woolf）、菲利普·罗斯（Philip Roth）、伊迪丝·沃顿（Edith Wharton）、佩内洛普·菲茨杰拉德（Penelope Fitzgerald）等。赫米奥尼·李是最具影响力的传记作家之一，还担任过 2006 年布克奖评委主席。阿迪加小说创作中所具有的历史性和传记性特点，深受两位导师的影响。同时，阿迪加阅读了美国犹太裔作家索尔·贝娄（Saul Bellow）的大量作品，认为他是伟大的欧洲小说写作传统中的最后一环，他的惊人之处在于不断打破许多传统英语小说写作的规则。索尔·贝娄的原创精神深刻影响了阿迪加的小说创作。同时，阿迪加还创作了不少文学评论文章，如对当代澳大利亚文学领军人物彼得·凯里（Peter Carey）的布克奖获奖小说《奥斯卡与露辛达》（*Oscar and Lucinda*，1988）的评论。这部小说 1997 年被改编成同名电影，阿迪加在网络文学评论杂志《第二圈》（*The Second Circle*）上发表了关于该小说的评论文章。

　　在牛津大学求学期间，阿迪加因读了巴尔扎克（Honoré de Balzac）的系列小说《人间喜剧》（*Comédie Humaine*）而深受启发，制订了一份文学计划，即创作一部类似的著作，地点选在他的故乡——印度南方小城镇芒格洛尔。在游记《狂野回乡路》（*My Wild Trip Home*）中，阿迪加提及在布鲁克林公园坡的公寓里，他草拟了一份微缩版的《人间喜剧》，是一系列彼此相互关联且关于芒格洛尔典型居民的小说，包括商人、教师、学生、农民、政治家等。这部小说忠于表现芒格洛尔的外部现实背景与人物，同时又深入内里剖析这些人物的嫉妒、贪欲和怜悯等特性，从而塑造这个小镇。①这就是《两次暗杀之间》的最初构想，也是阿迪加 2003 年选择回到印度的主要原因之一。阿迪加要像巴尔扎克完整地描绘他那个时代的法国一样，描绘自己认为由内而外都了解的故乡芒格洛尔。2000 年，阿迪加在纽约见到了已经在独立电影界声名鹊起的好友、美国印度裔导演兼编剧拉敏·巴哈尼（Ramin Bahrani），巴哈尼拍摄的电影中所体现出的新新现实主义（Neo-Neo-Realism）不仅备受电影界的欣赏，也对阿迪加的创作产生了巨大的影响，成为他选择回到印度进行现实主义文学创作的又一主要原因。

2003 年年底，阿迪加回到印度，在新德里安顿下来。这期间，阿迪加经常阅读阿兰达蒂·洛伊（Arundhati Roy）与维克拉姆·赛特（Vikram Seth）等印度裔英语作家的作品，这些作家在国际上的成功使他更加坚定用英语进行文学创作的梦想。他还经常阅读自己自小熟悉的印度本土语言坎纳达语（Kannada）报刊，了解印度的英语媒体通常没有报道的具有丰富的当地事件细节、新信息和最优秀的本土作家作品。阿迪加认为，"获取新的文学或政治信息，是具备双语能力的一个优势……另一种语言的压力，可以塑造出异常优美的英语散文"②。由于工作的需求和对印度社会日益深入的了解，阿迪加不断修订自己的创作计划。在专门从事文学创作之前，阿迪加陆续完成了《两次暗杀之间》的大部分创作，同时间歇性地进行《白老虎》的创作。《白老虎》的创作始于 2005 年，初稿完成后，因为阿迪加不满意而被搁置放弃。2006 年 12 月，阿迪加返回印度后重拾初稿，开始重写。2007 年 1 月，几乎完全被重写的《白老虎》定稿并于 2008 年 4 月首版，一经推出就好评如潮。《纽约太阳报》（*The New York Sun*）称其为一部紧张刺激的心理小说，对印度经济奇迹进行了深度剖析，是全球化过程中关于破坏性的寓言。《独立报》认为其通过一个爱唠叨的谋杀犯，揭露了印度"老虎经济"的软肋。《纽约客》（*The New Yorker*）称这部节奏快且以印度为背景的小说，以矫正品姿态出现在书市，帮助西方读者更深刻地认识常读到的梦幻异国情调。《明镜周刊》（*Der Spiegel*）认为："这本书的结构

① A. Adiga. "My Wild Trip Home". *The Daily Beast*, 2009-06-10.

② A. Adiga. "Why I've Learned Many Languages". *The Daily Beast*, 2012-02-19.

如此简单，单纯的巴尔拉姆将贪婪世界的趣味与荒谬描述得如此有说服力，是讯息，是艺术，也是当前的真相。"①印度学者苏迪普塔·达塔（Sudipta Datta）甚至评论道："在过去的一两年里出现过很多关于印度的书，但是阿拉文德·阿迪加的处女作小说却与众不同，它照亮了印度广袤的黑暗地带，打破了杂乱无章的局面。"②

　　2008 年 10 月，阿迪加凭借处女作小说《白老虎》获得英国布克奖，使印度题材小说又一次获此殊荣。阿迪加也因此成为继 V. S. 奈保尔（V. S. Napaul）、萨尔曼·拉什迪（Salman Rushdie）、阿兰达蒂·洛伊和基兰·德赛（Kiran Desai）之后第五位获得布克奖的印度裔英语作家，也是布克奖史上继阿兰达蒂·洛伊和 2003 年皮埃尔（D. B. C. Pierre）后第三位凭借处女作获奖的作家。"《白老虎》亦成为从印度或印度身份中汲取灵感而获奖的第九部小说。"③这一年，阿迪加年仅 33 岁，初登文坛的他很快成为当代印度英语文坛的明星，"也进一步壮大了英语文坛实力强劲的印度裔作家群体"④。《白老虎》的获奖引起了评论界的广泛关注与称赞，如布克奖评审主席迈克·博德鲁（Michael Portillo）给予了《白老虎》极高的评价，认为其以异乎寻常的文学叙事赢得并维持了读者对一位谋财杀主的恶棍主人公的关注，小说叙事完美、结构毫无瑕疵，称其"凭借独一无二的原创性脱颖而出，各方面都堪称无懈可击"⑤。根据 2008 年 10 月 15 日《印度时报》的报道，阿迪加获奖后，印度总理曼莫汉·辛格（Manmohan Singh）甚至专门给他写信表示祝贺："我和本国人民一道庆祝您的文学成就在国际上得到

---

　　① ［印度］阿拉文德·阿迪加：《白老虎》，路旦俊、仲文明译，人民文学出版社 2010 年版，封底。

　　② A. Adiga. *The White Tiger*. London：Atlantic Books, 2009, Auxiliary Text before Title Page.

　　③ 姜礼福：《布克奖新得主阿·阿迪加及获奖小说〈白老虎〉》，载《外国文学动态》2008 年第 6 期，第 15 页。

　　④ 李道全：《悖论的庶民觉醒——阿拉文德·阿迪加及其短篇集〈两次刺杀之间〉》，载《外国文学》2011 年第 5 期，第 3 页。

　　⑤ ［印度］阿拉文德·阿迪加：《白老虎》，路旦俊、仲文明译，人民文学出版社 2010 年版，腰封。

认可。"①阿迪加将部分布克奖奖金捐给了母校圣阿洛伊修斯学院，专为贫困儿童提供奖学金。2009 年，《白老虎》又分别登上英联邦作家大奖（Commonwealth Writers' Prize）东南亚和南太平洋地区最佳图书和最佳首选图书榜，阿迪加也因此成为英国图书奖年度作家。同年，阿迪加的好友、美国印度裔导演兼编剧拉敏·巴哈尼宣布将《白老虎》改编成同名剧情电影。2021 年电影上映，广受好评，并成功入围第 93 届奥斯卡金像奖最佳改编剧本奖。

关于《白老虎》的创作，阿迪加曾坦言受到了三位 20 世纪伟大的非洲裔美国小说家的文学影响，"他们是拉尔夫·埃利森（Ralph Ellison）、詹姆斯·鲍德温（James Baldwin）和理查德·赖特。他们都致力于书写种族和阶级，不像后来的作家只关注阶级。埃利森的《隐形人》（Invisible Man，1952）对我起到了极为重要的作用。他的这本书引起了白人和黑人的普遍不满。我的书也一样会遭到广泛的攻击。巴尔拉姆是我笔下的隐形人，我将他变得可见"②。非洲裔美国作家，让在美国当代社会中不为社会所见的"隐形人"——黑人成为社会关注的对象。阿迪加认为，印度社会的庶民阶层也如美国黑人一样，是不为社会所见的"隐形人"，他要像非洲裔美国作家让被隐形的黑人变得可见一样，也让被印度社会隐形的庶民为印度社会世界所见。在接受布克奖获奖采访时，阿迪加就曾激动地表示，小说是"替那些你以观光客身份在印度遇到的（底层印度）人说话——庞大底层印度人的声音"③。此外，"阿迪加在接受采访时说，小说（《白老虎》）在结局上受到了理查德·赖特的强烈影响"④。"赖特的代表作《土生子》（The Native Son）因揭露美国社会的'软肋'——种族歧视——而警醒、震撼了二十世纪四十年代的美国。……《纽约太阳报》将阿迪加称为印度的'土

---

① 杨振同：《当代印度文学的一朵奇葩——二〇〇八年英国布克奖获奖小说〈白虎〉述评》，载《世界文学》2009 年第 5 期，第 216 页。

② S. Jeffries. "Roars of Anger". The Guardian，2008-10-16.

③ 《印度作家阿迪加捧得第 40 届布克奖》，载《东方早报》2008 年 10 月 16 日。

④ S. D. Schotland. "Breaking out of the Rooster Coop: Violent Crime in Aravind Adiga's White Tiger and Richard Wright's Native Son". Comparative Literature Studies，2011, 48 (1)，p. 2.

生子'（Indian's Native Son）。"① 布克奖颁奖仪式结束后，阿迪加曾对记者坦言，他不会拘泥于典型印度作家的身份，对于他而言，重要的是不带感伤色彩地去介绍庶民社会的生活。

2009 年，阿迪加出版小说集《两次暗杀之间》，完成了他早年"微缩版《人间喜剧》"的梦想。《两次暗杀之间》中大部分小说早在 2005 年就已完成，2008 年美国国内通用无线电台（NPR）还以广播的形式进行过播送。其中四篇短篇小说甚至还发表过，它们是《苏丹炮台》（Sultan's Battery），2008 年 10 月 18 日发表于《卫报》（The Guardian）；《拍击》（Smack），2008 年 11 月 16 日发表于《星期日泰晤士报》；《在班德拉度过的上一个圣诞节》（Last Christmas in Bandra），2008 年 12 月 19 日发表于《泰晤士报》（The Times）；《大象》（The Elephant），2009 年 1 月 26 日发表于《泰晤士报》。后来这几篇小说又分别以《苏丹炮台》《凉水井大转盘》《盐市村》《安布雷拉大街》之名收入小说集中，并进行了专门的修订。在《两次暗杀之间》中，阿迪加以制图师的精准度和小说家的人性关怀，以机智和辛辣的笔触，创作了一幅非凡变革时期的印度庶民群像图，"进一步证明了他观察和精确定位现代印度复杂性的天赋"②。

《两次暗杀之间》出版后入选当年的英联邦作家大奖决选名单，再次引起人们的普遍关注。《观察家报》评论认为，小说集"记录了一个虚构的印度城市基图尔的七天……阿迪加的目光带着一种躁动的精确在人群中走动，留意着寻常生活中的各种严酷现实。他作品的主题是由身份、阶级和宗教歧视所导致的日常挫败"③。英国《星期日电讯报》（The Sunday Telegraph）评论文章认为，"如同《白老虎》一样，阅读《两次暗杀之间》的快感源于书中塑造得栩栩如生的鲜活人物……在这些故事中，阿迪加完整地展示了他广阔的想象，这是一部极富野心而又一针见血的作品，带给

---

① 姜礼福：《布克奖新得主阿·阿迪加及获奖小说〈白老虎〉》，载《外国文学动态》2008 年第 6 期，第 17 页。

② L. Thomas. "'Between the Assassinations,' by Aravind Adiga". SFGATE, 2009-06-21.

③ ［印度］阿拉文德·阿迪加：《两次暗杀之间》，路旦俊、仲文明译，人民文学出版社 2011 年版，封底。

人的震撼与《白老虎》毫无二致"①。流行小说《Q & A》②的作者、著名印度小说家维卡斯·斯瓦鲁普（Vikas Swarup）指出，阿迪加在这部作品中，"选择了其他印度作者很少冒险尝试的领域大胆前行，他关注的目光越过中产阶级客厅的骄矜自得，投向潜藏在印度底层社会的污秽和愤怒"③。

　　当被问及《两次暗杀之间》与《白老虎》为何连续出版时，阿迪加回答说，这两部小说实际上是相通的，甚至故事都是相互发展的。阿迪加对于两次暗杀，尤其是英迪拉·甘地被杀记忆犹新，因为当时他才 10 岁，为了确保安全，父亲第一次去学校接他。那一天的印记和随后发生的事件促使他写了这部小说，也表明了他的观点，这些观点体现在他的引语之中。阿迪加曾提及，"《两次暗杀之间》在某些方面比前作更加个人化。这里的每一个故事都是从我看到的、做过的或期望去做的事情中发展而来的。因此，基图尔——这座由苏丹炮台、冷水井大转盘和哈夫洛柯·亨利医院组成的梦幻小镇——对我来说就像我居住的孟买市一样真实。大约一年来，我一直在为以基图尔为背景的新小说工作；当它完成后，它应该会大大扩展这个小镇的故事，它已经成为我新的家园——在一定程度上找回了我失去的许许多多个家"④。因此，对于阿迪加而言，《两次暗杀之间》如同他的一个新家，是对他曾经失去的家园的一种补偿。阿迪加在接受采访时曾承认，"有两种思想在我的脑袋里存在着，我在一个很不相同的印度长大。我的生活由羞耻和内疚感组成，那是个十分保守的社会，但是那个印度已经离我远去了"⑤。这既是阿迪加对他儿时印度社会的一种怀念，同时又是他对回到印度所见景象产生的一种感慨。他带着多年的文学之梦回到印度，渴望成就一部印度版的《人间喜剧》，尽管那个印度已经离他远去，但他当下所见所闻让他更加渴望再现一个具有人文和历史关怀的印度。

　　因此，在《两次暗杀之间》中，阿迪加完成了他对"旧印度"历史画卷的重构，在感叹曾经的那个印度已经远去的同时，开始着眼对"新印度"

---

　　① ［印度］阿拉文德·阿迪加：《两次暗杀之间》，路旦俊、仲文明译，人民文学出版社2011 年版，封底。

　　② 即《贫民窟的百万富翁》（*Slumdog Millionaire*），2005。

　　③ ［印度］阿拉文德·阿迪加：《两次暗杀之间》，路旦俊、仲文明译，人民文学出版社2011 年版，封底。

　　④ A. Adiga. "My Wild Trip Home". *The Daily Beast*, 2009-06-10.

　　⑤ J. Derbyshire. "The Books Interview: Aravind Adiga". *New Statesman*, 2011-07-18.

的探寻。《白老虎》是他告别"旧印度",走进"新印度"的一次成功的尝试。《白老虎》可以说是一个过渡,小说人物活动的时间跨度很大,横跨"新旧印度"时期。为此,阿迪加特别强调,"广义上,《两次暗杀之间》是《白老虎》的前奏;它讲述了 20 世纪 80 年代后期,即总理英迪拉·甘地(1984 年)和她的儿子拉吉夫(1991 年)被暗杀这一时期的印度故事。随着拉吉夫·甘地的去世,印度历史上最大的变化之一出现了:1991 年,印度的社会主义保护经济向全球化开放。《白老虎》是在这种全球化背景下创作的'新印度'的故事。这两本小说旨在作为一个故事来创作"①。然而阿迪加又同时声明,从狭义上而言,"将《两次暗杀之间》视为《白老虎》的前奏或序曲是错误的。《白老虎》的主人公巴尔拉姆·哈尔维在小说的结尾从笼子里挣脱了出来。但《两次暗杀之间》中的人物,在大多数情况下,受限于他们已知的世界而没有突破。在他们的印度,那个社会主义时代的印度,他们受到了一种不存在巴尔拉姆·哈尔维的世界的束缚。然而,他们以哈尔维可能没有的方式学会了毅力、同情和顺从。这本小说的愿景是《白老虎》的另一种选择——甚至可能是一种挑战"②。

2011 年年底,阿迪加的第三部长篇小说《塔楼最后一人》出版,标志着他的印度书写正式跨进了"新印度"时期。《塔楼最后一人》完全着眼于当下印度社会的生活状态,通过对印度社会一个截面的描写,生动细致地描绘了"新印度"时期社会发展的真实面貌。这部小说是阿迪加从自己在孟买的生活经历中汲取灵感虚构而成的,再一次让读者窥见了当代印度发展的悖论。小说延续了《白老虎》中所依据的"丛林法则",弱肉强食,掠夺者总是成功的,而善良正直的人几乎总是被掠夺者吞噬。《塔楼最后一人》出版后,不少评论认为,"这部新著中阿迪加保持了他在《白老虎》和《两次暗杀之间》所展示的艺术才华和对现代崛起的印度社会的深刻观察"③。小说保留了《白老虎》的活力,并增加了《两次暗杀之间》的一些技巧,"在结构、语气、态度及对大量人物的尖锐、有时甚至是带有讽刺意味的刻画上,《塔楼最后一人》

---

① L. Thomas. "Interview with Aravind Adiga, *The White Tiger*". *Fiction Writers Review*, 2009-04-15.

② A. Adiga. "My Wild Trip Home". *The Daily Beast*, 2009-06-10.

③ 海仑:《阿迪加出版新著〈塔楼里的最后一个男人〉》,载《世界文学》2011 年第 6 期, 第 308 页。

明显具有狄更斯的风格。阿迪加甚至不时地模仿狄更斯的一些文体手法"①。美国《新闻周刊》（*Newsweek*）指出，"对矛盾而危险重重的印度的这次有趣而扣人心弦的窥探，让阿迪加进一步证明，作为他们国家混乱现实的记录者，他相当杰出"②。《今日美国》（*USA Today*）认为，《塔楼最后一人》"甚至比熠熠生辉的《白老虎》更为出色……一流的作品"③。

　　2016年9月，阿迪加出版了他的第三部长篇小说《选拔日》，继续他对"新印度"的探索，《白老虎》和《塔楼最后一人》中表现出的坚韧的现实主义再次得以呈现。《选拔日》是对印度板球运动（阿迪加称之为"印度最伟大的消遣之一"）一次有力的批评与讽刺，围绕板球这一受印度人尊敬的运动及其竞选活动，展现了与其相关联的国家雄心，以及表面乐观的经济背后的紧张局势，再一次揭露和审视了宗教、种姓、阶级性等当代印度社会中根深蒂固的问题。小说延续了《白老虎》以来的当代印度"丛林"式社会的书写，但是摆脱了前两部长篇小说中弱肉强食、掠夺者吞噬善良者的主题，赋予了小说温暖的兄弟情谊。《选拔日》中，阿迪加结合了经典板球小说《防守的艺术》（*The Art of Fielding*，2011）和《贫民窟的百万富翁》的精华，将青春与野心、体育和家庭熔于一炉，揭露了印度创造体育英雄的残酷制度对脆弱青年的思想和生活造成的影响。阿迪加在小说的鸣谢中提到，"在五年的时间里，我的朋友拉敏·巴哈尼阅读并编辑了这本小说的几部草稿。在我生命的丛林中，他一直是一只白老虎——唯一曾经相信我的人"④。可见阿迪加对这部小说倾注的努力与情感。《泰晤士报》评论认为，"从任何角度来看，《选拔日》都是一位年轻大师的顶级小说……阿迪加的情节引人入胜"⑤。《旧金山纪事报》（*San Francisco Chronicle*）也认为，

---

① Andrew Riemer, "The Dickens of Mumbai". *Entertainment*, 2011-07-09.

② ［印度］阿拉文德·阿迪加：《塔楼最后一人》，路旦俊、仲文明译，上海文艺出版社2013年版，封底。

③ ［印度］阿拉文德·阿迪加：《塔楼最后一人》，路旦俊、仲文明译，上海文艺出版社2013年版，封底。

④ A. Adiga. *Selection Day*. London：Pan Macmillan, 2017, Acknowledgments.

⑤ A. Adiga. *Selection Day*. London：Pan Macmillan, 2017, Back Cover.

"他创作了一部近乎完美的小说，进一步证明了他是当代最优秀的小说家之一"①。《绅士季刊》（GQ）更是认为，"没有人能像阿拉文德·阿迪加一样，用如此黑暗的智慧来描写当代印度的社会动荡"②。《新闻周刊》对小说给出了更高的评价："《选拔日》是阿迪加迄今为止最引人入胜的小说，它证明了为什么'阿拉文德·阿迪加凭借他对当代印度矛盾和危险的扣人心弦、有趣的描述，巩固了他作为该国混乱现状的杰出编年史家的地位'。"③ 2017 年，《选拔日》被《纽约时报》（The New York Times）评为"2017 年 100 本最值得关注的书"之一，又入围南亚文学 DSC 奖（DSC Prize for South Asian Literature）。2017 年 8 月，由于小说题材的热度，《选拔日》被著名英国印裔导演与电影制片人乌达扬·普拉萨德（Udayan Prasad）改编成六集体育短剧，2018 年 12 月 28 日在奈飞（Netflix）首播，深受欢迎，2019 年又续拍了第二季。

2020 年 1 月，阿迪加出版了他的第四部长篇小说《大赦》，将自己的小说创作从主流的严肃小说领域扩展至流行的犯罪小说领域。虽然小说的背景离开了印度，但是不难发现，《大赦》继承了前几部小说通过富人与穷人过滤器来审视人类状况的叙事模式，关注的依然是阿迪加小说一直以来探索的道德危机，只不过这一次阿迪加的视角跨越了印度。在接受采访时，阿迪加指出，"我试图将世界各地移民面临的各种形式的道德危机通过戏剧化的方式变成故事的中心"④。这无疑展现了其小说创作的巨大野心。《大赦》以令人难以置信的洞察力、同情心，以及纪录片式的精确性，描绘了无证移民所面临的剥削、风险、危机、偏执、可怕的生活条件和心理压力，揭露了无证移民面临的残酷斗争和道德困境，成功地引起了人们对系统不公正的关注，以及对当今世界各地许多无证移民的焦虑与恐惧的理解。汉密尔顿·凯恩（Hamilton Cain）评论认为，"《大赦》是阿迪加迄今为止最具成就的小说，精雕巨制，引人入胜，充满智慧和灵感，描写了流离失所的人们的勇气和密谋反对他们的人的残忍"⑤。2021 年《白老虎》改编的电影大获

① A. Adiga. *Selection Day*. London: Pan Macmillan, 2017, Back Cover.

② A. Adiga. *Selection Day*. London: Pan Macmillan, 2017, Auxiliary Text before Title Page.

③ A. Adiga. *Selection Day*. London: Pan Macmillan, 2017, Back Cover.

④ A. Jackson. "'*White Tiger*' Filmmaker Ramin Bahrani to Direct Film Adaptation of Aravind Adiga's Novel '*Amnesty*' for Netflix", *VARIETY*, 2021-02-02.

⑤ H. Cain. Review: "'*Amnesty*,' by Aravind Adiga". *The Star Tribune*, 2020-02-21.

成功后，导演拉敏·巴哈尼期望与阿迪加再次合作，阿迪加也十分期待巴哈尼对这部小说的视觉化诠释。目前，小说的改编计划正在筹备实施中。

阿迪加曾对有"后殖民文学教父"之誉的英国印裔作家萨尔曼·拉什迪推崇备至，一直将他视为自己文学创作的榜样。"阿迪加承认拉什迪的编年史作品《午夜之子》（*Midnight's Children*，1981）给他的创作带来了强烈的影响。"①这种影响在具有明显编年史风格的小说集《两次暗杀之间》和具有强烈时代连续感的三部长篇小说中得到了突出的体现。这是他对文学之梦追求的结果，正是凭着执着的文学理想，阿迪加逐步建构起了书写印度庶民社会的文学事业。

阿迪加曾提及："我希望我能够像阿米斯（Martin Amis）一样写作。他促使我尽可能努力地做到在风格上成为像狄更斯一样的作家。"②在资本主义全球化和城市化时代，当印度努力加入全球超级大国联盟时，阿迪加像狄更斯一样，努力地探索着印度成功背后的苦涩真相。正如印度学者瓦利亚马塔姆（R. J. Valiyamattam）所总结的："阿迪加的作品似乎被狄更斯式的幽灵所困扰。他苦苦思索的一个重要问题是，印度的进步是否包罗万象，它的发展是否给所有人带来了幸福，它的智慧城市是否也是社会和道德健全的城市。阿迪加似乎得出了这样的结论：今天的印度人生活在可怕的精神空虚中，痛苦的荒谬已经成为关于进步的代价。"③ 显然，阿迪加已然实现了他"成为像狄更斯一样的作家"的愿望。评论家艾伦·怀特（Alan White）就十分肯定地认为："在短短几年的时间里，阿拉文德·阿迪加已经成为关于印度生活方面最重要的编年史家。这时常被人重复提起，是因为事实是：在方法和主题方面，阿迪加是现代最接近狄更斯的。他们的中心主题相同，这就是狄更斯自己的国家目前无法出现一个类似的作家的原因。两者都提出了一个简单的问题：在一个经济、工业和社会快速发展的世界里，我们将什么抛在了身后？"④ 正是对印度生活，尤其是印度庶民社会所进行的编年式的真实记录，以及在主题、方法与风格上的坚持，让阿迪加建构了他的文学世界，并不断地在文学之路上实现和创新着自己的梦想。

---

① S. Jeffries. "Roars of Anger". *The Guardian*, 2008-10-16.

② J. Derbyshire. "The Books Interview: Aravind Adiga". *New Statesman*, 2011-07-18.

③ R. J. Valiyamattam. Aravind Adiga's *Last Man in Tower*: Survival Strategies in a Morally Ambivalent India. *World Literature Today*, 2017-09.

④ A. White. "*Last Man in Tower*: A Parable Built on Ambiguity". *The National*, 2011-07-29.

第二节　工作之缘

早在幼年时期，阿迪加就对新闻报刊有着浓厚的兴趣。那时，爱好藏书的"祖父的办公室里满是英文报刊杂志：《今日印度》《星期日》《前线》《印度图画周刊》"[1]。阿迪加经常徜徉于这些英文杂志之中。阿迪加后来提到，他从那些英文杂志中吸收了新闻记者所拥有的那种直截了当的风格和力量感，并认为这可能是普通小说家无法匹敌的。

2000年，阿迪加硕士毕业，选择了做一名《时代周刊》财经报道的通讯记者，报道内容涉及股票市场和投资、财政界名人专访等。然而，阿迪加接受采访时曾祖露："进入新闻业于我而言是另一种方式！我一直想成为一名作家，但是你在印度写作，是没有办法养活自己的，因为我们没有MFA项目或写作奖金。我成为一名记者是为了在写小说的同时养活自己——也为了更多地看一看我将要写的这个国家。我一直都知道，有一天我会辞职去写我的书。"[2]因此，阿迪加在从事新闻工作的同时，一直保持浓厚的文学兴趣，积极涉足文学评论，撰写评论文坛先辈的文章。"他先后在国际刊物上发表了对埃里森（Ralph Ellison）、品钦（Thomas Pynchon）、奈保尔（V. S. Napaul）、凯瑞（Peter Carey）、罗斯（Philip Roth）、翁达杰（Michael Ondaatje）等作家的评论文章。"[3]文学评论的创作使他进一步吸收了世界文坛上优秀的文学营养，从而为他从新闻记者转型、专门从事文学创作打下了基础。

---

[1]　A. Adiga. "How English Literature Shaped Me". *The Independent*, 2009-07-17.

[2]　L. Thomas. "Interview with Aravind Adiga, *The White Tiger*". *Fiction Writers Review*, 2009-04-15.

[3]　李道全：《悖论的庶民觉醒——阿拉文德·阿迪加及其短篇集〈两次刺杀之间〉》，载《外国文学》2011年第5期，第3页。

2003 年，阿迪加回到阔别十余年的印度，担任《时代周刊》驻印度通讯记者。2003—2005 年间，阿迪加"多次辗转于印度、巴基斯坦、尼泊尔、孟加拉国和斯里兰卡等国，采访过印度、巴基斯坦和斯里兰卡的总理。他写过的评论众多，涵盖政治、经济和艺术等，除了在《时代周刊》《金融时报》上发表文章外，亦在《独立报》《星期日泰晤士报》上发表过评论"①。这一时期，阿迪加写下了大量的报道、通讯、时评、作家作品简介与文学评论等。新闻记者的职业素养和工作旅行的丰富经历，拓宽了阿迪加的观察视野，丰富了其作品的现实内容，使其作品涵盖了经济、文化、宗教、历史、艺术等诸多领域的信息，多侧面地描绘了印度的社会现状，造就了阿迪加严谨的现实主义写作风格。

同时，驻印的新闻工作使他越来越多地接触到印度社会的庶民阶层，观察到印度庶民阶层在印度现存的巨大阶层与贫富差距中的生存困境。他发表在国际刊物上的文章也开始越来越多地关注印度庶民的生活现状，对印度庶民社会的许多侧面做了大量细致的描绘。印度当代经济的发展已经形成了一种畸形的制度："经济为上层富有的阶级所摄取，财富主要集中在少数人手中……两极分化和贫富悬殊现象仍异常严重。"②后来，阿迪加接受采访时指出："阶级是一个令人生厌的创作话题。人们对巨大的阶级差别不感兴趣，但它却是一个亟待关切的问题——因为恐怖主义和不稳定等其他问题因其而生。"他同时还指出，在印度，"贫富之间正发生着非同寻常的变化。从前，富人和穷人之间至少有一种共同的文化，但现在那已慢慢被销蚀掉了"③。阿迪加已经深切地感知到印度社会所面临的困局，思考了庶民所处的复杂社会环境。

2005 年年底，阿迪加辞去《时代周刊》的工作，准备"用新年的第一个星期完成他暂时命名为《白老虎》的小说"④，由此开始了他的职业作家生涯。阿迪加在接受采访时曾说，他之所以从记者生涯转向小说写作，是

---

① 姜礼福：《布克奖新得主阿·阿迪加及获奖小说〈白老虎〉》，载《外国文学动态》2008 年第 6 期，第 16 页。

② 陈峰君主编：《印度社会述论》，中国社会科学出版社 1991 年版，第 382-383 页。

③ 祝平：《〈白老虎〉：幽暗的印度——2008 年布克奖得主阿拉文德·埃迪加其人其作》，载《译林》2009 年第 2 期，第 171 页。

④ A. Adiga. "Taking Heart from the Darkness". *Tehelka Magazine*, 2008, 5 (38).

因为这让他有机会更深入地研究故事，"并且以此超越所见之物，探索人类更深层次的动机。例如，你可以采用你所亲见过的场景，在他人眼中，你已经见证了谋杀，但你清楚他可能永远不会真正做到这一点，身为一名记者，你必须就此打住"①。但是，2006年3月阿迪加就放弃了《白老虎》的写作。因为小说让他陷入焦躁不安，他感到无从下手。于是，他乘火车前往加尔各答，开始了他的印度之旅。旅途中关于人力车夫的见闻，促成了《白老虎》的真正诞生。这次旅行之后，阿迪加对于其创作有了更明确的目的，提及刻画小说主人公巴尔拉姆的初衷时，他说："我想描写一个印度下层阶级的人物，他们或许超过4亿，被经济繁荣所遗漏，在印度出品的电影和书籍中也不见踪影。我的目的是用我所见到的人的不同侧面来创造一个在印度随处可见，但以前的印度文学中从未有过的人物——他的道德品质似乎每分钟都在变化，一分钟前还是可信赖的，一分钟后却不再值得相信。他体现了当今印度生活的道德矛盾。"②阿迪加曾明确地表示，"小说（《白老虎》）的写作出自他作为新闻工作者的工作经历和他个人的遭遇，是一个有别于特权的中产阶级，关乎印度庶民群体的故事"③。关于主人公巴尔拉姆，他信心十足地说道："巴尔拉姆·哈尔维是我在旅程中见到的一系列人物的组合。我花了大量的时间在火车站、汽车站台、仆人生活区和贫民窟游荡，我一边倾听，一边和我周围的人交谈。这里面持续着一种接近于印度中产阶级生活的低语和咆哮，这些声音没有得到记录。如果有一天你发觉房子的下水道或水龙头开始说话，那就是你听到的关于巴尔拉姆的故事。"④

也正是因为亲身经历了印度社会的种种现状，阿迪加才开始正式思考怎样才能表现一个真实、全面的印度，思考怎样才能完整地表达自己对于

---

① J. Lyden. "Author Asks If Mumbai Money Can Flatten Tradition". *National Public Radio*, 2012-08-12.

② 祝平：《〈白老虎〉：幽暗的印度——2008年布克奖得主阿拉文德·埃迪加其人其作》，载《译林》2009年第2期，第172页。

③ C. Higgins. "Out of the Darkness: Adiga's *White Tiger* Rides to Booker Victory Against the Odds". *The Guardian*, 2008-10-14.

④ K. Singh. "Aravind Adiga's *The White Tiger*: The Voice of Underclass—A Postcolonial Dialectics." *Journal of Literature, Culture and Media Studies*, 2009, 1 (2), p. 111.

当代印度社会生活的真实情感与愿景。"由于新闻叙事的局限性，阿迪加在现实叙事作品中对印度的描绘仅局限于印度社会的某些侧面及部分热点，难以对印度社会全貌给予总体观照；作为新闻记者的阿迪加还有许多未尽之言未能在现实叙事作品中述说。同时由于新闻叙事的客观要求，一定程度上使得阿迪加在其现实叙事作品中只能对印度社会现状给予如实记录。新闻叙事的客观叙事局域性使得阿迪加难以在现实叙事中全面地表达出自己对社会现状的期盼与理想，难以自如地抒发其对权贵势力的愤怒、对底层人民热切的情感。"①具有商业记者背景的阿迪加很清楚某些商业杂志上写的大部分内容都是胡说八道，印度充斥着《如何成为一名互联网商人》之类的书籍，且书籍承诺在一周内将你变成百万富翁，但是生活远比这些书籍所承诺的要艰难。对于印度 10 多亿人中的大多数来说，他们被剥夺了体面的医疗保健、教育或就业机会，因此，阿迪加根本不把这类商业或企业文学当回事。阿迪加意识到他必须摆脱基于客观现实的新闻叙事，放弃商业周刊中的杂志语言，从虚构叙事的角度，用小说的想象与再现方式，全面构筑当代印度社会的生活画卷，展现他所认知的印度。记者工作的背景使他的虚构叙事延续了新闻叙事关注的现实主题，他笔下的印度社会和历史具有强烈的新闻写实性。因此，阿迪加小说关于当代印度社会的虚构叙事，丰富了其新闻叙事的当代印度社会现实的描绘。阿迪加印度题材小说所展现出来的独具特色的想象力和诙谐幽默的风格，增添了作品的艺术魅力，从而吸引了更多的读者去了解与关注印度社会。

在其小说创作的过程中，丰富的人生经历为阿迪加创造了不同一般的文化语境。而工作经历则使他拥有了在西方主流话语中篡言的实践经验，同时也熟悉其中的机制规律，因此他的创作更能被西方读者、西方媒体和主流文学界所接受。在这样一种前提下，阿迪加的印度题材小说，在回归印度本土视角与重构印度身份的过程中，就可以避开西方主流话语的牵绊，带着与西方主流文化互动的尝试，即从西方文化的视角回望印度文化，也表达着他从印度文化视角对话西方文化的看法，这一点在《白老虎》中尤

---

① 向东：《现实与虚拟重叠——阿拉文德·阿迪加作品中的印度》（学位论文），重庆师范大学，2012 年，第 24 页。

为明显。

此外，"在谈到小说与现实的关系时，阿迪加说他试图确保《白老虎》中的所有场景同印度的现实都形成一种对应关系：小说所描写的政府医院、售酒店和妓院，无一不是他在旅行过程中的所见所闻。在获奖后接受 BBC 记者采访时，作者亦专门强调了这一点"①。阿迪加基于现实层面的视角，体现出了其独创性。正如诺贝尔文学奖获得者巴尔加斯·略萨（Mario Vargas Llosa）所指出的，"小说家的独创性在很多时候就表现在这个现实层面视角上。也就是说，要找到或者至少凸现生活的、人类经验的、生存的一个方面或者作用，而它此前在虚构中被遗忘、被歧视、被取消了；现在它在小说中作为占据主导地位的视角出现，为我们提供了对生活观察的前所未有的崭新视野"②。这一点在小说《白老虎》中巴尔拉姆与温家宝总理的通信背景中就有很明显的体现。关于中国，阿迪加早在《时代周刊》工作时就曾撰写过三篇文章，分别是《喜马拉雅山上的人们都在关注世界：中国和印度可能是朋友、竞争对手或敌人》（*Hands Across the Himalayas Watch out World：China and India Could be Friends，Rivals or Enemies*）、《对中国的健康恐惧》（*A Healthy Fear of China*）和《悬于线上》（*Hanging by a Thread*）。三篇文章的关键词都为"中国""印度""总理"，且发表时间恰逢温家宝总理在任期间，报道的内容是 2005 年温家宝总理出访印度并与印度总理辛格举行会谈。这些文章表达了印度人民希望总理辛格能够与温家宝总理就贸易关系达成一致意见，从而减少与中国的能源争夺的愿望，并提到了在印度商人眼中，中印两国最大的区别在于现代化的基础设施。阿迪加同时指出，此一时期的印度，对外在新政治版图中有对中国崛起的担忧，对内有着英国殖民后遗留下的政治制度问题和由来已久的人民内部的阶级矛盾，不仅如此，印度的基础设施、卫生条件和国民教育都存在着很多不完善的问题，更不用说印度教和伊斯兰教之间的宗教冲突。可见，《白老虎》借用一个号称他是企业家的小说主人公，向温家宝总理传达他对印度

---

① 姜礼福：《布克奖新得主阿·阿迪加及获奖小说〈白老虎〉》，载《外国文学动态》2008 年第 6 期，第 17 页。

② ［秘鲁］巴尔加斯·略萨：《给青年小说家的信》，赵德明译，上海译文出版社 2004 年版，第 94 页。

社会问题的焦虑和认识，这一创作构想背后有着坚实的现实基础。

这种对现实表达的严格要求、对环境观察的细致入微、对人物描写的逼真传神，在《两次暗杀之间》《塔楼最后一人》《选拔日》中都清晰可见。在创作《两次暗杀之间》时，为了掌握家乡芒格洛尔的旧历史与新变化状况，充分地再现小镇的面貌，阿迪加多次从新德里回到芒格洛尔。他在文章中提及，"我花了尽可能多的时间了解芒格洛尔——采访当地政客和商人，查阅议会记录，研究其政治历史、投票模式以及种族和种姓构成"①。在创作的过程中，也因为自己的严格要求，总会导致一些意想不到的事情发生：

> 作为一名记者，我在印度各地旅行，并遇到来自其他城镇的人，他们要求进入我的芒格洛尔小说。在比哈尔邦，我和一个激进的共产主义者共度了一天，他放弃了特权的生活，拿起武器反对印度政府。他一边用颤抖的手倒茶，一边对我讲起他被捕的次数，以及他在监狱里被殴打的次数。在印度北部的帕尼帕特镇，我结识了一位流浪的性学家——一个庸医——看着他拿出几瓶白色药丸，将它们作为治疗梅毒的药物，并提供给一群年轻人。他拒绝停止跟踪我，直到我答应将他放进某个故事里。最重要的是，在熙熙攘攘的旧德里，这个曾是印度首都历史一部分的地方，我流连于一个个清真寺和寺庙，度过了一个个星期天，那里住着那么多男男女女，他们吸引着我，并迫使我写下他们。②

这些遭遇，曾几度导致阿迪加有撕毁《两次暗杀之间》书稿、放弃再创作的想法。而关于《选拔日》，阿迪加曾在鸣谢中提到，在 2011 年和 2012 年的几个月时间里，他多次请教孟买板球作家学院院长马卡兰德·温甘卡尔（Makarand Waingankar）有关板球这项运动的知识。在《选拔日》中，阿迪加通过富商阿南德·梅塔之口讲述了板球在印度社会发展过程中

---

① A. Adiga. "My Wild Trip Home". *The Daily Beast*, 2009-06-10.

② A. Adiga. "My Wild Trip Home". *The Daily Beast*, 2009-06-10.

关联的性别原因，阐释了他对印度板球社会问题的认知，可谓精彩独到。

其他的运动在印度越来越流行，比如网球或排球，但关于板球需要了解的是，先生，我们的政府别无选择，只能在印度强制执行这项运动。你看，我们正坐在一个定时炸弹上：由于杀害女婴的行为，我们失去了大约 1000 万妇女。我想你知道这个不寻常的事实吧？在印度不要做任何商业决定，直到你熟悉我们的男女性别比例，这是几十年来选择性堕胎的结果。我预测，年轻的印度男性，在没有女性与之结婚与其繁殖后代的情况下，可能会变得越来越疯狂。现在，地球上只有一件事能帮助我们摆脱所有这些流氓的印度教睾丸激素。那就是板球。你曾经试过用板球棒杀死一个人吗？几乎是不可能的。我认为，板球深刻而内在的愚蠢，所有的公平竞争和体面的抽签内容，使它非常适合被印度的男性社会控制。你能想象，如果这里的男孩开始踢美式足球，德里和孟买的犯罪和强奸案会有什么变化？我相信，在未来的几年里，为了安抚数亿来自社会底层的印度年轻人，只有三个真正可供选择的政策：使卖淫合法化，但政府不会同意的；让酒比现在便宜得多，但政府负担不起；或者，为我们提供源源不断的以板球为基础的"毒品式"娱乐活动。①

由此可见，因工作之缘，阿迪加获得了他庶民书写十分重要的经验："一方面，新闻工作让阿迪加广泛接触印度社会，为文学创作积累了素材；另一方面，文学评论则让他获取灵感，激发了创作欲望。在文坛前辈的感召之下，阿迪加把新闻素材和文学创作结合起来，呈现全球化时代印度社会的问题与症结。因此，他的小说不仅富有时代气息，还具有极强的社会批判性。"②

---

① A. Adiga. *Selection Day*. London: Pan Macmillan, 2017, pp. 110-111.

② 李道全：《悖论的庶民觉醒——阿拉文德·阿迪加及其短篇集〈两次刺杀之间〉》，载《外国文学》2011 年第 5 期，第 4 页。

第三节　印度之情结

罗兰·巴尔特（Roland Barthes）在其《写作的零度》（*Le degré zéro de l'écriture*，1953）中指出，"写作是存在于创造性和社会之间的那种关系；写作是被其社会性目标所转变了的文学语言，它是束缚于人的意图中的形式，从而也是与历史的重大危机联系在一起的形式……一个作家的各种可能的写作是在历史和传统的压力下被确定的"[1]。与其他旅居海外的印度裔作家不同，阿迪加生于印度，移居海外并游学归国。东西文化的双重影响，加之亲身经历时代高速变化发展和印度社会真实现状的洗礼，形成了阿迪加观察和思考印度社会的独特视角和创作个性。阿迪加能够摆脱印度本土作家狭隘的视角空间与思想立场，清晰地观察和分析经济全球化背景下，当代印度现代化进程中所面临的现实问题。阿迪加将他的观察与思考付诸小说创作，深刻地揭露印度社会的黑暗面，尖锐地剖析印度国民身上的优点和劣根性，反思印度社会高速发展下的真实现状，表现出浓厚深沉的印度情结。无论是在做新闻工作者期间所创作的大量报道与评论，还是此后创作的小说作品，都具有极高的社会认知价值和文学审美价值。它们拓宽了当代知识分子关于印度书写的题材，丰富了叙述印度的视角和方法。阿迪加的创作表明，"阿迪加无疑是当代印度现状的最好观测者与叙述者之一。……解读印度现状，解读印度文化，阿拉文德·阿迪加的作品是一个很好的切入点，是我们观察印度真实现状的一个重要窗口"[2]。

2003 年，阿迪加以《时代周刊》通讯记者的身份回到印度，目的有二：

---

① ［法］罗兰·巴尔特：《写作的零度》，李幼蒸译，中国人民大学出版社 2008 年版，第 19-20 页。

② 向东：《现实与虚拟重叠——阿拉文德·阿迪加作品中的印度》（学位论文），重庆师范大学，2012 年，第 11 页。

其一是思乡念国，渴望回到印度；其二是完成他印度版的《人间喜剧》。因此，在回归印度以后，工作之余他便回到故乡芒格洛尔，他发现这里发生了翻天覆地的变化：人口翻了一番，出现了大量的购物商场和高层公寓，以及医学院、物理学院等一系列专业院校。阿迪加如实地将这些变化记录进了他的游记《生活在召唤》（*Life is Calling*）①。但是，新的繁荣建立在巨大的代价之上，环顾发生巨变的小城，阿迪加很快注意到了大群的流浪乞讨者和无家可归者。阿迪加对自己出生的国家产生了强烈的陌生感，他明显感受到，"生活在底层的这部分人看起来被完全排除在印度发展的故事之外。阿迪加心中充满了好奇和困惑，在他作为记者环游印度时，他渴望探索更多关于他们的故事"②。

阿迪加决定以工作之便环游印度。随着环游和探索的不断深入，印度庞大的人口、丰富的文化和宽容的历史共同创造和展现出的超现实的社会复杂性，以及儿时记忆与当下亲身经历带来的强大落差感，使阿迪加意识到自己创作任务的复杂性与艰巨性，渐渐动摇了他初期的文学计划。早期构想的关于以印度版中产阶级印度教教徒和基督教徒为主的《人间喜剧》书写计划被彻底颠覆。"走在芒格洛尔的街道上，我不时会注意到一些低种姓和穷人，他们在我童年时代没有扮演过任何角色，如今却占了镇上人群的大部分。大量的穆斯林，我在成长过程中对他们几乎一无所知。这似乎开启了一个新的挑战：了解芒格洛尔看不见的大多数人，记录下他们的奋斗和快乐。写一部比我的童年更真实的书。"③ 这样，阿迪加早期记忆中的中产阶级人物，被他亲眼所见的社会底层庶民所取代。这是阿迪加回到印度后内心深处的真正转变，加之工作过程中遇见的其他小镇上形形色色的庶民人物，他开始意识到自己想要书写的已不再是当初的那个故乡芒格洛尔，而是另外的某个地方，一个可以囊括整个印度的地方。阿迪加后来给它创造了一个名字——基图尔，也就是小说集《两次暗杀之间》中的小城基图尔。阿迪加在接受采访时说道："基图尔是一个完全虚构的小镇：它不

---

① A. Adiga. "Life is Calling". *Time*（*Asia*），2006-06-19.

② K. Singh. "Aravind Adiga's *The White Tiger*：The Voice of Underclass—A Postcolonial Dialectics". *Journal of Literature, Culture and Media Studies*, 2009, 1（2），p. 103.

③ A. Adiga. "My Wild Trip Home". *The Daily Beast*, 2009-06-10.

存在，就像福克纳笔下的杰斐逊镇一样。我将它创造出来是为了讲述里面人物的故事。我发现大多数印度小说只讲述某些特定类型的人的故事——上层阶级、上层种姓、受过教育（通常是外籍人士），而我想讲述整个印度城镇的故事，这里面有每个阶级、种姓和宗教。印度城镇的所有截面，穆斯林、基督教徒、印度教徒、高种姓、低种姓、富人和穷人都将出现在这些故事中。"①

作为中产阶级出身的阿迪加迎来了新的挑战，因为太多的印度人用英语来写作。在他看来，"由中产阶级人士书写的中产阶级生活组成了这些写作的大部分，其中只有一小部分能够算作如实地反映了这个国家生活或经验层面的'真实'肖像。而真正缺少的是一部能够展现印度小城生活的方方面面，同时捕捉其丰富的民族性和现实创伤的作品"②。因此，在《两次暗杀之间》，人们见到了一个更为"现实"的阿迪加，无论在题材还是创作手法上都展现出了其铸造"真实"的力量，也见到了特定历史阶段对印度社会，特别是印度社会庶民生活的影响。在这部小说集中，重大历史通过平民之口娓娓道出，更显出集体记忆在当下对个体的深远影响。③

从当初的思乡情怀逐渐转向浓烈的爱国情怀，阿迪加开始将关注的重点聚焦于印度庶民社会，同时他意识到，"当代印度小说和国民舆论失去了观点的多样性，而一个爱国的艺术家所能做的最有价值的事情就是挑战人们的看法，使他们看到自己国家真实的现实"④。阿迪加有意识地使自己的创作呈现出与大多数印度作家不一样的姿态，也正是这种姿态和创作个性，促使他"像少数的印度作家一样大胆地去那些他需要写作素材的地方旅行，远离中产阶级起居室中的矫情自满，通过深入印度城市最黑暗的腹地观察，塑造潜伏在庶民中的愤怒之声和道德败坏之音"⑤。这也使他的小说在引起

---

① L. Thomas. "Interview with Aravind Adiga, *The White Tiger*". *Fiction Writers Review*, 2009-04-15.

② A. Adiga. "My Wild Trip Home". *The Daily Beast*, 2009-06-10.

③ 参见黄夏《分裂文明的阵痛与忧伤——读〈两次暗杀之间〉》，载《书城》2012年第7期，第26页。

④ 海仑：《阿迪加出版新作〈两次刺杀之间〉》，载《外国文学动态》2010年第2期，第22页。

⑤ V. Swarup. "Caste Away". *The Guardian*, 2009-07-11.

文学评论家和有眼光的读者注意的同时，也遭受了不少反对之声。尤其是当《白老虎》获得布克奖时，阿迪加被指控通过推销印度的贫困来获得西方世界的认可，狭隘的批评者不仅质疑小说本身的文学价值，而且怀疑奖项委员会认可阿迪加的意图。阿迪加对此十分清楚，他曾说："在过去的十年里，占主导地位的神话变得愈发强大，印度内部自我质疑的空间已经缩小。这个国家的大部分地区仍然贫穷，多达7亿印度人生活在贫困之中，而且穷人不再乐于保持沉默。政府没有投资于学校、医院和设置能让这些穷人脱贫的工作岗位。抱负在增长，但机会却止步当前。这只会带来麻烦。任何指出这一点的人都被称为叛徒。"①然而，正如评论家安东尼（P. J. J. Antony）所指出的：

> 指责阿迪加通过描绘印度的贫困以赢得西方文学界的喜爱是幼稚的。印度英语文学的元老们，如安纳德（Mulkraj Anand）、拉贾·拉奥（Raja Rao）、R. K. 纳拉扬和普拉萨德（Bhavani Prasad），都利用了印度的这种生活。他们同时代的印度语言文学也不例外。只是阿迪加更大胆地"取笑"印度的政治、宗教和社会机构。这激怒了那些希望隐藏在印度社会肮脏堕落的地毯之下的狭隘分子。阿拉文德·阿迪加应该受到赞扬，因为他坦率、直白地承认，印度现实的黑暗之处是存有光明的。

> 的确，政治被以贬义的形式融入了叙事。阿迪加笔下的主人公从不考虑他的阶级解放的政治选择，只有冷漠和蔑视。他利用这一点跨入了特权者的世界。他对自己犯下的谋杀和盗窃的漠不关心和缺乏悔意固然令人不安，却是对新兴现实和第三世界新富人不断扩大的潮流的有力指示。②

尽管指责之声时有发生，但是阿迪加以一种全然坚决的姿态专注于他的庶民书写，希望能够在关注印度翻天覆地变化的同时，揭露印度社会的

---

① L. Thomas. "Interview with Aravind Adiga, *The White Tiger*". *Fiction Writers Review*, 2009-04-15.

② P. J. J. Antony. "Tiger by the Tale". *Arab News*, 2009-05-14.

残酷与不公，反映印度社会底层庶民群体的生存境况，并试图赋予底层庶民言说的机会，让社会看见这些"隐形人"，听见他们的声音。接受采访时他说道："我渴望暴露社会残酷的不公。如同 19 世纪作家福楼拜、巴尔扎克和狄更斯等作家一样，他们的目的是让法国和英国成为更好的社会。这是我试图去做的，并不是攻击国家，而是希望唤起这个国家更好地自省。"①阿迪加这种强烈的自我责任感和使命感，深深地反映在了他的印度题材小说创作之中，《白老虎》和《塔楼最后一人》尤甚。阿迪加从心底深处认为，对于一名创造性的作家来说，最爱国的事就是促使人们亲见自己国家的现实。

因此，阿迪加的庶民书写，以独特的印度情境、特殊的印度群体与困境书写，构造出了一道鲜亮的图景。深入阿迪加小说的庶民书写，不难发现，"群属经验如'印度情境小说'及其采用的'恶意讽刺'，可能是当代印度英语文学在企图与社会经济自由化和政治民主化过程中涉及的'恶性症状'保持同步时，唯一合适的写作模式。因此，阿迪加有权宣称：'问题无处不在，表现形式在不断变化，文学和艺术必须对其做出回应。'"②同时，阿迪加也在他的小说中表达了他对印度向前发展的热切希望。正如在《白老虎》中他对新德里给予的期望，在接受采访时指出："我希望把这本书奉献给住在新德里的人们。三百年前，新德里是世界上最重要的城市，现在我想新德里又有可能成为世界上最重要的城市。很多人，包括穷人和富人带着梦想来到新德里；我希望，在未来的几年，所有人都应当齐心协力确保我们的城市实现复兴。"③

当代印度庶民社会向世人展现了鲜明的指示图，它汇聚了斑驳的精神密码和生命信息，暗藏了一条足以窥视印度民族原生态的灵魂通道，需要世人细心观看和耐心找寻。阿迪加能从真切的生命体验出发，真实地描绘当代印度庶民社会的可能性状态，在小说中融入对庶民生命个体的终极关

---

① S. Jeffries. "Roars of Anger". *The Guardian*, 2008-10-16.

② I. Detmers. "New India? New Metropolis? Reading Aravind Adiga's *The White Tiger* as a 'condition-of-India novel'". *Journal of Postcolonial Writing*, 2011, 47（5），p. 544.

③ 姜礼福：《布克奖新得主阿·阿迪加及获奖小说〈白老虎〉》，载《外国文学动态》2008 年第 6 期，第 17 页。

怀和对生存境遇的理性思索，获得了叙事的说服力和艺术的感染力。印度学者兰迪普·拉纳（Randeep Rana）在评论阿迪加的《白老虎》时指出，"一个具有创造性的艺术家，为了调查生活中每天出现的问题，揭露当前社会经济基础层面的真实现状，他（她）质疑社会文化进程的绝对理念，以美学方式寻求确认，因此现实主义不可避免地带有批判性的想象"①。

印度现代化的发展，使房地产的开发兴极一时，印度房产开发商开始以挣钱为目的地大兴土木，修建高层公寓楼。房地产业的发展成为现代印度发展的一个缩影。房产开发过程中土地征收与旧房征收和拆迁改造所导致的系列冲突随之不断上演，成为当代印度社会面临的显著问题。开发商威逼利诱、暴力威胁，甚至谋害阻碍房产开发者的事件时有发生。《塔楼最后一人》正是阿迪加对于这一社会现象的一种想象和再现，它展现了阿迪加敏锐的社会观察力和辛辣的智慧。"在这部充满生命力和欺骗性的小说中，他的视野是狄更斯式的。"②他在小说中塑造了一个贫苦庶民出身但通过打拼发展起来的房产商沙赫，和一位执着地对抗房屋拆迁中非法行为的退休教师大师。他们两者的对抗，最终演变成了一场塔楼庶民内部的战争，清晰地反映了当代印度社会房屋拆迁过程中一系列非法、丑恶和有悖人性伦理的黑暗现实。阿迪加在小说中再现了这一背景下两个主要人物身上体现出的悖论，试图将阶级、价值、性别和环境冲突联系起来并进行调查。阿迪加在接受采访时指出，在《塔楼最后一人》中，他试图通过结构性的讽刺来解决印度问题。"我想在这部小说中做的一件事就是加入结构性讽刺的元素，即暴力确实出自一个意想不到的来源，不是直接来自预期的恶棍，而是来自在这种情况下通常认为自己是受害者的人。"③在这个结构性的讽刺中，建筑商沙赫表现出了人性的复杂性，按照传统的观念，沙赫成功的手段是有悖道德的，他无疑是印度每时每刻都在进行的大规模、无声的阶级战争的产物，令人反感；但他又是一个极富魅力的人物形象，在官僚作风严重的孟买，沙赫是唯一敢于抨击制度的人。阿迪加虽然强调了沙赫的恶，

---

① R. Rana. "Perils of Socio economic Inequality A Study of Arvind Adiga's *The White Tiger*". *Language in India*, 2011, (11), p. 453.

② A. Adiga. *Last Man in Tower*. London: Atlantic Books, 2012, Back Cover.

③ "Interview with Aravind Adiga". *Goodreads*, 2011-09-05.

但也展现了他与制度之恶对抗的善。对于另一位主角大师，阿迪加更是强调他并不想将其塑造成小说意义上的英雄："他注定是一个模棱两可的人物形象，因为他代表了你所能认同的双重特性。这个人，他是一个不会被金钱或是生活的前景所吸引的人，但他也是一个阻碍邻居实现梦想的人。他应该是一个能够激发读者进行矛盾思考的人物形象，因为整个塔楼的再开发、变革问题是一个存在问题的议题，难以轻易解决。"①因此，大师的身上也充满着伦理的悖论，他的旧道德式的理想主义，使得自己日益与现实和物质主义的社会脱节。然而，"对于像大师这样的理想主义者来说，真正的考验在于，他们能否有效地对抗房地产大王和屈从于富人的国家机器所释放的恐惧。对民族主义和道德定义的扭曲程度如此之高，以至于任何反对多数人的自私自利图谋的人都被贴上'叛徒''反民族'分子的标签"②。阿迪加通过这样一个在当代印度社会房产纠纷中比较普遍的故事，以不断转换的视角和人物，再现了印度房地产领域庶民的生存状态和伦理悖论，再一次体现了他对当代印度发展中无权阶层的人文主义关怀。他在小说中表现出的冷峻客观，不介入故事人物事件，如同"保鲜剂"，很好地保存了塔楼庶民的生存经验。

板球这一发源于英国的体育运动，在当代印度社会有着举足轻重的地位，不亚于足球在巴西，其球迷不计其数，是印度最受欢迎并且媒体化程度最高的体育项目之一。对于印度人而言，他们对板球的痴迷甚至可以描述为一种爱情关系或一种民族热潮，甚至是一种宗教。在英印殖民时期，印度人民迫切追求民族独立之时，帕西人组建的板球队在孟买打败了傲慢的英国板球队，为当时正在崛起的印度民族主义运动增添了民族信心。由此，印度国民关注板球比赛的风气盛行一时，印度人板球运动参与度越来越高，而印度板球队也频频出征各种比赛，印度人民用强大的板球实力向殖民当局宣告了自身的力量，板球运动由此承载起厚重的民族主义意识。经典电影《印度往事》（*Lagaan：Once upon a Time in India*，2001）就是通

---

① J. Lyden. "Author Asks If Mumbai Money Can Flatten Tradition". *National Public Radio*，2012-08-12.

② R. J. Valiyamattam. "Aravind Adiga's *Last Man in Tower*：Survival Strategies in a Morally Ambivalent India." *World Literature Today*，2017-09.

过板球运动讲述了一段民族主义故事。然而，板球运动也上演着野心、失败、恐同和对自由的威胁的"剧情"，反映着当代印度社会发展过程中诸多问题，以及其对体育运动的侵蚀。显然阿迪加从中窥见了无论是个人还是在印度国家层面都值得深思的现实问题，《选拔日》正是他对现实的再现与反思。正如《选拔日》中的富商阿南德·梅塔所阐释的，"印度人是什么？我给出的答案是：印度人，亲爱的，基本上是一个高胆固醇水平的情感种族。现在，印度电影对社会现实主义情节剧的渴望不再得到满足，印度公众开始转向板球"①。通过引人入胜、细致入微的成长题材故事的叙述，阿迪加成功地撰写了一段庶民通过板球运动改变命运的艰难历程，同时也为生活（和印度）的巨大不确定性做出了公正的解释。关于这部小说，评论家德怀特·加纳（Dwight Garner）认为，"阿迪加再次展示了他作为一名后殖民小说家最伟大的天赋：他对世界实际运作方式的强烈感知，以及他深入了解来自截然不同社会阶层的人物内心思想的能力"②。著名评论家卡梅拉·丘拉鲁（Carmela Ciuraru）也指出，"无论是在个人还是国家层面——他（阿迪加）创作了一部几乎完美无瑕的小说，进一步证明了他是我们当代最优秀的小说家之一"③。

总之，"阿迪加对于印度英语文学题材上的拓宽，尤其是在对当代印度社会巨变方面的书写，做出了巨大的贡献"④。综观阿迪加的印度题材小说，其中的人物就像小说的背景一样越来越复杂，这种复杂性使他对当代印度社会的再现与批判更加迫切与令人信服，这无一不体现了批判现实主义的美学理念。阿迪加对印度庶民社会的再现和带有批判性的想象，使他的印度庶民书写呈现出浓烈的个人风格，从众多印度英语文学作品中脱颖而出。

---

① A. Adiga. *Selection Day*, London：Pan Macmillan, 2017, p. 45.

② D. Garner. "Review：'*Selection Day*' Presents India as Seen Through the Wickets". *The New York Times*, 2008-11-07.

③ C. Ciuraru. "'*Selection Day*,' by Aravind Adiga". *SFGATE*, 2017-01-26.

④ 阎一川：《"鸡笼"·"黑堡"·"丛林"——阿迪加小说中印度民众的生存困境》（学位论文），西北大学，2017 年，第 59 页。

第二章 当代印度庶民的生存场域与境况

　　评论家德怀特·加纳认为，"阿迪加不仅是一个自信的讲故事的人，也是一位思想家、怀疑者、足智多谋的艺术家、正统派和伪善说教者的眼中钉"①。这反映在了阿迪加的文学创作定位上。阿迪加的印度题材小说，致力于从印度内部分析当代印度社会发展过程中的真实现状，密切关注印度庶民社会的生活景象。在这些小说中，一方面，阿迪加通过庶民书写再现庶民社会的生存现状和想象庶民人物的生存愿望，另一方面，通过突出的对比效果分析庶民社会受压迫的社会因素和人为因素，探索庶民社会存在的众多问题，如儿童（青少年）成长问题、宗教问题、种族和种姓问题、贫富差距问题等，从多个方面透视当代印度庶民社会的生存境况及其深层文化特征，试图挖掘问题的根源，探寻解决问题的可行性途径。

---

① A. Adiga. *Selection Day*. London：Pan Macmillan, 2017, Back Cover.

第一节　两个印度世界及其生存法则

在游记《狂野回乡路》中，阿迪加提到 2006 年他在新德里郊区尼桑木丁（Nizamuddin）创作《两次暗杀之间》时，也在间歇性地进行《白老虎》初稿的创作。鉴于两部小说的同时进行，阿迪加进一步调整了他的创作计划，有意地在小说《两次暗杀之间》与《白老虎》中构筑了"旧"与"新"两个不同的印度，以此展现正在发生着剧变的印度与过去记忆里的印度之间的差别，这种建构在后来的《塔楼最后一人》与《选拔日》中也得到了体现。

一、"新印度"与"旧印度"／"光明印度"与"黑暗印度"

2006 年，阿迪加完成了《两次暗杀之间》大部分的内容，同时断断续续地进行着《白老虎》的创作。正是在这期间，阿迪加提出了他小说中新旧两个印度的构想，他这样描述："小说《白老虎》的背景设在我身边的印度，所谓的'新印度'。这个印度创立于 1991 年，这时的印度突然向整个世界打开了大门。此前的印度社会处于一个社会主义经济时期，社会生活的所有层面都由政府控制。《白老虎》设定在这个新印度背景下：全球化、经济高速增长、财富易获、不平等日益加剧等。但我想写一部有关'旧印度'时期的书，这个时期定在 1984 年到 1991 年。"① 《两次暗杀之间》就成了"旧印度"的代表。它以《白老虎》中所具有的幽默、同情和毫不畏缩的坦率，展现了阿迪加作品中最受喜爱的方面，扩大了人们对印度庶民世界的理解。"如果《两次暗杀之间》中的人物有什么暗示的话，那就是基图尔是一个非凡的十字路口，汇集了最聪明的头脑和最糟糕的道德，有前途

---

① A. Adiga. "My Wild Trip Home". *The Daily Beast*, 2009-06-10.

的人和被压迫的人，是一个当代文学很少涉及的印度……"①

阿迪加认为，英迪拉·甘地统治印度的 16 年里，产生了一系列如官僚政治、腐败、经济停滞等促使印度社会恶化的东西，尤其她在腐败治理上的不作为对印度腐败状况产生了重大影响。1984 年她的遇刺虽然给国人带来了悲痛，但也促使了一些好现象的出现。可是英迪拉的接班人拉吉夫·甘地继续屈从官僚主义与腐败，执政时期进一步加深了印度的危机，1991年同样遭到暗杀。此外，民众的政治参与在客观上进一步加剧了腐败的盛行。"1991 年之前，以社会公平为诉求的民众参与支持了庞大国有企业的建立和政府干预的实施，进而导致腐败的大量出现；1991 年之后，印度的民众参与迟滞了国企改革，印度经济领域的腐败仍然严重。"②

《两次暗杀之间》将背景有意地设置在两个重大历史事件之间，目的在于突出印度民众对于接下来将面临什么一无所知的迷茫感，他们被局限在"旧印度"的世界里。拉吉夫的死带来了 1991 年的经济大崩溃，最终导致新政府向世界打开了印度的大门，印度迎来了改革时代。改革使印度的经济增长速度从低速进入中速，有时甚至是高速，大规模改建扩建基础设施，各产业部门都出现了较强劲的增长势头，软件业更有突飞猛进的发展。③ 外国公司洪水般涌进印度，外包成为一个火热的产业，新的机遇不断被创造出来，促使自 1984 年以来中产阶级期待已久的"新印度"终于到来。因此，在小说中，"基图尔是整个印度的缩影：种姓、宗教、阶级和政治方面存在深刻的分歧，快速的现代化导致这些传统的分歧日趋紧张"④。进入新世纪后的十多年间，印度经济得到飞速发展，速度仅次于中国，并与中国、俄罗斯、巴西一起被西方国家称为"金砖四国"。印度在金融、制药业、计算机软件外包等领域取得的发展优势甚至远超中国。自 1991 年改革开放以来，印度以其强劲的经济增长势头与渐进的国际事务影响力，向世界展现了其发展与崛起的神话。迅速发展与崛起的神话，成为阿迪加后续小说中"新印度"故事的背景。尤其是在《白老虎》中，经济增长所带来的消费至

---

① A. Adiga. *Between the Assassinations*. London：Atlantic Books, 2009, Back Cover.

② 张树焕：《民主视角下的印度腐败原因探析》，载《南亚研究》2012 年第 4 期，第 110 页。

③ 参见林承节《印度近二十年的发展历程：从拉吉夫·甘地执政到曼莫汉·辛格政府的建立》，北京大学出版社 2012 年版，第 3 页。

④ L. Thomas. "'*Between the Assassinations*,' by Aravind Adiga". *SFGATE*, 2009-06-21.

上主义盛行，城市精英阶层异军突起，股票市场价值不断飙升，国家的快速发展使印度闪烁着经济繁荣的光环。

"旧印度"代表着印度经济停滞、政府腐败和社会动荡的一个过渡时期，"新印度"则代表着印度摆脱困境、开创新局面和高速发展的时期。以此，阿迪加明确了他《两次暗杀之间》的"旧印度"特性和《白老虎》的"新印度"特性，其中的人物活动也因印度"新旧"两个特性的构想各具时代特点。《塔楼最后一人》与《选拔日》延续了《白老虎》的基本节奏，续写着阿迪加眼中的"新印度"。

在《白老虎》中，阿迪加在"新印度"的背景下又勾画了两个截然不同的印度，"黑暗印度"与"光明印度"。"黑暗印度"可以对应奈保尔的"黑暗的国度"，"这正是奈保尔对 1960 和 1970 年代印度的看法，也是小说作者一再借用的术语，用于解释他所理解的被分为两半的印度"①。有关"黑暗印度"与"光明印度"的想法来自阿迪加与人力车夫的交流，阿迪加在接受采访时提及，"当我在加尔各答的时候，我和拉人力车的人一起过了一夜。（顺便说一句，当我告诉孟买的人加尔各答有人力车时，他们不相信我，因为在他们看来，人力车非常原始。）很多人力车夫都是来自比哈尔邦的穆斯林，我问他们：'你们为什么要拉人力车？为什么不在田地里干活？即使那样也比现在要好。'一个人指着他们住的棚屋说：'在你看来，这可能是一个肮脏的黑暗之地，但对我们来说，这是一个光明的城市。遥远的家乡是黑暗之地'"②。人力车夫的回答深深震撼了阿迪加的心灵，让其深刻地体会到了人在不同境遇中对世界认知的天壤之别。于是，在《白老虎》中，阿迪加通过身份发生巨变的巴尔拉姆传达出了这种令他震撼的认知，他借巴尔拉姆之口说道："印度这个国家是由格格不入的两面组成的矛盾体：一面是光明，一面是黑暗。大海给印度带来了光明。印度任何一个靠近海岸的地方都比较富裕，但那条河带来的却是黑暗——那条黑暗的河。"③

那条河指流经北印度的恒河，巴尔拉姆认为恒河流经之处尽是黑暗之

---

① 赵干城：《印度的仇富情结与杀富血案》，载《东方早报》2010 年 7 月 25 日。

② H. Sawhney. "India: A View from Below Aravind Adiga with Hirsh Sawhney". *The Booklyn Rail*, 2008-09.

③ [印度]阿拉文德·阿迪加：《白老虎》，路旦俊、仲文明译，人民文学出版社 2010 年版，第 13 页。

地。阿迪加借巴尔拉姆之口不仅将恒河批判得一无是处，同时对恒河流域乡村的贫穷落后、宗教信仰的陈腐、印度政府的黑暗都进行了讽刺。阿迪加真正的着力点是生活在黑暗之地的贫穷农民、无地产劳动者、失业青年、城市流浪者、汽车和出租车司机、仆人、妓女、乞讨者和众多无权阶层。阿迪加通过对他们生存现状的描写，全面再现了影响他们生存境况的因素，如腐朽的官僚机构、腐败的教育系统、混乱的警察和司法体系、种姓和文化冲突、社会禁忌、嫁妆制度、地主土地制度、贫富差距等。"这些因素共同操纵着庶民社会，并长期存在，庶民社会构成了黑暗印度。"①

靠近海岸的"光明印度"，指的是印度资源开放、经济高速发展的新兴沿海城市，它们在科学技术、航空运输、旅馆业、旅游业、房地产、工业和外贸等领域的领先地位，向世界展示了印度新兴企业家的力量，让人们看到了印度的新蓝图。如东部沿海的班加罗尔就是其中的代表，其被称为印度次大陆的硅谷和"电子城"，科技和经济非常发达，已成为印度最富庶的地区之一，同时也是"新印度"有力的代表。"但是，印度所有的这些发展活动都依赖庶民阶层及其独特身份。"②在这些光明的背后，又隐藏着一个更为幽暗的庶民社会。

阿迪加曾在回答 BBC 记者时强调，他笔下的所有场景无一不出自他旅行过程中的所见所闻，同印度的真实现状形成对应。无论是新、旧印度，还是光明、黑暗印度，阿迪加都清晰地传递出了印度发展过程中出现的地区差异、贫富差距等系列社会危机，以及由此产生的丛林式的新社会阶级与"吃人或者被吃"的新等级观念。阿迪加"以犀利的笔锋、超人的智慧和敏锐的洞察力表现了'两个印度'严重分化的残酷现实，展示了新旧两个印度之间的矛盾对社会的影响及其危害"③。

① K. Singh. "Aravind Adiga's *The White Tiger*：The Voice of Underclass—A Postcolonial Dialectics". *Journal of Literature, Culture and Media Studies*, 2009, 1 (2), p. 99.

② K. Singh. "Aravind Adiga's *The White Tiger*：The Voice of Underclass—A Postcolonial Dialectics". *Journal of Literature, Culture and Media Studies*, 2009, 1 (2), p. 108.

③ 姜礼福：《布克奖新得主阿·阿迪加及获奖小说〈白老虎〉》，载《外国文学动态》2008 年第 6 期，第 17 页。

二、两个印度世界里的黑暗镜像

国际文坛大师米兰·昆德拉（Milan Kundera）在谈论小说与生活时曾说过："发现只有小说才能发现的，这是小说存在的唯一理由"。[①] 阿迪加的印度题材小说详尽地描述了他所发现的印度社会的细节，并大胆挖掘了印度社会深处的黑暗，深刻地揭露了社会底层庶民生存现场和人性深处的黑暗面。通过这些黑暗的揭露，阿迪加勾画了印度社会基本框架下的黑暗景象。

阿迪加笔下庶民人物的生存现场，分布在两个主要的区域：农村和城市。对于底层庶民生存现场黑暗的揭露，阿迪加在不同小说中各有侧重，如关于农村的黑暗，主要体现在小说《白老虎》中。其中一些基于社会层面如国家政治系统、政府机构等的黑暗已普遍深入城市与农村，阿迪加从不同层面对这些黑暗进行了深入细致的揭露。

第一，政治系统的黑暗和政府机构的腐败。国家政治系统的腐败几乎渗透印度社会的各个层面，形成了一些十分明显的恶性特征：政治都是些恶棍的避难所，政治家都是些"半吊子政治家"，政府医生、企业家、纳税人等都得向他们行贿。政府选举成为政治家们彼此之间进行的一场场劳民伤财的游戏，选举所需的人力和财力、警卫和策略等都是建立在欺骗和强迫底层民众的基础之上，阿迪加将印度选举热称为印度"三大疾病"中最严重的一种。另外，政府机构的腐败首先体现在警察、法律和行政机构混乱不堪。

在《两次暗杀之间》里，社会暴力时有发生，警察却视而不见，官员贪污腐败，司法部门敲诈勒索工厂企业家，迫使工厂主不堪压迫最终不得不选择关闭工厂，这就是当时政府腐败的再现与写照。"拉吉夫·甘地执政初期，整个印度都笼罩着不正之风，由于英迪拉·甘地在党内长期实行专制独裁排斥异己的政策，模糊了国大党与政府的界限，不仅在党内问题上采用发号施令的办法进行管理，还运用这种方法来处理中央和地方关系，致使民主的基本原则受到严重歪曲；而在政府内部，官员受贿、权钱交易

---

① [法] 米兰·昆德拉：《小说的艺术》，孟湄译，生活·读书·新知三联书店1992年版，第4页。

的现象屡见不鲜；印度政府机构和官员的办事效率同样令人堪虞，政府机构臃肿，程序僵化，办事拖沓，办公设备陈旧，无法适应新的经济发展形式。"①《白老虎》中，政府机构与有钱商人勾结，收受贿赂，帮助有钱人逃避犯罪，主人公巴尔拉姆就是在这种腐朽机构下逃脱的一个典型；《塔楼最后一人》中大师的死亡十分可疑，警察却不做调查，草草了事。其次是教育系统的腐败，学校成为藏污纳垢的地方，学风败坏，师生之间互不信任，存在严重的种姓和宗教偏见。《白老虎》中，农村教师时常因工资得不到正常发放而罢工罢课、盗卖学生校服和学校公共财产。再次是医疗机构体系的落后，农村缺乏医院且医院缺乏医疗器械，《白老虎》中巴尔拉姆的父亲就因当地医疗系统落后，没有得到及时有效的治疗而病逝。最后是政府政策得不到正常合理的实施，政府官员玩忽职守、滥用职权，司法程序混乱，如《白老虎》中，"伟大的社会党人和他手下的官员们正面临着九十三起刑事案件的指控，包括谋杀、强奸、巨额盗窃、走私枪械、组织卖淫，以及其他一些轻微罪行"②，这都加深了社会底层庶民的贫穷落后。阿迪加通过对这些黑暗面的揭露，强化了庶民社会生存的艰难。

第二，农村地主制度的残酷和种姓等级的严格等。印度农村和印度城市中的贫民窟，都被阿迪加称为"黑暗之地"。在印度农村，依然存在着根深蒂固的地主制度柴达明尔。《白老虎》中，阿迪加提及巴尔拉姆故乡存在的四大地主集团，可以说是印度农村地主制度的缩影。四大地主分别操纵着河流、田产、山林和道路，以及村民的命运。其中，"鹳鸟"把控了村里的河道，"野猪"霸占了村周围所有的良田，"乌鸦"控制了羊倌们放羊的必经之地，"大水牛"则掌握了所有人力车夫谋生的车马道路。他们同时组成区域政治集团，盘剥压榨村民，又分别派出子女去往各大城市，贿赂各大竞选党派，维护自己的利益。凭借着这些优势及"贪得无厌的德行"，他们将农村庶民不断地逼向绝路。他们"盘剥着村民的每一分钱，压榨着村

---

① 王鸿盼：《阿拉文德·阿迪加小说中的庶民叙事》（学位论文），天津外国语大学，2014年，第35页。
② ［印度］阿拉文德·阿迪加：《白老虎》，路旦俊、仲文明译，人民文学出版社2010年版，第87页。

子的每一滴油水，直至吸个精光。被榨干了的村民只有到外地去讨生活"①。
其次，印度农村的种姓等级依然十分严格，存在许多顽固的社会禁忌、迷
信和种族文化的冲突等。种姓与印度社会形形色色的层级制度紧密结合，
"它既是一种制度，也是一种意识形态。作为一种制度，种姓为社会群体的
组织和分类提供了框架；作为一种意识形态，'种姓'是将现存社会的不平
等结构固化与合法化的一套价值观和信念体系"②。尽管在 20 世纪 80 年代，
随着印度经济的发展，大批农村人口涌入城市，种姓制度遭受了严重冲击，
无论是生活习惯还是宗教信仰都发生了重大的转变。正如《两次暗杀之间》
中的《圣阿尔丰索男子高中与大专》里尼赫鲁广场上的老头对辛喀拉说的，
"现在都不怎么提种姓的事了"，"婆罗门吃肉了。刹帝利也能上学了，还有
出书的。低等种姓的也有改信基督教和伊斯兰教的了"③。而且"除去生活
习惯，高低种姓之间的隔阂也在经济层面上被打破了（如婆罗门老厨娘的
故事所说明的），但在社会地位方面，种姓制度依然影响深远"④。种姓制度
上严格的等级区分，形成一种强烈带有社会禁忌的文化心理，印度底层一
直处在种姓等级制约的阴影之下。另外，残余在印度教社会被认为是印度
社会耻辱的嫁妆习俗在农村依然普遍存在，并且时常导致悲剧的发生。《白
老虎》中巴尔拉姆的姐姐嫁妆繁重，导致全家人陷入偿还债务的厄运。种
族和宗教的偏见及文化冲突也随处可见，往往引发暴力冲突。如《白老虎》
中巴尔拉姆与穆斯林头等司机的宗教冲突，阿肖克与来自美国的妻子之间
的文化冲突。

第三，城市巨大的贫富差距与敌对的主仆关系等形成的潜在性危机。
巨大的贫富差距问题，一直是阿迪加小说的着力点，四部小说都不同程度
地暴露了差距背后深藏的社会问题和危险因素。在城市，存在着许多工作
在工业机构内的城市劳动者，还有出租车汽车司机、家政仆人、妓女、乞

---

① ［印度］阿拉文德·阿迪加：《白老虎》，路旦俊、仲文明译，人民文学出版社 2010
年版，第 24 页。

② S. S. Jodhka. "Caste and politics". in G. J. Niraja, M. Bhanu. *The Oxford Companion to
Politics in India*. New Delhi: Oxford University Press, 2010, p. 156.

③ ［印度］阿拉文德·阿迪加：《两次暗杀之间》，路旦俊、仲文明译，人民文学出版社
2011 年版，第 57 页。

④ 黄夏：《分裂文明的阵痛与忧伤——读〈两次暗杀之间〉》，载《书城》2012 年第 7
期，第 27 页。

讨者、潦倒者和寄宿在天桥下的流浪者，以及生活在贫民窟的人们，他们处在城市黑暗的最底层。《白老虎》被认为深刻揭露了"穷人与富人之间不断扩大的鸿沟，以及在牺牲多数人利益的情况下促使少数人发迹的经济体系"①。小说对这些人群做了大量深入的描写，特别是对出租车司机和家政仆人的描绘尤为细致。司机同时也干着仆人一样的工作，洗刷餐具、扫房子、下厨、按摩、替主人遛狗和给狗洗漱等，他们往往堕落麻木，大多贩卖毒品、嫖妓、沉迷于阅读《谋杀周刊》与幻想杀死自己的主人。殊不知他们喜欢的《谋杀周刊》，"正是因为有数以亿计的仆人曾偷偷地幻想着掐死自己的主人，印度政府才出版了这本杂志……杂志里面的凶手各个饱受精神上的折磨和生理上的变态，看书的人自然不想落个同样的下场"②。

而城市新兴的场所，如购物广场、高级酒店及服务场所，给底层庶民带来了巨大的诱惑，大量庶民走向偷窃犯罪的道路；手机成为主仆关系中重要的工具，仆人的行动更加地受到主人的限制，这种关系不断强化深入仆人的心里，形成了一种无形的压迫和强化关系。以此，"地主、企业家和上层社会往往行使着对穷人、劳工和工人阶级的完全控制。除非世界仍然分化为两大对抗——权势者与弱势者，否则这种压迫和强化体系不可能被消除"③。深处黑暗中的大多数底层庶民，往往意识不到自己的处境，甘于平凡甚至堕落，无形中削弱了对抗的意识。但是，这些黑暗面也成为觉醒意识、反抗精神甚至暴力犯罪有力的刺激源，《白老虎》中它是促使主人公巴尔拉姆杀主追求身份改变的主因，"所有这些社会、政治与经济差异，在巴尔拉姆的心中植入了反抗、抵制和复仇精神"④。而在《塔楼最后一人》中，它是造成一群塔楼居民谋杀孤苦老人大师的最深层动因。贫富的巨大差距和主仆关系的悬殊地位，在城市中十分突出，"劳工阶层尤为明显，仆人、司机、厨师和保安等生活在城市富裕主人之外的这类人群，无助地望

---

① A. J. Sebastian. "Poor-rich Divide in Aravind Adiga's *The White Tiger*". *Journal of Alternative Perspectives in the Social Sciences*, 2009, 1 (2), p. 230.

② ［印度］阿拉文德·阿迪加：《白老虎》，路旦俊、仲文明译，人民文学出版社2010年版，第111页。

③ R. Rana. "Perils of Socio-economic Inequality——A Study of Arvind Adiga's *The White Tiger*". *Language in India*, 2011, (11), p. 454.

④ R. B. Yadav. "Representing the Postcolonial Subaltern: A Study of Aravind Adiga's *The White Tiger*". *The Criterion: An International Journal in English*, 2011, 2 (3), pp. 3-4.

着主人们奢华的生活方式，看着他们充满魅力的世界，从而激起了自身的上进心"①，衍生出大量像《白老虎》中巴尔拉姆这样通过暴力犯罪改变身份地位的形象。

第四，教派冲突带来的严重的社会动荡。在《两次暗杀之间》中的《圣阿尔丰索男子高中与大专》中，少年辛喀拉因不满老师对他的种姓歧视，在学校制造了一场爆炸案，本想引起人们的注意，但学校却没有追究他的责任，而是将爆炸案归咎于穆斯林制造的恐怖事件。其主要原因是这一时期的教派冲突十分严重。辛喀拉事件的讽刺收场，从一个侧面反映了当时已经在印度社会严重而紧张的印度教与伊斯兰教之间的教派冲突问题。"拉吉夫·甘地执政时期，各党派为了自己的利益，如同盟家族为了广泛地动员宗教群众，加强宗教凝聚力，印度人民当然希望通过宗教感情来扩大自己的群众基础，要求穆斯林归还被改建为清真寺的三个印度教圣地，一个在阿约迪亚（被认为是摩罗的诞生地），一个在马杜纳（毗湿奴庙，被认为是克里希那的诞生地），一个在贝拿勒斯（卡锡·维什瓦纳特庙）"②。这一严重侵犯穆斯林宗教情感的政策与行为，引发了印度教与伊斯兰教一系列教派冲突。阿约迪亚寺庙争端事件，更是引发了印度各地近20年里最严重的全国性教派冲突和暴力事件，不仅造成了多次流血冲突，死伤数千人，而且激起了持续性的社会骚乱。著名的巴布里清真寺最终被有组织的印度教民族主义极端分子所拆毁，穆斯林极端分子也在愤怒中成立了专门针对反击印度教的志愿机构，进一步加剧了两派之间的冲突。冲突最终酿成了印度20世纪以来最大的宗教冲突流血事件之一，在伊斯兰国家引起强烈反响和抗议浪潮。

通过对农村和城市两个主要黑暗生活现场的有力揭露，阿迪加描绘了印度庶民社会生活的残酷，他们不仅要面临严酷的生存环境，经受腐败的警察、司法和行政机构等国家系统所带来的生存困境，同时还要面对生活、精神上所受的压迫与奴役，以及深陷社会陷阱的危险。

---

① R. Rana. "Perils of Socio-economic Inequality—A Study of Arvind Adiga's *The White Tiger*". *Language in India*, 2011, (11), p.454.

② 林承节：《印度近二十年的发展历程：从拉吉夫·甘地执政到曼莫汉·辛格政府的建立》，北京大学出版社2012年版，第88页。

三、两个印度世界里的两种法则

鲁·弗里曼（Ru Freeman）曾评论指出，"在阿迪加的印度，古老的规则和现代的生活，一切非法，又都合法，所有的印度人，带着他们独特的堕落、变态和幻想，被快速地融入贫民窟和城市景观的混杂之中"①。在回顾印度历史时，阿迪加根据印度独立前后人们的生存现状，将印度人的生存法则划分为"动物园法则"和"丛林法则"。"动物园法则"等级森严，隐喻印度根深蒂固的种姓制度，它将每个制度内的印度人牢牢地限制在各自的种姓和命运之中。"丛林法则"优胜劣汰、弱肉强食，隐喻印度独立之后等级关系残酷的资本主义社会制度，它将每个印度人划入剥削与被剥削阶级关系之中，使处于被剥削阶级的印度庶民难以打破这种桎梏。在《白老虎》中，阿迪加通过巴尔拉姆之口讲述了印度社会从"动物园"走向"丛林"的过程：

> 印度这个国家在她最富强的时候就像一个大动物园，一个自给自足、等级森严、秩序井然的动物园。每个人各司其职、乐得其所。……时光到了1947年8月15日，也就是英国人撤出印度的那一天。感谢德里的那些政治家们，他们打开了动物园的笼子。飞禽走兽纷纷逃出藩笼，互相攻击，你死我活，丛林生存法则取代了动物园法则。那些最为凶残、饥肠辘辘的动物们吃掉了其他的动物，肚子也一天天地鼓了起来。肚子的大小可以解释今天的一切。②

可见"动物园法则"原本根深蒂固，即便是在英国人统治的时期，也都完美地为殖民主义者所采纳、完善和细化，形成了一套高效的管理体系，殖民者成为"动物园"的"管理员"，而被殖民的印度人则是被驯化的"动物"。当独立来临，"管理员"突然离去，"动物园"体系一朝崩塌，各个"笼子"里不同种类的"动物"纷纷获得"自由"，"动物园"很快成了适

---

① R. Freeman. "Saga of Two Talented Cricket-playing Brothers in the Dark, Teeming Morass of Mumbai". *The Boston Globe*, 2017-01-05.

② ［印度］阿拉文德·阿迪加：《白老虎》，路旦俊、仲文明译，人民文学出版社2010年版，第56-57页。

者生存的"动物丛林"。而"丛林法则"所带来的结果，是印度原来成千上万的种姓和命运变成了只有两个种姓、两种命运："大肚子的"和"瘪肚子的"，"吃人"或者"被吃"。

以印度独立为界，阿迪加认为"动物园法则"已经宣告结束。但是根据阿迪加的印度"鸡笼"理论（详见第三章第三节），印度有99%的人就像家禽市场上那些可怜的鸡一样都被困在了鸡笼里，自觉地遵守着"鸡笼法则"。"鸡笼法则"的可怕之处在于，99%的男男女女在"印度鸡笼"中自我驯化，并心甘情愿地呆在其中。"'鸡笼'实质上依然是以种姓制为基础的，只不过同'动物园'体系相比，种姓制将不再以一种社会制度来保障'鸡笼'体系的运转，而是潜藏为一种遗留文化，潜移默化地继续着对民众尤其是底层民众的奴役与控制。"①因此，"鸡笼法则"成为"动物园法则"的延续，区别于历史的划分而继续存在的主要法则之一。"鸡笼"实质上是《两次暗杀之间》中"监狱"的延伸和理论化，阿迪加通过小说《安布雷拉大街》的主人公齐纳亚曾指出，"我们穷人为自己修建了监狱"②。

"印度鸡笼"在小说《白老虎》中着墨最多，鸡笼中的人自觉"维持着鸡笼的存在"，与《两次暗杀之间》中的穷人们自己"修建了监狱"在实质上是一致的。如《瓦伦西亚（去第一个十字路口的方向）》中，已经沦为仆人的杰雅玛和夏伊拉都是为了自己嫁妆而做工的苦命女人，两者的区别仅仅是夏伊拉是低种姓霍伊卡，杰雅玛是高种姓婆罗门。但是，这个区别却成为杰雅玛敌视夏伊拉的唯一理由，处处排挤夏伊拉，甚至自问："她前生究竟干了什么——难道她杀过人，与人通奸，吞噬过孩子，不尊重圣人和圣徒？——居然命中注定要来这里，要来到社会平等拥护者的家，与一个低种姓的人生活在一起？"③

尽管《两次暗杀之间》的故事发生在1984—1991年，但那时"鸡笼法则"并不成系统，反倒残留着"动物园法则"的生存方式，并开始出现残

① 阎一川：《"鸡笼"·"黑堡"·"丛林"——阿迪加小说中印度民众的生存困境》（学位论文），西北大学，2017年，第17页。
② ［印度］阿拉文德·阿迪加：《两次暗杀之间》，路旦俊、仲文明译，人民文学出版社2011年版，第175页。
③ ［印度］阿拉文德·阿迪加：《两次暗杀之间》，路旦俊、仲文明译，人民文学出版社2011年版，第201页。

酷"丛林法则"的预兆。因此,十四个故事虽然设置了当代印度的事件,但里面的人物依然挣扎在他们所知的旧世界里,无法清楚地认识他们受压迫的处境,不能像《白老虎》中的巴尔拉姆一样切身体会丛林生活的危机,从而想跳出牢笼。他们面对生活的选择是不屈不挠的容忍、怜悯和顺从。因此,《白老虎》中所描写的印度社会,人物只要不怕犯法,就能获得想要的东西,但是在《两次暗杀之间》中,基本不存在类似的犯法行为。

在《白老虎》中,"鸡笼法则"与"丛林法则"形成了鲜明的对比,小说通过两者的对比再现了印度社会两种截然不同的生存境况。主人公巴尔拉姆是"丛林法则"的践行者,与他相反的是麻木、愚钝且甘于呆在"印度鸡笼"里的其他车夫,他们甚至集体无意识地阻止其他人逃出鸡笼。巴尔拉姆始终保持着改变命运的强烈愿望,深谙"吃人"或"被吃"的"丛林法则"。生活在穷苦底层人们的艰难处境,以及自己在农村所遭受地主的压迫、在城市受到的一等车仆的排挤和被迫揽下雇主撞死行人的罪名等一系列遭遇,让巴尔拉姆坚信只有像"白老虎"一样才能冲出"印度鸡笼",所以他运用一切可以采用的方法为自己扫除障碍。最终,巴尔拉姆舍弃家人、杀死雇主和逃过警方的追捕,以谎言、背叛加上他超常的智慧,将自己从一个没有受过多少教育的青年、一个贫穷的人力车夫的儿子转变为班加罗尔的大企业家。巴尔拉姆以一个反英雄的形象力行"丛林法则",通过"吃人"逃出"鸡笼",爬上社会生物链的顶端。

在《塔楼最后一人》中,阿迪加完全延续和呈现了《白老虎》中"丛林法则"残酷的一面。尽管故事仅仅发生在孟买一栋塔楼内,但是互相攻击、你死我活的场面鲜活可见。如果说《白老虎》中的巴尔拉姆代表的是用暴力来对抗富人,表达印度社会中被践踏的庶民社会成员的遭遇,那么《塔楼最后一人》中的大师却是用他的尊严、容忍和坚持对抗着印度贫富分化带来的破坏。大师尽管战胜了来自开发商沙赫的诱惑和威胁,却从一个受人爱戴和尊敬的邻居变成了邻居们愤怒的目标。邻居们最终没能抵挡财富诱惑,逐渐变得如饥肠辘辘的野兽般凶残。小说暴露的是印度庶民社会自相残杀的黑暗真相。英雄的命运在这套法则之下发生了转变,最终,大师成为"丛林法则"的牺牲品,邻居们通过他的死亡获得了自己想要的东西,他只能成为孩子们偶尔追忆的对象。阿迪加曾经提到,他并没有把大师描写成一个英雄,真正的英雄其实一直都是"孟买"。孟买就是一座生活的丛林，只有能够适应"丛林法则"的人，才能真正站在这座丛林生物链的最顶端。

在《选拔日》中，虽然"丛林法则"没有如《白老虎》与《塔楼最后一人》中一样赤裸裸地被展现，但阿迪加却通过富商阿南德·梅塔与旁遮普裔美国女商人鲁宾德女士的对谈进行了生动的总结：

> 哦，我有时也会读印度小说。但您知道，鲁宾德女士，我们印度人在文学中想要的，至少是用英语写的文学，根本不是文学，而是奉承。我们希望看到自己被描绘成深情、敏感、深刻、勇敢、受伤、宽容和有趣的生物。裘帕·拉希莉写的东西就是诸如此类。但事实是，我们绝对不是这样的人。那么，我们是什么呢，鲁宾德女士？我们是丛林里的动物，我们会在五分钟内吃掉我们邻居的孩子，还会在十分钟内吃掉我们自己的孩子。在您与这个国家做生意之前，请务必牢记这一点。①

这段对谈，似乎是对《塔楼最后一人》中塔楼庶民谋害邻居行为的总结，也是对《选拔日》中父亲莫汉·库马尔利用和压榨两个儿子的运动天赋摆脱贫苦命运的有力阐释。阿迪加也巧妙地借助富商阿南德·梅塔的一番言语阐明了自己不愿意像美国印度裔英语作家裘帕·拉希莉一样重在描绘印度人的深情、敏感、深刻、勇敢、受伤、宽容和有趣，而是要像狄更斯一样展现庶民社会生存的黑暗与残酷。正如瓦利亚马塔姆分析小说《塔楼最后一人》后所评价指出的，"阿迪加的小说为当代印度城市提供了一个立体的视角。读者永远会看到一些不愉快的事实，在构建发达印度的宏大叙事时，这些事实绝不能被掩盖"②。这不仅是小说《塔楼最后一人》所具有的普遍含义，也是阿迪加所有小说都具有的。

---

① A. Adiga. *Selection Day*. London：Pan Macmillan，2017，pp. 274-275.

② R. J. Valiyamattam. "Aravind Adiga's *Last Man in Tower*：Survival Strategies in a Morally Ambivalent India". *World Literature Today*，2017-09.

第二节 "光明印度"中的庶民世界

在阿迪加的两个印度世界里，资源开放、经济高速发展的新兴沿海城市属于"光明印度"，是印度展现新蓝图的所在，也是"新印度"有力的代表。但实际上，阿迪加也将那些经济发达、富人居住的城市与城市富人区，所谓能彰显印度高速发展光环的场域，统称为"光明印度"。这既是阿迪加的一种有意识的区分，也是一种深度的讽刺。这种区分体现在，本身属于"黑暗印度"一部分的庶民进入了"光明印度"，他们的庶民身份在强烈的对比中更加突出。来自"黑暗印度"的庶民或本就生存在城市贫民区的庶民群体，为了谋取生存所需，进入"光明印度"工作求生，但是却被"光明印度"世界有意识地区分与排斥。原本处于边缘与被忽视地位的他们，在这个世界里被进一步边缘化。他们夹杂在"光明印度"与"黑暗印度"之间的缝隙里，被迫不得不"创造"一个与众不同的世界。

一、"光明印度"中的两极世界

在阿迪加的"光明印度"，最突出的特点就是贫富两极分化，这种分化形成了十分明显的两极世界。20 世纪 90 年代初，印度有关部门曾经做过统计，将印度人口分为富裕、中上、中等、中下和贫穷阶层。其中，年收入在 7.8 万卢比的属富裕阶层，约占总人口的 2.3%，收入在 1.8 万卢比以下的是贫困阶层，占人口总数的 58.8%。[①] 2008 年，世界银行在一份报告中指出，"按新制定的每天 1.25 美元生活费的贫困线标准，2005 年全世界贫困人口为 14 亿，其中印度有 4.56 亿，约占印度总人口的 42%，占全球贫困人口的 1/3。印度有 8.28 亿人每天生活费不足 2 美元，占其人口总数的

---

① 陈峰君：《东亚与印度：亚洲两种现代化模式》，经济科学出版社 2000 年版，第 357 页。

75.6%，这一比例甚至超过了撒哈拉沙漠以南的非洲地区"①。由此可知印度庶民阶层在印度社会的比例之巨大，近十多年来更是导致了越来越严重的贫富差距。

和所有第三世界国家经济与社会发展的特点一样，导致印度两极分化结果和印度经济发展诸多悖论的罪魁祸首，其本质原因源自经济全球化。"正如德里克等西方知识左派所一针见血地指出的，全球化加剧了原有的贫富等级差别，使穷的更穷，富的更富，大部分人被全球化的法则无情地放逐到了社会的边缘。"②在印度经济全球化的进程中，一方面，手握优质资源的社会权贵，受过良好教育、掌握英语的知识精英等人群凭借自身优势享受着全球化所带来的众多利益；另一方面，处于社会底层的大多贫民百姓，由于资源、知识与技术的短缺，不得不承受印度经济高速增长过程中的高通胀、经济发展极不均衡等恶果。两极分化的日趋严重，使得印度经济与社会的发展走向愈加动荡与不稳定。

阿迪加曾在多个场合指出，印度经济在众多方面依旧岌岌可危、难以摆脱低效率发展，几十年来一直困扰并阻碍着印度的进步与繁荣，交通系统的破旧不堪、通信和电力基础设施的短缺，以及官僚作风的腐败等，导致政府财政赤字高居不下、政府机构贪腐低能、失业人群大量存在，让印度的经济发展前景蒙上一层阴影。阿迪加在这方面给予了很大的关注，写下不少纪实性文章作品。2008 年，阿迪加在其《通货膨胀之负担》（*The Burden of Inflation*）中对印度经济的发展做了研究分析后指出，印度的通货膨胀率已经达到了 13 年来的最高水平。"大约有 3 亿生活在极度贫困中的印度人正被通货膨胀压垮。如果他们曾经认为为中产阶级擦地板、开车、擦窗户就能打开通向更好生活的大门，现在他们知道自己错了。随着物价的上涨，他们的储蓄正在被吞噬。全球经济的巨大变化推动了食品和燃料价格的上涨，而这种变化似乎将继续下去。在过去的十年中，即使是最乐观的乐观主义者也看到了贫富之间的巨大差距，但人们仍然希望这种差距

---

① 陈金英：《经济改革以来印度中产阶级的现状》，载《南亚研究》2010 年第 3 期，第77 页。

② ［美］阿里夫·德里克：《跨国资本时代的后殖民批评》，王宁等译，北京大学出版社2004 年版，第 7 页。

会以某种方式消失。通货膨胀像水泥一样固化了这一鸿沟，巩固了两个印度之间的差距。"① 高通货膨胀的出现，在经济与生活上给身处底层的印度庶民造成了持续不断的压力与负担，为了确保家庭有足够的食物资源，低收入的庶民不得不寻找另一份工作来增加收入。然而，通货膨胀的冲击，对于掌握知识与技术的中产阶级而言影响不大，他们甚至可以在未来的经济发展中继续谋求进步，获得稳固安全的生存资源。

在两极分化严重的发展趋势下，阿迪加指出，印度经济的相关行业，诸如通信、电子、航空、金融等，进入高速发展的历史时期。印度的城市，诸如德里、孟买、班加罗尔，甚至是阿迪加的家乡芒格洛尔，发生了或正在发生着巨大的变迁。阿迪加在《我的迷失世界》（*My Lost World*）中写道："印度的脉搏在孟买这样的特大城市跳动得最快。但倘若要了解经济繁荣正在以多快的速度创造一个新国家，您就必须参观很少有外国人听说过的地方——像芒格洛尔这样的地方。"② 芒格洛尔经济十年的快速增长，促使其人口翻了一番，催生了大量购物中心、酒吧、餐馆和电影院等娱乐餐饮场所，建造了大量的学校与学院，许多当地人成为中产阶级、中上阶级甚至富人。

然而，城市高速发展的背后却有着别样的风景。在印度的许多城市，世界一流的科技园区、世界顶尖的超六星级酒店、豪华的别墅，与垃圾遍地的贫民窟成群结队的乞丐比邻而居。作为亚洲国际大都市的孟买，摩天大楼林立，却有 60% 的人生活在贫民窟，没有公共厕所和自来水。2005 年孟买市实施"赶超上海"计划，拆迁造成 30 多万人无家可归，引发了贫民的强烈抗议，却受到因拆除贫民窟而得到更多公共服务的中产阶级的支持。③

印度这些高速发展中的悖论，在阿迪加的小说中时有反映。在《白老虎》中，成为阿肖克先生的司机之后，巴尔拉姆有幸见到印度首都德里贫富极度分化的景象，不禁感叹："德里不是一个国家而是两个国家的首

① A. Adiga, "The Burden of Inflation". *Time*, 2008-08-13.

② A. Adiga. "My Lost World". *Time*, 2006-06-18.

③ 陈金英：《经济改革以来印度中产阶级的现状》，载《南亚研究》2010 年第 3 期，第 84 页。

都——两个印度的首都。来自光明之地与来自黑暗之地的人全都涌向德里。"①巴尔拉姆因此将德里称为"疯狂"的城市。

在德里这个"疯狂"的城市，来自"光明印度"与"黑暗印度"的人在衣食住行等生活各方面有着严格的区分。经济的快速发展，促使德里大型购物广场随处可见，夜生活也非常丰富，但是这一切是属于印度富人的，富人们可以自由出入绚丽高级的商场、酒店，可以住高档住宅。"印度的富人大多住在富人聚居区，如防卫区、大凯拉什区和瓦桑康吉区。这些聚居区的房子都有门牌"。② 相比之下，底层庶民只能蜗居在蟑螂肆虐的地下室，不被允许进入高档的商场和酒店。成千上万来自"黑暗之地"农村的人住在德里的道路两旁，"他们身体瘦弱、面目肮脏，像动物一样住在大桥或者立交桥下面。汽车从他们身边呼啸而过，而他们就在那里生火做饭、取水洗衣，不时地从头发里抓出虱子"③。此外，还有更多的人生活在专属贫民窟。德里存在着大量的贫民区，许多是临时搭建起来的棚户区，里面住着在某个建筑工地上干活的工人。在《白老虎》中，巴尔拉姆写道："我顺着他的目光望去，看到了那些棚子里相互紧挨在一起的贫民区居民的侧影；你可以看出那是一个个家庭——丈夫、妻子和孩子——全都挤在棚子里的火炉旁，头顶上是一盏昏黄的灯。"④ 2006 年，中国财政部农业司赴印考察团的报告也显示，"新德里有富人和官员的居住区，政府部门气派现代、印度国父甘地纪念馆和公园开阔辽远，而德里老城却处处摩肩接踵、拥挤混乱。街道两边挂满电线和招牌，乞丐和无家可归者随处可见，十字路口车辆行人混杂，破旧公共车与其他车辆争抢狭道，且车门大敞、乘客拥塞，十分'壮观'"⑤。可见德里光明与黑暗共存而又区分得那么鲜明。

---

① ［印度］阿拉文德·阿迪加：《白老虎》，路旦俊、仲文明译，人民文学出版社 2010 年版，第 227 页。

② ［印度］阿拉文德·阿迪加：《白老虎》，路旦俊、仲文明译，人民文学出版社 2010 年版，第 104 页。

③ ［印度］阿拉文德·阿迪加：《白老虎》，路旦俊、仲文明译，人民文学出版社 2010 年版，第 106 页。

④ ［印度］阿拉文德·阿迪加：《白老虎》，路旦俊、仲文明译，人民文学出版社 2010 年版，第 168 页。

⑤ 财政部农业司赴印考察团：《印度：农村问题放首位》，载《中国财经报》2006 年 6 月 15 日，第 4 版。

此外，庶民地位决定了其所属的位置和人生的境遇。庶民阶级仆人的住所与富人阶级完全隔离，商场、酒店等服务对象也明显不同，身着白色 T 恤、脚穿皮鞋的阿肖克夫妇和钢材大王等可以在大型商场、高档酒店来去自由，而庶民往往被直接剥夺作为进入富人社会最基本的人权。如在小说中，身穿花色 T 恤、脚穿凉鞋的巴尔拉姆等车仆司机之流，则被威严的保安大声呵斥严禁进入富人区商场，只因为他们是庶民阶级，属于他们的购物地在不远处那片脏乱的贫民购物中心。更让巴尔拉姆愤恨的是，肥胖的部长助理及主人阿肖克先生可以"找到"外表酷似美国明星的乌克兰"金发女郎"，而自己辛苦凑齐的七千卢比仅换来与一个黑色发根"金发女郎"简单相识及经理拳头所"赐"的鼻青脸肿。德里这个光明与黑暗清晰可见的两重世界，在巴尔拉姆看来难以穷尽。正是这个两重世界所映照出来的地位与生活上巨大的差异性，导致陪伴阿肖克的巴尔拉姆产生了强烈的嫉妒和自卑心理，他对阿肖克的生活既向往又憎恨。

德里的光明与黑暗世界，对巴尔拉姆来说，并不是穿上纯白色 T 恤或通过七千卢比就可以实现由此及彼的穿越。同样，对于每个来自黑暗之地的人来说，他们的命运只能是与巴尔拉姆类似或是比他更惨。在疯狂的德里，望着马路两边人行道上身材瘦小、浑身脏兮兮的来自"黑暗之地"农村的底层庶民，他们有的蹲在地上，等着公共汽车将他们带向别处，有的因为无处可去，便取出垫子铺在地上睡下。巴尔拉姆不禁感叹："这些可怜的混蛋也是从黑暗之地到德里来寻求光明的，可他们还是生活在黑暗之中。……我们好像生活在两个世界——黑蛋里面与黑蛋外面"。①

在《塔楼最后一人》中，阿迪加开篇就写到孟买的瓦科拉地区，"像珊瑚虫一样聚集在国内机场的下方；在地面上，这些珊瑚虫化作一个个棚户区，散落在维什拉姆小区的四周，向外延伸。……据说这座城市四分之一的棚户区都在这里，紧挨着机场——许多上了年纪的孟买人都坚信，瓦科拉或者瓦科拉周围的一切都肮脏不堪"②。将两个截然不同的印度世界展现

---

① ［印度］阿拉文德·阿迪加：《白老虎》，路旦俊、仲文明译，人民文学出版社 2010年版，第 122 页。

② ［印度］阿拉文德·阿迪加：《塔楼最后一人》，路旦俊译，上海文艺出版社 2013年版，第 3 页。

在读者面前。从孟买威索瓦海滩的清晨妇人与棚户区居民集体如厕的情形，可窥见庶民生存场域："孟买时髦北郊的这片海滩一半专门留给富人，他们在塔楼里大小便；另一半留给棚户区居民，他们在水边大小便。棚户区逐渐包围了这片海滩，生活在里面的人们此刻正蹲在水边排泄。"①

《选拔日》中孟买富人区与贫民窟的差距与前面大同小异，富人们居住在令人羡慕的别墅中，而穷苦的底层庶民却在贫民窟的棚户内拥挤地生活。小说中，曼朱纳特的父亲莫汉带着一家人从农村来到孟买，见到的孟买海港线贫民窟一个接着一个，阴郁而绝望。没有其他谋生技能的莫汉一家不得不进入了达希萨尔（Dahisar）贫民窟。一年后，曼朱纳特的母亲不甘贫苦，偷偷的带着家中所有的钱离开了，再也没有回来，留下父亲莫汉带着他和哥哥痴狂地训练板球，以期摆脱贫困。小说也因为曼朱纳特母亲的离开，成为阿迪加小说中唯一几乎没有女性人物的小说。在此后长达9年的时间里，他们都住在贫民窟面粉厂旁一个320平方英尺的砖棚里，周围是磨面粉的噪音和令人窒息的白尘。面粉厂的机械磨坊里清晨磨小麦，晚些时候磨红辣椒。而每天晚上，曼朱纳特总能经历这样的体验："一阵咔嗒声使他抬起头来：一支害虫骑兵队在波纹铁皮屋顶上疾驰。老鼠们，冲向贫民窟中心的面粉厂。"②另一方面，在达希萨尔这个孟买市政边缘以穆斯林占主导地位的贫民窟里，还存在紧张的宗教局势。

对于生活在孟买的人来说，孟买是一个不能轻易言语的城市，因为它总会让人陷入深深的疑惑当中。正如小说《选拔日》中原本想要写一本关于孟买的好小说的帕特丽夏校长吟诵的诗歌一样：

太阳啊，我不能像荷马那样描述它在孟买升起，不能像萨尔曼·拉什迪那样描述它给我们所有人带来了新的道德困境，也不能像阿米塔夫·高希（Amitav Ghosh）那样描述它。

太阳啊，我不能像黑泽明那样描述它在孟买升起，不能像拉吉·卡普尔（Raj Kapoor）那样描述它给我们所有人带来了新的道德困境，

---

① ［印度］阿拉文德·阿迪加：《塔楼最后一人》，路旦俊译，上海文艺出版社2013年版，第88页。

② A. Adiga. *Selection Day*. London：Pan Macmillan, 2017, p. 20.

也不能像萨蒂亚吉特·雷（Satyajit Ray）那样描述它。①

　　帕特丽夏校长才开始写作就放弃了，深陷在孟买令人窒息的复杂与多变之中无法呼吸，最后终于觉得自己写不出来，认为自己唯一能写的事就是不能写这座城市，为此她放弃了写作和思考，选择从事教育来为社会做一些好事。荷马、萨尔曼·拉什迪和阿米塔夫·高希是广为人知的充满现实主义精神的作家，黑泽明、拉吉·卡普尔、萨蒂亚吉特·雷则都是现实主义电影大师，他们清晰地反映了阿迪加的现实主义理想与创作取向，也间接地表达了自己无法达到这些伟大作家和电影大师高度的遗憾。

　　德里如此，孟买如此，《两次暗杀之间》中的基图尔亦是如此。"如果你想在基图尔购物的话，就抽几个小时去逛逛安布雷拉大街吧，那里是城市的商业中心。你会看到家具店、药店、饭馆、糖果店，还有书屋。"② 安布雷拉大街住着这样一群富裕阶层：为富不仁的工程师夫人、苛刻盘剥的帕伊尔先生、两面三刀的工厂老板、追逐权势的政客候选人等各色人物。而"光明印度"的另一面则是另一番景象，在流浪汉与贫苦者寄居的基图尔火车站，"灯光昏暗、脏乱不堪，地上到处都是被丢弃的午餐饭盒，不时有流浪狗四处觅食；到了晚上，这里则是老鼠猖獗的世界"③。奔波在基图尔谋求生存的庶民当中，最为显眼的则是以齐纳亚为代表的悲惨的人力车夫群体。齐纳亚清楚地意识到，像自己这种生活在黑暗之地的庶民阶层，窘迫的现实生活状况甚至都比不上一个动物。齐纳亚对着在交通堵塞时朝着他猛按喇叭的汽车司机大声吼道："你们没发现这个世界很荒谬吗？""一头大象优哉游哉地下山，它什么活儿都没干，而一个人却要拉着这么重的东西？"④光明与黑暗的两重世界，同样泾渭分明地存在于基图尔。

　　在《塔楼最后一人》中，关于维什拉姆小区的居民对待瓦科拉的棚户

　　①　A. Adiga. *Selection Day*. London：Pan Macmillan, 2017, p. 99.

　　②　［印度］阿拉文德·阿迪加：《两次暗杀之间》，路旦俊、仲文明译，人民文学出版社2011年版，第153页。

　　③　［印度］阿拉文德·阿迪加：《两次暗杀之间》，路旦俊、仲文明译，人民文学出版社2011年版，第3页。

　　④　［印度］阿拉文德·阿迪加：《两次暗杀之间》，路旦俊、仲文明译，人民文学出版社2011年版，第161页。

区的方式很值得回味，这种方式是："每天早上出了维什拉姆的大门后径直向大马路走去，假装近旁的另一个世界并不存在。"①尽管这里的棚户区向外延伸包围了属于印度机场当局的公共用地，并且像钳子一样扩展到了机场跑道上，要假装棚户区不存在，就显得十分可笑又可悲。这种现实而无奈的心理，反映出了大多数印度普通人对于印度贫民窟的普遍观念。然而另一个现象更值得注意，即富人阶层对援助穷人阶级的恐惧。在《选拔日》中，阿迪加记录了富人圈对于富商阿南德·梅塔向贫民窟学校捐赠的恐惧：

> 关于阿南德·梅塔，并不是说他在美国有一个黑人女朋友，也不是说他大声地蔑视自己的阶级，又或者他在游艇俱乐部喝了太多酒，并宣称他可以在五分钟内"用断头台"解决孟买的所有问题——不，真正让他的阶级不安的是一个可怕但真实的谣言，说梅塔向卡夫·帕拉德地区的贫民窟儿童学校捐赠了1000到1500万卢比。捐款！给一个贫民窟的学校！他本可以做一件体面的事情，哪怕捐500卢比给马拉巴尔山狮子俱乐部，但他没有——而是捐款给了贫民窟的孩子！②

这种恐惧，揭示了富人阶级与庶民阶级之间的巨大鸿沟，以及富人阶级对庶民阶级集体性的排斥，说明对庶民阶级的同情与怜悯对于富贵阶级而言是一种禁忌，这也从根本上道出了解决贫富差距问题的阶级困局。这也促使有良知的富商阿南德·梅塔不禁发出感叹："如果在印度做好事就像是在逆流而行怎么办？你在这里几乎赚不到钱，在赚钱的过程中，如果你最终惹上了穷人，那些以为你在业余时间会给他们一点帮助的人，该怎么办？"③然而他也只能发出深沉的感叹，面对现实束手无策，放弃了此前"道德上的光辉将是生活在印度的附带好处之一"的想法。

---

① ［印度］阿拉文德·阿迪加：《塔楼最后一人》，路旦俊译，上海文艺出版社2013年版，第88页。

② A. Adiga. *Selection Day*. London：Pan Macmillan, 2017, pp. 107-108.

③ A. Adiga. *Selection Day*. London：Pan Macmillan, 2017, p. 278.

二、"光明印度"中的庶民生存场域与状态

在描述印度城市发展严重的两极分化状况时，前印度政府能源部部长瓦桑特·萨蒂写道："我不能不看到这个事实：增长与发展仅仅限于印度人口中的一小部分，我们事实上在贫困的汪洋大海中建造了一个繁荣的小岛，在这个小岛上人口中的一小部分拥有现代文明所有的一切福利。我们国民经济的图景最好用孟买这个城市来描绘，在那里我们可以看到立体的摩天大厦和五星旅馆为水平蔓延的贫民窟所重重包围。"①在"光明印度"，贫富差距最明显直接的体现就是大都市中心区高楼林立的繁荣景象与大片贫民窟社区破败不堪的情景形成的鲜明对比，其中此情景最突出的就是在孟买。

在印度，由于宪法赋予了公民自由迁徙的权利和地区间社会经济发展水平不均衡，因此落后地区的大规模人口季节性和永久性地向较发达地区迁移。每年印度终身迁移人口总量高达全国总人口的 27.4%，农村作为人口迁移的发源地和目的地，共有 70.5% 的国内迁移人口来自农村，农村之间的迁移人口占总迁移人口的 64.2%……大规模的流动人口既无法回到农村重新被安置，又无法被城市正常吸纳，快速催生了大量贫民窟。②尤其自 20 世纪 90 年代开始实行经济改革以来，印度经济的迅速发展，一方面促使城市中产阶级规模的壮大，另一方面也吸引了越来越多的农民脱离凋敝的农村进城务工。城市的发展虽能够为这些流动人口提供就业机会，但却无法提供正常的城市生活福利和权益。此外，由于印度城市的失业率一直高居不下，收入的低下、物价的不断攀高，造成大部分劳动者维持正常生活都十分困难，尤其是生活在城市社会底层的流浪者，他们的经济状况没有发生根本的转变，更没有能力负担日益上涨的房价和政府提供的公共住房的房租。农村移民和城市流浪者为了满足最低程度的生存需求，只能利用废旧铁皮、油毛毡、塑料布和竹竿等在城市中的"空白地带"建造违法、廉价而毫无基本设施保障的棚屋作为安身之所。这些"空白地带"就是城市中的贫民窟。同时，日益扩大的贫民窟规模迫使印度政府不得不在这些

---

① 陈峰君主编：《印度社会述论》，中国社会科学出版社 1991 年版，第 383 页。

② 周天勇、王元地：《繁荣的轮回：人口变动与经济增长的一个逻辑解释》，中国财富出版社 2017 年版，第 141 页。

贫民窟中建设基本的生活设施，这就给印度的这些贫民窟提供了可发展的空间。加之印度法律规定居住公民住房满一年具有优先购买此所居住房的权利，导致了私人出租房和建造出租房的供给进一步减少，住房建设速度远远赶不上贫民窟增长速度。于是，城市贫民窟规模越来越大，"今日印度大城市中贫民窟人口比例多在20%以上，即每4～5个居民有一个是住在那里的，个别大城市（如孟买）则远远超出此比例，突出反映了贫富差距的现象。贫民窟的各项社会服务与治安管理等都很差，犯罪率远高于整体平均水平，这显然和贫民窟人群容易对前途产生失望幻灭感有联系"①。可能贫民窟由此成为印度政府在未来较长时间内无法解决的社会问题。

　　城市贫民窟既是在"光明印度"中谋生的庶民的栖身之处，也是这些庶民的主要生存场域，是比邻"光明印度"的"黑暗印度"所在。"在印度的诸多贫民窟中，最为知名的就是孟买的贫民窟群，由近2000个大大小小的贫民窟组成，生活着数以百万计的贫民。其中的达哈维贫民窟的规模位居世界第二，是亚洲最大的贫民窟。目前，在这些贫民窟中生活的不仅是贫民，甚至还有不少公务员、教师等中产阶级。"②贫民窟中的生存方式也千差万别，贫民窟中的底层更是有着令人难以想象的艰难。然而，如孟买众多贫民窟中的安纳瓦迪贫民窟，在这个所谓20世纪90年代就已经摆脱贫穷的贫民窟中，"三千居民中，仅六人有固定工作（其他人，就像百分之八十五的印度劳工，都属于非正规、无组织的经济体系）。的确，有些居民必须诱捕老鼠和青蛙，油炸后当晚餐吃；有些居民甚至吃污水湖畔的灌草丛。这些可怜人为他们的邻居们做出难以算计的贡献——让那些不炸老鼠、不吃杂草的贫民窟居民，感受到他们自己有多么上进"③。

　　处在贫民窟的庶民群体，一代接一代就只能待在贫民窟，导致了大量暴力事件的发生。根据印度暴力发生的情况来看，印度社会过去所发生的不计其数的爆炸袭击事件大多发生在农村或贫民区，特别是城市贫民窟内，受害者都是底层庶民。尽管自2008年孟买恐怖袭击事件之后，暴力有向处

---

① 赵干城：《印度无户籍：贫民窟成城市顽疾》，载《人民论坛》2013年第4期，第28页。

② 王新有：《印度的土地制度与贫民窟现象》，载《经营管理者》2009年第24期，第247页。

③ [美]凯瑟琳·布：《地下城》，何佩桦译，新星出版社2018年版，第19页。

于富人与中产阶级聚居的都市区转移的趋势，攻击的对象也从底层转向上层，但底层庶民依然无法摆脱艰难的生活境况。印度社会学家巴哈杜尔（Tarun Kamar Bahadur）研究认为，处于城市低社会经济阶层的庶民艰难的生活环境与境况，使得他们形成了一种"贫穷文化"（culture of poverty），"表现为迁徙家庭的政治屈从、异化、冷漠与心理障碍"①。

《白老虎》中，阿迪加描写了一群来自印度乡村的无地农民被迫进入物欲横流的城市后，不得不面对城市谋生问题、寻找工作的场景。

> 笨一点的家伙们聚集在镇子中央的广场上，每当见到有卡车经过就向它跑去，还伸出手喊着："带上我！带上我！"
>
> 一阵推搡之后，有六七个人挤上了车，剩下的在原地等着另一趟车。几个上车的家伙是去做建筑工或挖掘工的。……又是半个钟头的等待，终于又来了一辆卡车。又是一番争抢推搡。②

虽然"笨一点"，但是也免不了要"推搡""争抢"，反映出了农村劳工寻找工作的艰难不易，凸显出了贫困农民在城市中的无助和无奈。

阿迪加的小说还从另一个侧面反映了处于艰难处境的这些庶民的生存状况。在《塔楼最后一人》中，大师在孟买所见到的人力车夫的生存状态，无疑是求生于所谓"光明印度"里庶民生存状态的真实写照。

> 在肮脏、黑暗的混凝土高架桥下，那些干体力活的人光着上身，步履艰难地推着车，对于改善自己的生活几乎不抱任何希望。可他们仍然在推车，仍然在奋斗，就像玛丽为了保住她在河道上的棚屋而抗争一样。瓦科拉那些像她一样的女仆都在为保住自己的棚屋而抗争。
>
> 一道道灯光从建筑物后落到马路上，大家一起挤到这些有光的地方，仿佛只有这些地方可以让他们穿过车流。那些苦力在这一道道灯光的映照下，看似一个个符号；他们是讲述未来的象形文字，一个巨

---

① T. K. Bahadur. *Urbanization in North-east India*. New Delhi: Mittal Publication, 2009, p. 75.

② ［印度］阿拉文德·阿迪加：《白老虎》，路旦俊、仲文明译，人民文学出版社2010年版，第48页。

大无比的未来。①

在《选拔日》中，曼朱纳特的父亲莫汉为了能够在孟买生活下来实现他的板球训练计划，曾尝试过复印盗版书籍、装订成册在车站附近偷偷出售，但是警察逮捕了他，并把他关了一晚。尽管市场上每天都能卖出 100 万本黑书，但他却被无情地关了起来。在感叹"大贼行动自由，小偷却必须被抓"之后，不得不转行做了酸辣酱推销员，每天骑自行车在孟买的街头小巷叫卖，被人嘲笑为"酸辣酱王公"。因此，莫汉的心中充满了对孟买的抗争，眼中充满着对这个城市的怒火。赞助商阿南德·梅塔将莫汉眼中的怒火称为"前自由化凝视"，"这种凝视在 1991 年以前下层阶级的人中很常见，当时旧的社会主义经济还存在，如今你只有在共产主义者、恐怖分子和纳萨尔派中才能发现：那些不能拥有东西，只会浪费东西的人愤怒的目光"②。这种凝视，导致他看儿子不是带着温情，而是同样的怒火。

而进入城市的贫困农民，很多人会因为无法适应城市贫富差异巨大的生活环境，为了发泄抑郁或治疗创伤，往往像城市的富人阶层一样沉迷于情色。在《社会问题与福利》（*Social Problems and Welfare*，1998）一书中，夏尔玛（Rajendra Kumar Sharma）认为这也是这些来自贫苦农村庶民，个体发生身份错乱的原因之一。"在一天的辛苦劳动之后，他们既没有健康的娱乐活动，也没有宁静的家宅。由于缺乏合理的选择，他们开始养成酗酒和嫖娼的习惯。"③《白老虎》中的巴尔拉姆，进入德里之后，迅速被雇主阶层城市生活中的放荡恶习所侵蚀，模仿雇主阿肖克进入妓院寻欢作乐。

而印度政府用于补贴和救济穷人的资金和项目，总会以各种各样的形式被转移，无法到达穷人的手中，落入本不该被救济的人囊中。印度计划委员会和新德里发展社会研究中心的调查显示，印度政府用于救济穷人的

---

① ［印度］阿拉文德·阿迪加：《塔楼最后一人》，路旦俊译，上海文艺出版社 2013 年版，第 317—318 页。

② A. Adiga. *Selection Day*. London：Pan Macmillan，2017，pp. 67—68.

③ R. K. Sharma. *Social Problems and Welfare*. Washington：Atlantic Publishing Group，1998，p. 102.

公共粮食被"转移"偷窃的平均数约占总数的 1/4 至 1/2 之间。①在城市，来自最底层的进城小商贩不仅收入微薄，而且必须从收入中挤出一部分用于行贿，此外，还要经常遭受来自城市中产阶级的抱怨，责怪他们侵占了城市的公共空间。城市中产阶级不仅免费享用了水、电等原本应该享受的大部分公共产品，还要挤压穷人的生活空间，迫使穷人必须通过额外的渠道支付更多的资金来购买，从而使穷人成为富人使用公共产品的实际资助者。而社会腐败无处不在，又成为特权阶级维护私利的保护伞，既造成了公共资源的极大浪费，又进一步加剧了最贫困人口生活的生存困境。

在城市，警察系统同样腐败不堪。如《白老虎》中，印度的人民警察大腹便便，只会不时"挥舞着警棍，走在军旅路上，滋扰那些摊贩，收取保护费"②。警察局的局长们，贪得无厌，"脑子里整天只想着一件事——怎样从走进他办公室的每个人身上搞到钱"③。而在社会治安上，警察系统则是另一番景象。在《两次暗杀之间》的小城基图尔，"港口区的犯罪率在基图尔名列榜首，这里经常可以看到利器伤人案、警察突检、当众逮捕的场景。一九八七年，在德里伽附近爆发了印度教徒与穆斯林的大规模骚乱冲突，警方将港口区封锁了六日之久"④。令人讽刺的是，港口充斥着暴力、垃圾、腐朽没落，扒手毛贼和身藏钢刀的暴徒，但在小工厂主阿巴斯看来，"也许，要躲避基图尔的贪污腐败，这是最安全的地方了"⑤。

在政治生活中，庶民阶层始终无法摆脱其所处政治权力中的从属地位。在城市，政治家贪污腐化，通过各种政治手段巧取豪夺，地方政客勾结上层阶级，共同奴役底层庶民，所谓经济高速发展、社会健康运转，其背后充满着肮脏的权钱交易。在《白老虎》中，农村的权势阶层贿赂高官，在

---

① ［英］爱德华·卢斯：《不顾诸神：现代印度的奇怪崛起》，张淑芳译，中信出版社2007年版，第59页。

② ［印度］阿拉文德·阿迪加：《白老虎》，路旦俊、仲文明译，人民文学出版社2010年版，第269页。

③ ［印度］阿拉文德·阿迪加：《白老虎》，路旦俊、仲文明译，人民文学出版社2010年版，第277页。

④ ［印度］阿拉文德·阿迪加：《两次暗杀之间》，路旦俊、仲文明译，人民文学出版社2011年版，第21页。

⑤ ［印度］阿拉文德·阿迪加：《两次暗杀之间》，路旦俊、仲文明译，人民文学出版社2011年版，第33页。

地方选举中瞒天过海。如"老鹳"一家，为了掌控煤矿和把持地方经济，对上层阶级官员极尽巴结、谄谀、行贿等肮脏的手段，对待下层阶级民众却极度吝啬、穷凶极恶。"老鹳"之子"猫鼬"为了获得上层阶级的政治保护，一次就向中央部长行贿 50 万卢比，但是却因为巴尔拉姆丢了 1 卢比而对其大发雷霆，指责他是小偷，迫使巴尔拉姆将自己的钱丢到地上才平息了事。富人阶层对待庶民阶层不仅吝啬残酷，而且心狠手辣，平姬夫人酒驾撞死人后，"猫鼬"不由分说迫使巴尔拉姆签订了一份对事故负全部责任的声明，直接让巴尔拉姆顶罪，庶民群体的地位由此可见一斑。在《选拔日》中，即使是富商阿南德·梅塔为了改造发电厂，也需要与国际机场管理局官员拉关系，需要贿赂政客、官僚和当地的警察。这迫使作为商人的他感到，"这个印度共和国（所谓的），这种返祖主义是多么彻底，充满了压抑、抑郁和无边的危险"①。

在娱乐生活中，腐败也同样无处不在。在《选拔日》中，深爱板球运动的球探汤米爵士因板球运动界被腐败污染而痛心疾首。赌徒在比赛中非法赌博，用赢得的赌资贿赂自己支持的政客，政客会从新德里或迪拜打电话要求警察对他的非法行为睁一只眼闭一只眼。非法赌徒们从孟买到印度最小的村庄的每个酒吧、酒店、消闲俱乐部为警察局收集赌注。最糟糕的是公众知道这一点，他们清楚地知道投注和操纵的发生，但是他们不在乎，他们一直在看，他们一直在参与 IPL（印度板球超级联赛）的非法赌博。汤米爵士绝望地感叹道："哦，我亲爱的，我的板球。……我们的盾牌和骑士精神，我们的城堡与壁垒，是如何走向另一面，成为伟大的肮脏的一部分的呢？……你已经听到了，窃窃私语，讨价还价，谎言和腐败：它才刚刚开始，在太阳再次升起之前，印度将被出售，印度将被收购很多次。"②

在"光明印度"，更为艰难的是那些来自"黑暗印度"的庶民。受印度宗教、种姓制度等因素的影响，类似于巴尔拉姆这样处于家庭位置底层的弱势群体，即使离开了"黑暗之地"的农村，依然会遭受来自家庭或贫穷人内部的经济剥削。原则上，巴尔拉姆每月的工资得上交给家庭中掌握着

---

① A. Adiga. *Selection Day*. London：Pan Macmillan, 2017, p. 302.

② A. Adiga. *Selection Day*. London：Pan Macmillan, 2017, pp. 163–164.

实权的老祖母库苏姆。从家庭权力而言，不同于一般家庭男性作为权力核心，在小说《白老虎》中的农村，长辈妇女反而成为家庭中的掌权者。一方面出于道德上的孝，另一方面妇女处于无业状态，家庭的维持必须依赖男性。为了维护男性的外部尊严，男性在这种约定俗成的家庭法中，实际处于家庭权力的底层，成为家庭女性剥削的对象，无论是巴尔拉姆、父亲，还是哥哥基尚，在这种家庭中，都应无怨无悔地为家庭付出所有而不能计较个人得失。因此，当巴尔拉姆僭越这一规则，好几个月没有上交工资时，祖母库苏姆来信威胁道："我们到目前为止一直默默地容忍着，但现在再也忍不下去了。你必须重新开始给我们寄钱，不然我们就告诉你主人。"①因此，老祖母库苏姆一类庶民是种姓文化成功规训的"产物"，一定程度上也是种姓制度的维持者，他们维系了种姓文化的代际规训，使其潜移默化地传递给下一代。

然而，来自"黑暗之地"的人，不仅在经济上遭受家庭的盘剥，从工作与维持生计层面来说，他们同样处于没有人身自由与平等权力的底层。在《白老虎》中，从农村进入城市做仆人的农民，作为下等人，可能随时遭受主人随意打骂，如阿肖克家的仆人，在尼泊尔管家眼中，他们的命运还不及平姬夫人所宠爱的博美狗。又如类似巴尔拉姆的车仆群体，不仅工作上必须做牛做马地为主人效劳，而且随时还要准备着为主人们疯狂的交通肇事顶替罪名。德里监狱里关满了代人受过的司机，他们都揽下了那些老实可靠的中产阶级主人的罪名。②巴尔拉姆就差点替阿肖克的撞人事故替罪。因此，巴尔拉姆对于离开农村来到城市谋生的庶民群体的生存处境十分清楚："我们虽然走出了农村，但我们的主人还是在掌管着我们的一切，掌管着我们的身体、灵魂和屁股。"③

但是，作为车仆的巴尔拉姆无疑是幸运的，由于遭受车祸的孩子的家庭没有报警，巴尔拉姆最终幸免于顶替主人的牢狱之灾。但是，在此之前，

① ［印度］阿拉文德·阿迪加：《白老虎》，路旦俊、仲文明译，人民文学出版社2010年版，第237页。

② ［印度］阿拉文德·阿迪加：《白老虎》，路旦俊、仲文明译，人民文学出版社2010年版，第151页。

③ ［印度］阿拉文德·阿迪加：《白老虎》，路旦俊、仲文明译，人民文学出版社2010年版，第151页。

主人阿肖克的哥哥串通好了律师与祖母库苏姆，也已打点了警察。如果抛开这些所谓的幸运，这一事件若是落到其他人的身上，结果也就可想而知了。正如巴尔拉姆所言，"如果被撞死的是骑自行车的人，警方可以连这案子都不记录。如果被撞死的是骑摩托车的人，警方就必须记录这个案子。如果被撞死的是开车的人，警方恐怕只好将我关进监狱"①。这无疑从另一个角度反映了"光明印度"里存在着同样的印度特有的民主制度。

因此，面对经济、政治和权力的层层操控，类似于巴尔拉姆这样来自"黑暗印度"向往光明谋求生计的人，依然处于权力的最底层，看不到任何未来。他们虽然身处"光明印度"，却无时无刻不经受着来自"黑暗印度"的侵蚀，同时还要面对"光明印度"里层出不穷的权力倾轧。这些庶民生存状态的描写，丰富了阿迪加对印度社会权力堡垒的揭示。

在这些围困庶民的诸多权力堡垒之中，权力的实现不仅体现在作为权力支配者上层的强势支配，还表现在作为权力被支配者的底层庶民的"协作配合"。庶民"协作配合"的原因，除了迫于现实生计的需要，最主要的是来自自己宗教思想意识的禁锢。阿肖克家的头号司机穆罕默德是一个家庭贫穷、勤劳刻苦的穆斯林教徒，迫于生计不得不隐姓埋名，并冒充印度教徒，在这个对穆斯林有偏见的地主家工作。从宗教虔诚的层面而言，他的生活是悲惨与无奈的，为了获得司机这份工作，他不得不隐瞒自己的信仰，更改自己的名字。现实的生活需要，迫使庶民在工作的权力机构中不得不"配合"其作为权力支配者的主人，一定程度上不自觉地成为这个权力结构中权力支配关系的同谋者。因此，宗教因素也是众多庶民无法突破印度文化层面权力堡垒中不可忽视的。这种壁垒，既存在于"光明印度"，也深扎于"黑暗印度"之中。

此外，在"光明印度"，庶民还经常深陷于社会—政治暴力场中，特别是历来严重影响印度政治与社会生活的教派冲突。印度是一个"宗教博物馆"，教派众多，其中印度教与伊斯兰教、基督教、锡克教、佛教、耆那教、拜火教，是当今印度的七大宗教，印度教教徒人数最多。犹太教、巴

---

① ［印度］阿拉文德·阿迪加：《白老虎》，路旦俊、仲文明译，人民文学出版社2010年版，第279页。

哈伊教等在印度也有不少教徒。因此印度也是世界上受宗教影响最深的国家之一，宗教已经深入印度社会与文化的每一个部分。"今天的印度据称是一个全民信教的国家。据印度政府 2001 年的人口普查，印度人口的 99.36% 是当今印度七大宗教的忠实信徒。"①印度社会的教派冲突经常发生，其中印度教和伊斯兰教的冲突最为突出，屡屡造成流血事件。两大教派的频繁冲突，是印度社会政治矛盾、民族矛盾与宗教派别矛盾融合产生的结果。在这两大宗教的影响下，印度社会形成了各自的政治与经济利益群体。这些利益群体基于不同的政治要求，结合地区内外各种因素的综合作用，促使印度的政治经济在发展的过程中出现了宗教冲突世俗化的现象，即不同教派的政治、经济竞争往往假借教派之名来展开，由此形成了很多分化的政治实体。关于这一层面，阿迪加在《两次暗杀之间》中有比较突出的描述。在《选拔日》中，孟买板球协会的天才球探汤米爵士对生育力与原教旨主义的思考体现了宗派冲突的复杂性："他担心生育力和原教旨主义会在大约 20 年后为印度烤一个漂亮的大圣诞蛋糕。"②

印度社会大量社会动乱和恐怖袭击事件的发生与存在，原因复杂，除了比较显著的宗教冲突因素之外，阿迪加多次强调，其中有一个共同点——国内紧张局势的加剧与贫富差距的日益扩大。阿迪加道出了贫穷与恐怖袭击的紧密关联，并进一步指出印度恐怖主义频现的根源之一在于未能保持公正及减少贫困，而这一切都与印度的政治制度相关。在《你所问及的问题》（*You Ask the Questions*）一文中，阿迪加指出，印度在消除贫苦这件事情上有资金、人力和资源，无须世界其他国家的援助，问题的关键在于印度政府缺乏彻底消除贫困的意愿和制定切实可行的反贫穷方案，以及无处不在的腐败。因此，阿迪加总结认为，"印度并不缺少钱去解决贫穷。问题在于腐败、公共政策的糟糕与落后"③。阿迪加曾在多篇评论文章中提到，政府执行力的低效和腐败现象的无孔不入，让印度消除贫穷的一系列计划付诸东流，让日益扩大的贫富差距和与之密切关联的恐怖袭击一步步发展成印度社会的顽疾。

---

① 张敏秋：《跨越喜马拉雅障碍：中国寻求了解印度》，重庆出版社 2006 年版，第 176 页。

② A. Adiga. *Selection Day*. London: Pan Macmillan, 2017, p. 143.

③ A. Adiga. "You Ask the Questions". *The Independent*, 2008-11-10.

　　针对印度巨大的贫富差距和频发的暴力袭击等现状，阿迪加积极呼吁印度政府在政治、经济领域进行改革，并针对消除贫困和减少冲突提出了众多切实可行的建议。例如，在政治制度上，阿迪加提倡政府要大力实施改良办事效率、打击行政腐败与消除社会不公等措施，经济上呼吁政府重视农业经济发展、加大基础设施建设等，以此增加广大农村人口的收入，逐步缩小贫富差距。在《你所问及的问题》中，阿迪加特别强调："首先需要对那些众所周知生活在极端贫困中的 4 亿印度人有所作为，这些人大多数是生活在农村的穷人，政府应在基础教育、医疗、就业等民生方面大量增加投入。"①

---

① A. Adiga. "You Ask the Questions". *The Independent*, 2008-11-10.

第三节　"黑暗印度"内的庶民世界

在阿迪加小说提及的"黑暗印度"里，其核心构成是印度贫困的农村。生活在印度农村的庶民，不仅要面对农村权势阶层对各种资源的占有与剥削，同时还要面对来自家庭内部的道德绑架，许多出生于农村的贫苦印度庶民，一辈子都被束缚在黑暗世界里。

一、"黑暗印度"内的庶民生存场域

世界银行的一项研究报告表明，有 3 亿多印度人口生活在贫困线以下。印度农村贫困人口约占农村人口总数的 70% 以上。据世界银行的预测，如果以印度经济增长较慢和政策对穷人较为不利的情况为基础，印度穷人的数字还将增加 1 亿左右。在贫苦农民中又以无地、少地的农民占绝大多数。如何解决约占人口一半的穷人问题，已成为印度经济发展中一个巨大难题。①

阿迪加曾为印度经济快速发展而欢欣鼓舞，但同时也为调查所见的印度经济"悖论"现实及其未来堪忧。尤其是在他的新闻报道《改革之面孔》(*The Face of Reform*)中，阿迪加对印度现有经济"悖论"进行了冷静的思考，他认为导致印度这一悖论的主要原因是：印度高科技服务业与农业发展的极不平衡。阿迪加指出，"1998—2001 年，由于季风恶劣，农业增长率仅为 1.8%，尽管农业人口达印度就业人口的 60%，但由于恶劣的季风影响，以及国家财富明显向城市转移，农业所占国内生产总值依然仅为22%"②。与农业相比，在高科技产业领域，特别是软件外包产业，得到了

---

① 景荣：《印度经济改革失衡》，载《中国贸易报》2005 年 7 月 15 日。
② A. Adiga. "The Face of Reform". *Time*, 2004-05-31.

印度政府的大力扶持，多年来保持着高速增长的态势。印度每年承接全球服务外包市场近一半的业务，软件外包行业甚至超过60%，印度因此被称为世界上最大的软件外包工厂和"世界办公室"。至2018年，"印度全国有43个城市开展了软件和服务外包业务，其中班加罗尔、钦奈、海德拉巴、新德里、孟买、普纳等城市是印度软件和服务外包的领先城市，业务收入占据了整个行业规模的90%以上。其中，班加罗尔产业规模占印度整个行业的36%，班加罗尔软件园被称为'印度硅谷'，是印度最大、最著名的软件园"①。由此可以看出，在印度发展过程中，农村与城市的两极分化情况。也就进一步说明，在印度的经济改革过程中，印度农村庶民的发展状况并没有与印度经济的快速增长成正比。阿迪加还进一步在文中强调，生活在农村的大量贫民面临的困难众多，如灌溉、资金、电力、饮水、医疗等方面的困难。"在广阔的'旧印度'农村，每六个人中就有一个人的基本生活得不到保障。农民的田地得不到很好的灌溉，庄稼歉收将他们逼上绝路，有将近三亿人过着'吃了上顿没下顿'的生活。"②

《白老虎》中，阿迪加描绘了印度农村的黑暗场景代表——巴尔拉姆的故乡拉克斯曼加尔村，住在这个村里的大多是穷人。在拉克斯曼加尔村，同一个村子中的人们因为种姓的高低被分开安排住处，不同的种姓居住在不同的区域。这里的生活环境，主人公巴尔拉姆称之为"典型的印度乡村乐土"：

> 电力充足，装了自来水，电话也打得通；村里的孩子们营养也算丰富，吃得上肉类、鸡蛋、蔬菜、小扁豆等。拿出卷尺和秤检查一番，他们的发育还行，身高和体重能达到联合国和相关组织规定的最低标准。……
>
> 哈！
>
> 电线杆——没通电。
>
> 水龙头——不出水。

---

① 陈少民：《战略高地：全球竞争与创新》，中国商业出版社2018年版，第170页。

② 姜礼福：《布克奖新得主阿·阿迪加及获奖小说〈白老虎〉》，载《外国文学动态研究》2008年第6期，第17页。

孩子们——一个个瘦得与他们的年龄不相称，脑袋显得特别大；无辜的眼睛忽闪忽闪着，好像是在拷问印度政府的良心。①

一群群猪在排水沟里拱食，牛每天趴在门口，身下是一堆骇人的牛粪。女人们挤在一起撕扯头发、腿交错层叠在一起像千足虫。单车后座上绑着色情电影海报、摇着铃铛在村子里转圈的人，一字排开的人力车夫，构成了印度传统村子的画面和生活环境。

更为黑暗的是，政府和法律根本没有办法进入这样的地区。在众多因素之中，就经济层面而言，权势阶层对资源的操控是导致拉克斯曼加尔村光明与黑暗两重天的现实所在。在拉克斯曼加尔村，村庄的经济命脉被"鹳鸟""野猪""乌鸦""大水牛"四大地主所控制。本属于村民的公共财产，却成为这些贪得无厌的地主们的私有财产，身处底层的村民，虽深深怨恨，却无可奈何，只能根据每个地主的德行，给他们取绰号。

鹳鸟……村外的小河是他家的，渔夫从河里抓一条鱼，艄公摆渡一个人，都要向他交份子钱。

他的兄弟叫野猪。这个家伙拥有拉克斯曼加尔周围的所有良田。你想要在这些地里讨生活的话，就要在他面前深深鞠躬，触摸他拖鞋前面的泥土，并要忍气吞声地答应他每天抽租子……

乌鸦的田地在黑堡周围的半山腰，缺乏灌溉，满是碎石，是最贫瘠的。但他的地却是羊倌们放羊的必经之地。羊倌们如果不掏钱买路，他就会"用尖嘴在他们背上啄个洞"。这就是乌鸦名字的由来。

大水牛是他们当中最贪婪的。他盘剥着所有的人力车夫，控制着马路。如果你是个人力车夫，或者靠道路生活，你就得给他份子钱——不管挣多少钱，你都要给他三分之一的收入，一个子也不能少。

……他们的大宅院里有自己的寺庙、自己的水井与池塘，除了收

---

① ［印度］阿拉文德·阿迪加：《白老虎》，路旦俊、仲文明译，人民文学出版社2010年版，第18页。

钱外，他们不需要到村子里来……①

四大地主正是利用各自拥有的资源控制着整个村子，进行着赤裸裸的经济剥削，并将子女送往城市，自己继续留在农村，盘剥和压榨村民。

生活在"黑暗印度"的庶民，有可能世世代代都生活在黑暗之中。在《选拔日》里，来自农村的父亲莫汉·库马尔在回忆自己的出身时提到，当他还是一个孩子的时候，每天早上四点钟就被带上卡车去一个咖啡农场打工，清理树枝、给灌木浇水、照料咖啡树，工作到十点，管理庄园的人才付给他三分半卢比。工作完了才能去上学。和同种姓的女孩结婚，和父亲的地主延续雇佣关系，朝拜祖辈们一直朝拜的神，结婚生子，一辈子毫无波澜地生活在西高止山脉的乡村。"所有的一切都和他家中几代人的情况一模一样。"②

二、"黑暗印度"内的庶民教育与医疗

在"黑暗印度"的中心——印度农村，庶民的教育与医疗也是阿迪加十分关注的问题。印度是一个典型的农村人口大国，麦肯锡全球研究所（McKinsey Global Institute，MGI）于2010年4月发布了一份关于印度发展的研究报告，报告指出印度全国约2/3为农村人口，而且普遍贫穷。③而印度农村贫苦人口占贫困人口总数的79%。印度广大农村地区文化水平极其低下，有大量的文盲，教育水平远远低于城市，严重影响了农村社会、经济的发展。农村教育因而成为印度教育的重点与难点。著名比较教育研究专家、英国学者埃德蒙·金（Edmund King）在对印度教育进行研究时曾指出，"没有一个国家遇到的问题（包括经济的、社会的、宗教的，以至人口的）比印度多"④。

---

① ［印度］阿拉文德·阿迪加：《白老虎》，路旦俊、仲文明译，人民文学出版社2010年版，第23页。

② A. Adiga. *Selection Day*. London：Pan Macmillan, 2017, p. 55.

③ McKinsey Global Institute. *India's Urban Awakening*：*Building Inclusive Cities, Sustaining Economic Growth*. McKinsey & Company, 2010, p. 172.

④ ［英］埃德蒙·金：《印度教育》，杭州大学教育系外国教育研究室译，杭州大学出版社1983年版，第1页。

早在 1950 年，印度第一部宪法就要求全国"用 10 年时间为 6～14 岁儿童实施十年免费义务教育"。尽管到了 1960 年，这个目标还没有实现。但是，"自 1960 年起，当中的七个五年计划都制定了普及义务教育的目标，到 1992 年开始的第八个五年计划又把它作为了最为优先实施的项目。在 94% 的农村，中央和邦政府在一公里内至少建立了一所初小。在 84% 的农村，印度实现了三公里内建立一所高小的目标。到 1998—1999 年，全国儿童入学率为 92.18%。女生和表列种姓及表列部落儿童的入学率也有了很大的增长"[①]。

然而，在印度农村基础教育取得众多成绩的同时，大量的问题依然存在。印度农村基础教育发展极其不均衡，在各阶层群体的受教育程度中，以低种姓阶层和落后部落为代表的庶民群体受教育的程度最为薄弱，明显落后于中等收入群体和富人。"而且，无论在城市还是农村，男女受教育程度相差也很大。最贫困的农村女性平均上学年限为 0.9 年，而最富有的城市男性平均上学年限为 10.8 年，相差 20 倍。这些受教育程度低的群体绝大部分生活在农村。……同时，农村地区的识字率为 59.21%，也大大低于城市地区的 80.06%。"[②]这些差距，展现了受印度农村经济发展不平衡影响，教育观念的差异性、自然地理与农业地域的差异性，农村基础教育区域发展的极不均衡，这无疑为印度教育民主化蒙上了阴影，再次反映了印度庶民阶层在印度民主化进程中的落后地位。此外，由于农村地区生活条件艰苦、交通不便、工资微薄，很难吸引教师到偏远农村地区任教，因此也出现了农村教师数量少、素质低的情况，最终导致农村教育质量差和农村义务教育普及困难等问题的产生。

当代印度农村所出现的种种问题与弊端，阿迪加在其小说《白老虎》中进行了生动的描绘。巴尔拉姆成长的农村中的权势阶层除了对农村的经济资源进行操控剥削之外，还占据了一些隐形的资源，如教育、医疗、保健等优势资源。《白老虎》中的巴尔拉姆、《两次暗杀之间》之《安布雷拉

---

① 王冠玥：《全民教育背景下中印农村基础教育问题比较研究》（学位论文），华东师范大学，2007 年，第 17 页。

② 王冠玥：《全民教育背景下中印农村基础教育问题比较研究》（学位论文），华东师范大学，2007 年，第 20 页。

大街》中的齐纳亚，无不受这些因素的影响与禁锢。巴尔拉姆从小天资聪慧，上学期间被老师称为班上最聪明的人，来学校视察的教学督导也曾称赞他为印度丛林里的一只"白老虎"。然而，印度农村的嫁妆制度终止了他的上学之路，为了偿还为堂姐筹办婚礼与嫁妆欠下的一大笔高利贷，巴尔拉姆与哥哥基尚被迫辍学，不得不进入小茶铺打工挣钱。在印度农村，巴尔拉姆与基尚的故事并非特例，家庭成员中的侄子达拉姆最终也辍学，这些案例无不说明，印度农村家庭经济条件的恶劣，对孩子教育产生了世代循环性的影响。小说中提及的改变底层庶民命运所必备的教育资源，尤其是英语教育资源，对类似巴尔拉姆这种出自农村黑暗之地的底层庶民来说，只不过是一种奢望。而在学校又存在着普遍的贪污现象。教师们会将政府提供给学生的免费午餐计划（每天午餐时给学生提供三张甩饼、黄扁豆和泡菜）中的午餐钱揣进自己的腰包，就连政府发给学生的制服，也被老师们运到邻村出售。而这一切的根源在于教师们已经半年没有领到薪水了。这不仅成为他们冠冕堂皇贪污的理由，而且成为他们不教学的借口，将自己与采取非暴力不合作运动对抗英印政府的甘地相比，"采用了甘地式的抗议方法来讨薪，那就是一天不发工资，他就一天不做事"①。问题的关键是，在印度农村，对这些现象，庶民竟然习以为常："没有人去责怪老师。你不能指望一个人能做到出粪坑而不臭。每个人都知道，如果自己处于他的处境，也会这样做的。甚至还有人佩服他做得高明，干净利落，没被抓到。"②巴尔拉姆讽刺地将印度农村的教育系统称为"粪坑"，处于社会底层的庶民已经习惯了这种臭味。难怪印度总理拉吉夫·甘地曾痛心疾首地指出，"国家拨给穷人的救济和用于农村基础设施建设的费用中只有15%能落到实处，其余85%全被相关机构人员私自收入囊中"③。

学校教育情况如此，"黑暗印度"中农村的医疗情况也是问题重重。印度目前的贫困人口，绝大部分生活在农村。"这些生活在贫困线以下的人正

①　[印度]阿拉文德·阿迪加：《白老虎》，路旦俊、仲文明译，人民文学出版社2010年版，第30页。

②　[印度]阿拉文德·阿迪加：《白老虎》，路旦俊、仲文明译，人民文学出版社2010年版，第31页。

③　N. K. Dutta. *Corruption in Public Services*. New Delhi: Anmol Publications Pvt. Ltd., 2006, p. 17.

在为他们的生存和健康而奋力抗争。几乎 70% 的死亡和 92% 的来自传染疾病的死亡，都发生在这些最为贫穷的 20% 人中。如何为有着众多贫困人口的农村地区提供有效的医疗卫生服务、满足广大农村居民不同层次的医疗需求，成为印度政府面临的一大考验。"①在接受采访时，阿迪加不无痛心地的说道："每天，有一千名印度穷人的生命被结核病夺去。而中产阶级甚至都不知道这种疾病。在印度，很多疾病只折磨穷人。"②在小说《白老虎》中，巴尔拉姆的父亲就是死于肺结核。高强度劳动与恶劣的生活条件是穷人染上这类疾病的重要病因，而印度社会针对穷人开放的免费医院及落后的医疗条件，则是导致这一疾病高死亡率的最重要原因。

"印度在全国实施了全民免疫计划和建立公立医院免费治疗项目等公共卫生制度，以保障公民，特别是广大农村居民能够享受基本的医疗保障。然而，这种偏向医疗卫生供方投入的制度设计在实际运行中存在诸多弊端：服务水平低，医疗设备陈旧，管理混乱，寻租腐败现象严重，运行成本也越来越高。更为严重的是，事实上它更多地补贴了富人，并未真正让医疗卫生服务惠及穷人。"③在《白老虎》中，巴尔拉姆的父亲因为常年累月辛苦劳累，积劳成疾开始吐血，必须送往医院治疗。但是他们所住的拉克斯曼加尔村没有医院，只有三块医院的奠基石。之所以只有奠基石，是因为这里换了三届管理部门，每一次选举前都有政客承诺盖医院，立下奠基石，但是却从来没有将医院建设起来。巴尔拉姆与哥哥基尚不得不历尽艰辛将父亲送到附近一家公立医院——罗西亚普济免费医院。当他和基尚将父亲抬到医院，只见"三只羊趴在斑驳褪色的医院白色大楼的台阶上，羊粪的恶臭一阵阵地从敞开的大门吹进来。……地上到处是羊粪蛋，就像是天上的黑星星一样。我们就这样踩着羊粪蛋进了医院。医院里不见医生的踪影"④。可见农村公立医院卫生条件之差，医务人员多么玩忽职守。而且，在政府设立的免费公立医院，医生职位可以公然成为谋利的资源。"有个政

---

① 张奎力：《印度农村医疗卫生体制》，载《社会主义研究》2008 年第 2 期，第 56 页。

② H. Sawhney. "India：A View from Below Aravind Adiga with Hirsh Sawhney". *The Booklyn Rail*，2008-09.

③ 张奎力：《印度农村医疗卫生体制》，载《社会主义研究》2008 年第 2 期，第 59 页。

④ ［印度］阿拉文德·阿迪加：《白老虎》，路旦俊、仲文明译，人民文学出版社 2010 年版，第 42-43 页。

府医务官专门负责检查医生是否来这样的乡村医院就诊。只要医务官这个职位出现空缺，那些伟大的社会党人便会告知所有那些有名的医生，然后公开拍卖这个职位。"① 职位拍卖价竟高达四十万卢比，通过竞拍获得职位的医生，一边领着政府的薪水，一边在私立医院兼职挣外快。

腐败的横行与金钱的诱惑，导致农村公立免费医院的医生在正常工作的时间纷纷去私立医院兼职，医院正常工作的开展和医疗计划的实施也就成了空谈，医院也就成为摆设。巴尔拉姆的父亲因为没有得到及时治疗而病逝，但是医院的政府花名册上却记载他已经彻底治愈。可见，印度政府的教育与医疗，成为权势势力对隐形优势资源占有的重要阵地。"光明之地"的权势阶层对上述显性或隐形优势资源的占有是经济层面权力堡垒最为显著的体现。通过"黑暗印度"内庶民的教育与医疗状况，阿迪加描绘了当代印度政体结构猖獗贪腐的多面性。"印度的国有单位虽然收入都很微薄，但是外快却能捞不少。"②印度的各阶层、各部门的在职人员都能充分利用手里的各种权力中饱私囊。"然而，在宝莱坞的电影市场上，反映印度'社会现实'或印度农村的场景从印度电影中消失，中产阶级在宝莱坞影片严重脱离现实主义的虚假繁荣中自我陶醉。有分析家指出，印度富人的道德危机在于忽视穷人的苦难，甚至认为贫富差异合法合理公共意识的减少成为印度的毒瘤。中产阶级企图在普遍的贫困中建立一个属于自己的繁荣孤岛。"③

三、"黑暗印度"内的庶民政治

在《白老虎》中，阿迪加提到了印度的选举热："印度有三大疾病：伤寒、霍乱和选举热，最后一种尤为厉害。得了这种病的人会不停地对那些

① ［印度］阿拉文德·阿迪加：《白老虎》，路旦俊、仲文明译，人民文学出版社 2010年版，第 43 页。

② ［印度］阿拉文德·阿迪加：《白老虎》，路旦俊、仲文明译，人民文学出版社 2010年版，第 30 页。

③ 陈金英：《经济改革以来印度中产阶级的现状》，载《南亚研究》2010 年第 3 期，第84 页。

他们没有发言权的事情高谈阔论。"①选举热所带来的危害，不仅使各大党派通过各种非法手段强行拉票，使农村地主与党派之间秘密勾结交易，同时也使没有发言权的选民乐此不疲地盲目谈论，就像太监谈论性爱宝典《爱经》一样。将选举热名列为印度的三大疾病之一，无疑是阿迪加对印度社会选举的一种高度讽刺，也体现了庶民政治的游戏性。

1947 年印度独立以后，领导印度人民摆脱英国殖民统治的国大党及其党首尼赫鲁领导的新政府，制定了印度独立后的新宪法，宪法提出在政治上实行议会民主制的基本政策，致力于实现印度公平、自由、平等、友爱等的社会奋斗目标。其中，"印度宪法第 326 条规定，年满 21 岁（1989 年降至 18 岁）、精神正常、没有违法犯罪、在某一选区居住的任何印度公民都可以登记为选民"②。从法律角度，给予印度每个成年人以无差别的选举权。阿迪加在其政论文章《参选贫民》（*The Poor Who Vote*）中指出，得益于印度宪法的规定，身处广泛民主制度下的印度公民，身感自己居住在一个民主国家，即使身为最贫穷者，也可以参与投票。这就为印度社会人口占据多数的贫苦庶民提供了以选票来表达自己利益诉求的机会，许多庶民甚至将其作为宣泄对现实不满的渠道。而各种政党势力，为了能够在选举中获得广大庶民群体的选票支持，就不得不在政治理念和利益承诺上顾及庶民群体贫苦、落后的生存现状。这使得底层庶民有了参与政治的机会，而其中的一部分人更是十分热衷于政治选举。阿迪加指出，在 2004 年的选举中，正是因为许诺不会忘记那些生活在底层的大量民众，以索尼亚·甘地为首的国大党得以重新成为执政党，而"以瓦杰帕伊为首的执政联盟……在投票中失败，大部分原因是贫苦庶民因在快速发展中被遗忘所产生的不满"③。因此，从解决身处贫穷边缘与弱势地位的庶民群体生存与生活问题，促使执政者听取庶民阶层声音与利益诉求的层面而言，印度的民主选举制度有着重要的积极意义。

---

① ［印度］阿拉文德·阿迪加：《白老虎》，路旦俊、仲文明译，人民文学出版社 2010年版，第 88 页。

② 杨翠柏等：《印度政治与法律》，四川出版集团（巴蜀书社）2004 年版，第 108-109页。

③ A. Adiga. "The Poor Who Vote". *Time*, 2005-03-07.

然而，尽管印度的民主政治制度在历经大半个世纪之后已趋稳定，但受自20世纪80年代始印度政治多元化发展的影响，印度民主政治制度在其发展历程中体现出了政治宗教化、种姓化、地方化的显著特征，并在印度政治体制中占有重要地位。这是印度政治舞台代表不同宗教、种姓和地方、种族政治势力不可避免的发展趋势。因不同宗教、种姓、族群和地方政治势力影响所形成的这些显著特征，对当代印度的民主事业产生了严重的阻碍作用，也使得印度民主制度中的许多积极意义大打折扣。

尽管印度法律明确规定："只要是25岁以上以及符合法律规定的其他条件，在选区内被一个选民提名就可以成候选人。"①然而，印度的民族、种族众多的复杂现状，以及根深蒂固的种姓制度，由少数民族、种族以及低种姓候选人形成的庶民政治群体，想要在民主选举中最终获得胜利或发挥重要作用，在当代印度社会的民主事业中依然是一件十分困难的事情。阿迪加在其政论文章《党政生活》（*Life of the Party*）中讲述了印度最大的白酒集团"联合酿酒集团"（United Breweries Group）董事长维贾伊·马尔雅（Vijay Mallya）参加卡纳塔克邦选举的故事，马尔雅最终因为是低等种姓而失败，其无疑是印度民主悖论最好的例证。阿迪加在文中分析后指出："作为极微小商业种姓的一名成员，马尔雅及其所代表的种姓，在卡纳塔克邦至今还没有战胜过任何主要种姓的拥护者。但事实上，种姓政治依然有其重要意义。"②其证明，种姓政治已然是广泛存在于印度社会的现实，选举的结果反映了印度各种势力及利益集团的较量。同时也表明，在印度的政治环境中，拥有财富的商业种姓的选举尚且如此，就可想而知深处社会更底层的印度庶民的民主政治事业的现状。

在《白老虎》中，阿迪加同样生动地书写了印度"引以为傲"的印度民主选举制度："十亿人民投票决定自己的未来……充分地享有自由的投票权。"③然而，随后又以农村残酷的选举事实讽刺了印度庶民选举的凄凉闹剧。实际上，权势阶层完全操控着选举的局面，庶民只是这场选举热中的

---

① 杨翠柏等：《印度政治与法律》，四川出版集团（巴蜀书社）2004年版，第108页。

② A. Adiga. "Life of the Party". *Time*, 2005-11-03.

③ ［印度］阿拉文德·阿迪加：《白老虎》，路旦俊、仲文明译，人民文学出版社2010年版，第86页。

玩偶而已。因此，尽管从理论上而言，较高的庶民政治参与很大程度上有利于腐败治理，但是在印度，庶民政治参与却在客观上加剧了腐败的盛行。

在伟大的社会党人控制的农村茶铺，巴尔拉姆讲述道，"我必须得是十八岁。我们茶铺所有的伙计登记的都是十八岁，正是法定的投票年龄。一场选举即将开始，茶铺老板已经将我们卖了个好价钱。他卖的是我们的手印——因为我们这里不识字的人都用按手印的方式投票"①。所以，正是这样的投票选举乱局，导致巴尔拉姆对此自嘲道："我是全印度最忠实的投票人，可我到目前为止还没有见到投票站里面是什么样。"② 另一方面，权势阶层则是直接采取暴力形式对付那些不懂得选举"规则"的选民。一个人力车夫天真地相信海报与标语上所宣传的"民主印度公民有权力自由投票"，走到投票点来投票时，遭到的却是选举党与警察的持续殴打，直到"人力车夫的身体不再扭动，人也不再还手，可他们仍然不停地踩他，直到他最后重新化作地上的泥土"③。可见印度的选举现实之残酷，其实质上不过是政客们玩弄权术的游戏。

印度学者哈桑（Zoya Hasan）指出，印度政治竞争发展的结果往往形成了一种基于庸俗政治交易的"市场政治"，其恶性发展为大量政治黑金的出现提供了条件。④其腐败已经渗透社会最基层的农村，无论是处于社会哪个势力阶层，都未能幸免。在巴尔拉姆的故乡，处于乡村上层的四大地主，也不得不在这场选举游戏中左右奔波，多年来地主们和伟大的社会党人之间一直都有一笔交易，每次选举他们都得给钱贿赂政客，而且是两边都给。连深谙西方政治制度、备受盘剥的阿肖克，也涨红了脸，禁不住愤怒地骂道："这真是他妈的笑话！我们的政治制度，真是他妈的笑话！"⑤而对于已

① ［印度］阿拉文德·阿迪加：《白老虎》，路旦俊、仲文明译，人民文学出版社2010年版，第87页。

② ［印度］阿拉文德·阿迪加：《白老虎》，路旦俊、仲文明译，人民文学出版社2010年版，第92页。

③ ［印度］阿拉文德·阿迪加：《白老虎》，路旦俊、仲文明译，人民文学出版社2010年版，第92页。

④ Z. Hasan. *Parties and Party Politics in India.* New Delhi: Oxford University Press, 2002, p. 437.

⑤ ［印度］阿拉文德·阿迪加：《白老虎》，路旦俊、仲文明译，人民文学出版社2010年版，第121页。

经逃出庶民阶层的巴尔拉姆来说，选举也只是一场场玩笑，印度民主制度所宣扬的民主、自由只不过是谎言而已。"印度从未真正自由过。开始是穆斯林说一不二，然后轮到英国人对我们呼来喝去。一九四七年英国人走了，但只有白痴才相信我们真的自由了。"①

受英国殖民时期政治体制的影响，印度的议会民主制度无疑体现出明显的"内部殖民"特征。反殖民时期，"本土的民族精英利用大众的力量成功地赶走了殖民者，接管了殖民者手中的各项权利，建立起了新的独立国家，并参照西方所谓的'自由''民主''平等'等资产阶级的政治理念来治理国家，但新独立的国家不只复制了西方的政治结构，同时也复制了西方民族主义不平等的权力等级关系，对本土的边缘群体形成新的压迫，即形成了'内部殖民'"②。这种"内部殖民"已经深深扎根在印度的社会结构当中。

不仅如此，作为印度民主政治体现的全民选举活动，为印度庶民宣泄不满提供了渠道，也使庶民成为政党努力拉拢的重要对象，但是在其结束后，庶民的利益诉求很快被"遗忘"在政客们获取胜利的欢呼声中，庶民的生活泛起过一小层波澜，最后慢慢消散，又复归平静回到原地。对于谋求获取选举胜利的政客们而言，庶民阶层只不过是选举中可以加以利用的一枚枚手印而已，他们的生存状况并没有从根本上得到改变。因此在"黑暗印度"，庶民与所谓的民主和平等是绝缘的。我国著名的印度史专家尚会鹏分析印度民主制度中的庶民政治时指出：

> 不可否认，印度民主政治在解决穷人的实际生活问题时并不是很有效。人们往往发现，选举、抗议、游行活动结束后，他们的问题并没有得到解决，生活没有发生变化。这就是印度的一个非常奇特的现象：一方面是贫穷与不平等的增加，另一方面，社会底层参与政治的积极性提高。印度市场经济排斥穷人，而民主政治这个"赛场"又拉

① ［印度］阿拉文德·阿迪加：《白老虎》，路旦俊、仲文明译，人民文学出版社2010年版，第20页。

② 陈义华、卢云：《庶民视角下的文学批评与文化批评》，暨南大学出版社2012年版，第101页。

拢和吸引着穷人。印度最穷的地方不断有人饿死，但同时选举的投票人数也在不断破记录。"饿着肚子投票，选举过后继续挨饿""政治上热闹，经济上贫穷"。①

总体来说，印度民主选举制度下产生的庶民政治，从一开始就体现出著名印度庶民研究学者帕萨·查特吉（Partha Chatterjee）所谓"基于非政治的理由来参与政治"的特点，属于"被治理者的政治"。庶民社会"一般不从内部产生自己的政治代表，而是与那些希望攫取政治权力的社会精英进行政治交换，通过选票的策略性应用，使得这些社会精英满足他们的利益需求，'政治'依旧在国家与公民社会这一层次上运作。这些居民基本上是被排除在正规的政治参与之外，最多不过成为社会精英动员的对象，在权力分配完成后，生存利益得到一定满足的情况下，继续被统治"②。庶民政治社会的运行，依靠的是一种治理基础上的权利逻辑，而非政治意义上的权力逻辑。说到底，正如查特吉所言，庶民政治"只能是一种反对政治、抵抗政治、生存政治，奋力争取一些空间，以便他们能够体面地、有尊严地生活"③。也正是因为如此，权势阶层充分利用庶民政治中的这种特征，在等级森严的印度社会，以提供庶民宣泄机会的平台来缓解社会压力。尤其是印度乡村机构的选举活动，往往将处于底层的庶民吸引到政治选举的赛局之中，消解了他们因对现实不满所引起的暴动情绪。当然，"随着低种姓的崛起，地方政党在联邦政府中权力的扩大和底层民众的积极参与最终将改变印度社会未来的发展方向。民主制度下多数决定少数的选举机制让那些在数量上占优势的集团拥有行动的能力"。④庶民作为一个整体的力量或许在未来会进一步得到显现，进而影响当代印度庶民社会的整体进程。

对于印度的民主现实，阿迪加的心情十分复杂，他一方面在小说中频

---

① 尚会鹏：《印度的底层社会》，载《党政干部参考》2010年第9期，第50页。

② 高自刚：《没有"政治"的底层政治——评帕萨·查特杰的〈被治理者的政治〉》，载《中共杭州市委党校学报》2012年第2期，第37页。

③ 李北方：《贫民窟里没有公民社会——专访印度学者帕萨·查特杰》，载《南风窗》2012年第25期，第81页。

④ 陈金英：《经济改革以来印度中产阶级的现状》，载《南亚研究》2010年第3期，第88页。

繁地揭露印度民主中阴暗的现实面和消极元素。关于小说《白老虎》，他就曾指出，"这本书讲述的是一个正处于'繁荣'时期的印度，它挑战了许多关于印度民主和经济的想当然的假设。我想挑战'印度是世界上最伟大的民主国家'的观点。从客观意义上讲可能是这样，但在现实中，穷人的权力是如此之小"①。同时，他又对印度现有的民主制度的包容性心存感激，谈到自己的小说与文章能在印度顺利出版与发行，阿迪加在接受采访时分析道："我十分清楚，倘若我这本书写在巴基斯坦、斯里兰卡或者任何周边国家，我早已锒铛入狱。……我非常庆幸我住在自由和宽容的印度。"②当代印度的民主现状，既是殖民时期西方民主制度残留影响的结果，同时也是其特殊的历史、文化和宗教性质共同作用的产物，因此带有强烈的地域性色彩。阿迪加以其敏锐的洞察力、冷静的书写立场和犀利的语言文字，展现了"两个印度"这一严重分化的社会残酷现实场域，以及"两个印度"之间的矛盾问题带给当代印度社会，特别是庶民社会的影响与危害。

---

① H. Sawhney. "India: A View from Below Aravind Adiga with Hirsh Sawhney". *The Booklyn Rail*, 2008-09.

② A. Adiga, "White Tiger Returns to Bite 'Shining India' ". *The Independent*, 2011-07-10.

第三章 当代印度庶民的群体镜像与庶民性

　　阿迪加一直将自己定位为描写印度社会真实面的作家，是典型的现实主义者。在文学的表达上，阿迪加认为文学应该站在常人不敢也不愿意站的角度揭露社会现实，因此他对文学作品的主题表现具有很强的自觉意识。阿迪加始终站在印度社会庶民的立场进行创作，关注庶民的发展，表现庶民的生存现状和生活经验，体现了他独特的写作姿态。阿迪加的印度题材小说，致力于通过对庶民群体的整体镜像和人性变化，揭露两个印度社会黑暗面，探索处在印度社会黑暗和腐败、贫穷与困苦中的各色人物的生存境况。一方面从时代、社会和文化因素，透视造成这些庶民群体苦难命运的外因；另一方面又从庶民群体自身主体意识的缺失与人性变化乃至异化层面出发，探索底层人物苦难命运的内因，进而从内到外地展现当代印度庶民群体的总体镜像，挖掘庶民群体身上体现出的庶民特性。

第一节　当代印度庶民的群体镜像

早在牛津大学的布鲁克林公寓，阿迪加就拟定了他的印度版《人间喜剧》计划，打算写一系列彼此相互关联、关于芒格洛尔典型居民的小说。但随着对故乡变化的深入观察和环游印度见闻的日益沉淀，阿迪加逐渐调整了他笔下的人物，开始关注社会庶民，即便涉及中产阶级和政府官员等，也往往投以批判的眼光。

阿迪加小说中的庶民如同斯皮瓦克所提及的，是一个情境化的概念。它不是仅从某一单一层面（如种姓、阶级、宗派）出发，局限于低种姓、无产、低产阶级或少数宗教，而是随着具体的情境进行具体区分。以种姓为例，伴随现代化浪潮席卷全球，印度社会在转型过程中出现了诸多变革，党派林立，运动层起，种姓制度也发生了重大的变化。传统印度在适应新世界的过程中受到冲击，种姓作为衡量个体价值的唯一标准被打破，金钱、资产等经济实力也成为衡量标准之一。如此一来，较低种姓的商人因商业化、工业化获得财富，但不受社会大众尊重。较高的种姓婆罗门享受最高等地位，但因固守传统，清苦无为而陷入贫穷，因此都可以将其称为庶民。阿迪加十分清楚，在印度的语境下，应当十分小心，即便是对于乡村传统都不能采取简单化的立场。因为，"印度的农村社会是高度差异化的，庶民传统或庶民文化也是千差万别的"①。

综观阿迪加的作品，其关注的人物众多，其中的庶民人物命运虽然十分相似，但是生活与性格各异。通过对这些庶民群体的书写，阿迪加展现了一幅幅当代印度社会庶民的群体镜像，表现了印度庶民或麻木不仁，或觉醒反抗的心理变化，以及他们在全球化浪潮中遭遇的困境和困惑，反映

---

① 陈义华：《后殖民知识界的起义：庶民学派研究》，中央编译出版社 2009 年版，第 75 页。

了庶民群体的生活经验与心理体验，传递了庶民的心声。当代印度庶民的群体镜像主要聚焦以下几类。

一、人力车夫群体镜像

在印度，不论是在繁华的商业区还是脏乱的贫民窟，人力车与处境窘迫的人力车夫们仍是印度街头一道特别的风景。2008 年 4 月，美国记者兼作家卡尔文·崔林（Calvin Trillin）在美国《国家地理》杂志上发表纪实性文章《人力车的最后时光》（*Last Days of the Rickshaw*），讲述了印度西孟加拉首府加尔各答大量人力车夫的生存境况，引起世界的广泛关注。同年，阿迪加发表小说《白老虎》，讲述的是巴尔拉姆如何继承人力车夫父亲遗志，通过暴力改变自身命运的故事，同样引起了广泛影响。此后，有关印度人力车夫的报道和研究也陆续出现。来自印度德里、阿拉哈巴德、阿姆利则、西里古里等地人力车夫的生活景象，相继被不同媒体通过图文形式进行报道。这些印度人力车夫，为了谋生，面对日晒、雨淋和严寒，拉车接送乘客，运输货物。他们大多骨瘦如柴、衣衫褴褛，困了、累了往往赤身裸体或将一张毛毯裹在身上睡在街道上或人力车上。他们是印度大量人力车夫的缩影，生活在印度社会的最底层，进行着最繁重的体力劳动，虽勤俭一生，却只能获取可怜的回报，维持最基本的生活。

"1880 年左右，人力车首先出现在印度的西姆拉。"[1]最初主要是西方人及华裔商人的私用车，直到 1914 年才开始允许载客做生意。在当代印度，尽管大多数城市提供机动式人力车服务，但是人力手拉式人力车仍旧存在于某些区域，比如加尔各答，其被称为"人力式塔纳人力车最后的堡垒"[2]。与西姆拉一样，"人力车约在世纪之交被介绍到印度的加尔各答，1914 年以后成为一种用于雇佣的运输工具"[3]。时至今日，这个已拥有近 1500 万人的西孟加拉邦首府城市，却成为世界上所有大城市中唯一依然拥有大量手拉

---

[1] P. Kanwar. *Imperial Simla: The Political Culture of the Raj*（2 ed.）. Oxford: Oxford University Press, 2003, p. 176.

[2] P. de Bruyn, K. Bain, D. Allardice, S. Joshi. *Frommer's India*（Fourth ed.）. Manhattan: John Wiley & Sons, 2010, p. 15.

[3] J. F. Warren. *Rickshaw Coolie: A People's History of Singapore*, 1880–1940. Singapore: NUS Press, 2003, p. 14.

式人力车的城市。

人力车被普遍认为是大英帝国在印度大陆上的残留物，尤其是印度的加尔各答。关于人力车的数量，"据估计，印度现有 800 万辆黄包车"①。据"美国《华盛顿邮报》报道，新德里街头约有 60 万辆人力车，大约 400 万居民经常乘坐人力车"②。在缺少任何替代交通工具的短途通勤中，人力车已然成为一种至关重要的交通工具。另外，人力车服务十分廉价方便，即便是今天，乘坐一公里人力车的消费不超过 5 卢比。同样行程乘坐电动黄包车需要 20～25 卢比。然而，从事人力车服务的人力车夫，却承受着低收入和非人的生活条件。他们通常是来自农村的庶民，缺少身份认同，大多居住在贫民窟。人力车夫社区是印度社会最边缘化的地区之一。

人力车夫主要来自印度城市失业底层与其他贫困地区的城市庶民，特别是穷苦农村。在西孟加拉，"截至 2008 年，大量加尔各答的人力车夫主要来自邻邦比哈尔，它被认为是印度最贫穷的邦之一"③。在印度 20 个大邦之中，比哈尔的经济发展长期处于末尾状态。大量贫困人口不断涌入距离比哈尔仅几百公里的加尔各答北部地区，使加尔各答成为人力车夫的密集地之一。而且，人力车夫大多没有土地，不识字、也没有技能，早期主要是农业劳动者、边境农民或工厂工人。也正因为如此，作为外来移民劳工，加尔各答的人力车夫很难像加尔各答本地的务工人员一样，享有基本的安全保障和政治上的影响力。此外，历史因素导致多次难民潮，也出现更多难民，如孟加拉国多次难民潮中迁入加尔各答的难民。因此种种，人力车夫在印度的社会地位十分低下，深受社会的歧视。

印度人力车夫一直生存在印度社会的底层，从事着严重损耗身体的体力工作，他们大多数都处在随时要承受着身体状况崩溃的边缘，不仅得不到合理的收入，而且深受社会的歧视。实质上他们是贫穷印度的表象之一，也是印度社会底层身份的象征之一。作为印度社会弱势群体，当代印度人

---

① 王颖：《省时省力又有尊严，印流行太阳能黄包车》，载《现代快报》2008 年 10 月 14 日，第 A24 版。

② 李良勇：《油价飙升，印度人力车受欢迎》，载《浙江日报》2008 年 7 月 2 日，第 3 版。

③ C. Trillin. "Last Days of the Rickshaw". *National Geographic*, 2008, 213 (4), p. 96.

力车夫群体越来越受到印度社会和世界的关注。

阿迪加笔下的车夫，有靠卖力气为生的人力车夫，也有在城市替有钱人开车的仆人车夫。在游记《来自黑暗的启示》（*Taking Heart from the Darkness*）中，阿迪加讲述了2003—2005年他在《时代周刊》担任驻印度记者期间与人力车夫交流的故事。人力车夫的种种遭遇给了他创作《白老虎》的动力，因为他觉得"在阴暗的小棚屋中收集来的关于20个人力车夫的资料，已经无法用一篇报纸文章来书写"[1]。这促使《白老虎》真正诞生。早在小说《两次暗杀之间》之《安布雷拉大街》中，阿迪加讲述了人力车夫齐纳亚艰难的生活困境，这篇小说也可以说是《白老虎》中大量人力车夫和汽车仆人车夫的先声。在《塔楼最后一人》中，尽管没有着重用笔，但正是人力车夫们的艰苦生存的景象，唤醒了大师对抗到底的思想。在此之前，他只知道自己在和某个人（那位建筑商）抗争。此后，他意识到自己在为某个人抗争。在肮脏、黑暗的混凝土高架桥下，那些光着上身干体力活的、步履艰难地推着车的人力车夫，对于改善自己的生活几乎不抱任何希望。可他们仍然在推车，仍然在奋斗，就像玛丽为了保住她在河道上的棚屋而抗争一样。瓦科拉那些像她一样的女仆都在为保住自己的棚屋而抗争。[2]

"之所以如此频繁地启用车夫形象，阿迪加也给出了解释。他提起好友巴哈尼（Ramin Bahrani）的电影剧本《推小车的人》（*Man Push Cart*，2005），认为这部作品改变了他的作家生涯。"[3]剧本讲述了巴基斯坦移民阿哈默德每天推着他的小车在曼哈顿商业区的街角卖咖啡和油炸圈饼的故事，阿哈默德是一个在不属于自己的城市里不断逃避自己命运的人，可以说是《安布雷拉大街》中齐纳亚的原型之一。

大部分人力车夫的形象主要出现在小说《两次暗杀之间》和《白老虎》中，从《安布雷拉大街》里的齐纳亚到巴尔拉姆的父亲，到德里、孟买等

---

[1] A. Adiga. "Taking Heart from the Darkness". *Tehelka Magazine*，2008-09-27.

[2] ［印度］阿拉文德·阿迪加：《塔楼最后一人》，路旦俊译，上海文艺出版社2013年版，第317页。

[3] 李道全：《悖论的庶民觉醒——阿拉文德·阿迪加及其短篇集〈两次刺杀之间〉》，载《外国文学》2011年第5期，第5页。

城市街头的人力车夫。他们虽各具形态，但都身处社会底层，生活潦倒穷困，虽见证了印度的复兴与快速发展，生活前景却依然暗淡。这些小说呈现出阿迪加对人力车夫形象命运的一种探索。

首先是小说《安布雷拉大街》中有别于齐纳亚的其他人力车夫。他们生活艰苦，像机器一样辛劳奔波，不断受到富裕阶层压榨，同时又自甘堕落，经常拿着送货赚取的微薄酬金饮酒作乐，在恶劣肮脏的环境中安于现状、不思进取。即便是他们对幸福生活有憧憬，也不过是买到一辆电动三轮车，或是开一间小茶铺，这是印度社会中已经麻木的庶民形象。身处繁华的商业中心安布雷拉大街的人力车夫，无疑是印度庶民阶层的代表与缩影。

与这些车夫的麻木和愚钝不同，人力车夫齐纳亚有着强烈的危机意识和谋变思想。他会思考，也通过购买彩票、进入工厂打工、为政党候选人参选拉票等方式努力探求命运转变的机会，但是境况没有得到改善，无论他怎么努力，最终都付诸东流，无法变更命运的残酷现实迫使他不得不妥协低头，重回人力车夫的行列，继续为雇主卖命。最后，历经生活困苦的他意识到穷人们自己修建了监狱困住自己，因此他在遭受冷落嘲骂后，内心深处喊道："我希望，某个地方会有个穷人奋起给这个世界一击。"[1]因为他知道，在自己的世界里，没有神注视着，也不会有人能够将他们从自己修建的监狱解救出来。在《安布雷拉大街》早期的版本中，阿迪加甚至描写了齐纳亚希冀改变命运的行动，从中可以看到一些《白老虎》中巴尔拉姆的影子，后来考虑《两次暗杀之间》的大背景，最终小说仅仅让齐纳亚将希望寄予某个穷人，而他自己继续在残酷的现实中替雇主卖命。齐纳亚的苦难，是印度底层社会众多庶民真实的人生写照。他们是那类有着觉醒意识，却未能采取行动，将希望寄托在他人身上，或因为势单力薄，想要反抗却无力反抗，只能将萌芽的觉醒意识扼杀在心底的庶民群体。在庶民学派看来，这反映了印度庶民群体独特的认知方式，是庶民对伟人神话的一种利用，将反抗权力话语体系的希望寄托于某个"伟人"。也即当庶民挑

---

① ［印度］阿拉文德·阿迪加：《两次暗杀之间》，路旦俊、仲文明译，人民文学出版社2011年版，第180页。

战现存权力时，"他们需要一个'外部领袖'……一个正义的、遥远的统领者通常被认为可以为农民起义提供必要的灵感。对外部领袖的信仰也可以被视作破坏当地公认的权力结构信仰的对立面"①。

而那个"奋起给这个世界一击"的穷人（"伟人"）成为后来《白老虎》中的主人公"白老虎"巴尔拉姆，他的与众不同在于不被周围环境同化，时刻保持改变命运的强烈愿望，为此可以不惜一切代价。巴尔拉姆不同于困在"印度鸡笼"中的其他车仆司机和贫苦大众，他最终执行了通过杀死主人阿肖克改变贫苦命运的计划，成为事业有成的企业家。巴尔拉姆深知自己不仅违背了印度世俗社会的律法，也违背了印度伦理价值观中的"法"。印度传统伦理价值观认为，人生价值可以归为四类：利、欲、法和解脱。利、欲代表世俗的物质财富价值与情感及感官追求；法和解脱则代表着道德义务、精神与宗教价值。印度哲学家 I. C. 沙尔玛（I. C. Sharma）指出，这四大价值目标中，"法被认为高于利和欲。法——人性在理智上的提高，圣贤们把它总结为真理、公正、仁慈、博爱、同仁感、勇气、智慧、节制和忍耐的道德，是人生的最高目的"②。巴尔拉姆为了"利""欲"而违背了社会法与伦理"法"，但是他也深刻地剖析了这些社会法与伦理"法"中存在的种种弊端及其诞生的荒谬规则。巴尔拉姆的形象，突出地反映了印度社会庶民阶层当中为了改变身份和生活现状，不择手段达到目的的群体，他们有着清醒的身份认知和强大的反抗意识。这类庶民群体的思想，是印度经济腾飞和社会变革时期变化的社会意识形态的深刻反照。

另一类人力车夫的代表人物是小说《白老虎》中巴尔拉姆的父亲维克拉姆。在阿迪加的小说中，"维克拉姆的形象是解读庶民意识觉醒的一把钥匙。在维克拉姆身上既浓缩着庶民被压迫的经验，也体现着庶民的挣扎觉醒和对未来的渴望与追求"③。一方面，身为低等种姓哈尔维的维克拉姆，

① R. Guha. *Subaltern Studies* I: *Writings on South Asian History and Society.* Delhi: Oxford University Press, 1982, p.164.

② ［印度］I. C. 沙尔玛：《印度伦理学》，巫白慧译，载《哲学译丛》1980 年第 5 期，第 21 页。

③ 王鸿盼：《阿拉文德·阿迪加小说中的庶民叙事》（学位论文），天津外国语大学，2014 年，第 13 页。

遭受着社会的压迫，本该是以制作糖果谋生的他被迫失去了世代经营的糖果店。巴尔拉姆在描述父亲时写道："但当他继承了糖果店后，肯定有别的种姓的人在警察的帮助下把店子给抢走了。我父亲的肚子不够大，没有办法还击。所以他沦落到拉人力车的地步"①。但另一方面，他又体现出了庶民挣扎觉醒的层面，顽强地渴望并追求着属于他们的未来。他原本可以和巴尔拉姆的叔叔们一样"在地主的地里干活，但他没有去。他选择了反抗"②。实质上成为一名人力车夫是他的反抗之一。更难能可贵的是，靠出卖力气做人力车夫的他比他人更有远见。为了让下一代能够摆脱贫苦的命运，他违背母亲的意愿将巴尔拉姆送进学校，希望教育能够改变巴尔拉姆的命运。最终，他因劳累过度死于结核病。

作为被社会压迫的受害者代表，维克拉姆用他瘦弱的身体和顽强的生命力书写了一部印度乡村庶民的生活经验史。巴尔拉姆回忆道："有钱人的身体就像是高档的棉芯枕头，白皙柔软，没有什么疤痕，我们的身体却截然不同，父亲的脊椎好像是一节一节的麻绳，就是村里的女人们打水用的那种。他的锁骨高高地突出在外面，活像狗戴的项圈。父亲的身上疤痕累累，从胸部往下，到腰部，再到髋部、臀部，触及之处，都是大大小小的伤口和疤痕，就像岁月的鞭子在他身上刻画出的记号。现实在父亲的身体上书写了一部穷人的生活史，笔锋如刀、入肉三分。"③对母亲非常顺从的维克拉姆，在知道母亲不再让儿子巴尔拉姆上学后，他终于鼓起勇气，唯一一次违背母亲的意愿，为儿子争取到上学的机会。在最后一次陪儿子去学校的时候，在教室里见到一只令儿子惊恐不已的蜥蜴时，他立即抄起了一个茶壶，将蜥蜴砸得粉身碎骨并扔出窗外，然后对儿子说："我这一辈子都是过着牛马不如的生活，我希望，我儿子，至少有一个儿子能活得像个人。"④这一情节深深地印刻在了巴尔拉姆的脑海中，成为播种在他心中的一

---

① ［印度］阿拉文德·阿迪加：《白老虎》，路旦俊、仲文明译，人民文学出版社 2010 年版，第 57 页。

② ［印度］阿拉文德·阿迪加：《白老虎》，路旦俊、仲文明译，人民文学出版社 2010 年版，第 25 页。

③ ［印度］阿拉文德·阿迪加：《白老虎》，路旦俊、仲文明译，人民文学出版社 2010 年版，第 25 页。

④ ［印度］阿拉文德·阿迪加：《白老虎》，路旦俊、仲文明译，人民文学出版社 2010 年版，第 26 页。

颗觉醒反抗的意识种子。

因此，尽管在小说《白老虎》中，阿迪加对维克拉姆的描写是粗线条的，他的主要事迹与经验也大多借儿子巴尔拉姆之口以追忆式描写呈现，但是他的身上却展示了一种势不可挡的庶民觉醒的力量。可以说，阿迪加将维克拉姆塑造为巴尔拉姆不断获取力量的重要来源之一，也是解读庶民意识觉醒的一把钥匙。巴尔拉姆一直认为，"父亲虽然是一个两条腿的骡子——人力车夫，但他是一个有所谋划的人。我就是他的谋划"①。他的梦想和谋划最终也在儿子巴尔拉姆身上得到了实现，这是他敢于反抗命运做出的努力在儿子巴尔拉姆身上有力的体现。他书写的这部印度乡村庶民的生活经验史，以及他经验当中所包含的庶民觉醒的意识与力量，也由自己成为企业家的儿子清晰地言说了出来。儿子巴尔拉姆"功成名就"后，使他摆脱了"动物"的属性，满怀感激地称"他是一个勇敢的人，一个正人君子"②。

在印度，人力车夫赚钱的方式主要有五种：第一，为普通短程运输服务，接送乘客和运输货物。服务的人群大多为条件稍好的普通居民，也为中产阶级居民购物提供服务，主要是短行程内（如超市、购物商城）等相对便捷的出行，也会提供某些搬家服务（如家庭用品和家具）。在一些恶劣的天气下，人力车会成为乘客的首选交通工具。比如在加尔各答，雨季洪水来到时，人力车是街道上最有效率的交通工具。一旦下雨，人力车夫的顾客就会大增，车务费也会连涨几倍，甚至政府官员出行都乘坐人力车。第二，"人力校车"服务，学龄儿童是人力车夫最稳定的顾客。"许多中产阶级家庭与人力车夫们签订协议接送他们的孩子，一个接送学童的车夫因此也就成为这个家庭的一个'家臣'。"③第三，"24小时急诊服务"，人力车夫通常与一些中小型医院签订协议，为医院紧急救援提供便捷服务。第四，特殊性服务，为红灯区内性工作者提供接送服务。在加尔各答这座城市，

---

① ［印度］阿拉文德·阿迪加：《白老虎》，路旦俊、仲文明译，人民文学出版社2010年版，第25—26页。

② ［印度］阿拉文德·阿迪加：《白老虎》，路旦俊、仲文明译，人民文学出版社2010年版，第21页。

③ C. Trillin, "Last Days of the Rickshaw". *National Geographic*, 2008, 213 (4), p. 100.

据说只有在红灯区，"人力车夫的服务项目可能还包括提供女伴陪男子过夜"①。据报道，人力车夫们也充当为加尔各答慈善会高等教育者提供艾滋病评估信息的角色，因为他们能够随时接触到加尔各答红灯区内边缘化的群体。②第五，在旅游景区提供交通服务。这是人力车夫提供的比较正规化的一种服务，尤其是在印度一些生态敏感区或山区旅游点，机动类车辆往往被禁止使用。因此，人力车依旧是这些地方主要的交通工具。

大部分人力车夫住在廉价的旅馆，为了将节省下来的钱寄回家。"他们每月大约花费100卢比，住在一种叫做德拉（Dera）的旅馆，旅馆由车库、修理车间与宿舍组成，由萨达尔（Sardar）管理。"③值得注意的是，虽然印度不同宗教间的紧张情势经常升高，但在这里，印度教车夫们与穆斯林车夫们常常会摒弃宗教隔阂住在一起。而更为糟糕的是，有一部分人力车夫往往露宿街头，过着贫苦的生活。许多人力车夫都睡在人力车的下面，以此节省一天的劳动所获，用于家庭开支。不仅如此，他们偶尔还需要支付75卢比或更多的钱，用于应对警察的拦截。2003年的一项研究发现，"人力车夫接近加尔各答职业收入的最底端，稍稍好过拾荒者和乞丐"④。

人力车夫的社会地位极其低下，无论是在城市还是农村，都处于社会的边缘。不仅在经济、文化上处于劣势，而且政治地位也几乎处于最底层。在《白老虎》中，一位想要摆脱贫穷身份而参加选举的人力车夫的遭遇，证明了他们身份地位的艰难。

> 我们这位人力车夫就是这样想的。他宣称自己要脱离黑暗之地，从那天起做一个贝拿勒斯人。
>
> 他径直向位于学校的投票点走去，边走边喊："我应该站起来反抗富人，他们不是一直都这样说吗？"

---

① C. Trillin, "Last Days of the Rickshaw". *National Geographic*, 2008, 213 (4), p. 100.

② S. Hyrapiet, A. L. Greiner, "Calcutta's Hand-pulled Rickshaws: Cultural Politics and Place Making in a Globalizing City". *Geographical Review*, 2012, 102 (4), pp. 407-426.

③ C. Trillin, "Last Days of the Rickshaw". *National Geographic*, 2008, 213 (4), p. 100.

④ C. Trillin, "Last Days of the Rickshaw". *National Geographic*, 2008, 213 (4), pp. 101-104.

……

看到那个人力车夫，维查扔下了手中的锤子、钉子和旗子。

"你来这里干什么？"

"投票，"他吼着，"今天不是选举吗？"

……维查和一个警察将那人力车夫打倒在地，然后开始殴打他；他们用棍子抽打，当他反击时，他们就踢他。维查和警察轮流出手。维查用棍子抽打他，警察用脚踩他的脸，然后维查再出手。过了一会，人力车夫的身体不再扭动，人也不再还手，可他们仍然不停地踩他，直到他最后重新化作地上的泥土。①

无论是在小说《两次暗杀之间》，还是在《白老虎》中。人力车夫无疑是印度底层社会民众的代表与缩影。从对生活安分守己逆来顺受，到突破精神的枷锁和社会的限制、最终实现个人改变命运的诉求，阿迪加通过对几类人力车夫的强烈关注，描绘了一幅印度底层社会逐步觉醒和努力改变自己命运的图画。

二、塔楼庶民群体镜像

对塔楼庶民形象的关注，主要体现在小说《塔楼最后一人》中。与前两部小说不同，阿迪加缩小了人物活动的空间，细化了人物行为的描写，小说具有浓厚的生活气息。这是阿迪加塑造的另一批麻木的庶民群体，但是他们并没有对自己的命运逆来顺受，而是对他人的麻木不仁。评论家马塞拉·瓦尔德斯（Marcela Valdes）认为，《塔楼最后一人》是一部让-保罗·萨特（Jean-Paul Sartre）式的存在主义戏剧。"就像让-保罗·萨特的戏剧《密室》一样，当维什拉姆小区的居民绝望地、然后是恶毒地试图说服大师接受沙赫有利可图的毁灭时，它提供了一种密室式的人物研究。"②《塔楼最后一人》中的塔楼庶民，在诱惑与压力下，与大师互相对立，说出埋藏了

---

① ［印度］阿拉文德·阿迪加：《白老虎》，路旦俊、仲文明译，人民文学出版社 2010 年版，第 91—92 页。

② M. Valdes. "Book review: ʻ*Last Man in Tower*,' by Aravind Adiga". *The Washington Post*, 2011-09-19.

几十年的不满，然后互相攻击，变成可怕的暴民。小说体现出来的人性堕落和道德沦丧，是《白老虎》中揭露繁华背后黑暗面的延续，也是城市"丛林法则"的又一体现。

故事的发生地在孟买圣克鲁兹东区瓦科拉一个叫作维什拉姆的小区塔楼 A 中，小区的一半是贫民窟，一半是荒地，位于嘈杂混乱的飞机场旁边。与住在 B 栋的那些富有的、社会地位正在上升的居民相比，住在 A 栋的居民大多数都错过了最近几十年那场席卷孟买的经济繁荣浪潮，已经处在社会的边缘。

住在塔楼里的各色人等，生活中呈现出各种危机：住在 1B 的乔治娜·瑞戈夫人，遭到丈夫抛弃，独自抚养着 14 岁的儿子和 11 岁的女儿，为了养活两个孩子她不得不挣扎谋生。住在 2A 的退休会计阿尔伯特·平托的瞎眼妻子雪莉很容易受到惊吓，任何陌生的事物和地点都会让她感到惊恐，而在国外念书的儿子时常需要他们的救济。居住在 3C 的会计师桑吉夫·普里和妻子桑吉塔，抚养着患有唐氏综合征的 18 岁儿子，桑吉塔渴望有足够的钱给儿子治病，也想换一个更好的生活环境。住在 5C 的西恩·考斯特罗是一个快餐店厨师，他的儿子从阳台跳楼自杀，塔楼成了他的伤心之地。另外还有小说的主人公"大师"——约格什·A.穆尔蒂，他是平托夫妇的老朋友，最初是很受塔楼内居民敬重的一位退休教师，妻子刚刚去世，沉浸在丧妻的悲痛之中。导致这群原本已经处在社会边缘的塔楼居民演绎一场人性堕落和道德沦丧闹剧的是开发商达尔门·沙赫。沙赫想要购买塔楼 A 的产权，并给出优厚的拆迁条件。原本生活还算平静的居民从而走向了为各自利益，屈服于贪婪、险恶、狠毒的境地。

在 A 栋塔楼里，原本就存在着很多小市民特有的恶习：通过翻看邻居的垃圾袋探寻别人的隐私、隔着墙壁偷听邻居家发生的事、彼此之间喜欢道他人长短等。随着沙赫购买塔楼产权事情的出现，他们之间又有了新的变化。积极响应卖掉房产的居民在没有征得大师同意的情况下，私自贴出公告宣示全体居民同意签署产权出卖协议，这引起了大师的不满。大师公然拒绝签字和搬出塔楼，并且变得越来越顽固。随着大师的一次次拒绝，为了得到这个好不容易能够改善生活的机会，塔楼内的其他居民开始做出种种有悖伦理道德的举动。原本生活就不如意的他们大多心急如焚，所有的人都做了一些努力，渴望说服大师，而他们的行为一步步地将他们内心深处的贪婪、腐化和不择手段一览无余地展现出来。为了让大师妥协，他们开始公开宣布排斥孤立他，同时在大师所经之地贴上各种侮辱性的标语，拒绝让自己的孩子去大师家上课。桑吉塔表现得最为过火，她在愤怒之下在大师的房门与墙壁上涂抹大便。后来居民们又串通沙赫的秘书，买通社会不良青年让其半夜闯进大师的房间威胁大师，并且说服大师的儿子与父亲断绝关系。阿迪加通过其冷静的描写，一点一点地剥夺了这群原本觉得自己是好人的信心，揭示了长期埋藏在塔楼庶民内心深处的骄傲、贪婪、傲慢、嫉妒和怯懦。随着事情越来越严重，连大师自己都清楚地意识："我已经不是在和沙赫先生抗争。我在和我自己的邻居们抗争。"[①]最后，大师在神智迷糊的情况下被他的邻居从楼顶推下，被制造成跳楼自杀的假象。

作为印度新时代象征的孟买，布满着人性的污秽，充斥着腐败与贪婪。塔楼中的小市民，"一方面，他们是被压迫的人，另一方面他们又是压迫他人的人，这样的双重压迫与庶民理论是契合的，即在一种机制下，庶民是被压迫者，但是在另外一种机制下，他们却是压迫者。庶民的概念并不是确定的，而是一直在流动变化着的"[②]。阿迪加以印度最大的城市孟买为背景，通过这群居住在塔楼内、生活在社会边缘的小市民，揭示了在巨额的财富与凄惨的穷苦双重作用下，人性的贪婪和扭曲。在《塔楼最后一人》里，作为反传统者的阿迪加，"不仅讲述了一个人与他的时代的斗争，也反映了一个被后真相时代不加区分的城市化所割裂的古老文明的集体痛苦"[③]。

三、庶民儿童（青少年）群体镜像

米兰·昆德拉在评论冰岛著名的小说家古博格·柏格森（Gubergur Bergsson）的小说《天鹅之翼》（*The Swan*，1991）中的女主人翁（9岁）时曾经说过，"九岁是童年与青少年之间的边界，就是走在幻想的迷雾里，"

---

① ［印度］阿拉文德·阿迪加：《塔楼最后一人》，路旦俊译，上海文艺出版社2013年版，第338页。

② 王鸿盼：《阿拉文德·阿迪加小说中的庶民叙事》（学位论文），天津外国语大学，2014年，第13页。

③ R. J. Valiyamattam. "Aravind Adiga's *Last Man in Tower*: Survival Strategies in a Morally Ambivalent India". *World Literature Today*，2017-09.

"是形而上学的年纪","大人满脑子都是现实的忧郁,这些忧郁压倒了一切形而上学的问题"①。阿迪加笔下的儿童(青少年)尽管也"走在幻想的迷雾里",却无法摆脱大人现实忧郁所带来的种种影响,相反,他们身上满是时代的烙印和生活的残酷,这是阿迪加构筑叙事主题时聚焦最广的人物群体。

阿迪加聚焦的庶民儿童(青少年)群像在《两次暗杀之间》和《选拔日》中出现最多,小说《白老虎》中有对主人公巴尔拉姆的童年描写,《塔楼最后一人》则以儿童(青少年)被动的行为配合整个事件的不断恶化的描写突出主题。在《两次暗杀之间》中,十四篇小说里有七篇都涉及儿童(青少年)的描写。如《火车站》中对穆斯林男孩齐亚丁(快12岁)的描写,他出生于农民家庭,排行老六,家中共有十一个兄弟姐妹,因为家庭贫寒,雨季一结束,就被他的父亲赶出家门前往基图尔集市等着被别人雇佣,而且不给他生活费,让他自己靠本事生活。而等到下一个雨季要来之时,他就得赶回老家。"他要回去承担起家庭的责任了,跟他的父母和兄弟们一起为那些有钱人干活;他们要在地里除草、播种、收割,每天只能赚几个卢比。"②而在基图尔,身无所依的他,原本是个对国家辉煌历史充满自豪感和对未来充满巨大期待的穆斯林男孩。却因为国家在印度教主义盛行的当下举步维艰、宗教冲突不断,对此失望不已;也因穆斯林身份而成为印度民族冲突的受害者,原本在茶馆干活,被穆斯林好战分子多次利用,最后选择在火车站靠乞讨偷窃、打架斗殴为生。

《灯塔山》中贩卖违禁书籍的书贩"复印机"11岁的女儿一次次眼睁睁地看着父亲被警察拖走。《圣阿尔丰索男子高中与大专》中受到种姓制度困扰的男孩辛哈拉,觉得自己是父母制造出来的小魔鬼,方式是:"把婚前性行为和对种姓通婚制度的违反放进一个黑茶壶里。"③他不断发出要摆脱这种困境的呼声,却无人理解,最后选择在学校引爆炸弹。以及《灯塔山

---

① [法] 米兰·昆德拉:《相遇》,尉迟秀译,上海译文出版社2009年版,第36-37页。

② [印度] 阿拉文德·阿迪加:《两次暗杀之间》,路旦俊、伸文明译,人民文学出版社2011年版,第6页。

③ [印度] 阿拉文德·阿迪加:《两次暗杀之间》,路旦俊、伸文明译,人民文学出版社2011年版,第52页。

（山脚下）》中遭受色情电影毒害的整个学校的学生，其中副校长德梅洛在见到自己器重的学生吉里什出现在色情电影院时被活生生气死，整个小说向社会发出了"保护老虎幼崽"，救救印度孩子的强烈呼喊。《市场与广场》中的科沙瓦，童年时受"大哥"利用最终被抛弃流浪街头，暴露了基图尔社会的混乱和人情冷漠。《凉水井大转盘》中的小女孩苏米娅，受到吸毒的父亲哄骗后通过乞讨为父亲买来毒品，最后依然遭到父亲毒打，反映了一个贫苦工人阶级家庭小孩的悲凉命运。另外还有《苏丹炮台》中因嫖妓感染性病又被家庭斥责无处治病的男孩。这些儿童（青少年）是小说《两次暗杀之间》特殊的历史背景下的社会受害者。

在《白老虎》中，巴尔拉姆在故乡拉克斯曼加尔村中童年时代的生活，是阿迪加着重描写的故事情节之一。巴尔拉姆出生于低等种姓家庭，小时候生活在贫苦的农村，贫穷到家人连名字都没有给他取。巴尔拉姆虽然自小聪明，学习能力很强，但却连遭生活的重创，先是做人力车夫的父亲因劳累过度得了结核病死去，后又因姐姐结婚欠下大量嫁妆借款被迫停学替地主打工还债，洗刷茶具，做各种低下的工作。最后，巴尔拉姆凭借过人的学习能力和强烈改变命运的欲望，通过谎言、背叛和智慧，最终摆脱了贫苦的命运，成为班加罗尔的大企业家。

《塔楼最后一人》中企业家沙赫的童年时代与巴尔拉姆类似，从小贫困潦倒的他光着脚走进孟买，吃过无数的苦，经历过无数挫折之后，终于成为一个拥有巨额财产的房产商。此外，在小说《塔楼最后一人》里，塔楼中的一群孩子从 2 岁到 14 岁不等，还有一个年龄 18 岁但智力却如同 3 岁孩子的唐氏综合征患者。这群孩子一开始都在退休的大师家中学习，随着塔楼搬迁事件的推进，这群孩子成了事件牵连者。他们公开表明要共同抵制大师，不再去大师家中上课，和大人一同孤立大师，成为大师被谋杀悲剧中不可缺失的一环。

在《选拔日》中，主角虽然是曼朱纳特和哥哥拉达，但是涉及了很多板球少年，这个发生在孟买的故事，实际上讲述的是印度板球少年们在失败的开始、短暂的成名、渐强的荣耀和个人灾难中寻找意义的故事。在印度，板球比赛是由印度大批饥渴、复仇的穷人进行的，无数印度儿童和少年也参与其中。对于庶民中的板球少年们而言，这项运动是改变命运的钥匙，他们不仅要经受父辈们残酷的控制、板球教练和赞助商的剥削，同时还会经受青春期的迷失、友谊与爱情的陷阱等，如哥哥拉达的恋情悲剧、弟弟曼朱纳特的同性恋困境。然而，这一切恰恰是深处这一运动之局中的他们必须经历的。

因此可以说，阿迪加十分关注儿童（青少年）在社会中的发展状况。阿迪加将这些儿童（青少年）以主角或参与者的身份，或多或少地置于小说事件的发展之中，他们经受残酷现实的种种影响，身上带着时代的烙印和生活的悲剧，成为阿迪加描写的庶民人物中十分显眼的群体。

四、其他庶群体镜像

除了对以上三个主要庶民群体的聚焦之外，其他庶民人物也同样重要。早期所计划描写的商人、老师、学生、农民、政治家、车仆和受种姓制度影响终身的印度教妇女等，阿迪加在作品中都给予了关注。

在《白老虎》中，巴尔拉姆的哥哥基尚是印度典型的按部就班、安分守己的农村庶民形象的代表。基尚的年纪与巴尔拉姆相仿，但缺乏巴尔拉姆改变命运的毅力，与众多生活在印度农村的庶民一样，他听从家里的安排，早早放弃学业外出打工，为家中生活和偿还家庭嫁女儿的嫁妆债务；到了结婚的年纪听从长辈的安排去结婚，和新婚妻子厮守一个月之后，又听从长辈的话外出打工，担负起家庭责任，甘愿接受已经被安排好的命运。当巴尔拉姆告诉他当司机可以赚大钱的时候，他回答说："啥也别想，奶奶说了，要我们呆在茶铺好好干，那我们就呆在茶铺好好干。"[①]只用了三个月，"他更瘦更黑了，脖子上青筋暴露，锁骨深陷。转眼之间，他就变成了父亲的模样"，"我眼前不停地晃动着基尚的影子。他们是在活活吃掉他啊！他们会像对待我父亲那样，从里到外将他一瓢一瓢地掏空，直到他患上肺结核，身体虚弱，彷徨无助，只能躺在某个公立医院的地板上，大口大口地吐血，等待医生的到来，最终悲惨地死去"[②]。巴尔拉姆寥寥几句话，将

①　[印度] 阿拉文德·阿迪加：《白老虎》，路旦俊、仲文明译，人民文学出版社2010年版，第47页。
②　[印度] 阿拉文德·阿迪加：《白老虎》，路旦俊、仲文明译，人民文学出版社2010年版，第79页。

基尚短暂而悲惨一生描写得淋漓尽致，透过他的视角，也将像他一样的印度农村庶民群体类似的命运清晰地映照在纸上。

在《白老虎》中，还有一群被巴尔拉姆称为"人形蜘蛛"的茶水铺工人。巴尔拉姆描述道："沿着恒河随便找个茶铺进去看看吧，看看那些干活的人吧。与其说是人，不如说他们是人形蜘蛛更为妥帖吧。他们憔悴枯槁，胡子拉碴，拿着抹布缓缓地擦着桌子，间或又慢慢地钻到桌子底下擦拭地板。他们大多三四十岁，有的甚至都五十多岁了，但还是被人叫做'小子'。"①他们是和基尚一样不得不挣扎在生存线上的庶民群体。

在《两次暗杀之间》中的短篇小说《火车站》里，阿迪加写了一个在基图尔火车站台依靠搬运行李谋生的苦力群体，同时阿迪加指出，他们一个个骨瘦如柴、独来独往，几乎出现在印度所有的火车站。"他们经常在角落里抽着自制的烟卷，眼神很活泛，似乎一声召唤就随时可以去打人或杀人。"②当见到穿着整洁、散发着金钱味道的陌生人时，他们立马疯狂起来，"就一拥而上，把那个人围在了中间，就像得了恶疾的人终于见到能够治病的医生一样"③。这是所有苦力庶民的代表。

此外，小说《两次暗杀之间》中的《港口》里的工厂主阿巴斯，他代表了拉吉夫·甘地执政的时期，生活在印度政府严重的官僚腐败问题下的商人阶层，是此类庶民群体的真实写照。阿巴斯这类庶民，对印度严重的腐败问题有着清醒的认知，有着强烈的觉醒和反抗意识，但最终还是选择与腐败妥协。阿巴斯拥有一家专门制作出口手工刺绣衬衣厂，工厂重开四个月，经常有来自各种机构的官员来"检查"，包括"管电的；管水的；基图尔所得税管理局的大半官员；电话局的六名官员；基图尔市政当局一位管地税的官员；卡纳塔克邦环保局的督察员；卡纳塔克邦卫生局的督察员，全印小工厂工人工会的代表团；国大党基图尔委员会；人民党基图尔委员

---

① ［印度］阿拉文德·阿迪加：《白老虎》，路旦俊、仲文明译，人民文学出版社2010年版，第45-46页。

② ［印度］阿拉文德·阿迪加：《两次暗杀之间》，路旦俊、仲文明译，人民文学出版社2011年版，第9页。

③ ［印度］阿拉文德·阿迪加：《两次暗杀之间》，路旦俊、仲文明译，人民文学出版社2011年版，第10页。

会；印度共产党基图尔委员会；还有基图尔穆斯林联盟"①。实际上，这些复杂而冗余的机构都是借着检查的名目来索取贿赂的，他们让阿巴斯一类处于权势底层的工厂主们不得不强颜欢笑、疲于应付。阿巴斯这些工厂主对印度社会早已习以为常。提及腐败，他们只能饮酒调侃："说到这三种事情，……黑市交易、假冒伪劣、贪污腐败，我们都是世界冠军，如果奥运会增设这几个项目，印度保证每届都包揽所有奖牌。"②这种看似轻松的调侃却饱含对社会腐败的沉重控诉。

社会腐败剥削，不仅发生在有利可图的商人工厂主身上，在阿巴斯所在港口垃圾堆旁边的一个小餐馆里，一些平常走私贩毒、杀人抢劫，无恶不作的人物，也经常遭到所谓"检查员"的敲诈勒索。他们也对基图尔社会的腐败现象深恶痛绝。毒贩卡里姆在听了阿巴斯的经历后，认为那都不算什么。他说："我有艘船，装得满满的，一半是水泥，一半是别的货物。这艘船就停在三百米外的海面上，已经停了一个月了。为什么？就是因为港口的检查员在勒索我。我已经给过他钱了，他还想从我手里多压榨点，而且是狮子大开口。我的船只好停在那里了。"③大家一致认为年轻的领导人拉吉夫·甘地执政之后并没有改善国家的腐败情况。这些人中最神秘的人物"教授"认为，印度需要一个能够站出来反对他们的人，"一个正直、勇敢的人。一个比尼赫鲁和甘地更能为国家出力的人"④。但是阿巴斯清醒地意识到，"不错，不过第二天早上，这个人就会漂浮在卡玛利河里"⑤。阿巴斯对腐败有着清醒的认识，对于反抗的后果也十分清楚。所以他通常对腐败带有阿Q精神胜利法式的反抗，开始只是偷偷在给官员喝的酒里"加料"："他低下头，准备往其中的一个杯子里吐口水，噢，不行，太便宜

---

① [印度] 阿拉文德·阿迪加：《两次暗杀之间》，路旦俊、仲文明译，人民文学出版社2011年版，第25页。

② [印度] 阿拉文德·阿迪加：《两次暗杀之间》，路旦俊、仲文明译，人民文学出版社2011年版，第26页。

③ [印度] 阿拉文德·阿迪加：《两次暗杀之间》，路旦俊、仲文明译，人民文学出版社2011年版，第28-29页。

④ [印度] 阿拉文德·阿迪加：《两次暗杀之间》，路旦俊、仲文明译，人民文学出版社2011年版，第29页。

⑤ [印度] 阿拉文德·阿迪加：《两次暗杀之间》，路旦俊、仲文明译，人民文学出版社2011年版，第29页。

他了。于是，他把口水吞了下去。接下来他拉开了棉质长裤的拉链，裤子掉在了地上。他右手的食指和中指紧紧地捏在一起，深深地塞入了肛门，接着，他把手指放在其中一杯威士忌里蘸了蘸，搅拌了两下。"①第二天又有所得税管理局的官员来"检查工作"，这次阿巴斯实在忍无可忍，把两个税收员轰出了办公室，迈出了直接对抗的第一步。

然而，阿巴斯很快就后悔起来，害怕会有警察来逮捕他，走进自己的厂房，看着正在往衬衣上绣金龙的刺绣女工，既感慨她们为了谋生而冒着会瞎眼的风险日夜工作；又痛惜她们绣出的金龙是"一针一线、紧缝密织的腐败网"②。自己又何尝不是像女工一样被压榨呢？于是他遣返女工，让她们带薪休息，自己独自等待警察来抓捕。最后只觉得势单力薄，无力与腐败抗衡，只能向真主祈祷，可以继续开厂。阿巴斯虽然有反抗腐败的念头，也跨出了第一步，但在势单力薄的现实面前，他最后还是低下了头，将希望寄托于真主。阿巴斯的结局，反映了在巨大的社会腐败面前，已意识觉醒却还未团结一致的工厂主们心理的复杂性和行动的矛盾性，更加控诉了社会腐败对庶民群体的压迫和反抗意识的扼杀。

阿迪加结合特殊的时代背景，通过描写这些庶民群体，不仅构建了他印度版的《人间喜剧》，同时也探索着不断变化的印度社会命脉。他从印度内部分析解构印度，描写印度真实细致的现状，展现了一幅幅全球化背景下印度当代生活的图景。

---

① ［印度］阿拉文德·阿迪加：《两次暗杀之间》，路旦俊、仲文明译，人民文学出版社2011年版，第22页。

② ［印度］阿拉文德·阿迪加：《两次暗杀之间》，路旦俊、仲文明译，人民文学出版社2011年版，第35页。

第二节　当代印度庶民的"庶民性"

1984 年，庶民学派的创始人拉纳吉特·古哈在其著作《殖民地时期印度农民起义的基本方面》（*Elementary Aspects of Peasant Insurgency in Colonial India*）中提出了"庶民意识"的概念，将其作为一个重要范畴来分析印度各个边缘群体的思维方式和行为模式。斯皮瓦克批判这实际上是与马克思的"阶级意识"类似的一个概念，试图赋予千差万别的庶民斗争虚假的连贯性。她指出，这种所谓"有尊严的庶民主体"是精英话语的结果，完全忽略了这些群体内部各个群体所面临的不同挑战与苦难经验，以及与他们各自切身利益相关的不同政治诉求。①基于"庶民意识"概念的局限性，斯皮瓦克提出了所谓的"庶民性"（subalternity）概念，主张在特定边缘群体的研究中，应该深入其文化秩序内部去，描绘出这一群体的文化逻辑脉络，然后按照这个群体的文化逻辑来思考他们所面对的问题。因为这个概念来自庶民文化秩序内部，能够呈现差异化的庶民群体内部的思考逻辑脉络。②

斯皮瓦克所提出的"庶民性"是一个流动的概念（滑动的能指），是一个在差异化的情境中临时构建的思维框架，范围与领域超越了阶级、性别、种族的界限。但是这一概念可以指向庶民群体在共同文化上的共同心理素质、思维方式、价值尺度、道德规范等。"在这个视阈中，不论底层社会群体如何复杂多样，都是受剥削压迫的群体，全都抵制和反抗精英统治。正是这一点使得'庶民性'或'底层性'成为所有这些社会群体的共同特性，

---

① 陈义华：《斯皮瓦克庶民研究的"臣属者"视角》，载《暨南学报（哲学社会科学）》2014 年第 1 期，第 22 页。

② G. C. Spivak. "Subaltern Studies: Deconstructing Historiography". in R. Guha eds. *Subaltern Studies* IV: *Writings on South Asian History and Society*. Delhi: Oxford University Press, 1985, p. 103.

也正是这个特征把形形色色被剥削被压迫的社会群体统一到'人民'这个范畴之中的。"①

阿迪加小说的庶民书写聚焦大量的底层庶民，这些生活在社会底层的人们由于长期受到印度传统社会、宗教与文化等因素的影响，形成了如容忍性格、种姓思维与奴性心理等一系列普遍的群体特性，这些"庶民性"严重地束缚了当代印度庶民改变自身贫苦命运和提高社会地位的追求。阿迪加通过他的小说不仅有力地剖析了这些普遍的"庶民性"，同时也对如何改变庶民的命运进行了探索。

一、种姓制度下的庶民思维与行为

"种姓制度是印度文化中最具特色的现象，它与印度教的宗教信仰密切结合在一起，是印度教不可缺少的一部分。"②种姓制度在印度历史悠久、影响深远。种姓制度起源于雅利安人进入南亚次大陆时期。公元前 1500 年左右，雅利安人由西北侵入印度河上游地区，尔后进入恒河流域和北部地区，并最终征服当地居民达罗毗荼人成为印度的主人。雅利安人为了与土著的达罗毗荼人区分开来，以肤色"瓦尔纳"（Varna）作为区别的标志，建立了印度最初的种姓区别制度。皮肤白皙的雅利安人，被认为是高等种姓，而皮肤黝黑的达罗毗荼人则被认为是低等种姓。其后，这种种姓区分又与社会职业分工联系在一起，并结合其宗教和神学阐释，成为后来印度教社会特有的等级制度，种姓也就成为印度社会一种特殊的阶级结构。

在理论上，种姓制度将人划分为四个等级：婆罗门，执掌宗教事务的僧侣贵族，即神职人员和知识分子；刹帝利，执掌行政事务与军事权力的世俗贵族，即武士和国家管理者；吠舍，从事各种生产活动的平民，工商业者；首陀罗，被征服的达罗毗荼人的称呼，工匠和奴隶。在此四个等级之外还有一个贱民阶层，称作不可接触者。结合宗教阐释，种姓制度实际上是"以一种特殊的宗教净洁观念为主导，把净洁和污秽作为划分等级的基本界限，再加上血缘关系以及职业、婚姻、礼仪等方面的差异而形成的

---

① 姚国宏：《话语、权力与实践：后现代视野中的底层思想研究》，上海三联书店 2014 年版，第 110 页。

② 方汉文主编：《东方文化史》，上海外语教育出版社 2007 年版，第 156 页。

一种社会等级制度"①。其理论上是一种礼仪地位差距的体现，无关财富权贵。但是在现实社会中，种姓与财富、权力的关联性十分显著，在传统的印度教社会，种姓的划分与阶级的划分本质上是一致的。此后，这一制度在印度社会的发展过程中逐渐制度化，高等种姓者通过严格的制度规则，牢牢占据其在政治、经济、生活中的主导地位，压缩低等种姓向上层社会流动的空间。

因此，从种姓制度在印度的社会和历史上的发展来看，种姓作为一个团体，通过自我发展，使其成员在其作为一个团体或阶级中的地位和权力，并不取决于其自身的意愿选择，而是由其出生所决定。其成员权利和社会地位不同于现代西方的阶级划分，也不依赖成员所拥有的财富程度，仅仅取决于种姓的重要程度。这样，在严格的种姓与等级制度中，低等种姓和被排除在四大种姓之外的贱民，从其出生开始，在政治、经济和社会生活的许多方面就开始受到压迫、剥削和歧视，成为印度社会的弱势群体。尽管"在首陀罗中有奴隶、雇工、独立生产者和从事其他各类行业的人们，他们的社会地位虽各不相同，但总的来说他们是处于被压迫、被奴役地位的居民等级。其中之不洁首陀罗，地位最为低下，他们的食物和水被认为是不能吃的"②。而贱民，作为宗教中的概念，延伸到社会生活层面，更是处在印度社会的最底层，政治、经济和思想文化方面无法获得独立自主的权利，长期处于被压迫和弱势地位。以经济为例，"经济上，90%以上印度贱民居住在农村，95%的农村贱民没有土地，他们大都是地主的佃农、雇农和债务奴隶"③。

从印度社会的发展史来看，种姓制度深刻而广泛地影响了并将继续影响着整个印度社会，包括对政治、经济、文化、宗教与伦理的影响，其如同一张无形的网，也几乎渗透了人们日常生活中的衣食住行、婚丧嫁娶等各个方面。一个人的种姓身份，从此人出生开始就决定了其未来社会地位、职业类型、家庭模式等。严格的制度规则，促使其成为印度教社会一种根

---

① 朱明忠：《印度教》，福建教育出版社 2013 年版，第 199 页。

② 崔连仲：《古代印度种姓制度的几个问题》，载《辽宁大学学报》1987 年第 1 期，第 47 页。

③ 陈峰君主编：《印度社会述论》，中国社会科学出版社 1991 年版，第 378 页。

深蒂固的"等级心理"。印度学家尚会鹏研究指出：

> 在传统的印度教社会中，一个人从生到死，一举手一投足，都受种姓法规的支配。可以说他的一生就是在走种姓规定了的路线。种姓决定了一个印度教徒应在哪里出生，应举行怎样的出生仪式，应在哪里居住和居住怎样的房子，吃什么样的食物和怎样吃，穿什么衣服和怎样穿，从事什么职业和怎样从事，应得到怎样的报酬和多少报酬，同什么样的人交往和怎样交往，同什么样的人结婚和怎样结婚，享有怎样的社会地位和权利以及负有怎样的义务和责任，应在哪里死去和怎样死去，在哪里埋葬和怎样埋葬，甚至死后该如何对待他，等等。这种规定几乎具有神圣的力量，要改变它几乎不可能。[1]

种姓制度无疑是认识印度社会和了解印度文化的关键性因素之一。印度社会学家德赛（A. R. Desai）由此总结认为：

> 印度社会典型的社会集团，就是种姓集团。不仔细研究种姓的各个方面，就无法了解印度社会的实质。在印度，种姓很大程度上决定了一个人的职务、地位、上升的机会和保障。在农村，种姓差别甚至还决定了一个人的家庭和社会生活的模式、居住和文化类型。土地的占有，通常也是依种姓而定的。由于各方面的原因，行政职务也是按种姓担任的，尤其在农村。种姓决定了人们宗教和世俗文化生活的模式，规定了各个社会集团的心理特征，并发展成为一个社会隔离和高低关系细微的教阶金字塔。[2]

种姓制度形成的最基本的特点是种姓隔离与等级歧视，体现在印度教传统社会文化和日常生活的各个方面。其中最为显著的是职业世袭、种姓内婚制和种姓隔离。在《白老虎》中，阿迪加通过主人公巴尔拉姆回顾印

① 尚会鹏：《种姓与印度教社会》，北京大学出版社2001年版，第2页。
② 尚会鹏：《种姓与印度教社会》，北京大学出版社2001年版，第2页。

度的种姓制度时指出了其严格的职业世袭的特点："印度这个国家在她最富强的时候就像一个大动物园，一个自给自足、等级森严、秩序井然的动物园。每个人各司其职、乐得其所。这儿有金匠、有牛倌、有地主；姓哈尔维的人家做糖果；姓牛倌的人放牛；贱民挑粪。"①印度人的职业是由先天决定，并且历代沿袭，个人不得因为才能与兴趣变化而随意破坏种姓职业的规定，地位低下的庶民更是如此。在《白老虎》中，主人公全名巴尔拉姆·哈尔唯，所属种姓为"哈尔维"，原意是"做糖果的人"，属于四大种姓中的低等种姓首陀罗。巴尔拉姆是这样介绍自己所属种姓，并提出质疑的：

> 这就是我的种姓，我的命运。生活在黑暗之地的每个人一听就会明白。这也就是我和基尚每到一处总是去糖果店打工的原因。那些老板看到我们就想：哦，他们姓哈尔维，生来就是熬糖煮茶的。
>
> 不过，如果我们真的是天生做糖果的哈尔维，为什么我的父亲不做糖果而是拉人力车呢？为什么我的童年是在砸煤块、擦桌子中度过，而不是吃着甜卤蛋和玫瑰果子长大的。②

"哈尔维"限定了巴尔拉姆及其家族的职业，因此很自然地被遵守传统的奶奶规定在茶铺工作，如同哥哥基尚一样老实本分地做一个"人形蜘蛛"，服务于高级种姓。当他从家中争取到学车的机会时，很自然地又遭到了老司机诧异的追问："你们这个姓的人是专门做糖的。你怎么能学开车呢?"③种姓制度内职业世袭的严格性和普遍性由此可见一斑。

而在婚姻制度方面，同样深受种姓意识与等级歧视的影响。种姓制度规定实行种姓内婚制，即只允许在同一种姓内部通婚，禁止不同种姓之间跨种族通婚。为了维护高级种姓的特权地位，印度教法典又规定了所谓"顺婚"和"逆婚"的原则。"高级种姓的男子可以依次娶低级种姓的女子

---

① ［印度］阿拉文德·阿迪加：《白老虎》，路旦俊、仲文明译，人民文学出版社 2010年版，第 57 页。

② ［印度］阿拉文德·阿迪加：《白老虎》，路旦俊、仲文明译，人民文学出版社 2010年版，第 50 页。

③ ［印度］阿拉文德·阿迪加：《白老虎》，路旦俊、仲文明译，人民文学出版社 2010年版，第 50 页。

为妻，并被认为是名正言顺，称为'顺婚'；相反，如果低级种姓的男子娶高级种姓的女子为妻，则被视为大逆不道，称为'逆婚'，这是要被禁止的。"①低种姓男子试图逆婚将受到体刑，发生逆婚的夫妇及后代会被逐出原种姓，尤其逆婚产生的后代，会沦为最下层的贱民，从事最低贱的工作，如清洁工、尸体搬运工等。在《白老虎》中，即便是身为高等种姓的阿肖克在与平姬夫人婚姻失败后，也遭到了哥哥穆克什与父亲"鹳鸟"的责怪："你上次不听我们的，硬要娶一个种姓和宗教信仰与我们都不同的姑娘，而且还拒绝向她父母要嫁妆。"②并威胁下次必须听从家人的安排，遵循种姓内婚姻。种姓内婚姻制度衍生出的嫁妆制度，使得女方财物大量进入男方家庭，婚姻从而成为一场"合法"的经济剥削。在《白老虎》中，祖母库苏姆为了锁住巴尔拉姆的哥哥基尚，亲自安排了他的婚姻，并乘机收取了可观的嫁妆。又如《两次暗杀之间》中的《苏丹炮台》，拥有三个女儿的拉特纳，因为嫁妆制度，在艰难筹备好第一个女儿的嫁妆后，面对占星家要求"一点表示"时发出无奈的感叹："嫁妆。""好吧。我为这个女儿攒了点钱。""我去哪儿给剩下的两个女儿弄到嫁妆，那只有天知道。"③此外，即使跨种姓的婚姻是顺婚，也会遭到社会的普遍歧视。如《两次暗杀之间》中的《圣阿尔丰索男子高中与大专》，辛喀拉作为婆罗门与低等种姓霍伊卡女人的儿子，虽然家庭经济决定的社会地位并不低下，甚至出入都配有专门为他服务的司机，但因为不可变更的种姓出身，他完全不能享受与其社会地位相符的尊重，不仅自小就受到了高等种姓婆罗门亲戚们的歧视与嘲弄，甚至学校和小城里的每个人都因为他是霍伊卡女人所生的儿子而轻视他。

阿迪加通过描写种姓制度下庶民群体的艰难生活，展现了种姓制度对印度社会人民，特别是对印度庶民群体造成的重要影响。在阿迪加的笔下，"种姓制度已实际演变为一种文化权力。权力支配者与被权力支配者在种姓

---

① 陈佛松：《印度社会中的种姓制度》，商务印书馆1983年版，第9页。

② ［印度］阿拉文德·阿迪加：《白老虎》，路旦俊、仲文明译，人民文学出版社2010年版，第154页。

③ ［印度］阿拉文德·阿迪加：《两次暗杀之间》，路旦俊、仲文明译，人民文学出版社2011年版，第252页。

制度的深刻影响下完成了不自觉同谋。构成阿迪加所刻画的印度文化层面权力堡垒的另一重要方面"①。

1947年印度在摆脱英国殖民统治取得独立之后，政府宣布废除种姓制度，并规定法律面前人人平等。尽管随着时代的发展，在现实生活中，种姓制度内部各种姓阶级之间的流动十分明显。印度裔作家奈保尔在其小说中就提及，"如今在印度的很多地方这是个重大问题。他们称之为种姓大地震……某些中层阶级地位上升，某些上层阶级则流落到了底层。"②尽管"种姓大地震"在不断发生，然而根植于印度民众思想的种姓观念，以及种姓制度的强大影响力并没有随此消亡，而是在新历史时期有了新的演变。在《白老虎》中，巴尔拉姆以丛林生存法则取代动物园法则隐喻了新演变的出现，逃出动物园藩篱的飞禽走兽失去管束后，互相攻击，最终的结果是：最为凶残、饥肠辘辘的动物们吃掉了其他动物。巴尔拉姆总结称："简而言之，以前在印度有上千个种姓，上千种命运。现在只有两个种姓：大肚子的和瘪肚子的。"③丛林法则使得原本复杂的种姓变得简单而易分，也将当代印度现实社会中种姓间的压迫关系变得更为深刻残酷。种姓制度在当代印度的发展中变成了一场赤裸裸的、充满血腥的暴力和权力游戏，原本地位低下、生活贫苦的印度庶民的生存随之更加艰难。

正是种姓制度在印度社会各个层面的渗透与发展，导致印度社会特别是印度庶民社会形成了他们特有的思维方式和行为模式，并具备了属于庶民社会特有的群体文化逻辑，构成了庶民社会的"庶民性"。

二、当代印度庶民的种姓思维及其他

在庶民社会，"庶民性"最突出的一点莫过于因种姓制度而形成的种姓思维。可以说，种姓思维是整个印度教社会一个根深蒂固的国民特性，它源于印度教社会族群对印度种姓制度的内化，在印度社会中已经根深蒂固。

---

① 向东：《现实与虚拟重叠——阿拉文德·阿迪加作品中的印度》（学位论文），重庆师范大学，2012年，第34页。

② ［英］V. S. 奈保尔：《魔种》，吴其尧译，南海出版公司2013年版，第197页。

③ ［印度］阿拉文德·阿迪加：《白老虎》，路旦俊、仲文明译，人民文学出版社2010年版，第57页。

起源自印度古代婆罗门教关于雅利安人与土著达罗毗荼人等级划分的种姓制度，被婆罗门教有意识地强化，进化出各种姓必须恪守本种姓的内在职责，后来陆续发展到法典约束的程度，历经数千年逐渐内化到印度国民（特别是印度教民众）的集体意识中。因此，"印度人的宗教与社会生活的主要特点是种姓制度，这是自古以来最严格最严密的区分制度"①。作为一种集体意识，庶民社会更是将这种思维愈演愈深。在《两次暗杀之间》与《白老虎》中，阿迪加不仅通过描写底层庶民展现种姓思维对印度社会发展和人物命运悲剧的严重影响，同时还对导致印度国民（特别是代表"黑暗印度"的农村人们）种姓思维形成的原因做出了分析。他将导致种姓思维的原因归向几千年来的印度古文明。他对印度的圣河进行了批判，认为印度的神（特别是印度教的神）的创造进一步地强化了这种种姓思维，神是统治阶层便于统治和驯服底层人民所专门制造出来的。"虽然印度国会曾于1950 年通过了废除种姓制度的法律，但时至今日在印度社会生活中，它仍然有很大影响力。"②在阿迪加的庶民书写中，种姓思维是造成庶民社会，特别是生活在印度教种姓制度下的庶民人物悲剧命运的主要原因。种姓思维使得印度教低等种姓占据印度庶民社会中的大多数，一方面导致他们甘愿承受来自高等种姓的歧视压迫，另一方面造成他们局限在所谓的命运和职责当中，不能或不敢寻求改变。

其次，印度庶民社会"庶民性"的另一个重要体现在于底层庶民身上的一种普遍性性格：容忍。在对阿迪加小说庶民书写的文化透视中，可以看出容忍也是庶民人物在艰难生活中所采取的生存途径之一。容忍的性格在阿迪加小说的许多人物身上都有所体现，在小说《两次暗杀之间》中的呈现尤为明显，是阿迪加要表现的"旧印度"人物的主要性格特征之一。在小说《白老虎》中，容忍的性格主要体现在大多数生活在黑暗之地农村的农民和城市底层民众身上，在小说《塔楼最后一人》中，容忍的性格则体现在大师这个人物身上。容忍性格一方面促成了印度民众勤劳踏实、吃苦耐劳，以及面对不公和艰难坚韧不屈的品质；另一方面也导致了他们麻

---

① ［美］爱德华·麦克诺尔·伯恩斯、菲利普·李·拉尔夫：《世界文明史》，罗经国等译，商务印书馆1987 年版，第156 页。

② 唐仁虎、刘曙雄、姜景奎编：《印度文学文化论》，北京大学出版社2000 年版，第244 页。

木愚钝、唯唯诺诺，面对苦难命运甘于现状、不图改变。容忍苦难成为底层庶民面对生活的一种心理常态，他们即便意识到自身艰苦命运的根源，仍然选择容忍或将希望寄于他人，最终导致自身成为环境的牺牲品。印度底层庶民的这种性格缘于印度几千年的宗教文化的影响。印度宗教教义基本都强调为人要宽厚仁慈，人与人之间要宽容忍让。"但是，印度人一般在强调宽容忍让的同时，对人与人之间产生的错误行为和言论不太敢于批评与教育，而是任其自流。"①由此而形成了他们性格中懦弱而甘于平凡的一面。阿迪加通过书写社会庶民将印度民众（特别是庶民社会群体）普遍具有的容忍性格多层面地展现出来，既寄予同情，又深感痛惜。

印度庶民社会中第三个"庶民性"是奴性心理。阿迪加将其归结为"鸡笼心理"，并形成了影响庶民社会深远的"鸡笼文化"。《白老虎》是反映这一庶民性的突出体现。在《白老虎》中，阿迪加通过巴尔拉姆强调"仆人的忠诚是整个印度经济的基础"②，城市仆人实际上是整个印度底层的一个缩影。处在底层的庶民的这种奴性心理的内化，最终导致他们不仅不敢尝试改变，甚至彼此约束和制止改变的发生，不断处在"为自己修建了监狱"的底层世界。这印证了印度著名学者阿马蒂亚·森（Amartya Sen）所说："贫困能够激起对现存法律和规则的藐视。但是它却不一定会赋予人们采取暴力行为的主动性、勇气和实际能力。贫穷不仅伴随着经济衰退，还伴随着政治无助。……因而，沉重无边的苦难和不幸常常伴随着少见的和平和沉默，也就不足为奇了。"③正如阿迪加在《选拔日》中通过莫汉·库达尔对自己儿子所讲的"魔术师与大象"的故事一样："有一天，有个魔术师带着一头大象来到我们村，孩子们。一头戴着锁链的大象。可你就是看不见那些铁链。我们也都是锁链上的大象……"④这一故事道出了庶民在看不见的文化奴役背后的无奈和无助。

除以上几点之外，阿迪加还不断展现了当代印度庶民社会不敢正视现

---

① 吴永年：《变化中的印度——21世纪的印度国家新论》，人民出版社2010年版，第15页。

② ［印度］阿拉文德·阿迪加：《白老虎》，路旦俊、仲文明译，人民文学出版社2010年版，第156页。

③ ［印度］阿马蒂亚·森：《身份与暴力：命运的幻象》，李风华、陈昌升、袁德良译，中国人民大学出版社2012年版，第115页。

④ A. Adiga. *Selection Day*. London：Pan Macmillan, 2017, p. 153.

实、逃避现实的自欺与欺人心理，冷漠、麻木和无聊的看客心理等"庶民性"。冷漠是普遍存在于印度民众身上的一大特征，印度小说家维卡斯·斯瓦鲁普就曾在专门针对《贫民窟的百万富翁》的采访时说过："书中有一段引言正好可以回答这个问题。当罗摩·默罕默德·托马斯去找公寓管理员，请他介入桑塔拉姆对他的妻女所施的暴行时，管理员说：'咱们印度人都具备这种出奇的能力：眼见周遭的痛苦与不幸，却不受其影响。所以，只要做一个合乎体统的孟买人，闭上你的眼睛，堵上你的耳朵，管住你的嘴巴，你就会过得像我一样幸福。'所以冷漠确实存在于十亿印度人中，但我们也看到了悲悯和团结……"①这种冷漠和看客心理，在小说《白老虎》中麻木的车仆们身上得到了充分的展现，贪婪则通过小说《塔楼最后一人》的一群塔楼居民充分地展露出来。

当然，形成印度庶民群体"庶民性"的原因，除了以上提及的来自如种姓制度、社会等级制度，以及统治者及其长期愚民政策等的影响，后殖民和暴乱遗留问题所导致的社会秩序的混乱也是其原因之一。高速发展下印度经济繁荣造成的贫富分化，政府机构的腐败黑暗等都是造成印度社会特别是印度庶民性格特征的深层次原因。印度学者亚达夫认为，以巴尔拉姆为代表的印度庶民受困于传统和当代因素，为了在残酷的庶民社会生存，他们不得不越过社会法与伦理"法"的底线。巴尔拉姆的所作所为正是这种越界的体现，他"挑战或颠覆了强加于他身上的社会等级制度和庶民意识形态"②。这反映了普世的伦理学所指出的，"世界是极具竞争性的，是残酷无情的；人们为了生存，可能不得不打破道德上关于该做和禁止之事的一切规定，可能不得不说谎、行骗、背约乃至偷窃"③。

阿迪加的当代印度庶民书写，突出展现了印度社会经济繁荣背后欠发达地区的状况，其中盛行着的如种姓思维、容忍性格与奴性心理等一系列普遍的"庶民性"，严重地束缚了印度社会的发展和底层庶民改变命运和社

---

① ［印度］斯瓦鲁普：《贫民窟的百万富翁》，楼焉、寄北译，作家出版社2009年版，第332页。

② R. B. Yadav. "Representing the Postcolonial Subaltern: A Study of Aravind Adiga's *The White Tiger*". *The Criterion: An International Journal in English*, 2011, 2 (3), p.4.

③ ［美］雅克·蒂洛、基思·克拉斯曼：《伦理学与生活》，程立显等译，世界图书出版社2008年版，第263页。

会地位的诉求。阿迪加在大力揭露社会黑暗的同时，对这些落后观念及其所造成的印度庶民社会的群体性格做了深入的分析与批判。同时，阿迪加还在小说中对如何摆脱这些"庶民性"的束缚，寻找改变庶民命运之道，做出了探索。阿迪加将这种探索的目光，聚焦在"丛林法则"上。一方面这是印度社会历史变迁造成的社会现实，另一方面是印度新历史发展时期悬殊的社会地位与严重的贫富分化导致的结果。

在小说人物命运的转变过程中，"丛林法则"无疑为阿迪加笔下生活在底层社会的民众提供了一条自我救赎的途径，尽管这个途径隐藏了抛弃传统道德价值的危险，但是巴尔拉姆、塔楼庶民，以及板球庶民等的行为，"给予了那些受到后殖民主义环境中统治者压迫下的社会边缘以力量，使他们获得了说话权，以及空间和身份认同的权力。他们的行为是对流行的主流意识形态和文化至上主义的一种反叛"①。阿迪加对腐朽的种姓制度的批判，实质上是对残留在社会主流意识形态中不合理层面的一种批判。"阿迪加在全球化的时代重新构想印度社会的种姓制度问题，让这个略显陈旧的话题焕发新的活力。虽然经济增长已经成为人们更为关心的话题，但是在社会的边缘地带，种姓制度带来的创伤和苦痛依旧持续。虽然经济制度的成果不容忽视，但是被忽略的种姓制度也需要得到关注。"②尽管今天，有一些低等种姓通过诸如受教育、办厂和开店等途径改变着自己的社会地位，有些甚至当上了专家、教授、政府部长与公司总裁等，这说明种姓制度的束缚并非不可逾越，但是相对于数亿低等种姓人群来说，成功的个案还是太少。阿迪加笔下的人物（诸如巴尔拉姆等人物）的反抗，是对印度教信仰所创造和强化的社会制约的一种反抗，他的背叛和谋杀传达出底层社会民众与印度社会宗教文化的一种决裂。通过对这些人物的描写，阿迪加似乎在告诉人们，在印度，"传统的种姓制度（包括贱民制）依然会在个别地方'繁衍生息'，但无论如何，种姓制度早已不再成为印度现代化发展过程

---

① R. Rana. "Perils of Socio-economic Inequality—A Study of Arvind Adiga's *The White Tiger*". *Language in India*, 2011, (11), p.459.

② 李道全：《叙说自己的故事——印度小说〈白老虎〉对发展中国家的启示》，载《世界文化》2010年第10期，第6页。

中不可逾越的障碍物了"①，关键取决于社会底层民众内心深处的真正觉醒。

当然，需要清晰地认识到，尽管阿迪加通过笔下的主人公探索了一条摆脱"庶民性"束缚和改变贫苦命运的途径，但这些人物毕竟是印度庶民社会中的特例。而且，采取背叛、谋杀等违背常理的渠道与方式，有悖于印度传统道德，很难为大多数印度人所接受。因此，阿迪加并没有沉浸在对庶民解放道路的探索当中，而是"在审视僵化状况的同时，对底层社会在奋斗过程中存在的（如耻辱、仇恨和悲痛等）基本情况发出了警告"②。从而进一步阐明，种姓制度作为印度的历史沉疴，在印度社会的经济建设大潮之下不容忽视。尤其是对处于印度社会边缘地带的庶民，种姓制度带来的创伤和苦痛依然在持续，许多古老的问题依旧在发生，而且未来还将重演。自称"白老虎"的巴尔拉姆是庶民社会中的少数突破种姓制度者，他对社会正义与道德价值体系的挑战，以及其行为所反映出来的庶民群体的诉求无人重视、发出的声音无人倾听的无奈，意味着还有更多处于种姓制度迫害下的庶民依然身处"黑暗印度"，等待着启蒙和救赎，寻求着社会的公平和正义。

---

① 石海军：《后殖民：印英文学之间》，北京大学出版社 2008 年版，第 299 页。

② R. Rana. "Perils of Socio-economic Inequality—A Study of Arvind Adiga's *The White Tiger*". *Language in India*, 2011, (11), p. 459.

第三节　当代印度庶民的"鸡笼文化"

印度学者迪帕克·拉尔（Deepak Lal）认为，种姓思维促使印度次大陆从大约公元前5—6世纪开始就建立起了一种社会秩序常态，他称之为"印度均衡"（the Hindu Equilibrium）。在这种历史常态中，"生活在恒河—印度河平原上的印度各族人民已经形成了一种惯常的行为模式，以至于在数千年的历史长河中，大多数人没有改变和打破这种常规行为模式和社会生活形式的任何激励"①。拉尔甚至解释说，在这种延续了千年的"印度均衡"中，"大多数印度人对于自己身在其中的社会生活形式已经习以为常，不但感到没有理由去打破它，甚至根本没有想过从根本上去改变它，更没有想到以另外一种社会安排来取代它。结果，王朝更替、外族入侵，穆斯林、蒙古人和英国人的统治等一些环境的变化，均不能改变印度人数千年所保持下来的这种惯常的社会生活形式，均不能打破这种'印度均衡'"②。时至今日，印度社会依然未能打破这种"印度均衡"，庶民社会更是如此。在这种由种姓思维而衍生的"印度均衡"中，其他思维与行为也不断出现，并进一步形成一种族群文化。阿迪加称之为"鸡笼文化"。

阿迪加提出的"鸡笼文化"，无疑是当代庶民社会族群文化突出的例子。通过阐释"鸡笼文化"，阿迪加思索了为什么在印度这样一个贫富差距如此巨大的国家，却没有出现像拉美和南部非洲等后殖民主义国家那样的高犯罪率？是什么使得当代印度社会能够如此正常地运行其阶级体系？为什么仆人文化能够在印度如此盛行，而仆人又为什么能够如此忠诚地一直服务于他的主人？生存在当代印度社会的庶民群体在什么条件下才能够觉

---

① ［印度］迪帕克·拉尔：《印度均衡》，赵红军主译，北京大学出版社2008年版，第3页。

② 韦森：《经济理论与市场秩序：探寻良序市场经济运行的道德基础、文化环境与制度条件》，格致出版社2009年版，第120页。

醒并做出反抗？

"鸡笼"这一术语源自小说《白老虎》中巴尔拉姆在德里集市观察鸡笼中的鸡群所思所想得出的。

> 几百只灰色的母鸡和色彩鲜艳的公鸡被紧紧地塞在一个个铁丝笼里，像肚子里的寄生虫一样挤在一起，你啄我我啄你，在彼此身上拉屎，相互争抢着喘气的空间。鸡笼里散发着恶臭——是那种长着羽毛的、惊恐万状的肉体散发出的恶臭。鸡笼上方的木板桌上坐着一个年纪轻轻的屠夫，一面微笑着一面向顾客展示刚刚剁开的鸡肉和鸡的内脏，上面油乎乎的，还覆盖着一层暗红色的血迹。鸡笼中的公鸡嗅到了上面传来的血腥味，看到了自己兄弟的五脏六腑散落在四周。它们知道接下来就会轮到它们，可它们毫不反抗，也不竭力逃出鸡笼。
>
> 同样的命运也落在这个国家的人身上。①

在这个鸡笼中，为了争夺生存空间竭尽所能而导致的混乱景象令人不寒而栗，面对同类惨死完全无动于衷的麻木让人心生恐惧。而"同样的命运也落在这个国家的人身上"一句，形象地隐喻了当代印度社会多数庶民面对被奴役和被压迫现状，无动于衷、宁肯自相倾轧也不愿做出反抗的残酷现实。阿迪加戏谑地指出，"鸡笼"是这个国家在其长达一万年的历史上发明出来的最"伟大"的东西，由此得出一套"鸡笼理论"。

"'鸡笼'一词在映射当代印度社会结构方面具有高度浓缩性和生动性，它不仅将种姓制度在当代印度的遗祸及其变异鲜明地表现了出来，还能触及这种现象的实质，正如象形文字所具备的特征。"②"鸡笼"实质上是对印度社会主仆制度下庶民群体奴性的深刻描绘，是阿迪加对束缚当代印度庶民群体的主仆制度的一种戏谑。如果说拉尔的"印度均衡"强调的是大多数印度人对于自己身在其中的社会生活形式已经习以为常，没有改变和打破这种常规行为模式和社会生活形式的任何激励，那么阿迪加的"鸡笼

---

① ［印度］阿拉文德·阿迪加：《白老虎》，路旦俊、仲文明译，人民文学出版社2010年版，第153-154页。

② 阎一川：《"鸡笼"·"黑堡"·"丛林"——阿迪加小说中印度民众的生存困境》（学位论文），西北大学，2017年，第13页。

文化"强调的则是大多数印度人甘于驯服。按照阿迪加的"鸡笼理论"，"百分之九十九的印度人都被困在了鸡笼里，就像家禽市场上那些可怜的鸡一样"①。问题的关键还不在此，更为突出的是庶民中的大多数人甘心驯服于少数人，与奴性为伴，而且将这种奴性发展到他们自身拒绝他人解放自己的地步。"'鸡笼'文化成功地将他们驯化成忠实可信的助手，进一步加剧了社会不公现象。通过这个形象的比喻，他既控诉了残酷的种姓体制，也谴责了边缘族群自身的麻木与懦弱。"②

阿迪加以城市的仆人这一印度特有的庶民群体为例，认为形成"鸡笼文化"的原因有三点：一是大多数的人自愿困在其中，出于所谓民族的骄傲和荣誉，以及来自宗教或种姓用之不竭的爱和牺牲精神，这是印度宗教和种姓制度带来的根深蒂固的影响，阿迪加将其讽刺为印度这个国家在长达一万年的历史上发明出来的最伟大的东西；二是被困在其中不敢出来，主要是担心家庭受到彻底毁灭的危险，这是来自统治者或上层势力压迫的体现，属于在社会现实层面统治者对这种庶民心理的直接强化；第三则是"关在鸡笼里面的人也在千方百计地维持着鸡笼的存在"③，这是这种心理内化到群体之中形成的一个集体无意识的层面，是阿迪加最为强调的。

针对第一点，"自愿困在其中"，阿迪加通过巴尔拉姆讲述的一个人力车夫的日常进行了解释：

> 用不了多久您就能看到一个人骑着人力车过来。只见他使劲地踩着踏板，身后的车上绑着一张大床或者一张餐桌。这是一个送货员，每天负责将家具送到人们的家中。一张床的价格高达五千卢比，甚至是六千卢比；如果再加上椅子和茶几，车上的东西价值一万至一万五千卢比。一个男人骑着三轮车来到你家，把这张床、餐桌和椅子给你运来，这个可怜的家伙每月只能挣到五百卢比。他替你把所有家具卸下来，你用现金给他付账——厚厚的一沓钞票，有砖头那么厚。他把

---

① ［印度］阿拉文德·阿迪加：《白老虎》，路旦俊、仲文明译，人民文学出版社2010年版，第155页。

② 李道全：《〈白虎〉：身份转型的伦理思考》，载《西安外国语大学学报》2011年第2期，第47页。

③ ［印度］阿拉文德·阿迪加：《白老虎》，路旦俊、仲文明译，人民文学出版社2010年版，第173页。

这些钱装进口袋或者衬衣里，或者干脆塞进内裤里，然后一路骑车回到老板那里，一个子儿都不碰，将钱如数交给老板！他经手的钱相当于他一年甚至两年的薪水，可他一个卢比也不会私吞。①

这种"自愿困在其中"的心理，不仅体现在人力车夫身上，印度广大的家庭仆人、私家车司机、出租车司机等都深陷其中。私家车司机开着主人的私家车，车上没有人，里面只有装着他这辈子都没有见过的大量现金的黑色手提箱，他完全可以拿上这笔钱逃亡海外过上富裕自由的新生活。"尽管如此，他还是将这个黑色手提箱送往他主人要他送的地方，将它放在主人指定的地方，绝对不会碰里面的一卢比。"②巴尔拉姆说，在印度，主人甚至可以放心地将钻石交给仆人，而不担心他们会私吞，原因是"他们被困在了鸡笼里"。巴尔拉姆认为仆人的忠诚是整个印度经济的基础，感叹"印度鸡笼"的了不起。这是因为，"这个国家为数不多的少数人已经驯化了剩余的百分之九十九的人——尽管这些人无论在哪个方面都和他们一样有力气、有才华、有智慧——并且让后者永远与奴性为伴。这种奴性甚至发展到了这样的一个地步：如果你将解放的钥匙放在他手中，他会咒骂着将这把钥匙扔还给你"③。

因此，"鸡笼文化"是印度主仆制度的贴切寓言，底层人民对主人的"诚实"实质是"鸡笼文化"背景下奴性思想的反映。巴尔拉姆甚至不无嘲讽地说，奴仆们对主人们的任何心血来潮都得做出迅速反应，甚至出现代主人坐牢这样的奴性行为，这是美国或英国富人们不会明白的。在印度的富人们像国王一样生活在闪闪发光的新世界。在绕着公寓散步时，胖子主人们会让他们的瘦仆人手拿矿泉水瓶子和干净的毛巾站在他们经过的各个点上。每次绕房子一圈后，他们就会在仆人站立的地方停下来，拽过瓶子咕嘟咕嘟喝水，拽过毛巾擦一擦——然后开始第二圈。仆人们眼睁睁看着

---

① ［印度］阿拉文德·阿迪加：《白老虎》，路旦俊、仲文明译，人民文学出版社2010年版，第154页。

② ［印度］阿拉文德·阿迪加：《白老虎》，路旦俊、仲文明译，人民文学出版社2010年版，第155页。

③ ［印度］阿拉文德·阿迪加：《白老虎》，路旦俊、仲文明译，人民文学出版社2010年版，第156页。

主人们贿赂政府要员、交换女人、酗酒、帮助维持"鸡笼"。他们甚至为主人的婚姻关系支招，巴尔拉姆就因此而感到自责过，因为别的司机都曾为自己的主人夫妇支招维持婚姻，而自己在任期间主人的婚姻却破裂了。总之，仆人们自己认为，"一个仆人应该了解主人的肠胃，应该彻头彻尾地了解——从嘴巴到肛门都要了解"①。仆人的大量存在和仆人的尽忠职守，在印度社会衍生出了专为仆人建造的设施。"在印度，任何一幢公寓楼、任何一套房子、任何一套旅馆都建有仆人专用的住处……仆人房像一个个连在一起的兔子笼，里面住的都是司机、厨子、清洁工、女佣和大厨。他们可以在里面休息、睡觉、等待。如果主人有什么需要，只要按一下电铃就好了。"②身处"鸡笼文化"中的仆人甚至会潜意识地形成一种仆人欲望，主人一个不经意的动作都会促使他们情不自禁地去为其服务，久而久之这种思想意识根深蒂固。如巴尔拉姆一看到主人阿肖克的脚，就立刻冲过去要给他按摩，他认为自己必须走近、触摸、按摩和使那双脚感到舒服。巴尔拉姆感叹这种仆人的欲望，像钉子一样一根根地钉进他的头颅，像污水和有毒的工业废水注入恒河一样注入了他的血液里③。

　　为什么"鸡笼文化"会如此有效地将众多底层庶民束缚在其中？除了上述所分析的底层人民思想与意识中的奴性思想，另一个是被巴尔拉姆称为印度民族的骄傲与荣耀、用之不竭的爱与牺牲精神：宗教信仰。受宗教信仰的影响，在巴尔拉姆的故乡，种姓族群崇拜猴神哈努曼。哈努曼是印度神话中的风神之子，大史诗《罗摩衍那》中守护神毗湿奴的化身、罗摩大神最忠实的仆人。他以绝对的忠诚、热爱和献身精神为雇主罗摩服务。在他的帮助下，罗摩救回了被恶魔掳走的妻子悉多。正是受传统宗教的影响，巴尔拉姆所属的低等种姓庶民明确了自己的分工，甘愿做忠实的奴仆。而在巴尔拉姆的眼中，城乡差距越来越大，特别是在落后的农村，种姓制度更为盛行。印度的种姓制度与宗教是分不开的，"穆斯林有一个真主，基

---

① ［印度］阿拉文德·阿迪加：《白老虎》，路旦俊、仲文明译，人民文学出版社 2010年版，第 124 页。

② ［印度］阿拉文德·阿迪加：《白老虎》，路旦俊、仲文明译，人民文学出版社 2010年版，第 115 页。

③ ［印度］阿拉文德·阿迪加：《白老虎》，路旦俊、仲文明译，人民文学出版社 2010年版，第 172-173 页。

督教有三个上帝，而我们印度教信徒有三千六百万零四位神灵可以选择"①。毫无疑问，正是这种宗教信仰和种姓制度合谋所产生的伟大的爱和奉献精神，使得印度庶民种姓族群已经接受了身份规约，以侍奉雇主为荣。在他们看来，个人身份自诞生入世就被彻底判决，不容置疑。作为"哈努曼"神的信徒，侍奉雇主就是他们的天职。"每天，数百万人天一亮就起来，挤上人满为患、肮脏不堪的公共汽车，在主人们的豪宅前下车，然后擦地板、洗盘子、在花园里除草、给主人的孩子喂饭、给主人按摩脚——就是为了得到那少的可怜的薪水。"②如果有机会为雇主献出生命，那更是无上的光荣。由此可以看出，权贵阶层通过宗教信仰愚昧大众，禁锢了种姓阶层的思想，让他们逆来顺受，甘愿做出牺牲。成功转型的巴尔拉姆在回顾自己的家乡时，对这种宗教信仰和神灵产生了深深的质疑，清醒地认识到所有的一切只不过是少数权势阶层强加给他们的。

而不能冲出"鸡笼"的另一个更为重要的原因，是针对"鸡笼"的惩罚机制无处不在："一个人若想冲出这鸡笼，就必须做好足够的准备，准备看到自己的家庭彻底毁灭——他的家人会被主人追捕、殴打、活活烧死。因此，除了某个天性扭曲的变态狂外，任何正常人都不会这么干。"③在《白老虎》中，"大水牛"还在襁褓中的儿子被纳萨尔游击队谋害后，"大水牛"怀疑是看孩子的仆人与纳萨尔派分子的合谋，雇佣了四个枪手对仆人进行了严刑拷打，最后开枪将其打死。仆人的家人同样没有逃脱厄运，正在干活的哥哥被活活打死，嫂子与未出嫁的妹妹被轮奸至死，杀害仆人家的所有人之后，"大水牛"派人将仆人家的房子烧尽。有了这样的先例，谁还敢对自己的主人有任何不轨之举呢？巴尔拉姆的主人阿肖克的美国太太平姬夫人酒驾撞了人，"猫鼬"认为巴尔拉姆应当去抵罪。在这样的暴力倾轧之下，仆人们除了听从命运的摆布，也只能在仆人的老传统、淳朴仆人乐趣

① ［印度］阿拉文德·阿迪加：《白老虎》，路旦俊、仲文明译，人民文学出版社 2010年版，第 18 页。

② ［印度］阿拉文德·阿迪加：《白老虎》，路旦俊、仲文明译，人民文学出版社 2010年版，第 156 页。

③ ［印度］阿拉文德·阿迪加：《白老虎》，路旦俊、仲文明译，人民文学出版社 2010年版，第 156–157 页。

之中寻找些许安慰："趁主人睡着的时候打他们耳光，趁主人不在的时候踩他们的枕头，对着主人摆弄的花花草草撒尿，或者对主人的宠物狗又打又踢。"①他们与主人的关系处在不知是"表面关爱却背后痛恨"，还是"表面痛恨却背后关爱"的难以理解的状态之中。巴尔拉姆不禁为此感叹："我们被困在了鸡笼中，而这鸡笼将我们变成了一个个连我们自己都难以理解的谜。"②

此外，更为可悲的真相是，仆人之间的狭隘猜疑、揶揄讽刺，甚至相互攻击和阻碍，是"鸡笼"长久存在的又一原因。巴尔拉姆在描述德里仆人区中的仆人时提到，仆人们有一种天性，就是总想辱骂别的仆人和喜欢攻击熟人，就像阿尔萨斯狗喜欢攻击陌生人一样。更为可悲的是，仆人们形成了特殊的"鸡笼的能耐"："仆人们必须阻止其他仆人变成发明家、实验家或者企业家。是的，这就是可悲的真相……关在鸡笼里面的人也在千方百计地维持着鸡笼的存在。"③关在"鸡笼"内的人也是维护"鸡笼"秩序的同谋者。"鸡笼文化"，构成阿迪加所刻画的印度文化层面权力堡垒的又一重要方面。在《两次暗杀之间》中，人力车夫齐纳亚及和他一样的人力车夫群体，拿着微薄的工资，奴性十足地为主人辛勤劳作，他们是在这种"鸡笼文化"背景下生活在印度底层的庶民群体的象征。在《选拔日》中，父亲莫汉·库马尔虽然离开了贫民窟，却一直受贫民窟生活的影响，当大儿子拉达逃离孟买后，此前的贫民窟老邻居熨衣人拉姆纳特来访，他才真正醒悟感叹，"自己一生都在警告他的儿子们远离来自其他有才华的男孩的危险：他忘记了真正的威胁来自普通民众，就像这个来自沙斯特里纳加尔贫民窟自沽自喜的衬衫制造者。是这些人摧毁了拉达：他们和他们健康的儿子，他们用毒品、剃须包和性用品来诱惑他"④。

阿迪加关于印度主仆关系思考所诞生的"印度鸡笼"，在一定程度上续写了英国殖民者关于印度政治想象的寓言。印度在西方人眼中，"可供想象

---

① ［印度］阿拉文德·阿迪加：《白老虎》，路旦俊、仲文明译，人民文学出版社 2010 年版，第 164 页。

② ［印度］阿拉文德·阿迪加：《白老虎》，路旦俊、仲文明译，人民文学出版社 2010 年版，第 167 页。

③ ［印度］阿拉文德·阿迪加：《白老虎》，路旦俊、仲文明译，人民文学出版社 2010 年版，第 173 页。

④ A. Adiga. *Selection Day*. London：Pan Macmillan, 2017, p. 263.

的空间已经受到了政治现实、领土合法性和行政权力的限制"①。"动物寓言"就成为他们政治想象的方式，为了论证自己在印度殖民的合法性，英国殖民者将印度人民视作还没有进化完全的人，在思想意识与行为等方面还类同于动物，英国殖民者就可以以动物管理员的方式看管与约束这些动物。《白老虎》中，阿迪加用"动物园"中的动物来描述这种殖民时期的印度民众状态。姜礼福在分析英国殖民印度的历史时期状况时说道："动物管理员，即英国殖民者把视作动物的印度人民关进牢笼，各种动物相安无事，这揭示了印度被殖民的附属地位和英国殖民者的主人权威和霸权地位。"②在印度取得独立之后，"动物管理员"被赶走，原本相安无事的动物纷纷背弃了动物园法则，进入尔虞我诈的社会丛林，取而代之的是丛林法则，各种动物互相打斗争夺生存空间，揭示的是印度当今权力社会资源占有者与被剥夺者在后殖民社会时期的生存现状。丛林法则有着深刻的寓意，其背后反映的是阿迪加对印度社会、文化等方面的深刻哲理性思考。而相对应的印度庶民社会，依然生活在"鸡笼"之中，庶民群体是"鸡笼"中还未觉醒也不愿觉醒的"鸡群"，在这个弱肉强食的新时代丛林里，他们只有被任意宰杀的命运，只会更加凄惨。

通过对庶民社会"鸡笼文化"的描写与分析，阿迪加一方面阐释了富裕阶层的为富不仁，另一方面展露了处在社会底层的庶民群体的悲惨遭遇与无望未来。通过述说庶民群体（如人力车夫、城市车仆等），在"鸡笼文化"的影响下形成的"庶民性"，在种姓思维与奴性心理等作用下形成的精神麻木、不求上进和苟且安逸，阿迪加阐释了"鸡笼文化"是一种强大的软暴力。相对于生活在两个印度的大"鸡笼"中的庶民而言，他们多是《两次暗杀之间》里基图尔镇未能也不敢冲出笼子的芸芸众生。他们很少有像《白老虎》中巴尔拉姆、《塔楼最后一人》里的沙赫，以及《选拔日》中的父亲库马尔·莫汉那样，可以不顾一切，坚持自己的信念，成功实现身份转型，摆脱庶民命运。这无疑不在说明"鸡笼文化"的强大，但也有力地证实了它并非牢不可破。

---

① [美]爱德华·W. 萨义德：《东方学》，王宇根译，生活·读书·新知三联书店 2007 年版，第 218 页。

② 姜礼福：《寓言叙事与喜剧叙事中的动物政治——〈白虎〉的后殖民生态思想解读》，《当代外国文学》2010 年第 1 期，第 91 页。

第四章
当代印度庶民的反抗意识与言说

　　从阿迪加的当代印度庶民书写中可以看到，他熟练地抓住了变化中印度庶民社会的精神特质。这打破了印度当代社会媒体塑造的繁荣神话，暴露了印度所谓繁荣经济背后的真实层面。刘易斯·罗杰斯（Lewis Rodgers）在谈论文学家特别是小说家如何理解和诠释社会时说："文学诠释是理解社会价值、理想、观念重要的、可行有效的途径……这些层面尽管往往通过有序的学院研究、专家报告和政策性问题论文完成，但是值得探讨的是小说家如何更好地表现和传达国际化发展的现状。"①阿迪加的小说充分地体现了这一点。在当代印度庶民的反抗意识与言说层面，阿迪加深切地关注庶民社会如何突破困境、改变命运的方式与途径，成功地摆脱了从道德层面简单评判人物的创作套路。

---

① R. Mathur. "Turbulence of Globalization in Rising Metropolis—A Case Study of Toltz's *A Fraction of the Whole* and Adiga's *The White Tiger*". *IRWLE*, 2011, 7 (1), p. 1.

第一节　觉醒的印度庶民反抗意识

　　阿迪加曾经强调，自己的小说更多的在于发现和暴露问题，关于其间反映出的问题，他特别指出："我并没有打算在我的小说中给出明显的信息，或者任何明显有关问题的解决办法。"①然而综观阿迪加的印度题材小说，尽管没有明确给出任何解决问题的办法，或者为人物提供任何的出路，但在其冷静和客观的创作态度背后，我们依然可以从阿迪加对庶民反抗意识逐渐觉醒的描写，总结出关于庶民社会改变自身生存境遇愿望和行动的过程，探寻到底层庶民改变命运的可能。

一、庶民反抗意识的觉醒之路

　　在阿迪加庶民书写的文化透视中，我们可以看出庶民反抗意识的觉醒经历了两种不同路径的行进趋势，最终走向了通过暴力改变自身生存境遇的抗争之路。这两条路径分别是"容忍之路"与"反抗之路"，在阿迪加的小说中形成了一个渐进的过程，也反映出阿迪加在观察分析当代印度庶民如何改变自身的"庶民性"，走向身份转变的心路历程。

　　首先是容忍之路。抛开历史文化等因素的影响，仅仅从阿迪加的小说出发，可以看出，容忍几乎存在于阿迪加小说的每一个人物身上，在"旧印度"中尤为明显。这些庶民身处新旧制度的夹缝之中，在经济和政治上毫无地位，种姓与阶级的分裂又为他们制造出各种无形的壁垒，他们形同散沙，无法发出自己的声音，只能容忍苦痛、艰难谋生。在短篇小说《安布雷拉大街》里最为突出，齐纳亚深知自身命运的悲苦，也明白作为穷人吃苦的根源，想到了如何才可以改变自身的命运，最终还是选择了容忍，

---

① J. Derbyshire. "The Books Interview: Aravind Adiga". *New Statesman*, 2011-07-18.

将希望寄托在某个能给这个世界一击的穷人身上，而自己继续做一个靠出卖苦力的人力车夫。《灯塔山（山脚下）》中，所有的人都任凭色情"污染"学校，连副校长德梅洛自己也容忍着所发生的一切，将希望寄托于自己唯一喜爱的学生身上而不试图改变，最终导致自身成为环境的牺牲品。《瓦伦西亚（去第一个十字路口的方向）》中厨娘杰雅玛为别人辛苦了一辈子，始终任劳任怨，容忍着生活对她的不公，却从未获得过他人的感谢，只能将希望寄托于来世做个"基督徒"，继续她孤苦无依的生活之路。《瓦伦西亚圣母大教堂》中，灭蚊工乔治在心理上渴望摆脱自身低贱的命运，同时希望改变和戈梅斯太太的关系从而获得爱情，因此愿意为她做任何下贱的工作，容忍她歧视自己。当爱情之梦破灭时，乔治原本可以为自己的尊严奋起反抗，但他最终选择了离开，继续做一名灭蚊工。在"新印度"时期，在《白老虎》中选择容忍的群体主要是生活在黑暗之地——农村的农民，他们容忍强加在他们身上的一切不公，从未想过反抗，也不知道如何反抗；另一类是生活在城市底层的大多数人，他们承受着生活的苦难，甘于苦难，只求能唯唯诺诺地生存，麻木而愚钝地呆在"印度鸡笼"之中。在《塔楼最后一人》中，一直都具有反抗精神的大师，在面对自己的邻居时，选择了容忍，既不妥协也不反抗，最终遭到了谋害。

通过对庶民人物容忍性格的关注，阿迪加看到了底层庶民思想和行为上的复杂性，看到了坚持容忍对于改变人物命运的软弱无力，对底层庶民既寄予了同情，又深感痛惜。

其次是反抗之路。在《两次暗杀之间》中，阿迪加对生存在"旧印度"时期的印度庶民容忍性格的坚韧表现出的态度，既有理解和同情，又有对他们的软弱和无能为力的痛惜。不仅如此，在充满容忍性人物的"旧印度"时期，阿迪加也关注到一些反抗的声音。它们既有对自由的追求，对民族宗教战争的抗议，也有对种姓制度的反抗及对社会黑暗、政府腐败、法律漏洞、道德失衡的批评等，这些对洞察印度社会的发展状况具有重要的现实价值。

如小说《灯塔山》中的"复印机"，通过挺直脊梁继续贩卖禁书《撒旦诗篇》这一行为来进行抗争。《火车站》里的齐亚丁，通过自愿流浪来反抗作为民族战争帮凶的命运。《圣阿尔丰索男子高中与大专》中的辛喀拉，在种姓制度上表现出了强大的反抗精神。辛喀拉的父亲是婆罗门种姓，母亲是比较低下的霍伊卡种姓，从种姓角度来看，他既非婆罗门，也非霍伊卡，而是一个"杂种"，因此尽管家境富裕，但吃尽了身份认同上的苦。处在青春期的他，由于童年的记忆，对种姓制度充满了矛盾的认知。一方面看不起母亲在婆罗门种姓的姑妈们面前低眉顺眼，另一方面又害怕矛盾的种姓身份让人瞧不起。对身份过度敏感的他，当抽烟被化学老师拉西拉多抓到，被罚跪在教室外时，辛喀拉认为："他之所以这样对我是因为我是一个霍伊卡。如果我是基督教徒或者巴恩特，他绝不会这样羞辱我。"①为了报复这种种姓歧视，他偷偷买了炸药并在课上引爆，以此宣告，"之所以要引爆炸弹，是要终结五千年来一直操纵着我国的种姓制度。这枚炸弹的爆炸是要告诉全世界，不能以一个人的出身判断他的优劣"②。但是他想要向世人做出的伟大宣告，被当时十分严重的印度各教派之间的冲突遮蔽了，他引爆的炸药被人们认为是一起由穆斯林恐怖分子制造的爆炸案。他的反抗行为无形中被消解了，尽管没有成功，但是他走出了他的反抗之路。

此外，《天使之音电影院》中的古鲁拉杰，始终以自己新闻记者的良心对抗着社会的腐败黑暗和不公，即便被看作疯子也依然坚持寻找真相。尽管最终或获得暂时的成功或被生活征服，但很明显阿迪加赋予了一些"觉醒之光"在这些人物身上，这是阿迪加在其早期小说人物身上反映反抗之声的一种探寻。其中人力车夫齐纳亚希望某个地方会有一个穷人奋起给这个世界一击，可以说是这种"觉醒之光"的突出体现。他为后来《白老虎》中主人公巴尔拉姆善于"谋划"的父亲及巴尔拉姆最终突破种姓思维和奴性心理行为的出现奠定了基础。

区别于"旧印度"，阿迪加的"新印度"展现了印度经济全球化时代背景下贫富差异所造成的国家紧张气氛，以及无法妥善处理的社会不平等，突破压抑和决然反抗也由此而生。新历史时期的印度底层庶民，不再满足于继续徘徊在贫穷的边缘，而是努力寻找机会，跟上快速的生活节奏，他

---

① ［印度］阿拉文德·阿迪加：《两次暗杀之间》，路旦俊、仲文明译，人民文学出版社2011年版，第53页。

② ［印度］阿拉文德·阿迪加：《两次暗杀之间》，路旦俊、仲文明译，人民文学出版社2011年版，第50页。

们已经开始摆脱道德的制约和束缚。

因此，到了《白老虎》中，阿迪加的书写力度突然加大，呈现出大刀阔斧的态势，不仅深刻暴露和批判了社会黑暗面，剖析造成印度庶民社会命运的根源，同时对印度社会庶民自身所存在的缺陷和不足、庸俗和懒惰给予了严厉的批评。尤其是对生活在"黑暗之地"农村中的农民的容忍性格、种姓思维，以及生活在城市底层社会中的大多数庶民表现出的奴性心理，深入地进行了分析与批判。对于甘愿容忍压迫和不公、麻木而愚钝地呆在"鸡笼"里的大多数，阿迪加时有"哀其不幸，叹其不争"的长叹。在叹息和批判的同时，阿迪加也进一步探索了"觉醒之光"，成功地塑造了善于"谋划"的巴尔拉姆的父亲，同时通过主人公"白老虎"巴尔拉姆成为企业家的过程，将他的探索途径直接指向"丛林法则"。在"新印度"贫富分化严重，到处都是"人吃人"的生存环境之下，"丛林法则"无疑是改变容忍性格、突破种姓思维和奴性心理最强有力的途径。

《白老虎》中，巴尔拉姆身上体现出的反抗精神，使他成为印度社会敢于冲破种姓禁锢的庶民形象的代表。巴尔拉姆从一开始就对种姓制度，以及种姓制度对人的职业和命运的束缚充满了怀疑。他质问道："如果我们真是天生做糖果的哈尔维，那么为什么我的父亲不做糖果而是拉人力车呢？为什么我的童年是在砸煤块、擦桌子中度过的呢，而不是吃着甜卤蛋和玫瑰果子长大的呢？为什么我又瘦又小，身体灵活，而不像一个吃糖果长大的孩子那样肥肥胖胖，皮肤光滑呢？"①当现代工业的发展将旧的以种姓为基础的分工体系破坏，时代发生着巨大变革之时，他立刻清醒地意识道："以前在印度有上千个种姓，上千种命运，现在只有两个种姓：大肚子的和瘪肚子的。同样也只有两种命运：吃人，或者被吃。"② 因此，他顺应时代的变化，绞尽脑汁抓住每一次机会，最后杀死主人携款逃逸，然后开公司，成为一名成功的商人。巴尔拉姆代表了印度庶民社会被践踏的一部分人，他选择做"白老虎"与富人对抗，体现了新印度青年的特征：敢于为了目

① ［印度］阿拉文德·阿迪加：《白老虎》，路旦俊、仲文明译，人民文学出版社2010年版，第56页。

② ［印度］阿拉文德·阿迪加：《白老虎》，路旦俊、仲文明译，人民文学出版社2010年版，第57页。

标付出任何代价，哪怕是走上犯法与违"法"的道路。

在《塔楼最后一人》中，阿迪加尽管叙述冷静平缓，时刻保持不介入小说人物的清醒状态，但续写"丛林法则"的力度进一步被强化。《塔楼最后一人》中的大师，以他的不妥协与坚持对抗开发商沙赫先生，发出对抗富人阶层欺压的声音，是社会道德和尊严的最后一道防线。具有反抗精神的大师，表面上看是小说中的核心人物，实际上真正的主角却是他的邻居。邻居们在思想和行为上所反映出来的巨大变化，与大师表现出的容忍性格形成了鲜明对比。大师一开始就成为阻碍塔楼邻居们改变命运、向前发展的阻力，最终被谋害是必然的结果。他是塔楼邻居们反抗保守力量的牺牲者，是塔楼"丛林"的牺牲品。小说将一场慢慢酝酿而成的人性灾难可视化了，"丛林法则"在这里得到了充分的体现。

在《塔楼最后一人》中，大师身上体现出了新时期传统庶民的复杂性，有着旧印度时期圣雄甘地非暴力对抗英国殖民统治者的影子。他的自负、精明、固执使他成为小说中最具矛盾性的角色，读者会与小说中的塔楼居民一样追问，在这个日新月异的新印度，是谁走得太远了？是塔楼居民们准备为自己的孩子建立一个更好家园的战斗，还是大师为了旧记忆带来的舒适而对所有人前行的阻止？谁是正确的，是对旧印度式邻里福祉和正义的理想主义拥护者大师，还是那些承诺让印度摆脱数百年落后状态的璀璨城市的务实开发商，如沙赫？大师拒绝沙赫真的是为了保护更脆弱的住户吗？是他想要更多的酬金吗？又或他只是害怕改变？还是他很享受手握权力的感觉？他的拒绝到底是基于廉洁原则还是他的独裁自我？"阿迪加本人拒绝给出明确的答案。相反，他巧妙地、狡猾地将大师的立场与旧印度的立场联系起来，从而增加了另一层含义。小说中一些最暴力的行为发生在爱国歌曲和圣雄甘地生日的背景下，这绝非巧合。"①大师与旧印度契合的生存立场，在模糊中透出了清晰的理想主义之光，展现了旧印度与新印度之间显著的差异性。瓦利亚马塔姆总结认为，这些差异体现在："首先，大师的旧印度拥有一种精神上的自由，这是与物质主义不可救药地捆绑在一起

---

① M. Valdes. "Book review: '*Last Man in Tower*,' by Aravind Adiga". *The Washington Post*, 2011-09-19.

的新印度永远无法拥有的。……其次，伟大的幸存者神话被打破，人们对人性的信心被严重动摇。……第三，旧印度和新印度之间存在巨大的沟通鸿沟。"①大师带有旧印度理想主义式的斗争，不出所料在丛林式的新印度没有成功，但依然是有意义的。

《选拔日》中，阿迪加摆脱了《两次暗杀之间》中早期人物的容忍不反抗或微弱的反抗之声的描述，也摆脱了《白老虎》《塔楼最后一人》中的暴力反抗描述，开启了一种意志清醒，依靠个人努力、保持亲情的反抗。怀揣着儿时职业板球运动员梦想的农民库马尔·莫汉，在30年前观看一场魔术师与大象的表演中获得觉醒的意识，认为自己不能像大象一样听天由命，他必须改变命运。于是他毅然拖家带口离开农村，来到孟买，即便是住在混乱的贫民窟里，他也将抚养与训练两个儿子成为板球冠军视为自己真正的使命，他将高大、英俊、肌肉发达的大儿子拉达称为"天选者"，将"第二好的击球手"的角色赋予小儿子。他被嘲笑为"酸辣酱王公"、小丑，过于雄心勃勃、精神错乱，但他执着地要将自己的梦想押注在他的两个儿子身上，愿意不惜一切代价培养两个儿子成为伟大的板球运动员。哪怕自己被别人指责为一个梦想着靠儿子的成功逃离贫民窟的男人，被指责虐待孩子，被孩子痛恨；他都坚持自己的初衷，并时刻做好"让孩子终身憎恨"的心理准备，将训练孩子作为他和孩子们至关重要的事情。所以他拒绝接受所有人对他的看法，以及对儿子的任何建议。他故意扼杀孩子们的智力和情感，破坏孩子们的学校学习，以免他们被鼓励专注于教育而不是板球；不允许他们接触女孩子，以免他们被情感牵绊而忽略板球训练；他要求孩子们遵守许多古怪的规则，其中一条是禁止他们21岁之前剃须，因为他担心这会削弱孩子们的运动能力。他斥责甚至殴打自己的孩子，用暴力使他们为自己的梦想"服务"，不停地向他们灌输一定要成为印度最好的板球运动员的思想，并不停地带着孩子向崇拜的"板球之神"室建陀（Kukke Subramanya）祈祷和许愿，在思想上束缚孩子。

莫汉将他人对他的冠军计划的所有嘲讽都储存在他敏锐的记忆中，他

---

① R. J. Valiyamattam. "Aravind Adiga's *Last Man in Tower*: Survival Strategies in a Morally Ambivalent India". *World Literature Today*, 2017−09.

坚信，"复仇是穷人的资本主义：保护原来的伤口，推迟立得的满足，用新的侮辱来强化第一次侮辱，投资和再投资，并继续等待反击的完美时机"①。他告诉自己，唯有抓住机运摆脱现状才能实现真正的复仇，才能远离贫民窟的老鼠和愚蠢的邻居。当两个孩子成功地被天才球探汤米爵士发现之后，他立即抓住机遇，通过汤米爵士与富商阿南德·梅塔签订了一项赞助协议，获得了经济上的支持，两个孩子也顺利进入班德拉阿里·温伯格国际学校板球队，获得免费教育和板球训练，成为学校专业板球运动员。莫汉也通过赞助协议节省了一年的钱后，成功地从孟买的达希萨尔贫民窟搬到了富裕的郊区金布尔（Chembur）。莫汉成为真正靠儿子的成功逃离贫民窟的男人，实现了他自己的反抗理想。

由此可见，与早期阿迪加在小说中体现怜悯与同情、仅仅发出觉醒的声音不同，《白老虎》与《塔楼最后一人》两部小说很明显地体现出阿迪加倾向于对"丛林法则"的书写。他以巴尔拉姆之口进行尖锐的揭露与批判，同时借巴尔拉姆改变命运的杀人行为，以及一群小市民为了各自的利益你争我斗最后走向谋杀的举动，描绘了底层人物摆脱自身"庶民性"束缚和改变命运的途径，展现出庶民群体在改变自身命运上的不择手段与对传统道德价值的抛弃。这些书写，从主观上反映了阿迪加赋予自己小说的高度现实感。同时，也反映了阿迪加趋向探索底层庶民在改变自身命运、提高自身社会地位的过程中，摆脱"庶民性"的束缚、抛弃传统道德价值的可能。而《选拔日》中，阿迪加虽然没有续写残酷的"丛林法则"，却在将亲情元素注入庶民改变命运过程中，考察了在庶民反抗的过程中其家庭、亲情所遭受的困境和无奈。

阿迪加认为，印度社会的不公和贫富分化现象导致了庶民群体的反抗。当代印度的庶民群体，"他们处在'第二十二条军规'的处境，他们有权利提高他们的社会地位，为了达到这个目的，他们或依据道德，或无所顾忌地抛弃传统道德价值追随巴尔拉姆选择危险的途径"②。但是从印度社会的发展来看，严密的种姓制度出现了一定程度的松动，是庶民能够在思想上

---

① A. Adiga. *Selection Day*. London: Pan Macmillan, 2017, p. 47.

② R. Rana. "Perils of Socio-economic Inequality—A Study of Arvind Adiga's *The White Tiger*". *Language in India*, 2011, (11), p. 459.

觉醒反抗不可忽视的宗教与文化因素。尽管德国著名社会学家和哲学家马克斯·韦伯（Max Weber）曾断言，"要在种姓制度的基础上产生工业资本主义的的现代组织是完全不可能的，在礼仪法规之下，职业的任何变动及劳动技术的任何变化，都会引起礼仪地位的降低，在这种情况下，（印度）要从自身中产生经济和技术革命哪怕是这种革命的萌芽是完全不可能的"①。但是近代西方资本主义以侵略的姿态进入印度，促使印度社会发生了一系列的变革，现代意义上的土地私有制得以确立，工业现代化得到发展，建立了西方行政制度，引进了西方先进的阶级与司法制度观念，教育及通信也在印度社会得到发展，这些带着强烈西方社会价值观念色彩的制度、文化与观念，无不冲击着种姓制度。

这样，印度社会内部发生了变化。首先，商品经济展现的赤裸裸的金钱关系，导致了印度传统村落社会制度的衰落，使得种姓和职业之间的捆绑关系有所松动，不同种姓之间流动的可能性增加，甚至打破了不同种姓之间长期隔离的状态，开始体现在一些公共场所，如电影院、公共汽车、工厂等；其次，传统种姓议会所发挥的政治与司法职能逐渐丧失效用，处理种姓相关民事和刑事事务纠纷时，种姓法规在与殖民统治阶级的法律冲突和矛盾中丧失了神圣性地位；再次，印度教内部的种姓意识，在西方现代教育制度和思想理念的冲击下，不断弱化，促使一些印度教徒开始学习和模仿西方人的生活理念和方式，宗教信念动摇、物质观念强化、行业之间的界线不断被突破。正如《塔楼最后一人》中大师认识到的，"要是换了以前，种姓和宗教会教你如何吃饭、如何结婚生子、如何生老病死。可是种姓和宗教的影响在孟买已经逐渐消退，取而代之的（在大师看来）是受人尊重、生活在同类人之中这一理念"②。总而言之，前现代社会根深蒂固的种姓制度规定的束缚力开始弱化，而受到经济方面的影响最大。

阿迪加结合印度社会的发展转变，对庶民从麻木到觉醒，从要求反抗到实践反抗的心理经验和社会行动进行了深入细致的描写，窥视了印度社

---

① ［德］马克思·韦伯：《印度的宗教：印度教与佛教》，康乐、简惠美译，广西师范大学出版社 2010 年版，第 12 页。

② ［印度］阿拉文德·阿迪加：《塔楼最后一人》，路旦俊、仲文明译，上海文艺出版社 2013 年版，第 227 页。

会发展中存在的诸如种姓制度、贫富差距、政府腐败、法律缺陷等问题，并对庶民进行反抗和改变身份和命运的行动与经验进行了思考，体现了他希望印度社会良性发展的责任感。同时，通过对这些庶民群体及其生活现状的关注，针对印度社会不同时期发展过程中隐藏的社会弊端和黑暗，以辛辣的讽刺、强烈的现实关怀及带血的幽默构筑起他书写印度庶民社会的主题。

二、庶民反抗与人性黑暗

"对小说家来说，一个特定的历史状况是一个人类学的实验室，在这个实验室里，他探索他的基本问题，人类的生存是什么？"①阿迪加的庶民书写，在暴露批判社会黑暗腐败，展现底层人物残酷生存现场及庶民反抗的同时，也深入地审视了人物在僵化的社会状况下生存和奋斗所表现出的复杂人性，揭露了残酷的现实环境与种种欲望之下扭曲变形的人性弱点与黑暗面。

首先是在生存悖论之下导致的人性扭曲。法国大诗人波德莱尔（Charles Pierre Baudelaire）曾经说过，"在每一个人身上，时时刻刻都并存着两种要求，一个向着上帝，一个向着撒旦。祈求上帝或精神是向上的意愿；祈求撒旦或兽性是堕落的快乐"②。人性从根本上来说是有缺陷的，人往往容易在复杂的现实社会、混乱的价值和心灵失衡，走向人性的扭曲。阿迪加小说的深度恰恰表现在它对人性深度的探索和对社会层面的深度挖掘。

阿迪加笔下的底层庶民，往往处在生存悖论中，复杂的生存境况导致了他们人性的极大扭曲。阿迪加以犀利的目光与细腻的笔触，凸显了人物生活与生命的悲剧色彩，描写中既带有对人物的深切同情，又有对人性扭曲的批判。在小说《凉水井大转盘》中，父亲为了吸食毒品欺骗和打骂一对幼小儿女的丑恶行径；《市场与广场》中，科沙瓦为了生存对亲人与自己身份的背叛；《安布雷拉大街》中，齐纳亚故意朝着火车拉屎的情形，这些

---

① ［法］米兰·昆德拉：《生活在别处》，袁筱一译，上海译文出版社 2004 年版，第 3 页。
② ［法］夏尔·波德莱尔：《恶之花》，郭宏安译，漓江出版社 1992 年版，第 71 页。

都是社会底层庶民在生活的重重苦难下，使得人性变得残忍和冷漠的体现。《白老虎》中，生活在农村的教师将学生的校服变卖，城市车夫们观看谋杀杂志、渴望谋杀主人，却又懦弱无声只能通过取笑压制同行来达到心理平衡的麻木心理，巴尔拉姆通过告状、谋杀最后实现身份的改变等，都体现了处在生存悖论中的底层庶民人性的扭曲。而最为深刻的描写是对《塔楼最后一人》中的塔楼庶民，他们原本性情温顺、彼此和睦，但却因一场房产买卖将人性中的种种恶毒暴露出来，在巨大差异中形成的艰难抉择，导致了他们人性的扭曲，逐步从内部和睦走向自相残杀，最终走向集体谋杀大师的人性污秽之境。《选拔日》中的父亲库马尔·莫汉，为了将两个孩子培养成最好的板球运动员，只顾自己的感受与梦想，压制孩子的天性，榨取孩子的潜力，破坏孩子的梦想，虽然实现了离开贫民窟的愿望，但是留下了父子之间不可愈合的创伤，导致选拔日结束后，两个儿子再也不愿见他。

阿迪加从底层庶民自身的视角介入，描写了庶民人物特有的精神状态和心理特征，透视了庶民人物在时代、社会等大背景下人性发生的变化，深刻地展现了印度经济高速发展时代背景下庶民社会的精神世界和人性黑暗。

其次是在现实抗争中导致的道德颠覆。阿迪加尽管被誉为"孟买的狄更斯"，但在对待道德问题上与狄更斯明显不同。"狄更斯小说的主导思想是人道主义，在他的作品中从来没有停止过道德说教。他希望人间充满善良、正义、人道的道德理想和人生哲学，期望以这样的道德引导人们。法国文艺批评家丹纳认为狄更斯的人道主义思想可以概括为'行善和爱'"[1]；而阿迪加笔下的人物，如巴尔拉姆与塔楼内的庶民，在与现实抗争的过程中，完全抛弃了道德规范和社会规则，这种将道德弃置的特点，成为阿迪加小说揭露人性黑暗的突出特征。早期在小说《两次暗杀之间》中，阿迪加笔下人物的现实抗争是微弱的，尽管也有诸如《圣阿尔丰索男子高中与大专》中的辛喀拉毅然地通过引爆炸弹来公然挑战与反抗印度种姓制度的行为，但他的行为被无情地忽略，没有起到任何实质的作用。其

---

[1]　陈颖：《现实的批判、道德的弘扬、人性的探索——浅析狄更斯小说的思想观念》，载《学术交流》2007年第1期，第179页。

间的人物也往往坚守着传统道德价值，采取容忍的生存态度继续生活。然而，这种局面很快在小说《白老虎》中遭到了彻底的颠覆，《白老虎》中无知的青年巴尔拉姆通过背叛谋杀最终改变身份的行为，颠覆了印度传统的伦理道德。这种道德的颠覆揭露了底层人物现实抗争畸形的一面，不仅蕴涵着深刻的人性深度，也给人带来伦理思考。《塔楼最后一人》延续了《白老虎》中颠覆道德的书写，尽管性格坚韧复杂的大师代表着印度传统社会道德和尊严的最后一道防线，但是面对追求财富心切的邻里，他最终成为他们摆脱道德束缚追求最大利益过程中的牺牲品。《选拔日》中将道德的颠覆延伸到家庭关系之中，阿迪加通过阿南德·梅塔之口指出了道德与法律在印度的悖论："在印度没有什么是违法的……因为，从技术上讲，一切在印度都是非法的。"①

阿迪加以异常的冷静与沉着，在充满冷色幽默的故事中大胆突破道德约束，书写印度社会人性与道德的脆弱，探索现代社会在追求发展的过程中道德面临的困境问题，进一步揭露了当代印度社会的黑暗。他曾在接受采访时指出，"印度，以及中国，都处于一个伟大变革的时代，十有八九将从西方继承整个世界，当此之时，对如我这样的作家来说，重要的是必须努力暴露印度社会残酷的非正义现象，这就是我所从事的工作——这不是对这个国家的攻击，而关乎自我反省这一更为重大的进程"②。

阿迪加如此着力于对黑暗面的揭露和批判，导致出现了有关他的印度书写的真实性及小说的叙述能否反映印度庶民真实经验的讨论。印度学者汗（M. Q. Khan）认为，"阿迪加忘记了或者可能故意地忽略了他笔下所描述的印度，实际上并不是整个印度甚至不是真实的印度。阿迪加笔下的人物，所有的富人、企业家、政治家，当然还有统治者和官员都是骗子、不诚实者、谋杀犯和暴发户等。但是印度还有很多好人、美丽的灵魂和心怀好意的统治者，他们拥有人道主义情怀，支持着信仰、真理和诚信。……它只是阿迪加的印度，而不完全是所有人的印度"③。许多学者也认为，阿

① A. Adiga. *Selection Day*. London：Pan Macmillan, 2017, p. 277.
② ［印度］阿拉文德·阿迪加：《塔楼最后一人》，路旦俊译，上海文艺出版社 2013 年版，腰封。
③ M. Q. Khan. "*The White Tiger*：A Critique". *Journal of Literature, Culture and Media Studies*, 2009, 1（2），p. 93.

迪加的印度叙述是在有意地迎合西方读者。例如，"印度批评家 Amardeep Singh 认为阿迪加关于印度的叙述是写给非印度的读者看的，批评家 Amitava Kumar 认为《白老虎》是不真实的，作为一名旅居国外的作家，阿迪加和拉什迪一样，是通过一种想象的现实主义来寻求庇护"①。夏马拉·纳拉扬（S. A. Narayan）甚至列举了《白老虎》中诸多阿迪加混淆印度生活细节的例子，指出阿迪加的作品对于不清楚印度地区差异的非印度读者更具吸引力。②阿喀什·卡普尔（Akash Kapur）提道："当阿迪加的书获得布克奖时，一些印度人抨击它是否认印度经济发展的西方阴谋。"③

中国学者赵干城甚至指出，尤其《白老虎》中的巴尔拉姆通过违反印度法律和违背社会道义获得身份改变，顺利实现创业成功成为"企业家"的经历，并将其包装成一位还存有良知的企业家形象，无不表明，"阿迪加在小说中发挥得最淋漓尽致的是对印度现实的一种无边的憎恨，以及对印度传统文化和宗教的一种尖刻的嘲讽……这恐怕不是作者崇拜的批判现实主义，而是憎恨的现实主义"，"无论是出于有意还是无意，都是将读者误导到了荒谬的程度，并且是对印度社会所做的完全歪曲的理解"④。并以此判断《白老虎》在政治上是不正确的。同时，他认为阿迪加在印度上层阶级和庶民阶级之间的阶级立场上是矛盾的，"一方面他认为有钱人没有照顾穷人，另一方面他也不否认有钱人在使用所有手段发财致富，同时也在推动印度发展。为了解决这个矛盾，作者用一个奇怪的方式表达他的心情：向中国总理写信，倾吐他的感受"⑤。由此认为这种阶级立场的矛盾性，妨碍了阿迪加用准确的观点来描述那些社会现象。另一位中国学者李道全则从全球资本主义批判的角度分析指出，阿迪加的小说，"在批判印度社会种种弊端的同时，却对影响庶民命运的全球资本主义保持暧昧。他赋予庶民言说的权力，似乎成功建构了觉醒的庶民形象，但这种觉醒也带有悖论色彩，因为他不但未能充分认识庶民困境的根源，而且表现出与全球资本主

---

① 王鸿盼：《阿拉文德·阿迪加小说中的庶民叙事》（学位论文），天津外国语大学，2014 年，第 31 页。

② S. A. Narayan. "India". *The Journal of Commonwealth Literature*, 2009, 44 (4), p. 87.

③ A. Kapur. "The Secret of His Success". *The New York Times*, 2008-11-07.

④ 赵干城：《印度的仇富情结与杀富血案》，载《东方早报》2010 年 7 月 25 日。

⑤ 赵干城：《印度的仇富情结与杀富血案》，载《东方早报》2010 年 7 月 25 日。

义合谋的倾向"①。因此他认为，阿迪加的叙事策略和自我反省工程问题重重，并质疑他可能强化了印度人力车夫刻板形象，有陷入东方主义的模式和让印度沦为英语世界消费品的嫌疑。

但是也有学者对阿迪加的社会批判给予了正面的评价，如阿喀什·卡普尔就指出，"《白老虎》是一篇尖锐的社会评论，与印度新繁荣时期依然存在的不平等现象相呼应。它正确地识别并抑制了印度中产阶级的集体兴奋"②。评论家埃德·金（Ed King）在评论小说集《两次暗杀之间》时特别指出，"阿拉文德·阿迪加的《两次暗杀之间》是一本相互关联的故事集，证实了这位布克奖得主是印度异域风情的解毒剂"③。中国学者黄夏在评论小说集《两次暗杀之间》时也给出了类似的评价：

> 阿迪加的批判贯穿整个集子始末，但正如上文所说，作家在暴露这些让人难以平静的现实情境时，并没有用一般批判文学中习见的揭露式笔锋，而是以一种见怪不怪、不动声色的口吻来开展一段叙事。从社会心理来讲，这种写法正是一个长久沉淫于某个既定环境的人理所当然的反应，而从文学角度看，它剔除了十九世纪欧洲殖民主义者就东方游历所写的那些"惊奇文字"所附带的魔幻色彩，正是这种色彩造成的神秘感在一定程度上弱化、模糊甚至扭曲了人们生活的真实性。……而阿迪加的质朴与现实的文风具有另一位流着印度血液的作家 V. S. 奈保尔的本真色彩，加之所从事的记者职业更使其深入印度社会各个阶层，因而他笔下的人物，无论是工厂厂主、盗版书贩、搬运工，还是报社记者、农民工，等等，都得以以一种褪去矫饰与神秘的形象示人。④

---

① 李道全：《悖论的庶民觉醒——阿拉文德·阿迪加及其短篇集〈两次刺杀之间〉》，载《外国文学》2011 年第 5 期，第 3 页。

② A. Kapur. "The Secret of His Success". *The New York Times*, 2008-11-07.

③ E. King. "*Between the Assassinations* by Aravind Adiga: Review". *The Telegraph*, 2009-07-05.

④ 黄夏：《分裂文明的阵痛与忧伤——读〈两次暗杀之间〉》，载《书城》2012 年第 7 期，第 28 页。

　　尽管学者们对于阿迪加的印度书写持有不同的态度，却共同说明了阿迪加创作取向的一个特点，即阿迪加的创作致力点一开始就放在印度庶民社会和"黑暗之地"，是关于贫穷、黑暗和底层贫民窟中的印度，这是真实地存在于印度的一个截面。同时也表明，阿迪加对印度这一截面仍然抱有满腔的希望。对接受过大量西方教育的知识分子而言，以此来衡量阿迪加的创作，已是值得肯定与赞扬的。此外，从叙事伦理学的角度而言，"叙事伦理学不探究生命感觉的一般法则和人的生活应遵循的基本道德观念，也不制造关于生命感觉的理则，而是讲述个人经历的生命故事，通过个人经历的叙事提出关于生命感觉的问题，营构具体的道德意识和伦理诉求"①。阿迪加的叙事伦理建构，并非指向对小说人物"堕落"行为的谴责和批判，而是转向对不合理的社会制度和残酷黑暗的社会现实的揭露和批判。阿迪加通过小说人物经历的生命故事，巧妙地实现了叙事的这一伦理意识和道德意图。小说的这种伦理诉求，蕴涵着阿迪加对印度庶民人物的关注、理解与悲悯，同时也寄托了阿迪加对印度庶民生存悖论和道德困境的思索。

　　由于多年旅居国外的特殊经历，阿迪加在文化上的参照系已不再仅是印度母国文化，而是印度文化和西方文化互补与融合下形成的文化综合体。阿迪加小说叙述的印度也就呈现出了一个既不同于本土作家也不同于西方人笔下的印度。尽管有印度作家评论说阿迪加的写作是迎合（西方）英语阅读者，但是作为一个深受印西文化双重影响的作家来说，阿迪加对母国的书写并没有表现出对西方文化政治与社会风气的迎合。暴露和批判也不是最终的目的，阿迪加创作的真正目的是期望通过揭露和批判，真实地展示和反思印度社会发展中被忽略的社会问题，展现问题背后印度民众，特别是底层庶民生活和情感的变化，在对印度不合理发展发出警告的同时，探寻合理的出路。阿迪加创作的姿态，也并非一种居高临下俯视庶民经验的姿态，反之，这是其为了规避被作为精英知识分子，表现遮蔽庶民经验所采取的一种写作策略。

　　多重文化的视角让阿迪加以不一样的创作姿态进行着他的印度书写，用英语创作既是他旅居外国多年特殊身份的使然，也是他为了更好地叙述

---

　　① 刘小枫：《沉重的肉身：现代性伦理的叙事纬语》，华夏出版社 2004 年版，第 7 页。

印度的真实现状，创作姿态的一种表现。阿迪加其实懂得多种语言，在《为何我学会了多种语言》（*Why I've Learned Many Languages*）一文中，他曾提道："和许多印度人一样，我在方言群岛中长大。……在我的家乡印度南部海岸的芒格洛尔，我们这一代的男孩在家里说一种语言，在上学的路上说另一种语言，在教室里说第三种语言，是很常见的。这些也不仅仅是方言或变体。我在家里说的坎纳达语，和我在学校不得不学的印地语，属于不同的语系，就像西班牙语和俄语的不同。"①阿迪加大学期间还学习过法语，对家乡语言坎纳达语更是再熟悉不过了。然而，阿迪加坦言，他在对比坎纳达语与英语的时候，发现了这个他讲了30多年的语言有很多看似反常的、原始的、多余的和奇怪的东西。他认为："这就是作家成为双语作家的最佳理由：发现英语能做到而地球上其他语言无法做到的事情。"②正如《白老虎》中巴尔拉姆对温总理所说的那样："我们两个人都不怎么懂英语，但有些事却又只能用英语才能说得清楚。"③和许多关怀印度发展的印度作家一样，阿迪加只是从一个特殊的视角表达着他对母国印度的深切关怀。

而关于庶民人物在追求身份改变的过程中遭遇的道德问题，阿迪加表现出了异常冷静的态度，他好像完全置身事外，任凭笔下的人物越过传统道德的禁区。他创造了一个米兰·昆德拉所描述"道德审判被悬置"的小说疆域，在这个疆域里，阿迪加通过审视道德中的恶与丑来实践他文学中所蕴含的教育意义，以夸张的笔触来刻画人物在人性与道德上的种种矛盾，于惊奇和震撼中使读者得到心灵上的净化和道德感情上的升华。从而证实了米兰·昆德拉所谓"悬置道德审判并非小说的不道德，而是它的道德"④。但小说之外，阿迪加对小说中所讲述的故事有着清醒的认知。关于《白老虎》中的巴尔拉姆，以及《塔楼最后一人》中谋杀大师的塔楼庶民，阿迪加在接受采访时，反复强调只是他所调查到的个案，并不具有广泛的代表性；对于小说《白老虎》中巴尔拉姆的叙述，他更是强调作为叙述者的巴

---

① A. Adiga. "Why I've Learned Many Languages". *The Daily Beast*, 2012-02-19.
② A. Adiga. "Why I've Learned Many Languages". *The Daily Beast*, 2012-02-19.
③ ［印度］阿拉文德·阿迪加：《白老虎》，路旦俊、仲文明译，人民文学出版社2010年版，第2页。
④ ［法］米兰·昆德拉：《被背叛的遗嘱》，余中先译，上海译文出版社2011年版，第7—8页。

尔拉姆的观点，与写作者的观点是有区别的。

道德上的完全冷静和对社会黑暗无情的揭露，让阿迪加的小说透露着一层浓浓的悲剧气氛，但是在每部小说中，又总能发现阿迪加若隐若现的暖色笔调。这在小说集《两次暗杀之间》中表现得较为明显，即便是《白老虎》中，小说的结尾也将巴尔拉姆塑造成一个不一样的企业家，让他关爱自己的职员，同情并帮助被雇员撞死的穷困人家，并且希望能够为穷人创办学校。这些体现了巴尔拉姆人性和道德上的不同，给小说的结局带来了一种历尽磨难后道德重建的希望。《塔楼最后一人》也表现出了同样的意图。在小说最后，阿迪加通过描写有良知的里格夫人给孩子们讲述大师的故事，叫孩子们要永远记住大师的情形，寄予了他期望在未来一代中重塑道德形象的美好愿望。《选拔日》中，阿迪加在叙述父子之情崩塌的悲伤之外，却极度深情地描绘了兄弟之情的真及兄弟间的相濡以沫。

这些暖性的笔调，表露了阿迪加内心深处对于道德的态度。这种态度一方面体现了阿迪加先破后立的一种美好愿望，另一方面也体现了他在所谓悬置道德审判上表现出的不彻底。

第二节　"言说自我"的印度庶民

在阿迪加的庶民书写中，小说集《两次暗杀之间》刻画了以人力车夫齐纳亚为代表的庶民形象，并赋予他们言说的机会，表达自己的诉求。齐纳亚正是通过其一番控诉的言论，清楚地表明了自己是一位可以"言说自我"的人，而且还言之有理。小说《白老虎》中的巴尔拉姆，无疑也是一位能够"言说自我"的人，一位反英雄式的人物。他有着清醒的反抗意识，并在这种反抗意识中，从"黑暗印度"里的一个低种姓庶民成长为"光明印度"里一位"思考者和企业家"。尽管"言说自我"的方式是通过写信，但是其特殊之处在于他通信的对象是中国总理温家宝。他用七个晚上七封信言说个人历史与变化中的当代印度历史。通过巴尔拉姆的"自我言说"，阿迪加勾连了印度和中国两大发展中国家，给小说创造了无限的想象空间。

一、"言说自我"的话语困境

法国著名哲学家米歇尔·福柯（Michel Foucault）在其《话语的秩序》（*Discourse on Language*）及 1970 年法兰西学院的就职讲座上，将人类的话语与权力进行了结合，认为话语绝对不是一个透明的中性要素，而是"权力"的表现形式之一，得出了"话语即权力"的论断。福柯指出："话语并非仅是斗争或控制系统的记录，亦存在为了话语及用话语而进行的斗争，因而话语乃是必须控制的力量。"①因此，话语不仅是权力得以施展的工具，同时也是掌握权力的关键所在，更是某些权势力量得以扩张的良好场所。国际知名文化研究学者约翰·斯道雷（John Storey）也指出："话语是一种

---

① ［法］米歇尔·福柯：《话语的秩序》，肖涛译，见许宝强、袁伟选编《语言与翻译的政治》，中央编译出版社 2001 年版，第 3 页。

权力关系。它意味着谁有发言权，谁无发言权。一些人得保持沉默（至少在某些场合下），或者他们的话语被认为不值得关注。语言系统在情感和思想层面上产生压制；尽管它是一种隐蔽的、表面上无行为人的控制系统，然而它在社会中是一种真实的权力。"①

从这一含义出发，庶民群体相对社会上层而言，往往是缺失话语权的一类群体。庶民话语权的丧失，意味着庶民言说自我权力的丧失，进而影响到其庶民主体性的存在。如在《白老虎》中，在巴尔拉姆称之为"黑暗之地"的故乡，人们供奉着他们最崇拜的神明猴神哈努曼。巴尔拉姆写道："我们之所以供奉猴神，是因为他给我们树立了一个光辉的榜样——以绝对的忠诚、热爱与奉献侍奉自己的主人。"②巴尔拉姆认为，哈努曼这些神实际上是被造出来强加给他们的，"这就是印度的种姓与宗教对庶民思想的钳制。他们从根本上斩断了庶民通往精英的道路，钳制了他们掌握权力的想法"③。

在后殖民主义有关庶民的历史研究与文学叙事中，"庶民能否言说"一直是一个热议的命题。福柯认为尽管庶民群体常常处于没有话语权的状态之中，但是如果他们得到机会或者通过联盟政治团结起来的话，就能够言说自己，发出自己的声音。但是，作为庶民学派代表人物的斯皮瓦克，却否认这一说法，站在后殖民这一历史学的立场提出了"庶民不能言说"这一斯皮瓦克式命题。她在她的著名长文《庶民可以说话吗？》（*Can the Subaltern Speak?* 1985）④中指出，庶民可以通过历史学家的书写发出声音的想法其实只是一个神话，事实上只是历史学家在历史的页码间表述庶民，从这个意义上讲，庶民不能发出声音。⑤

---

① ［英］约翰·斯道雷：《文化理论与通俗文化导论》，杨竹山、郭发勇、周辉译，南京大学出版社 2001 年版，第 121 页。

② ［印度］阿拉文德·阿迪加：《白老虎》，路旦俊、仲文明译，人民文学出版社 2010 年版，第 18 页。

③ 黄金龙：《暴力与身份验证：〈白老虎〉的庶民之思》，载《黑河学刊》2015 年第 9 期，第 27 页。

④ 《庶民可以说话吗？》，又译为《属下能说话吗？》（罗钢，刘象愚）、《底层人能说话吗？》（陈永国）、《贱民可以说话吗？》（陈义华）、《贱民能否发言？》（徐晓琴）等。

⑤ ［美］斯皮瓦克：《从解构到全球化批判：斯皮瓦克读本》，陈永国等译，北京大学出版社 2007 年版，第 90–137 页。

斯皮瓦克的"庶民不能言说",引起了有关其理论模式局限性的讨论。批评家贝妮塔·帕里（Benita Parry）认为，斯皮瓦克的理论描述了庶民面对历史与现实压迫的无力感，从而否定了庶民的主体性，进一步遮蔽了庶民的声音。帕里写道："斯皮瓦克的主张限制了庶民的经验进入历史书写的可能性，也否定了重构涵盖庶民经验的新的知识生产范式的可能性。"①帕里的观点代表了当下许多人对斯皮瓦克的质疑。

但实际上，斯皮瓦克所谓"庶民不能言说"的论述是有具体的语境的，而它往往被抽离或遮蔽，从而使许多学者认定斯皮瓦克否定庶民的政治行动力与影响力。实际上，斯皮瓦克的《庶民可以说话吗？》一文中的观点远非如此简单。"庶民不能言说"的真正涵义并不是说不存在庶民话语，只是他们的言说并不被聆听，不成系统，不能形成有效的抵抗话语。正如后殖民理论家吉尔伯特（B. M. Gilbert）所阐释的，斯皮瓦克所谓的"庶民不能言说"的关键点在于庶民的话语被主流体制过滤了，意味着即便是庶民拼命言说，他们的声音也无法被听到。因此，"吉尔伯特认为这并不是表明，特定的无权群体不能够说话，而是说他们的宣讲行为在主流政治体制中无法被听到或者是不被认可"②。斯皮瓦克同时也指出，言说并不是简单的发声，言说了而不能被听到的现状只能算是简单的发声。这其中其实蕴含了深层的话语权力和经济利益问题。如在《白老虎》中，"因为庶民所受教育有限，无法以主流社会的话语去陈述和表达，而主流社会又不肯屈尊纡贵，更不会去学习庶民的语言，无从理解他们的诉求。久而久之，庶民阶层与权贵阶层的贫富差距逐渐扩大，形成了肮脏的贫民窟与华丽的高楼大厦之间的鲜明对比。尽管庶民阶层是这种畸形社会关系的受害者，但是悬殊的差距终究会催生社会惨剧，波及庶民的对立面"③。因此，言说理应是发声与接受言语两个阶段共同组成的产物，是说者与听者之间的交流，应该涵盖叙说与倾听两个方面。

---

① B. Parry. "Problems in Current Theory of Colonial Discourse". *Oxford Literary Review*, 1987, 9（1），p. 39.

② 陈义华：《后殖民知识界的起义：庶民学派研究》，中央编译出版社 2009 年版，第171 页。

③ 李道全：《寄往中国的信：〈白虎〉中庶民的倾诉欲望》，载《宁波大学学报（人文科学版）》2017 年第 1 期，第 65 页。

从斯皮瓦克的"庶民"定义来看，有如下一些特征：庶民处于从属地位而不自知；庶民不能有效言说，不被聆听；庶民没有反抗的途径。从这些特征而言，斯皮瓦克的"庶民"适用于所有受到压迫却无法反抗的从属群体。斯皮瓦克认为的"庶民"是意识不到自己的庶民处境的，他们被定义、被建构、被压迫，没有反抗，也没有途径反抗，因此也就是没有认识和言说自我的庶民。但是需要明确的是，斯皮瓦克并不是要表明，特定的庶民群体无法表述自我经验与政治诉求，因而无法进入主流历史书写中去，而是说他们的声音被主流话语遮蔽或扭曲，不得不在政治与经济体制中接受他们的从属身份。从这一方面而言，"印度庶民阶层所面临或许不是无法言说的困境。相反，他们更多地是缺乏尊重，缺乏耐心的听众。尤其在经济高速发展的时代，他们微弱的声音湮没在经济建设的洪流里，得不到关注"[1]。因此，其中许多庶民不得不通过暴力犯罪来摆脱庶民命运，此中所反映出的庶民困境不言自明。

其实，斯皮瓦克研究的重点在于庶民进行言说的困境。斯皮瓦克认为，"如果庶民能够言说的话，庶民就不再是庶民"[2]。从言说的能力来区分庶民阶层，这一论断无疑是正确的，庶民言说能力的欠缺限制了其发展，使其被排斥在社会历史之外。在《白老虎》中，转型成为企业家的巴尔拉姆已经摆脱了他的庶民身份，从他所属的低种姓庶民阶层中脱离了出来。但是，在此之前，种姓的身份赋予了他低种姓庶民的生存状态。即便身处庶民的状态，他还是试图言说自己的辛酸和愧疚。例如，巴尔拉姆的种姓阶层决定了他言说对象的缺失，在家人与族人的世俗眼光中，他的聪明才智与努力毫无意义，也无法理解也不愿理解他的奋斗，难以在家族内部找到倾诉的对象；又如他当司机期间，接触到形形色色、各个层次的人，努力与他们交流对话，证明自己的存在，然而现实中，即使是和他同样身份的人也在嘲笑他。可以说，在这个现实中，他的话语空间被压缩，言路被阻塞，行动受限。在为了验证自己的身份而实施暴力的漫长的过程中，巴尔拉姆

---

① 李道全：《寄往中国的信：〈白虎〉中庶民的倾诉欲望》，载《宁波大学学报（人文科学版）》2017 年第 1 期，第 66 页。

② G. C. Spivak, S. Harasym. *The Post-Colonial Critic*: *Interviews*, *Strategies*, *Dialogues*. New York and London: Routledge, 1990, p. 158.

是很煎熬的，也是很心酸和愧疚的。巴尔拉姆在准备实施暴力获取自由之前，思想上有过多次挣扎，他曾经试图向主人阿肖克倾诉和进行忏悔，却多次被主人打断，巴尔拉姆的声音就这样一次又一次地被忽视和压制。阿肖克的打断反映了上流阶层的话语强势，他们有权力剥夺下层人民的话语权。

《两次暗杀之间》中的齐纳亚也一样，不断向社会发出控诉，但是来自庶民阶层的他们，身处纷繁的印度社会，谁会倾听他们的诉说呢？这或许才是庶民无法言说的问题的关键所在。正如齐纳亚在怒视操着一口英语的马德拉斯记者时所暗示的苦衷："连言论的自由都不是属于我们的。即便是我们提高了一点音量，都会被要求闭嘴。"[①]这样的遭遇与结局正好应验了罗伯特·扬（J. C. Robert Yong）关于庶民言说的观点："从来不是庶民不能言说，而是主流社会不愿倾听。"[②]不仅如此，更为糟糕的是，以齐纳亚为代表的苏醒过来的庶民们还面临着来自庶民阶层的阻碍。在其他人力车夫看来，齐纳亚的思想和行为是不安分的，违背了印度传统信仰中的主仆"法"。也正是如此，尽管齐纳亚艰难地传递他的庶民之声，却还是不能去实现他的个人诉求。因此，庶民阶层毫不珍惜乃至压制来自自己阶层发出的声音，也为庶民言说自我带来了巨大的挑战。所以，齐纳亚最终才会将"给这个世界一击"的希望寄托于另一位穷人。

而在主流社会与权势阶级的眼中，齐纳亚与巴尔拉姆的"他者"形象已经确立，他们都是虔诚的教徒，愿意为家族牺牲，不可能有更多的追求和抱负。所以，在小说集《两次暗杀之间》中，来自马德拉斯的英语报社记者才会用主流社会与权势阶级惯常的思维和话语采访齐纳亚，导致齐纳亚愤怒的反击。正是这一情境的出现，为他提供了转机，使他实现了他的庶民言说。齐纳亚在英语记者固化的庶民观念的刺激下，反客为主，通过痛快淋漓的控诉表达了他的心声。"这也说明，在适当的情境之下庶民的诉

---

① ［印度］阿拉文德·阿迪加：《两次暗杀之间》，路旦俊、仲文明译，人民文学出版社2011年版，第166页。

② J. C. R. Yong. *White Mythology*：*Writing History and the West*（2ⁿᵈ *Edition*）. London and New York：Routledge，2004，p.190.

求可以表达出来；报社记者的反应也证明，倾听庶民的声音并非没有可能。"①

在《白老虎》中，阿肖克的主观臆断反映了权势阶级对巴尔拉姆的固化认知，这也促使他一次次对巴尔拉姆言说的置若罔闻，这在一定程度上导致了巴尔拉姆将其谋杀的惨剧。阿肖克的主观臆断显示出权势阶级话语的优势地位，也反衬出了作为庶民的巴尔拉姆言说的困境。印度的主流社会与权势阶级并不关注巴尔拉姆的诉求，听众的缺失和言说通道的阻塞加重了他的堕落与迷失，所以他只好转向暴力——以谋杀的方式让他们倾听自己的声音，更是警示印度权势阶层从中汲取教训并倾听庶民的诉求。雇主阿肖克在与巴尔拉姆相处的时间里，"虽然做出了倾听的尝试，但是每次交流都是浅尝辄止，没有实现真正意义上的沟通。阿肖克具备聆听的潜质，但他只是摆出了倾听的姿态，创造了倾听的假象，难以了解巴拉姆的心声"②。实质上，阿肖克只是个虚假的倾听者，他有固化的庶民印象，且表现出处于话语优势地位的傲慢与凌然，所以阿肖克不愿意倾听巴尔拉姆的言说，不能及时也不屑于回应他的诉求。"两人之间的对话几乎反映了一种滑稽的供求关系。"③只有巴尔拉姆源源不断的"供应"，却无实质的回应。否则，巴尔拉姆也不会对阿肖克产生失望，更不会轻易对他痛下毒手。通过巴尔拉姆从庶民转型为资产阶级精英的故事，阿迪加在痛斥种姓制度荒谬的同时，也展现了庶民通过极端手段实现庶民言说、表达诉求的可能性。

阿迪加的想象性叙事，让读者看到了印度社会发展中极端不公的权力话语体系及潜在的危机，看到了印度底层庶民力量的潜能和无法言说而日益加剧的庶民暴力的生成。然而，值得注意的是，巴尔拉姆这种从文化表达上的失语到成功"言说自我"的背后，也暗藏着一个更让人伤心的事实：表面上这是庶民用自己反英雄式"成功"的神话表述了自己改变命运的愿

---

① 李道全：《悖论的庶民觉醒——阿拉文德·阿迪加及其短篇集〈两次刺杀之间〉》，载《外国文学》2011年第5期，第7页。

② 李道全：《寄往中国的信：〈白虎〉中庶民的倾诉欲望》，载《宁波大学学报（人文科学版）》2017年第1期，第63页。

③ 陆建德：《为什么要写信给中国总理？——〈白老虎〉导读》，载《书城》2010年第5期，第11页。

望，而实际上恰恰也证明了能够帮助庶民实现"成功"的资源的匮乏。在庶民文化被官方意识形态不断整合和利用的当代印度社会，其本质上也是庶民一次心安理得的内部殖民。

小说中，通过虚构的信件，巴尔拉姆试图与即将来访的中国总理对话。中国总理这一虚构的"被自白者"，不会出现像家人及同伴的冷漠，也不会表现出阿肖克虚假性的倾听态度，巴尔拉姆可以随心所欲地向其倾诉。这种拥有理想听者的自白式倾诉，使巴尔拉姆充分地掌握了话语自由和叙说结构，体验到了前所未有的自由和权力，实现了他不受任何干扰的"言说自我"。然而，令人遗憾的是，巴尔拉姆的这种所谓充分掌握话语权、实现自由言说和满足倾诉欲望的通信对话明显是虚假的，因为中国总理是他假想的，对话是虚构的，信件是单方的、无互动的，其中的尴尬自然表露无遗。因此，巴尔拉姆貌似实现了"言说自我"，"但是就其本质而言，他的信件充其量不过是一番自娱自乐的嗫语。毕竟他那单向的倾吐尚未达到对话的标准。虚拟的倾诉对象无法参与会谈，不能给与反馈，只能被动接受他的诉说。这种状态确保了巴（尔）拉姆发迹故事的流畅呈现，但是自始自终，虚拟的倾诉对象也没做出任何回应。缺乏互动的言说自然阉割了倾诉的意义。……这种无奈的局面又进一步折射出庶民在印度社会无人倾听的窘况"①。

此外，由于语言的差异，他不得不选择用英语写信，就像小说开篇巴尔拉姆所解释的那样，有些事只能用英语才能说清楚。说白了就是有些事需要用一种更具话语权的语言来言说，才会产生影响，才会有人聆听。因此，亚达夫借鉴"庶民研究"理论剖析小说《白老虎》后认为，虽然艰难，但以巴尔拉姆为代表的印度庶民阶层不仅证明了"庶民可以言说"，而且"庶民叙述他/她自己的庶民性，呈现出了对主流文化地位的控诉"②。然而，用英语来言说庶民性、表述印度的社会症结的策略也引发了不少争议。诚如印度学者米什拉（D. S. Mishra）所认为的，印度作家用英语进行印度书

---

① 李道全：《寄往中国的信：〈白虎〉中庶民的倾诉欲望》，载《宁波大学学报（人文科学版）》2017年第1期，第65页。

② R. B. Yadav. "Representing the Postcolonial Subaltern: A Study of Aravind Adiga's *The White Tiger*". *The Criterion: An International Journal in English*, 2011, 2 (3), p. 2.

写应该受到鼓励，因为"用一种全球性的语言写作，他们就是那些把印度生活和文化展示给全世界的人"①。但是问题也很显著，如《逆写帝国》一书就指出，表现印度社会症结的印度英语小说，在主题上过于城市化和关注印度精英；新加坡学者戈赫甚至认为，阿迪加等新生代作家的英语小说，未能承继早期印度英语作家表现出来的"对人物和人性的关怀以及族群拯救的希望"，而选择了"黑暗转向"②。《白老虎》虽然书写了大量庶民社会的现状，但是巴尔拉姆言行上所体现出来的社会精英的傲慢和"黑暗转向"也很显著，难免招致争议。然而也正是如此，巴尔拉姆用英语来言说印度社会特别是呈现低种姓庶民社会青年的遭遇，向中国的总理倾诉印度经济神话背后的残酷社会现实，恰恰体现了巴尔拉姆一类庶民的言说困境。

二、"言说自我"的道德困境

通过描写巴尔拉姆"言说自我"的话语困境，可以清晰地看到庶民在当代印度社会所处的艰难处境。从早期的经济、政治、文化到如今的话语权，无不彰显着庶民阶层处于社会从属地位。巴尔拉姆"言说自我"的困境，不仅仅体现在话语权和能不能言说的层面，更多的是其触碰到的道德层面。从精神分析学的意义上来说，巴尔拉姆的"言说自我"体现了文学承担的重要功能：想象的快感。巴尔拉姆的这种"言说自我"和庶民经验的再现，是否可以视为印度庶民的迫切期待，又或只是身为知识分子的阿迪加一厢情愿的想象？从这个意义上来说，文学对于庶民经验的表述暴露出多方面的复杂性。

巴尔拉姆以自己写信的书信体式话语方式，言说了自己如何出人头地的创业精神，勾勒了自己作为一个反面英雄人物所进行的身份转型历程。他的"言说自我"以充满诙谐与自嘲的口吻，叙述了自己是如何"从一个

① D. S. Mishra, "Modern Indian Writing in English: An Overview". in N. D. R. Chandra ed. *Modern Indian Writing in English: Critical Perceptions* (*Volume* I), New Delhi: Sarup & Sons, 2004, p. 8.

② R. B. H. Goh. "Narrating 'Dark' India in *Londonstani* and *The White Tiger*: Sustaining Identity in the Diaspora". *The Journal of Commonwealth Literature*, 2011, 46 (2), p. 331.

可爱、天真的乡下傻瓜蜕变成一个放荡、腐化、邪恶的城市家伙的"①。这是充斥着暴力与血腥的"变形记",展现了一个令人恐惧的主题,虽属特例,却呈现了一个十分显著的道德问题,诠释了庶民追求正义目的与使用非正义手段的矛盾性。

巴尔拉姆的人生可分为两个阶段。前一阶段是为了逃离黑暗。作为出身于低种姓的穷人后代,辍学务工时,对主人恭顺忠诚、任劳任怨。在从乡村走向城市,从茶店小伙计转为私人司机的过程中,他慢慢被金钱至上、唯利是图的世风腐蚀了灵魂,然后铤而走险,走上了谋财害命的不归路。后一阶段则是实现身份转变后的全身而退,他依靠智慧在班加罗尔成功变成企业家,摆脱了庶民身份。成为社会富裕阶层的他还想建立一种较为公平的生活方式,但印度社会的现状并未让他如愿。为了实现他的目的,他继续采取非正义的手段。从社会根源来看,巴尔拉姆的犯罪行为是庶民群体对冷酷的种姓歧视和沉重的等级压迫的本能挣扎;从印度社会的发展来看,这种现代化过程中出现的血腥暴力和畸形蜕变不可避免,甚至是经济发展必然承受的道德代价。

巴尔拉姆的经历展现了经济发展给传统文化带来的冲击与危机、伦理道德的侵蚀与腐化,并以此为自己开罪。然而,他自己也承认,为了从自己的低种姓群体中解脱出来,发展自己的事业,他只能采取他内心深处无比厌弃的精英阶层的手段,尽管他知道这是不道德的,他在这一过程中也会感到内疚不安,但在社会现实面前,理智告诉他这是唯一的办法。这反映了后殖民时代印度经济发展给印度人思想上带来的巨大冲击,以及这个过程所引起的价值观的分裂与瓦解。

生活的磨炼让巴尔拉姆明白庶民的命运掌握在自己的手中,世上并没有救世主,只有勇敢地跨出去,才能得到自我实现。他依靠心中"白老虎"的信念,跳出了束缚庶民群体的"鸡笼",摆脱了被吃的命运。作为庶民个体,他得到了解放,获得了新的身份。但是他的解放是个人化的,他的努力和呐喊丝毫未触动印度社会的基本运行机制,即便他成为成功的企业家,

---

① [印度]阿拉文德·阿迪加:《白老虎》,路旦俊、仲文明译,人民文学出版社2010年版,第175页。

但他维持企业运转的方式与先前的精英阶层所做的并无区别，他拯救不了更多的人，更无法实现社会的整体救赎。他只不过从"鸡笼"逃入了更大的"动物园"，继续重复执行与强化着原有的不公平的社会制度而已。因此，巴尔拉姆自己很清楚，"他的简单斗争并不涉及其他穷人的解放，只是让自己由穷变富，也成了一个归属剥削阶层的企业主，但在他自己看来，这一身份转变只是当前社会环境下生存策略的需要，并不意味着先前立场的全面颠覆"①。所以，巴尔拉姆无可奈何地自嘲道："《一个印度半吊子的自传》，我应该给我的人生故事起这么个名字。我，以及印度千千万万个像我这样的人，都是半吊子……我的成长经历就是一部历史，一部如何造就半吊子的历史。"②巴尔拉姆以他的这种"言说自我"，回应了整个印度社会都处于半生不熟状态的悖谬，他张狂而自嘲式的言说反映的却是小说内在的社会严肃话语。这种类似的自嘲，也出现在了小说《选拔日》中，富商阿南德·梅塔在与旁遮普裔美国女商人鲁宾德女士对谈时提道："哦，是的，鲁宾德女士。我们的火车没有运行，我们的道路上到处都是坑洼，但我们的城市充满着赶时髦的人。在不理解资本主义意味着什么的情况下，我们已经跃跃欲试。……直接走向后资本主义的颓废。……有一天，当看着自己的生活，发现这一切都毫无意义，然后就转向了宗教。"③可见这是一种社会普遍存在的现象。

对于巴尔拉姆"言说自我"中反映出来的庶民暴力，很多人都为之叫好，但同时也带来了关于道德困境的思考。这种伴随着挣扎与暴力的反抗，虽然反映的是广大庶民阶层获取身份的艰难，也是当下第三世界国家内部广大庶民的心声，但这种暴力夺取自由的方式，不是以拯救更多人为目标，而是以牺牲更多人为代价，收受贿赂、草菅人命维持企业的方式仍然是对上层阶级做法的重复。从根本上说，这种暴力的做法并未触动印度现有的运行机制，反而更加强化了社会的不公平和动荡。因此这种暴力方式也是

---

① 李臻、李红霞：《冷漠丛林中的孤寂白虎——〈白老虎〉主人公形象剖析》，载《作家》2013年第6期，第4页。

② ［印度］阿拉文德·阿迪加：《白老虎》，路旦俊、仲文明译，人民文学出版社2010年版，第9页。

③ Aravind Adiga. *Selection Day*. London：Pan Macmillan, 2017, p. 275.

肤浅的、不理性的。对于不择手段的暴力压迫，抗争是必要的，但是抗争的手段必须有利于庶民问题的解决。无论何种社会制度下，一时的激奋或冲动，都可能导致不可挽回的损失。庶民用暴力的手段来谋求社会进步，无异于把社会推向水深火热的境地。个人暴力反抗集权只能是飞蛾扑火，徒为大火增添燃料。一个宽厚的环境需要用理性的手段来实现，一个充满着理性和宽容的社会生活环境，需要庶民阶级去理性争取。

另一方面，巴尔拉姆的"言说自我"，将他的暴力行为解释为权势社会对庶民的轻视或无视，将道德问题的导火索指向了上层阶级。在巴尔拉姆的"言说自我"中，种姓他者形象已经凝滞在上层种姓的记忆之中，上层种姓无需加深对下等仆人的了解。因此，在雇主眼中，巴尔拉姆种姓身份的司机形象一开始就已经定型，所以主人对他信任有加，认为他"非常笨但却非常诚实"，且随着时间的推移，他对巴尔拉姆的认知并未改变，一如初见。直到被谋杀的那一刻，巴尔拉姆说他在雇主眼中依然是一个笃信宗教的种姓他者。不止雇主如此执迷，暴力事件发生之后，警方对于逃犯的描述也传递了相同的信息，表露统治阶层的思维定式。凭借种姓阶层的主观印象，他们试图勾勒巴尔拉姆的相貌，但是那些拙劣的描述囿于对种姓他者的刻板形象，无法精确定位巴尔拉姆这个生命个体。在种姓他者的群体身份镜像之下，巴尔拉姆只不过沦为了印度社会看不见的"隐形人"。在上层阶级眼中，庶民在思想和感情上与他们都是有差别的，甚至是粗鄙和低级的。

巴尔拉姆正是通过这种从"隐形人"到"成功企业家"转型的"言说自我"，将全球化时代印度社会的悖论披露无疑。一方面，全球化加剧了印度社会光明与黑暗的对立与分隔，进一步加深了富裕与贫穷之间的二元对立；另一方面，它又创造了新的机遇，为庶民群体的身份转型提供了契机。正是全球化时代印度社会的这种悖论，让巴尔拉姆实现了身份转型，拥有了话语权，发出了自己的声音。同时，他犯罪后一直逍遥法外，并能够更好地享用社会资源。庶民阶级有改变其经济社会地位的冲动是正常的、合理的，伴随社会分化的加剧，如果社会正常的流动渠道变窄或者被阻塞，那么社会成员通过接受教育或努力工作等正常的途径获得社会资源的机会可能减少。当庶民阶级意识到自身无法通过努力改变自身的状况时，他们就会怀疑社会现有制度的公平性，并对现有的社会秩序产生不满；庶民成员在无法正常获得生活转机的情况下，只能用非正常的手段来获得资源，从而影响社会稳定，甚至产生社会暴力。

巴尔拉姆通过"言说自我"的经验，传达出了全球化时代这种印度庶民意识的变化，他们已经意识到暴力不失为一种改变他们社会地位的方式。而且，巴尔拉姆在《白老虎》中的这种"言说自我"，强化了暴力的唯一性，认为谋杀才是实现社会公平、改变自己社会地位的唯一方式，并认为违反这个国家的法律是企业家的特权。这不仅揭示了社会的疾患，还给当代印度社会敲响了警钟。从伦理角度而言，巴尔拉姆的身份转型，凸显了全球化时代印度经济发展与道德之间的张力和冲突，这迫使当代印度社会不得不关注庶民的境遇，重视庶民群体的转型诉求，以及对他们身份转型的渠道给予更多的关注。从社会责任角度而言，巴尔拉姆的"言说自我"警示社会，需要避免巴尔拉姆的故事重演，这也是对社会稳定负责任的表现。

正因为如此，阿迪加才会受人指责，说其采用的是假洋鬼子式的"局外人"视角，专门描写印度的黑暗面，是对印度的背叛。阿迪加则理直气壮地反驳说他这才是真正的爱印度。阿迪加在入围布克奖短名单接受采访时说："《白老虎》不是政治或社会声明。它是一部小说，其目的是要引起读者思考和娱乐读者。叙述者是一个有污点的人——一个谋杀者，他的观点当然不是我的观点。但是有一个问题我想要读者思考。我越来越相信作为印度中产阶级生活的基石的主仆制度正在土崩瓦解，而它的崩溃又会带来更多的犯罪和不安定。这部小说是一幅濒临动荡的社会画卷。"[①]这也是《白老虎》被评论界誉为"有关变化中的印度社会的机智寓言"的原因。

让庶民自己言说实质上是一个关键的"低级"问题。"底层最大的心理障碍就是自贱自卑，这实际是长期以来统治者实施压迫性教育的结果，它把奴性变成了底层意识的一部分，并灌输有财富就有权力的观念，使压迫合法化；由此造成底层对财富与权力的畸形渴望，一旦有了'翻身'的机

---

① 祝平：《〈白老虎〉：幽暗的印度——2008年布克奖得主阿拉文德·埃迪迦其人其作》，载《译林》2009年第2期，第173页。

会又会制造另一种压迫性的统治。迄今为止的所有政权都是压迫性的，就因为他们在对底层及广大人民的教育中灌输的压迫观念和等级观念造成了恶性循环。"①巴西著名庶民教育学家保罗·弗莱雷（Paulo Freire）在其《被压迫者教育学》（*Pedagogy of the Oppressed*，1970）中就曾指出，被压迫者最初的反抗与斗争的初衷，并非为了解放，而几乎总是想让自己成为压迫者或次压迫者，在本质上既是自身又是内化了压迫者意识的压迫者，因为被压迫者始终无法摆脱压迫与被压迫结构赖以寄存的心理和教育意识中的"主奴关系"。

因此，弗莱雷认为，"解决压迫者和被压迫者的矛盾的方法是在给这个世界带来新生命的劳动过程中产生的：再也没有压迫者，也没有被压迫者，只有正在获得自由的过程中的人"②。弗莱雷的被压迫者的教育学意在消除"主奴关系"教育意识中的不平等内涵，不灌输奴性也不复制压迫，建立一种以双方平等主体关系的对话基础之上的"平等"教育，不存在谁启蒙谁的问题，也不会存在压迫和奴役别人的权力主体。如此，"使所有的压迫者与被压迫者都要被教育成充满平等意识的人，而不是要以暴力实现双方角色的换位，从而形成一个真正平等的社会。尽管它实行起来很困难，远不是百年内能解决的问题，但它提供了一个从根本上解决压迫问题的思路，如果成功的话，'底层'一词将彻底消失"③。

《白老虎》为解决庶民拥有自主意识难题提供了一种可能，即先让巴尔拉姆这样的庶民拥有了诉说话语的能力，认识到身份转变的重要性和拥有了区分统治阶级思想的能力，并发出了自己的声音。巴尔拉姆在成为企业家后，尽管在从"善"的道路上做出了不少努力，但显然他无法摆脱其"次压迫者"的宿命。因此，在庶民社会普遍缺失教育机会的现实里，弗莱雷所说的在对话基础上的"平等"式教育就显得极为重要，它能够实现对庶民的真正启蒙，使其认识到自身的社会身份和平等的重要性，意识到话语的力量，发现真正的庶民自主性话语。在今天的喀拉拉邦，弗莱雷的教

---

① 刘旭：《底层叙述：现代性话语的裂隙》，上海古籍出版社 2006 年版，第 205 页。

② ［巴西］保罗·弗莱雷：《被压迫者教育学》，顾建新等译，华东师范大学出版社 2001 年版，第 5 页。

③ 刘旭：《底层叙述：现代性话语的裂隙》，上海古籍出版社 2006 年版，第 205 页。

育理念通过在体制外组织志愿者对庶民进行教育的方式得到了一定的实现。这种方式避免了政治权力的侵蚀和干扰，能够让庶民初步获得自我表达的能力，它不同于巴尔拉姆只能依靠自己向社会学习获得自我表达能力，是另一种切实可行的方式。

此外，在阿迪加"记者式"的敏锐洞察力和"狄更斯式"的叙事策略的引导下，读者参与到小说中的伦理思考与批判，重新审视了当代印度社会的庶民伦理。

对于巴尔拉姆与一群塔楼庶民，读者会从谋杀罪行本身对他们做出初步的伦理判断。根据印度传统的伦理法则，印度读者自然会谴责这些庶民的杀人罪行。根据普世的伦理准则，"一个人可能犯下的最恶劣的道德罪过是结束人的生命……因为道德本身必以生命为先决条件"①。而任何法律，都是绝对禁止无故剥夺他人生命的。巴尔拉姆与塔楼庶民的谋杀行为违背了基本的伦理法则和相关的法律法规，必然令读者内心憎恶，也会遭到读者的道德审判。读者会对他们形成一定的道德判断，即他们是为了改变自己的经济状况、提高自身社会地位、侵占他人财产而残忍杀害雇主与邻居的杀人犯。虽然他们的杀人举动有悖伦理，但是杀害阻碍自身利益、侵占其财产是改变当前命运的最直接手段，他们谋杀雇主与邻居的举动似乎又是可以被理解的。尤其是巴尔拉姆谋杀雇主的行为，在某种程度上甚至是一件大快人心的事，因为雇主阿肖克已经频繁参与其家族鱼肉百姓，并且有危及平民权利、利益和生命的行为。而塔楼庶民，无一不面临着急需解决的生活困局，大师的顽固坚持，对于他们而言无疑是残酷和冷漠的，也毫不通情达理，因此具有相似社会背景和困境的印度读者很能理解杀人这一"迫不得已"的行为。

巴尔拉姆杀死雇主之后畏罪潜逃和塔楼庶民杀害大师后伪造大师自杀的行为，不仅违背了伦理原则，更是触犯了法律，这些行为自然会遭到人们的唾弃。在读者的伦理判断中，他们是破坏伦理规则和法律法规、逃避道德和法律制裁、不知悔改的罪犯。在最初的伦理判断基础之上，他们的

---

① ［美］雅克·蒂洛、基思·克拉斯曼：《伦理学与生活》，程立显等译，世界图书出版社 2008 年版，第 165 页。

行为会受到进一步的道德审判，深受印度伦理影响的印度读者也会谴责他们逍遥法外、逃避责任的懦夫行为，他们的行为不仅是对伦理准则和法律法规的公然破坏，而且是一种嘲弄与藐视。然而另一面，畏罪潜逃和伪造自杀的行为虽然有违伦理道德和法律法规，但在印度政府机构腐败问题严重的情况下，或许又是最好的办法。尤其是巴尔拉姆所处的世界，警察系统的腐败问题早已臭名昭著，其本身已经违背了伦理规则，不满受贿数额而故意栽赃陷害的事件时有发生。因此，巴尔拉姆的杀人越货、畏罪潜逃也会为读者所逐步理解，甚至非但不会怪罪他，而且会对他大胆揭露和控诉印度腐败问题的伦理判断深表赞同。而塔楼庶民在谋杀大师之后，获得房产赔款后困境的纷纷化解，以及他们对大师心存的愧疚与缅怀，也使得读者对塔楼庶民的犯罪行为有了新的认知。

因此，通过巴尔拉姆的"言说自我"和塔楼庶民的映照对比，阿迪加不仅引导了读者参与小说中的伦理思考与批判，同时还对庶民伦理的悖论之处与其现实成因进行了重新审视，展现了当代印度社会的庶民伦理的基本逻辑。巴尔拉姆的言说自我与塔楼庶民的行为言说所呈现出的这种庶民伦理，体现了文学伦理学所强调的伦理环境的重要性，即要进入文学的历史现场，而不是在远离其历史现场的假自治环境中去评价文学所呈现出来的伦理。如此才能实现："在人与自我、人与他人、人与社会以及人与自然的复杂伦理关系中，对处于特定历史环境中不同的伦理选择范例进行解剖，揭示不同选择给我们带来的道德启示，为人类文明进步提供经验和教诲。"[1]

---

[1] 聂珍钊：《文学伦理学批评导论》，北京大学出版社 2014 年版，第 278 页。

第三节　印度庶民的言说与被言说

在阿迪加的小说中，巴尔拉姆是当代印度社会的一个特例，因为脱离了自己的低种姓庶民身份，所以他能"言说自我"，尽管存在着种种言说困境。但是还有许多无法进行身份转型的庶民群体，继续生活在社会底层，无法言说自己，被遗忘在当代印度社会发展的洪流之中。而这些庶民要想发出声音，就不得不有人为其代言，这样，庶民就进入了被言说的层面。

一、庶民能否被言说

庶民被言说存在着两个方面的质疑，那就是在庶民被言说的方式多元化的当下，有没有一种庶民被真正言说的可能？以及庶民到底是一种真实苦难的再现，还是一种意识形态叙事的建构？同时庶民被言说的方式有两种历史脉络，一种是启蒙主义式的道路，另一种是知识分子向大众学习的道路。在历史发展的过程中，启蒙话语与大众话语都以神话般的方式相继破碎，这两种代言的道路或话语都很难被认为是真正的庶民发声。而在文学文本中，严格而言，庶民"言说自我"模式中的言说主体同样值得怀疑，因为作者的多重主体身份是一个无法处理的事实。作者的主体身份在言说之前与言说之后发生了巨大的变化，而这种变化的背后是清晰可见的政治权力与文化资本的痕迹与脉络。此外，言说方式也会被烙上时代与意识形态的印记，作者采用怎样的言说方式，往往是高度成规化和符码化的意识形态。

因此，庶民再次进入了斯皮瓦克式命题"庶民言说"的争辩之中，被言说的庶民的"真实性"成为争辩的核心。"对于'真正的'属下阶级来说，其身份就是差异，能够认识和表达自身而无法再现的属下主体是没有的。"①因此，有研究者追随斯皮瓦克的结论，认为庶民无法言说自己，只能接受被表述、被言说的命运，而且在被表述和被言说的过程中被扭曲，失去了"真实性"：

> 对于一个没有能力表达自己、更谈不上有发言权的群体，去说他们"是什么"或站在他们的"立场"说话是没有意义的，因为他们是什么从来都是个谜，他们没有历史，没有特点，他们的面目向来模糊不清。从任何角度去发现他们的优良品质、他们的革命性乃至他们的"伟大"，都只是对他们的表述方式之一，他们都是被表述的"他者"，表述得再伟大也是一种扭曲，真正的他们仍然没有出现。现在要做的只是去发现他们如何被表述，每一种表述扭曲了什么，其目的又是什么，对他们产生了什么影响，扭曲之后整体的社会后果是什么。只有当底层有了表述自己能力的时候，才会有真正的底层，一切底层之外和从底层出身但已经摆脱了底层的人都丧失了表述底层的能力。因为被表述意味着被使用和利用，即使最善意的他者化表述也是使用底层来证明不属于底层的东西，或将底层引入误区。②

另一种声音甚至认为，庶民在这种被知识分子言说的过程之中，往往还会遭遇到拉康式（Lacanian）的"符号性阉割"（symbolic castration）。而且在这种言说与被言说的关系背后，存在着所谓清醒者与昏睡者，人道主义者与被侮辱被损害者，话语权占有者与失语沉默者这种清晰可辨的二元论区分和身份等级的高低之别。自然，还会陷入阿尔都塞（Louis Althusser）意识形态的困境。代言庶民和对其进行的判断，都无法摆脱主导意识形态的"询唤"（interpellation）。

"底层发声"就是一个悲剧性的西西弗斯神话。因为，底层一旦以

---

① ［美］斯皮瓦克：《属下能说话吗？》，见罗钢、刘象愚主编《后殖民主义文化理论》，中国社会科学出版社1999年版，第122页。

② 刘旭：《底层能否摆脱被表述的命运》，载《天涯》2004年第2期，第49页。

现有的并不透明的"语言"发声（这实际上是别无选择的选择），就必然进入符号象征秩序的意识形态询唤之中：底层叙述的话语主体并非自在自明的，当它凭藉"语言"由一种自然状态被允许进入社会文化的象征秩序时，其领受的准入许可证——"语言"——本身就是由主人能指（统治阶级）赋予意义的具有意识形态性的文化表征。这样，它一方面在主人能指的询唤下获取一虚设的话语"主体"位置，另一方面，底层叙述的话语主体在遭遇主人能指的象征秩序时，必遭其审查、驯化、分裂和倒空，这一过程就是拉康所称的"符号性阉割"——意指社会象征秩序对不为己所容的主体欲望的压抑和摒弃，主体只有被符号性阉割，才能被具有以"父亲的名义"和"法"的性质的象征秩序认可，并作为"短缺能指"进入象征秩序的主人能指网络中，所以底层主体的生成过程，是一个不断分裂自己、不断异化的悲惨过程。[1]

因此，庶民言说与被言说过程中所反映出来的庶民自我确认就十分可疑，同样可疑的还有对已有的庶民言说的判断，以及这些言说是否真如其表征的那样是出自庶民经验而非意识形态的幻象。因为，庶民研究学派的庶民历史研究表明，意识形态幻象早已构筑了庶民的"社会现实"。在这种"社会现实"中，庶民与作为言说主体的知识分子之间的关系错综复杂，因为庶民如何被言说及这种言说的背后有着同样复杂的意识形态。这样，庶民要么是被他者化的想象体，要么是被寓言化的文化象征客体，庶民的"真实性"也就淹没在其背后复杂的社会关系网络以及这个网络试图构建的神话之中。在这些复杂的社会关系网络及其建构的神话之中，庶民往往成为想象和消费的对象。如同《两次暗杀之间》中《安布雷拉大街》里的英语记者和大人物遭到齐纳亚质疑的一样，庶民通常会沦为报纸和上层人想象和消费的对象。因为在庶民的经验里，询问庶民为何身处困境和为何不设法摆脱困局的，无一例外的并非来自庶民自身，而是那些俯视和消费庶民的人。所以当那位学识渊博的大人物，问人力车夫齐纳亚为什么不做点别的，为什么不读书认字时，齐纳亚从车板上跳下来吼道："这个国家生来

---

[1] 张帆、刘小新主编：《文学理论与文化研究》，江苏大学出版社2012年版，第79-80页。

贫困的人注定要在贫困中死去。我们没有希望，也不需要谁可怜。当然更不用你可怜，你们从未伸手帮过我们一把。我呸你。我呸你的报纸。一切都没变过。一切都不会变……"①这段怒吼的描写，将一个只有 29 岁却被贫困生活摧残得弯腰驼背，身体扭曲得像一根麻花的人力车夫的内心苦闷形象淋漓尽致地呈现在纸上，同时也传达出了他们悲剧命运得不到改变的一个深层根源——社会的冷漠。

阿迪加曾经也像小说中的英语记者一样探访过和他一起生活过的人力车夫，他们的答复让他亲身体验到两个世界认知的截然不同。他同样也遭遇过这样的质疑，质疑他进行庶民书写的目的与受众。不少学者，如梅加·安瓦尔（Megha Anwer）就从阿迪加的精英知识分子身份的角度，认为阿迪加只是采取特殊的写作策略来遮蔽自己的真正立场，实际上他的立场并非站在庶民一方的。②安娜·门德斯（A. C. Mendes）甚至认为阿迪加的庶民书写是虚假的。③究其原因，是因为"代言常常异化，甚至在某种程度上脱离被代言者。这是一方面。另一方面，知识分子也常常引用底层的声音表达自己对于历史现状的不满。他们擅长借他人的酒杯浇自己的块垒"④。在这一点上，斯皮瓦克也曾说过，"在再现这些属下的过程中，知识分子也清晰地再现了他们自己"⑤。因此，这是庶民代言过程中必然要面对的问题。

因此，反过来讲，庶民的言说还需要面对一个重要的问题，也就是说，需要弄懂庶民言说的受众是谁，是知识分子、大众还是庶民本身。因为，庶民言说与被言说，庶民主体的建构与自我主体建构，往往会沦为非庶民社会群体的他者镜像，从中确认自己的主体认同。否则，所谓真实的庶民状况、庶民主体建构，只不过是代言人站在人道主义立场上对人的尊严的惊心动魄的呼唤，往往沦为模式化的浪漫主义表述。

---

① ［印度］阿拉文德·阿迪加：《两次暗杀之间》，路旦俊、仲文明译，人民文学出版社 2011 年版，第 165 页。

② M. Anwer. "Tigers of An other Jungle：Adiga's Tryst with Subaltern Politics". *Journal of Post-colonial Writing*, 2014, 50（3），pp. 304-315.

③ A. C. Mendes. "Exciting Tales of Exotic Dark India Aravind Adiga's *The White Tiger*". *Journal of Commonwealth Literature*, 2010, 45（2），p. 275.

④ 南帆等：《底层经验的文学表述如何可能？》，载《上海文学》2005 年第 11 期，第 80 页。

⑤ ［美］斯皮瓦克：《属下能说话吗？》，见罗钢、刘象愚主编《后殖民主义文化理论》，中国社会科学出版社 1999 年版，第 106 页。

实际上，所有有关庶民能否被言说的争论，预设了一个本质、绝对的庶民的存在。而事实上，庶民的边界如同斯皮瓦克所讨论的那样，是模糊多变的，勾连着社会生活的各个层次。有关庶民的表述，完全可以从各种文本缝隙之中寻找出一个模糊的、概述性的庶民影像。甚至，庶民可以在不言说中被言说出来。这样，庶民就可以存在于包括庶民文学在内的所有文本缝隙之中，庶民的"真实性"也就可以在知识分子、政治权力、消费市场等的庶民书写的"互文本"中得到再现。

此外还需注意的是，庶民言说自我的形式，不能仅限于文学、音乐、纪录片、影视剧等精英文化和大众文化视野的庶民再现形式，而应该更丰富和多样。不同的再现庶民的形式从本质上而言对应着关于庶民的不同想象，或者可以说，庶民的言说方式之所以为我们所熟知，其实也是经过文化资本和政治权力选择的结果。因此，庶民言说自我是可能的，它存在于研究视野之外丰富多彩的言说方式之中，各种民间艺术和宗教仪式就是庶民自我言说的体现。庶民采用何种形式言说取决于其所处的文化场域，也取决于其形式所具备的作为文化资本的能力。

二、文学能为庶民代言

由此可知，庶民是可以言说自我的，无疑也是可以被代言的，当代印度庶民亦是如此。面对众多无法言说自我的底层庶民，阿迪加无疑扮演了"代言人"的角色，被言说的当代印度庶民群体就成为其庶民文学的众多主体，传达着来自"光明印度"与"黑暗印度"的种种讯息。

阿迪加小说中的这些庶民群体，从根本上来讲，都是无法掌握话语权力的群体，由于这些庶民社会资源的严重缺失，导致了他们的个体表达或言说，通常无法进入当代印度社会的公共空间。他们大多在生活的困苦和厄境中挣扎，为了获得最基本的生存资源而一次又一次地努力，换来的却往往是无尽的人生失意。他们很少为社会所关注，身为"隐形人"，自身又由于缺乏文学素养和艺术表达的训练，他们的"显意识"和"潜意识"都无从表达，身在庶民社会，却无法书写庶民社会。所以，为了真实地获得这些庶民表达，阿迪加常常通过访谈，以及记录他们口头表述的形式，尽管可以真实了解庶民的心理，但受被访者语言表达能力的限制和受有效传播范围的影响，收到的实际效果也不会很大。面对底层的这种"失语"状态，阿迪加采取了文学的形式来书写他们的现状，代他们言说，替他们向社会发出声音。

正是这种底层"失声"的社会现实，唤起了阿迪加决心以文学作品表达对印度社会现实、对印度庶民群体的关注，发挥文学的现实主义批判作用，真正为印度庶民及其社会代言，体现出他的社会责任感与历史使命感，为当代印度文化视野下的庶民主体精神的建构做出了贡献。早在《两次暗杀之间》发表之前，阿迪加接受采访时就曾提道："这部小说试图让那些印度底层人民发声，让庞大的底层阶级发声。"①因此，作为有"印度情结"的知识分子，阿迪加是以印度故乡的"亲人"的身份进入庶民社会的。故乡需要他这样的"亲人"，他也需要在故乡找到自己的认同。从知识分子与庶民社会的双向关系来看，庶民社会失去了阿迪加这样的"亲人"，还能有什么？还能言说自己的故事吗？同理，作为"亲人"和知识分子的"阿迪加们"，远离了或失去了庶民及其社会，还能真正地代表故乡、代表庶民言说吗？正如阿迪加自己在游记《狂野回乡路》所说，"如果你没有真正到过那里，你永远也回不了家"②。因此，有良知的知识分子与庶民社会的脱离，既是庶民的损失，也是有良知的知识分子的损失。

如何去改善庶民弱势群体的生活现状，如何去反映庶民社会问题带给当代印度发展的影响？这些都需要有良知的作家去表现，去呼吁，去让这些弱势的庶民群体发出自己的声音。阿迪加无疑清晰地知道他与庶民社会之间互相依存的关系，浓厚的印度情结、知识分子的良知和突出的文学才能，让阿迪加能够摆脱世俗势利之见的拘囿而投入印度庶民世界。而这种关系，也佐证了中国学者顾铮所研究阐明的：

> 我们必须清醒地认识到，"底层"作为"被表述"的对象，是"表述者"的他者。表述者与被表述者之间不可能有真正的一致。由于经历、价值观、教育背景等的差异，指望双方一致认可的表述永远是天真的幻想。变形甚至是扭曲（最好不是故意的）则是必然的。但是，"底层"必须"被表述"，因为在"底层"获得自我表述的话语能力与

---

① S. Jeffries. "Roars of Anger". *The Guardian*, 2008-10-16.

② A. Adiga. "My Wild Trip Home". *The Daily Beast*, 2009-06-10.

基本权力之前，他们的境况首先需要"被知道"，而此时有人代言是必要的。只有他们"被知道"，才有可能为他们获得发展自身、表述自身的权利与机会创造可能。从这个意义上说，无论是文字的、视觉的，抑或是文字与视觉的双重的代言，都是必要而且必需的。①

正是凭着这种让这些被遗忘在当代印度高速发展的时代洪流中的庶民群体"被知道"的良知责任与人道主义情怀，阿迪加一直进行着庶民群体的书写。在表达庶民"真实性"上，尽可能地再现庶民的世界。

斯皮瓦克指出，"庶民的声音要被听到，首先必须要让他们的经验进入知识生产。这里的经验不仅仅包括现实的经验，也包括历史的经验。只有在这样一个立体的纬度中去观察，去思考，才能够立体地把握庶民的经验，进而确立有关庶民的知识生产的有效性"②。关于如何再现庶民经验，马克思在《路易·波拿巴的雾月十八日》（*The Eighteenth Brumaire of Louis Bonaparte*，1852）中的关于 vertreten（再现）和 darstellen（重新表现）的论述引起了斯皮瓦克的注意。"再现的两种意义被搅在了一起：作为'代言'的再现，如在政治领域，和作为'重新表现'的再现，如在艺术和哲学领域。由于理论也仅仅是'行动'，因此，理论家并不再现被压迫阶级（不为他们说话）。"③因此，文学艺术无疑是可以再现庶民及其经验的、能让他们言说的方式。

然而，文学再现庶民群体还存在所谓的"真实性"问题。关于这一点，斯皮瓦克批评了吉尔·德勒兹（Gilles Deleuze）与米歇尔·福柯预设的前提：美学（艺术、文学与电影剧本）的再现与政治代表权制度具有相同的结构模式与运作机制，它们都是意识形态或直接或曲折的表达。斯皮瓦克指出，尽管两者在英文上采用同一个词汇 representation，但其实两者之间存在着显著的差异："艺术作品在对某个庶民群体的生存状态进行再现的过程中，通过特定媒介可以部分再现多样化的庶民经验、不同的现实困境与多

---

① 顾铮：《为底层的视觉代言与社会进步》，载《艺苑》2006 年第 5 期，第 39 页。

② 陈义华：《斯皮瓦克庶民研究的"臣属者"视角》，载《暨南学报（哲学社会科学）》2014 年第 1 期，第 23 页。

③ ［美］斯皮瓦克：《从解构到全球化批判：斯皮瓦克读本》，陈永国等译，北京大学出版社 2007 年版，第 94 页。

元的利益诉求，虽然整个艺术再现的过程，按照后现代主义文艺观，并不能够谓之'真实'，但其间的差异性无疑是可以得到充分彰显的；而政治代表权只能够通过整合起来的一个声音来代表所有庶民群体发言，无法呈现庶民内部的差异性及庶民利益诉求的多样性。"①因此，文学艺术虽然不能完全再现庶民社会的真实，但是真实还是可以在差异中被充分彰显出来。

斯皮瓦克同时也不否认文学艺术创作主体，代言庶民群体的地位与价值，以及代言人在庶民文化和庶民政治进入历史叙述过程中所发挥的作用，只是强调这些"代言人"应当对自己的主体身份进行"弃缺"，也就是对自身的主体身份的"抹擦"，清楚如何在再现中清醒认识到再现的多重性内涵及其可能导向的意识形态陷阱，以及保持对自身作为批评家位置、立场的自我警觉。因此，"代言人"要"对自身位置的形成、以及形成过程中的排斥和压制时刻有所关注，并且有意识的'暂时忘记'自己的身份、地位和特权，尽量消除各种前定的障碍，包括那些体制化了的、含有种族、性别和阶级偏见的思维和价值观念，从而获取某种更大的自由和更广的可能性空间，使真正的对话和互动得以形成"②。

三、阿迪加如何为庶民代言

文学可以为庶民代言，从代言主体的作家来说，这既是他作为知识分子的伦理选择，也是使命所在。这是因为，"知识分子的言说很大程度地源于知识谱系带来的伦理。他们将实验室里追求真理的精神扩展到社会事务上。这是超越个人和阶级利益承担社会事务和社会责任的基础，也是表述底层的冲动之源"③。知识分子不仅大多受过高等教育，对社会现状的观察和分析有着独特的见解，而且关心庶民社会的疾苦，了解底层庶民群体的物质与精神状态。因此说，文学家为底层代言不仅是可能，也是其使命。德国学者巴巴拉·科特（Barbara Korte）认为，"是否赋予庶民言说与倾听

---

① 陈义华：《斯皮瓦克庶民研究的"臣属者"视角》，载《暨南学报（哲学社会科学）》2014年第1期，第23页。

② 李应志：《解构的文化政治实践——斯皮瓦克后殖民文化批评研究》，上海三联书店2008年版，第60页。

③ 南帆等：《底层经验的文学表述如何可能？》，载《上海文学》2005年第11期，第76页。

的机会是具有社会和伦理意义的问题，而文学及批评不可对其置之不顾"①。那么，文学应该如何为庶民代言，阿迪加又是如何完成这一使命，让没有言说能力的庶民阶层发声，表达他们自己的意愿呢？

首先需要明确的是，"阿迪加之所以使用庶民素材来进行书写，并尽可能祛除精英的声音而试图让庶民在作品中发声，其真正的目的不是替庶民表达他们的心声，而是要使用这一类最能让整个印度社会感到刺痛、最能让西方社会感到震惊的题材，从而揭示当代印度民众整体所面临的生存困境"②。阿迪加的"代言"，不是简单的代理庶民表达诉求，而是为庶民提供言说的机会，使他们发出自己的声音，即斯皮瓦克所指出的："面对他们并不是要代表他们，而是要学会表现（再现）他们。"③从而以"再现"的方式来敞开寻找庶民声音和主体意识的可能性，在所获得的庶民信息中实现"庶民经验"的挖掘。

阿迪加式的庶民代言，在创作立场上与主流意识形态保持了一定的疏离感，克服了将庶民困境归结为文化病症的冲动，其从政治、经济、伦理、地域、性别等多重维度上去关注和重构印度庶民阶层。在《白老虎》中，巴尔拉姆通过书信的形式进行的"言说自我"，在主观上是与印度主流意识形态疏离的。因此，他的庶民表达相对自由和彻底，解读庶民社会空间和进行社会批判的可能性也相对地更具广度与深度，巴尔拉姆的"言说"涉及政治、经济、伦理、地域等多个层面。从这个意义上来说，阿迪加为庶民的"言说自我"提供了某种的可能性，他让庶民在一定程度上可以言说自我、发出声音，以及对社会现实给出自己的观察和批判。正如阿迪加在接受路特社采访时所提及的："《白老虎》是一个人追寻自由的故事，以及追寻那些自由所付出的巨大代价。小说的主人公贝拉拇·霍尔威（巴尔拉姆·哈尔维）是一位不引人注目的底层阶级的成员——他是数以百万计的在经济迅速繁荣过程中被忽略的印度穷人之一。小说试图赋予这些人文学

---

① B. Korte. Can the Indigent Speak? Poverty Studies, the Postcolonial and the Global Appeal of *Q & A* and *The White Tiger*. *Connotations*, 2010, 20 (2-3), p.295.

② 阎一川:《"鸡笼"·"黑堡"·"丛林"——阿迪加小说中印度民众的生存困境》（学位论文），西北大学，2017年，第12页。

③ ［美］斯皮瓦克:《属下能说话吗?》，见罗钢、刘象愚主编《后殖民主义文化理论》，中国社会科学出版社1999年版，第126-127页。

声音，穷人一直在我们时代的叙事之外。"①尽管巴尔拉姆的自我言说和发声是借由小说文本作为中介，但是其中某些话语与声音已经超越了文本结构层面，庶民开始介入小说创作主体的文本生产过程，并自主掌控文本的基本进程。虽然阿迪加创作的其他庶民角色，在他的小说中并没有像巴尔拉姆一样能够实现"言说自我"，只能由阿迪加代为"言说"，从而间接地发出自己的声音。但是，如上所说，庶民在文本生产过程中往往能够自主掌控文本的基本进程。

其次，阿迪加为庶民代言，使庶民的诉求被言说出来，发出声音，并在艺术再现中体现出"真实"，是在清晰地把握庶民群体处于什么样的社会话语基础上展开的。作为庶民代言人的阿迪加跳出了所谓"消失的庶民群体"的泥淖，没有将庶民置于一种居高临下、一切话语被掌控的语境中，避免了庶民只能出现在其上层发言人为其预设与制定的言说位置上的危险。同时，身为代言人，阿迪加明白，"纯粹的底层经验仅仅是一种本质主义的幻觉，底层经验的成功表述往往来自知识分子与底层的对话。要善于在对话网络之中鉴别、提炼和解读底层的诉求，想象底层人物的真实命运"②。这样自己就无需具体地去叙述庶民，而是让他成为一个在场者。只有在庶民的参与和注视下的代言，才能更好地忠于底层。阿迪加在重构庶民世界之前，总是会对已有的概念框架进行反思和清理，进行深入的社会调查。如关于人力车夫的现实调查、口头报告的记录，无疑使庶民很好地成为他庶民叙述中的在场者。当然，文学家作为庶民的代言人，也不能只是宣传、同情庶民群体，而应走进庶民社会，成为一种"结合剂"，把广大庶民群体凝聚在一起，实现由从属地位向支配地位的转变。通过前面的分析可知，对于为印度庶民代言的文学再现行为，阿迪加既心怀同情，又深埋着一种对印度庶民社会残酷现状的忧思。

面对当代印度庶民生存现状的诉求需要，阿迪加深感自身的不可缺席，如果身为小说家的他都无暇为庶民"言说"，那么，谁还会来为其代言？对

---

① 祝平：《〈白老虎〉：幽暗的印度——2008年布克奖得主阿拉文德·埃迪加其人其作》，载《译林》2009年第2期，第173页。

② 南帆：《曲折的突围——关于底层经验的表述》，载《文学评论》2006年第4期，第50页。

庶民的漠视，或选择性失明，是作家社会责任的丧失，其作品所反映的社会也是不客观的。因此，阿迪加在面对当代印度庶民社会的问题时，走进庶民社会实地调研，肩负起了一个知识分子应当承担的责任。在阿迪加看来，这是他作为小说家爱国的职责所在。阿迪加用文学再现庶民世界的理想，正如吉安恩德拉·潘迪（Gyanendra Pandey）强调的，纵然是庶民的各种叙述也不能使人们直接听到庶民真实的声音，自动带来历史的真相。聆听来自边缘的声音、发掘记录庶民言行的"断片"（fragment）只是提供了一个了解过去的机会。阅读历史文本的目的在于跨越传统的界线，打破其固定含义，对之做出新的解释，从而获得一种替代性的视野或者至少是另一种视野的可能性。①

另外，阿迪加的为庶民代言，十分清楚言说语言的重要性。阿迪加选取英语来为印度庶民阶层代言，在不同场景的对话中用这一具有"权势"的语言言说自己的故事，表达自己的诉求。从某个层面上来说，就是要以作为印度官方语言的英语担负起打破语言界限的功能，使印度的权势上层听到来自庶民社会发出的声音。但英语却成为印度中产阶级排斥底层庶民进入公共领域的工具。几乎自殖民地时期起，英语就是区别印度上层社会，尤其是中产阶级与其他社会阶层的标志。印度中产阶级作为一个整体，"说英语也成为这个阶级的明显标志，尽管它不是唯一的标志，但也正是这种语言能够把不同等级、宗教、语种和种族背景的这些人统一起来"②。也正是这个原因，阿迪加才通过巴尔拉姆用英语给中国总理温家宝写信的方式与之探寻庶民社会如何摆脱生存困境的道路。

另一方面，用英语再现印度庶民社会，也是印度英语文学作品的受众特征所致，用英语创作文学作品既是为了英美读者，也是为了掌握英语的印度读者。印度英语文学中的庶民书写，不仅可以使英语界的读者通过英语了解第三世界庶民遭受的压迫，也使得讲英语的印度读者通过英语更清楚地了解同胞的实际生活。出现在文学文本中的庶民，对于第一世界和第

---

① G. Pandey. "Voices from the Edge: The Struggle to Write Subaltern Histories". in Vinayak Chaturvedi ed. *Mapping Subaltern Studies and the Postcolonial*. London and New York: Verso, 2000, pp. 284, 285, 296.

② ［印度］N. 拉加拉姆：《印度与中国的中产阶级：问题与关注》，李鹏译，载《江苏社会科学》2008 年第 5 期，第 87 页。

三世界的读者来说，都具有强烈的警示意义。阿迪加再现庶民社会的文学文本，如同斯皮瓦克在关注和研究历史时得出的结论——庶民，尤是女性庶民的反抗被消音与擦除一样，即文学文本是可以提供言说女性庶民经验场域的；也如同斯皮瓦克关于自己再现和重写庶民女性表明的那样，关于庶民，"再现与分析是为了让他们可见，能够被阅读，但不是为了使其对自己讲话，也肯定不是主张给她一个声音"①。阿迪加关于当代印度社会庶民的想象和再现，表现出了同样的创作意图。

阿迪加曾在答读者问中坦言，"印度文化确实丰富得无法用语言形容，而这种丰富性的一部分一直是它为自我批评留出了空间。像佛陀这样的宗教改革者，也是社会改革者。我对印度的所有看法，几乎都是我在印度旅行时听到的；政治和社会批评是印度文化的重要组成部分，愤怒和沮丧就像诗歌和音乐一样是印度的特色。热爱印度文化，并不意味着你必须接受整个国家的普遍问题。恰恰相反：热爱印度和它的文化，是希望它尽可能趋近完美"②。本着清醒的爱国意识，阿迪加客观地描述着当代印度庶民社会的现状。缘于对印度未来的美好寄托，阿迪加深思印度社会现有的问题，不断为处于底层的庶民群体制造"言说"的机会，同时为改善印度当代庶民社会提出许多建设性意见。面对当代印度复杂的现实问题，很多印度知识分子习惯于对庶民社会发生的暴力行径与庶民群体的痛苦选择视而不见。而阿迪加的庶民书写，却以一种充满人文道义的情怀，再现了当代印度庶民社会的历史与经验，寄托了他以此促使印度人民走出"选择性失明"的惯性思维、正视印度社会弊端与不足的文学理想。

---

① G. C. Spivak, S. Harasym. *The Post-colonial Critic: Interviews, Strategies, Dialogues*. New York and London: Routledge, 1990, p. 56.

② A. Adiga. "Responds to Our Readers". *The Daily Beast*, 2009-07-30.

第五章 当代印度庶民的历史编年与演义

在强调庶民关怀的同时，如何叙述庶民生活或许是一个更重要的命题，"因为它潜示了一个作家的全部情感和全部心智是否真正抵达了那些默默无闻的弱者，是否真切地融入他们的精神内部，是否成功地唤醒了每一个生命的灵性，并让我们在复杂的审美体验中，受到了艺术启迪或灵魂的洗礼"①。著名哲学家路德维希·维特根斯坦（Ludwig Wittgenstein）在他的《文化与价值》（*Culture and Value*，1980）中谈到自己的写作姿态时说："假如我耗尽了证明，挖到了基岩，结果我的'铁铲'也卷了边，那么我想说：这就是我所能做的。"②印度裔美籍人类学家微依那·达斯（Veena Das）认为这把铁铲象征着一只钝笔，以此能描摹出在时代的黑暗中写作是什么。阿迪加持有同样的写作态度，他的"铁铲"无疑挖到了印度庶民社会的"基岩"，但是他并不担心"铁铲"卷了边，而是伤感此前没有哪位印度英语作家像他一样对印度发展时期的表现采取编年史的创作立场。同时他也表示，"从某种程度上来说，应当采用社会评论来处理的题材，却用小说的形式进行处理的确令人感到沮丧"③。也正是这种不怕挖卷"铁铲"，立志要以编年史写作的创作立场，以及用小说来呈现社会评论的责任感，给他的小说演义庶民世界带来了深刻的意义内涵。

---

① 洪治纲：《唤醒生命的灵性与艺术的智性——2006 年短篇小说创作巡礼》，载《文艺争鸣》2007 年第 2 期，第 130 页。

② 转引自［印度］达斯著《生命与言辞》，侯俊丹译，北京大学出版社 2008 年版，第 23 页。

③ J. Derbyshire. "The Books Interview: Aravind Adiga". *New Statesman*，2011-07-18.

第一节　当代印度庶民的历史编年

　　印度庶民学派的历史研究关注印度庶民群体，因为这些群体常常被主流学者所冷落，被历史所忽略，他们的历史经验往往被印度史学所擦除和遮蔽。处于庶民群体之外的人们不知道他们怎样思考，怎样生活，怎样看待这个社会，怎样对待命运。这是因为庶民没有掌握文字与话语的机会或能力，无法将自己的想法书写或言说出来。因此，庶民学派认为历史研究需要给庶民一个机会，恢复庶民的主体性，让庶民得以言说，使他们的历史声音得以还原。尽管这方面的研究因为受材料稀缺所限，但又非做不可，否则庶民的历史声音将永远不为历史所正视。阿迪加的历史观与庶民学派的历史观十分契合，他也提倡对处于底层世界的印度庶民群体的历史进行书写，以此区别主流精英文学那种英雄式的主流叙事模式。这体现了阿迪加有着与庶民学派相同的庶民关怀，他的印度题材小说在恢复庶民主体性上做出了相同的尝试，展现出当代印度庶民的编年史的特点。

　　著名印度裔小说家萨尔曼·拉什迪也认为，"作家与政治家是天生的对手。两个团体试图以自己的形象创造世界；他们为同一块领地而战。小说是否定官方的、政治家的历史版本的一种方式"[①]。这一定位指明了小说的叙事功能。通过小说的叙事，阿迪加把当代印度经济成功表象之外的社会因素也纳入视域，以鲜明态度挖掘深藏于印度社会深层被忽视的印度庶民社会的问题，质疑了印度经济神话的叙事。

　　阿迪加的印度题材小说，由于对黑暗图景的深刻揭露，往往使人很容易联想到描写印度黑暗面的 V. S. 奈保尔和他的"印度三部曲"。但两位小说家存在着巨大的区别，"奈保尔从外部的视角来描写在印度发现的事

[①]　S. Rushdie. *Imaginary Homelands*: *Essays and Criticism* 1981-1991. London: Granta Books in Association with Penguin Books, 1991, p. 14.

情，阿迪加则致力于从印度内部展开视角，两位艺术家虽然在方法上不同，但小说处理和文体表达的主题是一致的。……奈保尔通过全球化的视野表达对印度的理解，阿迪加则纯粹地从印度的角度出发观察事物"①。纯粹从印度内部展开描述的视角，阿迪加立志以编年史的形式来书写印度。他笔下的小说，是他对当代印度庶民社会历史画卷的一种重构，这种重构最突出的指向是社会批判。

从庶民书写及其发展逻辑来看，阿迪加的四部印度题材小说在内容主题上具有明显的逻辑性。《两次暗杀之间》反映的多是当代印度社会庶民尴尬的生存困境；《白老虎》延续了这一主题，但是将重点集中在对以巴尔拉姆为代表的来自"黑暗之地"的农村庶民打破生存困境的探讨上；《塔楼最后一人》则继续拓展"庶民打破困境"这一主题，但是将关注的对象从自农村迁移到城市的底层庶民转向了城市庶民，并利用一个极端的事件将当代印度庶民社会面临的生存困境以横断面的方式展现了出来；《选拔日》继续延续"庶民打破困境"的主题，更加细化关注的庶民群体，将其设置在最热门的板球运动界，探讨了板球庶民如何打破困境，并摆脱了此前依靠暴力的模式。从时间上而言，《两次暗杀之间》主要描述的是"旧印度"时期的社会现状，其他三部则关注"新印度"时期的社会现状。四部作品都以不同的面向编年了当代印度庶民社会的历史。

一、小镇庶民生活百态史

阿迪加将小说集《两次暗杀之间》的故事架构在一个介于果阿邦与卡纳塔克邦之间的小城基图尔，这个小城是阿迪加家乡芒格洛尔的一个缩影。阿迪加把基图尔历史上一些重大且具有标志性的记载，安排在了 1984 年 10 月 31 日印度总理英迪拉·甘地遇刺事件和 1991 年 5 月 21 日拉吉夫·甘地遇刺事件之间。在这两个悲剧发生之间的七年里，阿迪加安插了十四个小说化的故事，这些故事类似于个人档案，但阿迪加巧妙的文体安排，使其组成了一部深具历史感的合集。尽管背景特定，但是里面的故事或多或少都带有当代印度孟买的特征，使得"历史与小说通过第一人称和第三人称

---

① M. Q. Khan. "*The White Tiger*: A Critique". *Journal of Literature*, *Culture and Media Studies*, 2009, 1 (2), pp. 91-92.

的叙述完美地结合在一起"①。

小说集关涉当代印度庶民社会的各个方面，包括宗教和民族的冲突、言论自由的限制、种姓制度的影响、教育系统的腐化、社会黑势力的猖狂、社会民众的虚伪、贫苦大众的困境、低种姓妇女的命运、婆罗门的没落、共产主义者的危机等，至今这些方面依然影响着印度发展的进程。小说中的人物，挣扎在他们所知的世界里，面对生活不屈不挠，充满怜悯和恭顺，对生活具有了一定的思考，但却极少有人尝试改变现状。这是"旧印度"社会的写照，也是现存于印度社会大多数民众真实生活的再现。小说集兼具历史与现代感，做到了纪实与虚构的完美结合，巧妙地将基图尔建构为当代印度社会早期的一个缩影。

《火车站》以齐亚丁这个正直的帕坦人穆斯林的所作所为，再现了宗教冲突中的印度庶民群体的生活侧面。从农村来到基图尔谋生的齐亚丁，代表了在宗教冲突夹缝中艰难谋生的底层庶民，他们常常有被宗教激进分子和外国破坏势力利用的危险，却凭借正直和热爱和平的愿望保留着自己的本性。

《港口》以几近黑色幽默的基调再现了小纺织厂主阿巴斯的艰难事业，展现了基图尔备受欺凌的工业区小工厂主的发展史。在基图尔，"如果走到港口的另一端，你会看到一个工业区，那里林立着十几栋昏暗破旧的房子，都是纺织血汗工厂"②。这些工厂养活了大量生活在底层的女工，但是工厂主却时常遭到各种政府官员的剥削，这反映了印度腐败的管理制度下以工人和小工厂主为主体的工业庶民的生活状态。

《灯塔山》则以书贩"复印机"贩卖禁书的经历，再现了在种姓制度与书籍监察制度下，想要改变自己命运的书贩的生活现状和经验史。"倒粪人的儿子"书贩"复印机"，为了摆脱一辈子以倒粪为生的种姓命运，尝试通过卖书来实现改变，不想却被以贩卖禁书为名数次抓进监狱，遭受毒打。但他依然拄着拐杖，脊梁挺得笔直，继续进行着他的卖书事业。

---

① A. J. Sebastian, D. Nigamananda. "Drawbacks of Indian Democracy in Homen Borgohain's *Pita Putra* and Aravind Adiga's *The White Tiger* and *Between the Assassinations*: A Comparative Study". *Journal of Alternative Perspectives in the Social Sciences*, 2009, 1 (3), p. 642.

② [印度] 阿拉文德·阿迪加：《两次暗杀之间》，路旦俊、仲文明译，人民文学出版社2011年版，第21页。

《圣阿尔丰索男子高中与大专》以学生辛喀拉试图炸毁学校引起人们对种姓问题重视的故事，展现了印度跨种姓婚姻的社会现实和混种姓血统的后代的身份问题与精神困境。跨种姓通婚诞生的"辛喀拉们"，从来得不到高种姓亲属的认可与接受，正如辛喀拉坚信的，"他们把他看成是他父亲海盗冒险般的结果，他们认为他是伤风败俗的产物"①。辛喀拉的身份困惑与精神痛苦，无疑是印度社会一众混种姓血统庶民的缩影。

《灯塔山（山脚下）》从色情电影文化对印度儿童的毒害的角度，展现了色情文化泛滥与教育生活混乱背景下印度庶民儿童的艰难成长史，也反映了印度教育制度对印度庶民群体人性的扭曲，以及印度儿童教育任务的艰巨。

《苏丹炮台》则从色情文化对印度成年人的毒害的角度，展现了受色情文化腐蚀的印度单身成年男性的生活史，以及多女的庶民家庭备受印度婚姻传统与嫁妆制度压迫的生活史。

《市场与广场》以来自乡下的少年科沙瓦希望通过小城黑帮势力改善自己生存困境的悲剧，生动地再现了乡村庶民进入城市后的堕落史，也展现了庶民尝试通过黑社会力量来改变命运并获得尊重的不可行性，以及其注定被黑社会力量抛弃的悲剧性。

《天使之音电影院》通过古鲁拉杰追寻新闻真实性的故事，再现了有良知的新闻工作者的悲剧史。古鲁拉杰追求真相而被排挤、被诋毁和被抛弃的命运，象征了新闻界庶民面对虚假新闻的无奈和痛苦，"这就是这座城市、这个邦、这个国家，或许乃至整个世界的记者的宿命吧"②。

《安布雷拉大街》和《瓦伦西亚圣母大教堂》，通过塑造送货伙计齐纳亚和灭蚊工乔治·德苏萨为代表的底层庶民，描绘了苦力阶层为了改善自己的生存困境而做出的种种努力和最终梦想幻灭的整个过程，再现了这些庶民群体的生活经验史，以及精神变化和人性异化的历史。通过他们，阿迪加不仅暴露了印度政治、经济制度的腐败、种姓制度的遗祸，同时也展现了庶民改变命运失败中存在的身份因素和认知错误。

---

① ［印度］阿拉文德·阿迪加：《两次暗杀之间》，路旦俊、仲文明译，人民文学出版社2011年版，第52页。

② ［印度］阿拉文德·阿迪加：《两次暗杀之间》，路旦俊、仲文明译，人民文学出版社2011年版，第52页。

《凉水井大转盘》通过描写吸毒成瘾的父亲利用女儿苏米娅的爱，欺骗女儿为他讨钱购买毒品，展现了被毒品扭曲人性的庶民的"异化"生活史，以及吸毒家庭中的儿童令人触目惊心的畸形成长史。

《瓦伦西亚（去第一个十字路口的方向）》以杰雅玛的身世窥探了当代印度庶民女性的生存史。斯皮瓦克曾将被历史深深遮蔽的印度妇女称为"他者中的他者"，可见印度女性的社会地位之低下。杰雅玛的母亲在短短的十二年里生了十一个孩子，成为这个家庭传宗接代的工具，她是印度女性，尤其是庶民女性在维系父系社会代际运转过程中沉重生育史的缩影。这十一个孩子中有九个都是女儿，由于女儿太多，繁重的妆奁制使得杰雅玛的父亲攒不下如此多的嫁妆，年龄较小的三位女儿只能一辈子当处女。杰雅玛就是其中之一，从此她的命运被彻底改变。"整整四十年了，她被送上这辆或那辆公共汽车，从一座城市被打发到另一座城市，在别人家做饭干家务。把别人家的孩子喂得胖胖的。她甚至都不知道自己下一家会去哪里。"①

《波贾普》在十四部小说中最为特殊，主要展现了固守种姓观念和生活态度的没落中产阶层的生活历史，是庶民中的另类史。

《盐市村》以印度共产党员穆拉利为代表，展现了印度共产党在印度的艰难现状，以及印度共产党员的信仰危机史。穆拉利原本为了信仰，去到基图尔最穷的地区盐市村，帮助死去男人的贫苦家庭解决生活困难。但是，在与这个家庭中的寡妇苏洛察娜接触的过程中爱上了她，并试图表达爱意。可是，这个家庭在利用了他的帮助之后，却故意疏远他。他在爱而不得的情形下采取了报复，并且从此脱离了印度共产党，走向了信仰的另一个极端。

通过小说集《两次暗杀之间》，阿迪加重构了"旧印度"的历史画面。他不仅实现了以一个"新家"补偿曾经失去的家园的愿望，虚实结合、以小见大地描绘了印度社会特殊时期的现状，再现了印度社会大多数庶民群体的真实生活，同时还批评了影响印度发展的制度腐败、种姓制度遗留的文化沉疴及其衍生出的诸多社会问题，并深刻反思了庶民自身的愚昧与麻木。

---

① ［印度］阿拉文德·阿迪加：《两次暗杀之间》，路旦俊、仲文明译，人民文学出版社2011年版，第199-200页。

二、庶民—企业家进化史

《白老虎》是阿迪加的代表作，背景设置在贫富严重分化的印度经济繁荣时期，具体设在中国总理温家宝访问班加罗尔（2005 年 4 月 9 日）前夕。尽管相比于《两次暗杀之间》，小说似乎将时间突然从 1984—1991 年之间快进到印度经济高速发展形势下的 21 世纪头 10 年，但由于是通过主人公巴尔拉姆对其一生的回忆，实际上时间的跨度很大，可以回溯到 27～28 年前，这正好与"旧印度"时期重合。巴尔拉姆一生的经历可以归结为一段典型的庶民—企业家进化史，呈现了当代印度在高速发展时期的一个社会截面。

在《白老虎》中，阿迪加设置了主人公巴尔拉姆三个主要的生存场景，分别是巴尔拉姆童年时期生活的比哈尔邦伽雅区拉克斯曼加尔村，巴尔拉姆做车夫时期生活的德里，以及巴尔拉姆创业时期生活的班加罗尔。随着场景的变换，巴尔拉姆的命运也在陆续发生着变化。巴尔拉姆由一个人力车夫的儿子，通过谎言、欺骗和杀人，一步步摆脱农民身份、车仆身份，最后上升到班加罗尔大企业家的地位。其间，他也由当初的善良、软弱、迷茫等变得狡猾、凶狠和果敢，深具印度企业家精神。阿迪加通过描写巴尔拉姆改变命运的过程，成功地再现了广泛存在于印度社会的一类企业家发家史，这类企业家出生于社会底层，身份低微、经受过长期的贫苦与精神奴役，但是他们身上又时刻带有改变命运的意识，善于思考和学习，不断克服自身的弱点，寻找改变命运的途径。

然而在庶民—企业家进化史的背后，阿迪加暴露了比发家史更深更广的社会问题和危险因素。在印度经济高速发展的背后，是普遍存在的政治系统的黑暗和政府机构的腐败，是巨大的贫富差距与敌对的主仆关系等形成的紧张危机，是依然残留在印度农村凶狠的农村地主制度和严格的种姓等级制度，以及残存在印度教社会的嫁妆陋习与种族宗教偏见等。这些社会面的黑暗和腐败及其带来的紧张局势，构成了当代印度庶民社会生活的残酷现实，深深地影响着庶民群体的命运与生活。在所谓经济繁荣的背后，庶民往往成为发展过程中的牺牲品，他们不仅享受不到经济发展带来的好处，反而面对着更为严酷的生存环境，遭受着更多的压迫与奴役，随时有颠覆传统道德与人性价值观念、深陷社会陷阱的危险。因此，这些社会问题和危险因素，不仅是迫使底层庶民寻求改变身份命运的诱因，同时也是印度社会追求持续发展过程中迫切需要改善的。

阿迪加通过描写巴尔拉姆的进化史、发家史，冷静地呈现了印度两种截然不同的社会现状，毫不留情地将印度社会巨大的贫富差距及其隐含的问题暴露出来。印度经济飞速发展和社会高度变化所展示的"新印度"繁荣光环的背后，是依然生活在犹如"旧印度"时期的小城市及广大农村的贫苦民众，他们的基本生活得不到保障，农田得不到好的灌溉，贫穷和压迫不断地将他们逼上绝路，他们根本未能享受所谓的印度的经济繁荣。而《白老虎》无疑是一个尖锐的警醒，印度的发展还有很长的路要走。通过《白老虎》，阿迪加展现了印度经济繁荣时期贫富严重分化的社会现状，暴露了隐藏在繁荣背后印度社会两种不同的生活处境和印度社会发展过程中潜藏的深层问题。通过巴尔拉姆的发家史，阿迪加探寻了底层人们在黑暗腐朽的社会背景下改变命运的诉求，巴尔拉姆通过谎言、背叛与杀人改变命运的方式，给正在快速发展的印度社会敲响了沉重的警钟。

在《塔楼最后一人》中，房地产商人沙赫也经历了从庶民到企业家的转变历程。他出身于只能过着群居动物式生活的农村，属于低等种姓。他的与众不同在于，他依靠一种改变命运的信念来到城市，先替店主送货，一年内有了自己的店铺。然后开始创业，他的创业经历见证了印度 20 世纪 70 年代以来社会政治经济发展的状况。沙赫创业初期，正处于印度实行社会主义经济体系，"小生意人只能先成为小偷才能发财"，"在自己的国家被当作私生子一样对待"[1]。因此，他通过从迪拜和巴基斯坦走私货物开始做起，生意刚起步，便遇上了"印度全国紧急状态"的实施，《印度宪法》被中止与架空。"警察获准逮捕所有黑市交易商、走私犯和逃税人。即便你痛恨那段时期，你还是得佩服人们的勇气：如果说这个国家有人曾经表现出毅力的话，那就是这段时间。……他发现，走私是小人们干的活；这个世界中真正的大钱就在合法外衣之下。"[2]于是他利用这段时间，转行做了建筑承包商，将人看作是可以"捏拿的粘土"，先对比较穷的人下手，收购和

----

① ［印度］阿拉文德·阿迪加：《塔楼最后一人》，路旦俊译，上海文艺出版社 2013 年版，第 93 页。

② ［印度］阿拉文德·阿迪加：《塔楼最后一人》，路旦俊译，上海文艺出版社 2013 年版，第 93 页。

"重建"穷人的出租宿舍和棚户区，并将建筑商比作"凭借当年走私时积累的技巧应对自如的一个行当，再加上他有政客、警察和恶棍相助，通过贿赂和恐吓就能让人腾出房屋"①。社会的腐败和行业的现实，让他采取了一种近乎屈辱的妥协式的反抗："如果要我亲吻某个政客的屁股，我会的；如果要我给某个政客一袋钱，帮助他竞选，我会的。我向上爬。我就像蜥蜴一样爬上了不属于我的墙壁。"②沙赫所做的这一切，只为了改变自己的农民身份、种姓身份和作为穷人无权无势无钱的庶民身份。因此，尽管他深知国家的民主与自由的虚假，社会的腐败与黑暗，但是他更清楚自己根本无力与腐败的社会风气直接对抗，只能选择融入这张巨大的网，从中获得利益，实现自我身份的转变。他也以一种近乎残酷的生活信念达到了目标。

在这一时期，许多像沙赫一样"大胆"的人，在民主和自由受到践踏的特殊环境中孕育。"沙赫们"的成功，暗示着"胆大妄为就能成功"的思想在当代印度社会的影响力。作品的结尾，沙赫借邻居之手成功地杀死了大师，再一次验证了他屡试不爽的"建筑商"哲学。阿迪加也以此再一次发出了他对于当代印度经济高速发展背后，贫富差距加大、正义失衡现象的忧虑。而潜藏和掩盖在这个时代高速发展、城市迅猛崛起、社会一派繁荣景象背后的，是无数个体朝不保夕、艰难挣扎的命运。

正如斯皮瓦克解释"庶民不能言说"时提到的，之所以如此，是因为一方面庶民自身无法表达自己的经验，另一方面则是因为即便庶民言说了，非庶民阶层也不会愿意听。因此，庶民要想掷地有声，使人愿意听，就必须先转变自身的命运，如同沙赫住在自己打拼得来的别墅里，构想着"上海大厦"的梦想；他深知，只有当人们看到那已经建成的金碧辉煌的现代建筑时，人们才会理解他的人生故事。而阿迪加的关于巴尔拉姆和沙赫反抗的想象与再现，作为一种表征性的尝试，使得他们作为庶民的经验得到了表达和倾听。

---

① ［印度］阿拉文德·阿迪加：《塔楼最后一人》，路旦俊译，上海文艺出版社2013年版，第94页。
② ［印度］阿拉文德·阿迪加：《塔楼最后一人》，路旦俊译，上海文艺出版社2013年版，第93页。

三、塔楼庶民拆迁史

2011 年底，阿迪加的第三部小说《塔楼最后一人》面世。阿迪加在小说最后的注释中提到，小说创作于 2007 年 3 月至 2009 年 10 月，只是小说事件中实际发生的具体年份没有标明，而是一个相对精确的时间分段，从 5 月 11 日到 12 月 25 日的记载。但根据小说中隐含的线索可以得出，小说故事发生的年份大抵与创作年份相同，故事内容也完全脱离了《两次暗杀之间》与《白老虎》中"旧印度"的痕迹，因此，《塔楼最后一人》宣告着阿迪加完全进入了对"新印度"的关注。

房地产业的迅速崛起，是印度现代化发展的一个缩影。"印度也上演着各种抗议，民众跟房地产开发商之间的矛盾恰好反映了印度正在经历的现代发展与传统观念的斗争，'场面'十分激烈。"①《塔楼最后一人》借助印度孟买一个小区的塔楼，以及塔楼内庶民在一场由贪婪的开发商所引发的房产买卖事件中发生的生存转变，展现了巨额财富诱惑下贫苦小市民走向堕落腐化的过程，批判了当代印度社会的道德危机。

《塔楼最后一人》中的孟买，布满污秽和黑暗。这种黑暗不是显现的，而是小说人物行为聚焦下的一种反映。阿迪加以孟买塔楼庶民生活的一个侧面，展现了当今印度社会的黑暗与畸形发展。在经济繁荣的背后，是当代印度庶民社会可怕的人性污秽、腐化与贪婪和社会堕落与道德沦丧。在拆迁方案公布之后，塔楼的住户在分化中形成不同的阵营，阵营之间展开了日趋紧张的拉锯战，而原本和谐的社区分崩激变，人性的黑暗面随之渐渐暴露。最终，原本和睦的邻居为了各自的目的一起抵制大师，逼迫他在拆迁方案上签字，大师拒绝妥协后，惨遭邻居的集体谋杀。他们将大师从屋顶推下，并制造了他自杀的假象。小说以具有印度新时代象征的孟买为主要场景，通过聚焦塔楼居民这一类特殊的庶民群体，阿迪加再一次展现了一个弱肉强食，掠夺者总是成功而正直、善意的人几乎总是被吞噬的印度社会现状。尽管《塔楼最后一人》生活气息浓厚，叙事方式冷静温和，但是它延续了《白老虎》中揭露黑暗面和暴露人性堕落与道德沦丧的果敢立场，"丛林法则"和"吃人"的现象进一步细化到印度社会最细微层面，

---

① 尘雪：《印度：熟悉而陌生的邻国》，北京时代华文书局 2015 年版，第 139 页。

无疑是再一次对印度经济繁荣的不合理面发出的警告。

在《塔楼最后一人》中，小市民为了得到改善生活的机会而做出的种种有悖常理的举动和行为成了一种症结，无法再以道德的标准来做出判断。整个过程中所展现的人性污秽面，最终指向社会的最深层——印度社会巨大的贫富差距。主人公大师以他的尊严、容忍和坚持对抗着印度贫富分化带来的破坏，尽管他战胜了来自开发商沙赫的诱惑和威胁，但却无法躲过来自底层社会内部的自相残食，贫苦生活和贫富落差所带来的黑暗无孔不入，作为对抗者的大师最终沦为社会恶性发展的牺牲品。"与基图尔小镇一样，维施兰姆合作社可以被视为整个印度社会的缩影。它建于五十年代晚期，是印度政府进行旧区改造的试点，当时的总理尼赫鲁希望社区成为典范，成为'良好印度人的良好住所'。此外，社区的发展史反映了印度民族关系的变迁。起初社区只容纳天主教徒，六十年代晚期允许印度教徒进入，八十年代晚期又允许穆斯林的上层阶级进入。如今整个社区已经成为各个族群的大混杂，相比基图尔小镇上印度教徒和穆斯林分区而居、间或暴乱的格局，这无疑是种进步。"①

通过塔楼中住户对拆迁方案的不同反应，《塔楼最后一人》生动地重构了由贫富差距导致的社会紧张在塔楼居民之间造成的恶性影响，展现了一系列复杂的庶民人物心理。印度底层小市民之间关系的恶化、无法满足的贪欲和虚伪的道德构成了印度社会复杂的一面，"为我们提供了南亚次大陆上最具有世界性的城市一个特写，以它为例展示了印度各大城市的复杂性和多元性"②。对于主人公大师和开发商沙赫，阿迪加没有做出任何评价。小说中，良善的层面时有闪现，但在孟买这座大都市里，最终敌不过社会现实的残酷。因此，尽管隐约可见阿迪加企图寻找生活中健康层面的努力，但整个故事终以悲剧收场。

而这类有关拆迁的事件在当代印度的城市化进程中屡见不鲜，尤其是在贫民窟。由于在印度强制拆迁是行不通的，特别是核心城市集中的贫民窟，拆迁之争牵一发而动全身，随时可以引发示威乃至骚乱，这也导致了

---

① 陆赟：《印度的旧病新痛——评阿拉文德·阿迪加的两部新作》，载《外国文学动态》2012年第2期，第30页。

② J. Derbyshire. "The Books Interview: Aravind Adiga". *New Statesman*, 2011-07-18.

一系列政府改造之外别出心裁的土地掠夺事件。"孟买有一个传奇的土地掠夺计划，被称为 SRA（负责贫民窟重建的机构）项目。在这个方案下，如果 70% 的贫民窟居民同意拆除现有贫民窟住房，以在未来换取私人开发商开发的新建房屋，其余 30% 居民的观点将变得不重要。"①在《选拔日》中，房地产权的纠纷问题也有所体现，小说中贪婪的房产商试图购买建造学院板球场的土地，也引发了一些戏剧性的事件。

通过《塔楼最后一人》，阿迪加再现了在新印度经济高速发展时期，巨大贫富差距造成的社会紧张环境下孟买塔楼庶民的生存状态，进一步展现了贫富严重分化的印度经济繁荣时期的社会现状，以及潜藏在底层社会中的人性堕落和道德沦丧，再一次对印度经济繁荣不合理面所造成的恶果发出警告。

四、板球庶民发展史

著名印度记者巴塔查里亚（Soumya Bhattacharya）曾在他的回忆录中指出，"宗教在印度的内心留下了一些最深的伤痕。板球是治愈这创伤的良药"②。板球运动也成为众多庶民摆脱贫苦命运获得荣誉的运动之一，更是众多影视和文学作品讲述的对象。如泰米尔语电影《印度女孩》（*Kanaa*，2018），再现了一位出身贫民却从小热爱板球运动的印度女孩蔻茜，在面对性别、出身、家庭及社会给予的重重偏见与阻挠，因坚守热爱而成为国家"宠儿"的板球庶民发展成长的历程。2021 年边境-加瓦斯卡杯板球测试赛上，印度板球队夺冠，终结了澳大利亚板球队 32 年不败的辉煌战绩，从此声名鹊起。在这支国家队成员中，有来自印度南部城市海得拉巴的人力车夫之子，有马哈拉施特拉邦村庄和农业邦旁遮普邦村庄的农民之子，他们通过自己对板球的热爱和坚持，改变了自己的命运，成为传奇英雄，为印度创造了荣誉。

《选拔日》一定程度上是对这一运动激情与历史发展的文学反映。美国评论家马克·格雷夫（Mark Greif）认为，在《选拔日》中，"阿迪加抓住

---

① ［英］里基·伯德特、迪耶·萨迪奇编：《生活在无尽的城市》，中国城市出版社 2019年版，第 105 页。

② C. Ciuraru. "'*Selection Day*,' by Aravind Adiga". *SFGATE*, 2017-01-26.

了激情，同时描绘了当代体育、贪婪、名人和世俗的非凡全景"①。《选拔日》中的板球运动，既是万金油又是创伤口。小说中，曼朱纳特和哥哥拉达被父亲莫汉从中央邦的农村带到孟买，住在孟买达希萨尔贫民窟的一间320 平方英尺的砖棚里。身为酸辣酱推销员的父亲，依靠自己的坚持和专制，使这个单亲家庭摆脱了贫困，实现了自莫汉儿时就想成为职业板球运动员的梦想。这个家庭板球梦的实现，是印度众多板球庶民发展历史的一个缩影。依靠一项体育事业实现庶民身份的转变，其中夹杂的家庭离合、亲情纠葛和情感冲突，充满了心酸与无奈。英籍巴基斯坦裔作家卡米拉·沙姆希（Kamila Shamsie）评论道："《选拔日》以孟买为背景，阿迪加讲述了两个板球兄弟的故事，他们被成功和失败所分割，为一个国家破碎的梦想提供了一面镜子……"②

严格来讲，《选拔日》是一个关于两兄弟成长的故事，他们被板球界的上层视为"来自贫民窟的饥饿的狮子"，他们的运动潜力被专制的父亲不断榨取。小说的大部分内容都集中在曼朱纳特和哥哥拉达之间的兄弟关系（和竞争）上，充满活力地探讨了贫民窟两兄弟之间的纽带和紧张关系。在孟买的贫民窟，成为一名职业板球运动员是每个小男孩的梦想。尽管曼朱纳特和哥哥拉达彼此相爱，但也为了成为父亲最喜欢的儿子而激烈竞争，他们的关系也经常因他们过于偏执的父亲而出现分歧。除了父亲的专制要求和迷信之外，两个男孩都在与日常生活的挑战做斗争：阶级怨恨、学校竞争、兄弟反目、爱情之痛、同伴压力、性取向问题，以及管理他们精神错乱的父亲的期望和要求。阿迪加出色地捕捉了两兄弟之间波动的亲密关系，他们争吵、取笑和保护彼此，总是团结起来反对他们害怕和怨恨的暴虐父亲。关于莫汉一家与板球运动，"他（阿迪加）的观点既讽刺又深情，因为他表明这项运动与其说是让有天赋的孩子摆脱贫困的手段，不如说是以相当无情的方式加强特权界限"③。

曼朱纳特关心自己的爱好和科学甚于板球，痴迷于观看他最喜欢的电视节目《CSI：拉斯维加斯》的剧集，并且有着强烈的上大学的梦想。反倒

---

① A. Adiga. *Selection Day*. London：Pan Macmillan, 2017, Auxiliary Text before Title Page.

② A. Adiga. *Selection Day*. London：Pan Macmillan, 2017, Back Cover.

③ C. Ciuraru. "‘*Selection Day*,’ by Aravind Adiga". *SFGATE*, 2017-01-26.

是他的不执着，能够摆脱竞争的压力，从而使自己的板球才华能够恣意发挥，并超越了哥哥拉达，这自然也给兄弟俩的关系造成了巨大的冲击。曼朱纳特可以为了一件化学实验服而放弃自己的球拍，但是他无法摆脱父亲的暴力和控制方式，命运最终被父亲绑定在板球比赛上。在职业板球员选拔赛前，并不真正想打板球的曼朱纳特，尽管天赋不如哥哥拉达，但是发挥相当不错，最终赢得了选拔，成为真正意义上的职业板球运动员。此后，他在 19 岁以下联赛打了三年，然后又在孟买职业板球队打了三年，随后被转移到名人板球联盟中以非名人的身份击球。最后，他在 27 岁生日时被解雇，被孟买板球协会聘为天才球探。

哥哥拉达全心全意地为了板球而奋斗，在父亲的疯狂训练之下，他把所有赌注都押在了板球上，没有后备计划。每天入睡前，心里只有一个念头："我应该成为世界上最好的击球手。"在赞助协议资助的国际学校，拉达一开始是最好的板球运动员，为他们的年龄组创造了许多新的击球纪录。然而他开始沉迷于谈情说爱，在秘密庄园里与女友约会时被气冲冲赶来的父亲莫汉抓了个正着，父亲扬言要杀死他的女友。为了保护他的女友，拉达与父亲发生了肢体冲突。在推搡中，父亲从楼梯上摔下、断了腿，住进了医院，父子间的冲突由此升级。当弟弟曼朱纳特在板球水平上超越自己获得原本应该属于自己的板球奖学金时，兄弟与父子之间的紧张局势进一步加剧。更为残酷的是，在职业板球员选拔赛前，一心想要成为一名职业板球运动员的拉达因为表现不佳，无法入选，并在沮丧中袭击了一名板球运动员，不得不逃回老家乡村躲避警察的追捕。不久拉达返回孟买，但也因为袭击事件从此失去了成为职业板球运动员的机会，并长期处于失业状态，只能在弟弟的经济支持下生活。

跨越 14 年的《选拔日》是一个美丽、不可预测和悲剧性的成长故事，也是一个关于当代印度城市渴望与失望的动人、不安，却又引人入胜的故事。板球比赛在很大程度上只是故事的一部分，欲望和激情引导着故事的发展。整个小说展现了板球庶民依靠板球运动改变命运的疯狂、挫折与艰难，也折射出了庶民在改变命运道路上的不可预测性。在小说中，虽然父亲莫汉摆脱了贫民窟的庶民身份，住进了富人区，然而他也因为自己固执的板球梦想失去了两个儿子。选拔日后，两个儿子都没有与父亲保持密切联系。而一心想要成为职业板球运动员的哥哥拉达，最终却因为对板球的偏执而失去了机会。弟弟曼朱纳特虽然成了一名职业板球运动员，但这并不是自己的梦想，为了板球他放弃了自己的大学梦和法医梦。此外，小说充满了对曼朱纳特同性恋性取向的微妙暗示，在一个拥有 14 亿人口的国家中，这仍然是一个极其禁忌的话题。在小说结尾处，曼朱纳特的痛苦是显而易见的——无论是接受他的才华还是他的性取向的事实。从这些层面而言，小说无疑是悲剧性的，因为年轻的庶民之子是数种被压抑的冲动的结合体，他们的成功和爆发需要不断努力打破父母和社会强加的规则。因此，英国《观察家报》认为，"《选拔日》是另一场咆哮而机智的国情咨文演讲，它讲述了一个被 19 世纪的道德家诅咒为'非板球'的价值观所束缚的国家故事"①。

在《选拔日》中，阿迪加虽然放弃呈现《白老虎》与《塔楼最后一人》中"丛林法则"下庶民非法改命的残酷，却展现了庶民合法改变命运的艰难、感伤和无奈。《印度教徒报》（*The Hindu*）因此评论道："人们经常把阿迪加与他的《塔楼最后一人》和查尔斯·狄更斯相提并论，但《选拔日》却让人联想到另一位维多利亚时代的小说家——托马斯·哈代。这是一部充满野心、独创性、道德严肃性和社会学洞察力的小说。"②在小说中，"阿迪加尖刻的文字巧妙地讽刺了印度错综复杂的宗教和阶级动态，以及其文学刻板印象"③。

五、印度庶民史编年的反思

阿迪加的小说记录了印度 20 世纪后期至新世纪初期社会、经济、文化等各个层面的状况，展现了印度社会传统与现代、本土与全球化的冲突与融合，具有深刻的时代印记。阿迪加通过小说对印度庶民社会的想象与再现，重构了印度不同时期的历史画卷。如果说印度庶民学派是从学术的层面再现印度庶民被擦拭和遮蔽的经验与历史，以此阐释和表征庶民的主体性，那么阿迪加的小说则是从文学的层面，想象和再现印度庶民的生活经验与历史，以此尝试理解和恢复庶民的主体性。从中可以看到，阿迪加透

① A. Adiga. *Selection Day*. London：Pan Macmillan, 2017, Auxiliary Text before Title Page.

② A. Adiga. *Selection Day*. London：Pan Macmillan, 2017, Auxiliary Text before Title Page.

③ A. Adiga. *Selection Day*. London：Pan Macmillan, 2017, Auxiliary Text before Title Page.

过现实呈现当代印度历史、反思和建构印度历史的努力。

《两次暗杀之间》将背景设在英迪拉·甘地和拉吉夫·甘地两位总理被暗杀的特殊历史时期，有着阿迪加对于这段历史的特殊认识。在评论文章《永不止步的甘地家族》（*The Unstoppable Gandhis*）中，阿迪加将印度自尼赫鲁总理建立起来的甘地家族比作罗马屋大维创立的朱里亚·克劳狄王朝（Julio-Claudians），以此说明甘地家族具有惊人的政治持久力。对于英迪拉·甘地，阿迪加尽管认为她促进了工业国有化、增加了诸多官方上的繁文缛节、导致了政府腐败、扼杀了印度的经济发展，却赞赏她和她的甘地家族以"摆脱贫困"为口号的竞选活动，以及在关注处于印度底层的穷困庶民问题上表现出的坚决立场和努力。印度穷苦的庶民在印度占有很大的比例，随着国家民主化的进程不断向前，他们在印度国家政治、经济生活中的作用不断增强，具有很强的政治号召力和凝聚力，是政治势力不可忽视的社会基础和斗争工具。

阿迪加指出，关注和努力改善处于底层贫困庶民的生活处境，"可以说是甘地家族具有政治持久力的秘密所在，成千上万的穷苦印度人认为，在由一大堆骗子和罪犯组成的国家系统中，甘地家族，尽管有着许多缺点，却是唯一关心穷人的"[1]。"印度政府必须为穷人做点什么"是构筑甘地家族政治品牌的两大王牌之一。如索尼娅·甘地（Sonia Gandhi）政府，虽然未能满足中产阶级的愿望，改善印度的基础设施、自由化经济或打击恐怖主义，但是其为贫困农民免除了所欠的债务，并建立起了一个全国性的就业计划，保证每个贫困的印度人都有一定数量的有偿工作。甘地家族因此在印度底层庶民中拥有很高的支持率。阿迪加认为，正是这个原因，甘地家族让印度中产阶级既苦恼又着迷，甘地家族不仅保持了印度的民主，而且向世人展示了印度民主的根本局限。但是，英迪拉·甘地和拉吉夫·甘地渴望从经济方面解决印度穷人问题而做出的努力，并没有取得如期的结果。因为对于印度而言，贫穷问题已经不完全是经济问题，它与印度传统文化、社会结构和政治体制密切相关。这也是为什么在印度经历了数十年的高速发展之后，大多数的印度庶民仍然没有从贫困中逃离出来。《两次暗杀之间》所重构的历史画卷，不仅再现了这种特殊背景下人们的生存状况，

---

[1]　A. Adiga. "The Unstoppable Gandhis". *The Daily Beast*, 2009-04-23.

也展现出了印度特殊历史时期社会存在的诸如种姓、宗教和文化等种种问题，是对这种复杂层面的综合性思考。

进入"新印度"历史时期，印度中产阶级走向历史的舞台，摆脱了英迪拉执政以来的诸多约束，经济高速发展，使印度呈现出了一片繁荣的景象。但是繁荣之下，印度庶民的贫困状况不仅没有得到改善，而且出现了一个十分奇特的现象：市场经济排斥社会底层和贫穷阶级，印度民主政治又极力拉拢社会底层，印度底层的庶民群体参与政治的积极性越来越高，社会的贫富差距和不平等现象却越来越严重。这种奇特的现象，反映了印度社会底层的尴尬处境，暴露了印度社会发展出现严重分化的根源。《白老虎》对"新印度"时期企业家发家史的建构，《塔楼最后一人》关于"新印度"时期孟买塔楼庶民生存状况的描写，以及《选拔日》中关于板球庶民成长发展的叙述，是阿迪加对"新印度"时期这种复杂的社会现状不同层面的思考。正是运用这种基于社会现实看历史、呈现和反思历史的书写方式，阿迪加进行了他对印度庶民社会的想象与再现，建构和编年了他笔下的印度历史。

关于印度的书写，英国学者拉尔夫·克莱恩（Ralph J. Crane）研究认为，无论是英国还是印度小说家的文学作品，都能告诉我们大量有关印度的历史，任何小说家有关印度的书写都是对这个国家的"再造"。①综合阿迪加关于印度历史的编年，可以看出，从早期阿迪加对印度版《人间喜剧》的构想，到以内视角审视企业家发家史的《白老虎》，再到《塔楼最后一人》深入城市塔楼庶民生活的探查，以及后期《选拔日》中对板球庶民从乡村进入城市生活的追踪，都是他以特有的视角对印度进行的再造，但是这种再造是基于社会观察和事实调查的。阿迪加曾多次申明自己的文学创作和印度社会现状的对应，在再造印度问题上，阿迪加选择了以小说这一浪漫化的形式回应印度社会现状。他认为，早期作为新闻记者时经常用到的公共话语，实际上扮演着强化社会政治积极面而淡化或忽略消极面的角色，而小说文学性话语则可以将社会的复杂面充分地体现出来，达到极强的社会批判性效果。因此，阿迪加的印度再造是一种具有选择的再造，是

---

① R. J. Crane. *Inventing India: A History of India in English Language Fiction*. New York: Palgrave Macmillan, 1992.

一种基于社会现实的想象与再现。其对印度社会黑暗面无情的揭露和批判，不仅没有脱离现实基础的创作方向，反而具有很强的时代气息。

阿迪加在谈到自己的印度书写时，曾多次强调此后的创作依然希望致力于描写当代印度，因为他认为印度有很多事情正在发生。印度是一个长期遭受民族、宗教和种姓问题困扰的国家。尽管印度有着实现大国梦的钢铁般的国家意志、十分有利的地缘战略环境、比较丰富的自然资源、相对稳定的经济发展趋势、位居世界前沿的科技能力与军事实力等继续发展壮大的条件和潜力，但是，印度还存在特有的制约其发展的因素，它有着复杂的社会结构和政治力量、严重的社会安全问题、顽固的种姓制度和种姓观念、沉重的人口负担、严峻的失业问题和贫苦问题等。这些制约因素如果不能得到有效合理的处理，不仅会束缚社会经济的发展，也会严重影响政治的稳定和国家的统一。

正是基于对这些问题深刻的认识，阿迪加强调，他将继续以不同的形式讲述印度当下的故事，并认为是他必须去做的事情。也正是这种强烈的社会责任感，阿迪加编年出了一段段真实而又令人震惊的印度历史。阿迪加对印度庶民及其经验的书写，不仅关注庶民自身，在极富想象力的描述中细致地再现了印度庶民群体及其生活画面，更为重要的是，他还绘出了当代印度庶民社会的历史图谱。因此，阿迪加小说的庶民书写，既关注个别、局部，又思考整体、历史。

第二节　当代印度庶民的叙事演义

阿迪加的印度题材小说善于从不同角度切入当代印度庶民社会，形式与内容结合紧密，虚构与现实融合充分，语言朴实直白，笔法辛辣幽默，充满讽刺意味，轻松的事件表面蕴含着深刻的现实。为了艺术性地展现所要表现的主题、生动真实地再现当代印度庶民社会的面貌，阿迪加在叙事策略和语言表达上进行了巧妙经营和精心锤炼。从《两次暗杀之间》到《选拔日》，可以看到阿迪加在叙事艺术上的精益求精。阿迪加在艺术思想和创作手法上的日臻成熟，为他的当代庶民群体及其生活的演义增添了不少亮色。

一、小说文体的精心追求

"文体是指一定的话语秩序所形成的文本体式，它折射出作家、批评家独特的精神结构、体验方式、思维方式和其他社会历史、文化精神。"[1]文体的选择不是单纯地解决形式问题，而是为了在形式上更好地为创作主题服务。叙事文体的选择，既可能取决于时代风气，也可能来自特定的个人书写策略。从对阿迪加目前创作的四部作品的分析可以看出，阿迪加是一个十分追求文体和语言的作家。尤其在文体意识上，阿迪加相当清醒和自觉，可以看出他在每一部作品文体上的精心选择与构思。在明确主题之后，他总会选择一种最能表达主题的文体，对关注的人物和典型环境进行充分刻画和描述。

第一是《两次暗杀之间》与日记体游记。所谓日记体游记，"一般是作者长途旅行，将行程经历、沿途风光名胜按日写出，内容有写景物、记古

---

[1]　童庆炳：《文体与文体的创造》，云南人民出版社 1994 年版，第 1 页。

迹、叙风俗、作考证、抒情怀、咏史事，既有文学性，又有史料价值"①。日记体游记既是游记的一种形式，以日记的形式书写游记，又是一种专门记录旅行中所遇、所闻、所感的一类题材类型日记。日记体游记具有日记兼游记、叙事与考证、纪行与交游相结合，语言质朴、简洁的鲜明特征。《两次暗杀之间》作为短篇小说集，在文体结构上具备日记体游记的特征。《两次暗杀之间》在文体构思上最为复杂，"不同于其他短篇小说集的松散架构，阿迪加在小说集的开始和结尾分别加上引言和年表。引言以导游词的口吻，向读者介绍了基图尔的概况，并建议读者花上七天时间游览小镇"②。尤其是其中的引言部分，可谓一篇篇精彩的导游词，"让小说集俨然成为小镇的游览手册和风物志"③。小说故事发生的地点安排在虚构的南方小城基图尔，作者用一个旅行者的口吻介绍了长达一周的基图尔之旅。

在这段旅程中，作者详细地讲述了一周内到达的地方，如基图尔的火车站、灯塔山、圣阿方索高中男校、集市与广场、天使电影院、雨伞街、瓦伦西亚大教堂、巴吉普及盐市村等，以及其间的见闻，每日都会塑造一个主要的庶民形象，或低种姓群体，或小工厂主群体，或妇女儿童，不一而足。在旅行中，作者逐渐勾勒出基图尔小镇的概貌、格局、历史、语言、种姓与宗教等情况，描写了其中蕴含的冲突与问题，传统与现代融合的阵痛，最后还列出了在两次暗杀之间基图尔的大事记。阿迪加在处理十四篇短篇小说的手法上也与一般小说集完全不同。十四篇小说以纪行见闻的形式一一嵌入基图尔历史文化风貌之中，使整个小说集描绘的小城基图尔兼具历史与现代的真实感，做到了人物和场景的关系互文，纪实与虚构的完美结合。而作者如此用心良苦地在小说集文体结构上做布设，其目的是希望通过基图尔描摹当代印度社会的肖像，展现当代印度庶民社会的真实面貌和生态。整个小说形象丰富、场景宏阔，包含了不同宗教信徒、阶级底层和低等种姓庶民群体生活的方方面面，比较全面地展现了特殊时期的印度社会状况。

---

① 江阴市徐霞客研究会等编：《徐霞客研究文集》，古吴轩出版社 2017 年版，第 185 页。
② 陆赟：《印度的旧病新痛——评阿拉文德·阿迪加的两部新作》，载《外国文学动态》2012 年第 2 期，第 29 页。
③ 李道全：《悖论的庶民觉醒——阿拉文德·阿迪加及其短篇集〈两次刺杀之间〉》，载《外国文学》2011 年第 5 期，第 4 页。

第二是《白老虎》与书信体。选择以书信体创作《白老虎》，无疑是阿迪加在文体自觉意识上的又一次有力的体现。"书信体小说将真实和虚构融为一体，因为书信体小说旨在通过建构真实的沟通模式，使虚构成分看起来就像真实事件。"①书信体小说独具魅力的特征之一是书信体小说往往在与收发信人的交流过程中营造出一种特殊的虚拟关系，会使阅读者同时兼具作者和读者的双重身份，在写信人"我"和收信人"你"双向交流的过程中交替变换角色体验，从而产生丰富的艺术感受。在《白老虎》中，巴尔拉姆兴致高昂地花了七个夜晚写信给中国总理，一一讲述他的人生经历和生活秘密。以七封长信坦白自己欺骗、谋杀、潜逃与发家史的方式，拓宽了小说阅读者的期待视野。阿迪加在积累的真实的材料基础上虚构小说情节，通过巴尔拉姆的成长历史，逐渐深入地暴露印度社会的黑暗。"通过这番构思，阿迪加把印度和中国两大发展中国家联系起来，给读者留出了无限的遐想空间。这种书写策略无疑让这部小说具备了吸引人的话题，可以吸引更多世界读者的目光。"②在精心构造的情境中，巴尔拉姆反复强调所发生故事的真实性，使读者确信真有其事。正是如此，《白老虎》达到了以虚构的艺术真实传达现实真实的效果。

从叙事视角层面来看，小说充满了主人公巴尔拉姆第一人称的"我坦白"式的插入语，带有很明显的自白性质。巴尔拉姆的"我坦白"既有对自己犯罪事实的坦白，也有为自己的犯罪行为进行的辩白。"这种叙事模式真实地反映了自白者的负罪和脱罪心理，属于典型的'自白叙事'（confessional narrative）。"③这种充满矛盾的"自白叙事"隐藏着作者阿迪加引导读者进行伦理判断和道德思考的创作意图，体现了书信体小说独特的修辞术。"这类文体可能涉及一种捉迷藏式的修辞，读者从中可能会发现叙事人所坦白的事情的真相并不完整，甚至是相关的。"④在巴尔拉姆的"坦

① ［法］弗雷德里克·卡拉：《书信体小说》，李俊仙译，天津人民出版社2013年版，第8页。

② 李道全：《叙说自己的故事——印度小说〈白老虎〉对发展中国家的启示》，载《世界文化》2010年第10期，第4页。

③ 黄芝：《"我坦白"：〈白虎〉的自白叙事伦理》，载《当代外国文学》2012年第4期，第138页。

④ P. Brooks. "Confessional Narrative". David Herman et al. eds. *Routledge Encyclopedia of Narrative Theory*. New York：Routledge, 2005, p. 82.

白"中，母亲的早逝，父亲的过劳死，奶奶的无情，以及自己曾作为低声下气的车仆的生活，主人阿肖克家族设计让他顶替平姬夫人撞死人之罪的种种遭遇，使阅读者对他的悲惨命运心生同情。这种自我坦白，相比他人视角的描述，更能展示巴尔拉姆作为一个庶民被压迫的命运。这样就为其接下来对谋杀主人阿肖克先生的坦白做了铺垫，削弱了其杀人的暴力性，使读者虽然对他的犯罪感到愤怒，但是又认为其行为有一定的合理性。再加上他进一步对犯罪事实的坦白："每次我看着欺骗他得到的那些钱，我感到的不是内疚，而是什么？愤怒。我从他那里偷得越多，就越清楚地意识到他从我这里偷走了多少。"①从而将其与主人阿肖克的矛盾，转换成一种合理的反抗。然后作者又用"动物园"和"鸡笼"来描述和批判印度社会，将矛盾进一步转化成社会矛盾，使读者对巴尔拉姆的犯罪事实和辩白行为有了双重认识。不仅如此，巴尔拉姆通过这种"我坦白"将自己塑造成了一个"反英雄"的形象，既暴露了印度社会黑暗的社会现实，同时又展示了印度社会庶民个体无奈的奋斗经验，编织的叙事无疑融入了阿迪加的伦理标准。从而使这种自白式的叙事体现出其引导读者进行伦理思考和价值判断的突出功能，深藏于伦理问题背后的社会弊病及其对印度普通人的影响也就更容易为读者所洞察。这也证明了阿迪加关于小说中"自白叙事"："小说所能，而报道所不能提供的是叙事矛盾和伦理复杂性……它应该使你不断思考和享受。"②

第三是《塔楼最后一人》与记录体。记录体小说"主要是以活着的人的说明为基础的小说"③。记录体小说冷峻、客观、具体的描写，使小说在真实性上达到了前所未有的高度。《塔楼最后一人》实际上是阿迪加对孤单无助的主人公大师从卷入拆迁事件到被害半年内复杂生活动态的记录，也是阿迪加对一个贪得无厌、心无所依的印度社会的真实记录。小说的背景设置在孟买郊区的维克拉，阿迪加在小说开始之前为读者绘制了一幅翔实

---

① ［印度］阿拉文德·阿迪加：《白老虎》，路旦俊、仲文明译，人民文学出版社 2010年版，第 206 页。

② 黄芝：《"我坦白"：〈白虎〉的自白叙事伦理》，载《当代外国文学》2012 年第 4 期，第 138 页。

③ ［日］原野一夫：《从记录小说到历史小说——吉村昭谈文学创作》，村冈忍译，载《唐都学刊》1991 年第 3 期，第 67 页。

的维克拉地理示意图，提供了一张可以详细查阅的社区塔楼 A 栋内 6 层居民的具体分布状况和家庭人员清单。在结构上，小说分为 9 个主要部分和结语，以时间为线索，记录了从 5 月 11 日到 12 月 23 日塔楼 A 栋居民之间发生的事情。5 月 11 日是塔楼谋杀案的序幕日，房产商沙赫的助手来到塔楼社区打探情况，12 月 23 日是塔楼社区的彻底崩塌日，也是塔楼改造的阻碍者大师被谋杀的第 11 天，谋杀者们纷纷相聚海滩"悼念"他。阿迪加细致地记录了小说各方人物的心理变化过程，包括塔楼居民从反对沙赫、拒绝拆迁，到考虑各自实际利益集体排斥与孤立大师，再到策划并实施谋杀的心理变化；大师从与沙赫斗争，到与塔楼其他居民抗争以致遭受冷落和排斥，再到被谋害临死前解脱时的心理变化；以及，沙赫立志要建造高端社区却遇到大师阻挠，到其不断回忆早年奋斗打拼的历史，再到他各个击破并瓦解塔楼居民抵抗的心理变化。在小说中，阿迪加翔实地记录了楼牌、门牌、告示、广告语、货物清单、信件、报刊文章及小区通知等。其中，小区通知在小说中多次出现，起到了预示情节发展的关键作用。整个小说除了结语部分（大师已经被谋害）之外，其他 9 个部分的记录冷峻客观，不带一丝感情色彩，但小说反映出的残酷现实却饱含感伤。《塔楼最后一人》无论是在结构上还是描写上日渐臻于成熟完美。

最后是《选拔日》与编年体。总体结构采用编年体形式的小说，"情节都是严格按时间顺序结构，它们的情节都可以排列出一张大事年表"①。《选拔日》属于总体结构上采用编年体形式的小说。小说分为两大部分：第一部分主要分为选拔日前三年、选拔日前两年、选拔日前一年、选拔日前三个月、选拔日、选拔日后一周六个小部分，分别讲述两兄弟如何来到孟买、父亲如何训练、球探如何促成赞助协议，以及选拔日临近时发生的诸多事件；第二部分只有选拔日后十一年的描写，主要讲述曼朱纳特从职业板球运动员转变为超级球探的系列事件，以及小说中主要人物的最后发展情况。两大部分的内容严格按照时间顺序结构，整个小说的时间跨度为十四年，每个小部分在情节上都有所侧重，都有重要事件发生。《选拔日》以最耐人寻味的描写，记叙了单身父亲与两个儿子的这种家庭在生活上遇到的困境。阿迪加几乎是在对情节、人物和背景夸张的描述中再现了一系列看似平凡

---

① 石昌渝：《中国小说发展史（上卷）》，山西教育出版社 2019 年版，第 120 页。

的事件，展现了一种堪称能够代表当代印度庶民社会单亲家庭模式的亲情关系。小说延续了《塔楼最后一人》中细腻的心理记录风格，展现了主要人物的心理变化过程，特别是曼朱纳特在处理与贾维德复杂的同性恋情感时流露出的心理状态。此外，在小说中，阿迪加也延用了此前几部小说中惯用的告示、广告语、货物清单、报刊文章及通知等辅文，尤其是板球俱乐部内部发布的各类公告，如"百战狂狮"公告，对于推动情节的发展起到了十分重要的作用。与《白老虎》和《塔楼最后一人》冷峻客观的手法不同，《选拔日》中对曼朱纳特内心丰富的心理描写，充满了诗意和感情色彩。此外，小说也少了此前几部小说中残酷的伦理悲剧氛围，单身父亲与两个儿子的家庭关系虽然纠缠复杂，但是兄弟之间情感的真挚，以及曼朱纳特为了家庭所做出的牺牲，让整部小说在感伤中呈现出了浓厚的亲情伦理意味。整部小说不论是情节的中心、潜在的主体，以及人物及其思想观念，都不再与抽象的社会经济和政治紧张局势过度关涉，而是将家庭关系的微妙之处与小说更深、更潜在的背景相结合，让读者去消化和适应相关人物的思想与情感。因此，《选拔日》再次体现出了阿迪加成熟的小说结构布局与描写技法。

二、人物形象的典型塑造

由于择取了特定的历史时期和社会侧面，阿迪加在塑造庶民人物形象时往往采取多样性的人物塑造手法，通过艺术化的渲染、虚构和夸张，将人物塑造成具有鲜明特征且给人以深刻印象和心灵冲击的典型。

阿迪加的小说往往截取生活的一个横断面，把宽广丰富的内容集中到这些横断面里，通过展示独特的生活场景和社会氛围中多重的人物关系，塑造典型人物。譬如《两次暗杀之间》里涉及穆斯林小孩、学生等与印度宗教、种姓制度冲突的场面，企业家、卖书人与腐败的政府、警察抗争的场面；《白老虎》中巴尔拉姆在各个时期与各种人物交往的场面；《塔楼最后一人》中大师和邻居、亲人、儿子之间对峙的场面。通过一个个生活场景的展现，小说不仅揭露了人物复杂的关系，而且凸显了每个故事主人公与众不同的性格特征。《两次暗杀之间》中的老师与学生、《白老虎》中的巴尔拉姆，《塔楼最后一人》中的塔楼庶民，《选拔日》中的父亲莫汉，他们无不代表着特殊生活层面中的典型，这类典型具有复杂的思想和鲜明的性格。他们是组成印度社会生活层面的最小"细胞",表现出了印度社会的复杂性和多样性。

阿迪加的小说往往还通过描写典型情节的发展来表现庶民人物的思想性格,塑造典型形象。阿迪加不仅注重通过对情节的深度挖掘来丰富自己塑造的人物形象,使笔下的人物鲜明生动,具有历史的广度和人性的深度,同时还善于运用提炼和加工典型情节这种传统现实主义人物形象塑造的经典手法,来表现人物性格的主要特征。如《白老虎》中,作者对巴尔拉姆途经国会大厦、妓院、书店、屠宰场、贫民区五个地方的五次心理挣扎的描写,展现了巴尔拉姆是否要杀死主人阿肖克从而改变命运的矛盾心理,将巴尔拉姆内心深处底层人的软弱特性和改变命运的强大欲望之间的心理斗争凸现出来,表现了巴尔拉姆思想性格的复杂多变,使巴尔拉姆这个人物更加立体。这种方法在阿迪加其他三部小说中也有多处体现,有些小说甚至通过几个典型的情节互相依托和补充来刻画人物的多面性。正是通过描写这些典型情节的发展,阿迪加塑造了如《两次暗杀之间》中的古鲁拉杰、齐纳亚,《白老虎》中的巴尔拉姆,《塔楼最后一人》中的大师,《选拔日》中的曼朱纳特等一些鲜明丰满的人物形象。

阿迪加通过小说塑造庶民人物的另一个重要艺术策略是进行细腻的心理描写。阿迪加往往通过人物细腻的心理活动的描写揭示人物行为的动因,刻画人物复杂的性格,塑造了许多神形兼备的人物形象。例如,阿迪加在《两次暗杀之间》中对人力车夫齐纳亚的两处心理描写。一处是齐纳亚在听到有钱人谈论改变穷人处境的谈话时,"但是他们自己又不是穷人,齐纳亚一边把水抹在干燥的小臂上,一边寻思,他们住在房子里,还有自己的车子。你得自己富裕到一定的程度才有资格为穷人发牢骚,他想。你要是一贫如洗,你就没有权力发牢骚"①。另一处是第二天早上,他拉着车板上叠放着五个大纸箱的车,又要爬山时再次思考穷人的命运:"是我们纵容他们这样做的。因为我们不敢拿着一叠五千卢比的钞票逃跑——因为我们知道其他穷人会抓住我们,把我们拖回富人那里。我们穷人为自己修建了监

---

① 〔印度〕阿拉文德·阿迪加:《两次暗杀之间》,路旦俊、仲文明译,人民文学出版社2011年版,第174页。

狱。"①这两处细腻的心理描写，加深了齐纳亚内心深处对自己生活和穷人命运的深刻思索，将齐纳亚的善良、勤劳而又不甘屈服命运的复杂性格鲜明地表现了出来。又如在《瓦伦西亚（去第一个十字路口的方向）》中年迈的女仆杰雅玛，她原本是婆罗门种姓，因没有嫁妆一直无法出嫁，四十年里一直在当仆人。尽管同样是做着仆人的工作，却时刻站在"高贵的婆罗门"种姓的高度，从内心里瞧不起和她一起工作的低种姓小姑娘，总要在心底骂她是"低种姓的魔鬼"。当她离开主人家偷拿了一个废弃的小皮球时，又因受到轮回报应观念的影响，她内心里也总是充满恐惧："她不停地琢磨着神会怎样惩罚她，琢磨着她来世将变成什么。可能会变成一只蟑螂、一条生活在旧书里的蠹虫、一条蚯蚓、一堆牛粪中的一条蛆或者更肮脏恶心的东西。她突然有了一个奇怪的念头：如果她在今生今世罪孽深重，或许来世会变成基督教徒……"②通过对这些心理的描写，阿迪加将杰雅玛作为高等种姓对自己偷盗行为的反思和顾虑展露无疑，体现了其身上所具有的印度教徒特有的宗教观念和轮回思想。

另外，对照法也是阿迪加运用较多的方法，通过小说中各类人物或同类人物的对照，放大人物性格的反差，从而使人物的性格得到更加鲜明的反映。需要指出的是，阿迪加在运用这些手法时，往往按照故事情节的发展灵活运用不同的艺术手法，从整体上注意不同时空内人物性格的变化，使人物形象更加饱满生动，吸引读者跟随作品的叙述视角，在故事情节的推进中掌握人物性格发展的脉络。

三、小说意象的巧妙营造

"意象"一词最早使用于诗歌类抒情文本。著名意象派诗人埃兹拉·庞德（Ezra Pound）将"意象"界定为："'一种在瞬间呈现出的理智与情感的复杂经验'，是一种'各种根本不同的观念的联合'。"③英国批评家辛·刘易斯（C. D. Lewis）认为："同诗人一样，小说家也运用意象来达到不同

---

① ［印度］阿拉文德·阿迪加：《两次暗杀之间》，路旦俊、仲文明译，人民文学出版社2011年版，第175页。

② ［印度］阿拉文德·阿迪加：《两次暗杀之间》，路旦俊、仲文明译，人民文学出版社2011年版，第220页。

③ ［美］勒内·韦勒克：《文学理论》，刘象愚等译，江苏教育出版社2005年版，第202页。

程度的效果，比方说，编一个生动的故事，加快故事的情节，象征地表达主题，或者揭示一种心理状态。"①不仅如此，我国著名叙事学家杨义还指出，"叙事作品存在着与诗互借和互通之处，意象这种诗学的闪光点介入叙事作品，是可以增加叙事过程的诗化程度和审美浓度的"②。在小说作品中，意象大体上可以分为描述性、抒情性和象征性三种，其中象征性意象是现代小说为烘托和强化小说主题内涵常用的手段之一，往往也能达到点化与映衬人物性格的效果。"意象与作家个人的艺术才能、情感体验密切相关，意象的营造体现了作家驾驭叙事结构的个性方式。意象承载着作家个人的情感经验和生命体验，蕴涵着作家独特的精神活动和诗性感悟。"③成功地运用意象可以深化作品的意蕴，引发人们的阅读兴趣，拓宽解读的空间，从而构成小说独特的艺术魅力。

阿迪加的小说往往有意识地通过意象，特别是象征性意象的营造来增强叙事，实现隐喻和象征的表达，推动故事情节发展，不仅强化了小说的叙事结构，同时还赋予了小说丰富的内涵和文化厚度。而且，阿迪加对这些意象的选择，往往与庶民群体的生活境况相联系，不仅有助于庶民形象的塑造，而且表现出了独特的思维方式和美学追求。

在《两次暗杀之间》，阿迪加几乎在每个短篇中都有意识地通过营造意象来强化小说的叙事。如《灯塔山（山脚下）》中的"老虎幼崽"，象征着印度正在成长的孩子。在描写受到色情图片和电影污染毒害的印度孩子时，作者发出"拯救老虎！"和"保护老虎幼崽"的呼声，无异于中国鲁迅先生发出的"救救孩子"的警告。这个意义深刻的"老虎"意象在《白老虎》中升华为"白老虎"，成为阿迪加赋予主人公巴尔拉姆冲出印度社会丛林的深刻寓意和敢于冲破种姓和丛林障碍的新印度形象的象征。"白老虎"原指印度的世界一级保护动物孟加拉虎，也是印度的国宝，号称在丛林中一生只能遇见一次的罕见动物。在《白老虎》中，这一意象一共出现了两次。从检查学校的督导那里获得的"白老虎"外号，赋予了巴尔拉姆冲破束缚的思想启蒙；在动物园中与白老虎四目接触，激活了巴尔拉姆的自我

---

① ［英］辛·刘易斯：《意象的定式》，见汪耀进编《意象批评》，四川文艺出版社 1989 年版，第 98 页。

② 杨义：《中国叙事学》，人民出版社 1997 年版，第 276 页。

③ 葛纪红：《福克纳小说意象的审美解读》，载《国外文学》2011 年第 1 期，第 107 页。

意识，激发了他摆脱"印度鸡笼"的勇气和决心。"白老虎"让巴尔拉姆真正地意识到，在印度这个弱肉强食的丛林社会里，适者生存才是真正的生存之道。巴尔拉姆终于下定决心，要做一只真正的"老虎"，而不是一只被关在笼中的"老虎"。因此，他杀死主人阿肖克先生，携巨款逃跑，并利用这笔钱成为一名成功的商人。在这里，"白老虎"就是巴尔拉姆的象征，通过它，阿迪加再现了庶民如何冲破底层思维障碍，进行反抗的过程。

在《白老虎》中，还有一个与"白老虎"一样突出的动物意象——蜥蜴。这一意象在小说中多次出现，其中最为重要的两次不仅与"白老虎"出现的时间一致，而且与"白老虎"形成了鲜明的对应性，其意义也十分丰富，象征着阻碍巴尔拉姆成功的一切束缚及其带来的恐惧，如农村家庭、种姓、教育，甚至后来的新型经济等级制度。因此，在小说中，巴尔拉姆对蜥蜴有着与生俱来的恐惧。他坦言道："您可能会觉得一个乡下的孩子害怕蜥蜴是件不可思议的事情。耗子、蛇、猴子，这些我一点都不怕。相反，我喜欢动物。但是蜥蜴，呃，不管我看到多小的蜥蜴，我都表现得像个胆小的女生。这种动物让我毛发倒竖。"①因此，当"蜥蜴"第一次出现在乡村教室时，爱恶作剧的孩子们将巴尔拉姆脑袋按住，拿像未成熟的番石榴一样颜色的蜥蜴吓唬他时，巴尔拉姆晕了过去，这是他人生中的第二次昏厥，于是他再也不愿意回学校读书。"蜥蜴"的第二次出现，则是巴尔拉姆正在策划谋杀阿肖克先生，此时奶奶派侄子达拉姆来监视他，他明显感受到来自家庭的束缚。因此，第二天带侄子去动物园的时候，他总是感觉"手一上午都像断了的蜥蜴尾巴一样在不停地颤抖"②。"蜥蜴"的这两次出现，都处于巴尔拉姆命运转变的关键时刻，两次出现的"蜥蜴"象征着阻碍巴尔拉姆迈向改变命运之路的家庭和种姓因素。而蜥蜴的死亡则象征着巴尔拉姆冲破枷锁与恐惧，而且两次都得到了来自家庭成员的帮助。第一次是父亲维克拉姆，他一拳砸烂了蜥蜴的脖子，一脚踩碎了它的脑袋，巴尔拉姆得以继续上学，并获得"白老虎"的外号，反抗意识得以启蒙；第二次是侄子小达拉姆，他砸死了蜥蜴，也粉碎了巴尔拉姆最后的犹疑，找

---

① ［印度］阿拉文德·阿迪加：《白老虎》，路旦俊、仲文明译，人民文学出版社 2010 年版，第 26 页。

② ［印度］阿拉文德·阿迪加：《白老虎》，路旦俊、仲文明译，人民文学出版社 2010 年版，第 26 页。

回了"白老虎"的信心，决然地实践了自己的反抗行为。"值得注意的是，第一次砸碎蜥蜴的是代表传统庶民的维克拉姆，第二次杀死蜥蜴的是代表新生庶民的小达拉姆，这样的安排也象征着庶民群体想要打破规则和束缚的要求。"①此外，"蜥蜴"甚至是巴尔拉姆终身防范的对象。在巴尔拉姆成为"白老虎"后，为了摆脱"蜥蜴"的恐惧和防止它的出现，他在班加罗尔的办公室、公寓客厅和厕所里都安上了大吊灯，因为蜥蜴很怕光，他相信这样蜥蜴就不会出现了。

"蜥蜴"意象在《塔楼最后一人》中也具有深刻的隐喻意义，这个意象被用到了两个人身上，一个是开发商沙赫，另一个是贪婪的中间人阿贾尼。在小说中，沙赫称自己就像蜥蜴一样爬上了不属于自己的墙壁，普里太太评价阿贾尼"就像那些蜥蜴，只要有墙就会往上爬"②。通过蜥蜴喜欢沿墙向上爬的天性，阿迪加对见到机会就使劲往上爬的两个人物的机会主义心态进行了有力的讽刺。

又比如"大象"，隐喻印度社会及其庶民现状，是既真实又虚幻的一个存在，带有浓烈的悲剧气息。在小说集《两次暗杀之间》中的《天使之音电影院》里，古鲁拉杰·卡马特幻觉中的"大象"，象征着印度社会这一时期如幻象般的民主。身为报社记者，卡马特渴望能报道真正的新闻，揭露社会丑恶，促进国家往光明的方向发展，但是报社主编告诉他："你和我，还有报社里的人，都假装我们国家是有新闻自由的，但是我们都知道真像如何。"③卡马特经历两次"大象"幻觉，第一次是在他被报社安排离职休假，复职的前一天，他决心要揭露议员受贿之事时，"大象"的出现让他迷惑。第二次是在他被报社开除之后，他觉得自己彻底自由，不必再受到报社的束缚，觉得可以实现作为一个真正记者的梦想时，"大象"在他的想象中清晰真实，并督促他去写一部真实的历史。然而，卡马特的梦想最终还是破碎了，几个月后，他因试图揭露人民党议员的受贿行为而遭枪杀。20

---

① 王鸿盼：《阿拉文德·阿迪加小说中的庶民叙事》（学位论文），天津外国语大学，2014年，第25页。

② ［印度］阿拉文德·阿迪加：《塔楼最后一人》，路旦俊、仲文明译，上海文艺出版社2013年版，第192页。

③ ［印度］阿拉文德·阿迪加：《两次暗杀之间》，路旦俊、仲文明译，人民文学出版社2011年版，第140页。

世纪后期的印度社会，执政党内部存在严重的倒戈风和腐败风，官员们利用金钱左右选举，以权谋利，各政党之间名为抨击腐败，实则阳奉阴违，倒行逆施。幻觉"大象"暗喻了印度社会脆弱的民主和自由。

在《安布雷拉大街》中，送货童齐纳亚看到的大象，更是洞悉印度社会腐败的见证者。它是一只被驯兽员牵着给小孩当作坐骑取乐的大象，屁股上还挂着一串红绿灯，被当作坐骑任由贪吃的孩童取乐却得不到报酬，暗喻着印度所谓的"民主"，各个政党借其之名进行选举和实现利益，目的达到之后，政客们却"忘记"实现他们的许诺。"这个庞然大物的眼睛斜睨着，在黑暗中放着光芒，好像是在哭一样，它好像也是在说：'不应该是这样的。'"①这表面上是大象的悲剧，实则是印度的悲剧，印度数以万计被政治游戏玩弄和欺骗的庶民百姓的悲剧。

"大象"也是《选拔日》中反复运用的意象，莫汉·库达尔所讲的"魔术师与大象"的故事和"我们也都是锁链上的大象"的感叹，将看不见的文化奴役和被锁在其上的庶民无奈又无助的悲剧性呈现了出来。

而《安布雷拉大街》中的"监狱"，象征着如同主人公齐纳亚一样的穷人不敢尝试改变自己命运的一种自我封闭心理。这个意象在《白老虎》中再次得到运用，并且延伸出了更为深刻的意象"鸡笼"。阿迪加将穷人比作不能也不敢反抗的"鸡"，只能呆在"鸡笼"中任凭命运的摧残，作为他们命运不能得到改变的一个根源，来深化他们对命运的认识。在《白老虎》中，巴尔拉姆用另一个意象"动物园"来描述印度社会现实，"动物园"象征着经济高速发展的印度社会中弱肉强食的社会现状。通过"动物园"这一意象，阿迪加将印度社会独立之前与独立之后的变化充分地勾勒了出来。独立之前由种姓制度维持的"井然有序"的印度社会"动物园"，在独立之后，被经济因素打破。种姓制度规训的"动物园法则"，也被互相攻击、你死我活的"丛林生存法则"所取代。"动物园"被冲破，生动地诠释了印度独立之后在工业化方面取得的巨大成就，对印度延续一千多年的种姓制度及其决定的劳动分工予以冲击；解释了一些低种姓的庶民，比如巴尔拉姆和沙赫，可以冲破藩篱，通过提高经济势力改变社会地位，而另一些庶民，

①　[印度] 阿拉文德·阿迪加：《两次暗杀之间》，路旦俊、仲文明译，人民文学出版社2011年版，第178页。

比如巴尔拉姆的父亲，开始失去原来赖以生存的种姓职业，在经济地位上遭受更大的压迫的原因。"从表象上来看，这两个意象并不一致，'动物园'是一个各种不同类型的动物共生的地方，动物的类型也就是在隐喻种姓的类型，而'鸡笼'里关的只有一种动物，鸡笼内的斗争也就象征着庶民之间的厮杀，但是异'象'之外却存在同'意'：过去压迫庶民的是种姓制度、宗教冲突等原因，现在压迫庶民的还有经济因素和庶民内部厮杀等因素，无论在过去还是现在，庶民都背负着被压迫的命运。"[①]

在《白老虎》中，除了上面提及的"白老虎""监狱""鸡笼""动物园"等一些明显的意象之外，阿迪加在塑造巴尔拉姆这个形象时，在巴尔拉姆的老家设置了一个"黑堡"的意象。"它是印度这个国家政治权力的象征，但它从来不属于民众，民众因此不敢踏进'黑堡'一步。"[②]这个"黑堡"里生活着很多猴子，由于一种与生俱来的恐惧，幼年的巴尔拉姆从来不敢爬上"黑堡"。直到多年以后，当他做了主人阿肖克的车仆，第一次改变了自己的命运后，他爬上了"黑堡"，并对着自己出生的村子吐了一口痰，从而在心理上征服了这座被遗弃很久的城堡。在这里，"黑堡"也可以说是象征着巴尔拉姆自幼就承受的印度旧的观念和传统，以及一直束缚着他不能摆脱的家族社会。另外，还有巴尔拉姆多次背诵的两句诗："我多年来一直在寻找那钥匙/可是那道门却始终敞开着！"[③]《白老虎》里钥匙和门的意象，和巴尔拉姆改变命运的行动相关联，前者是巴尔拉姆一直在寻找改变命运的方法，后者却象征着印度社会一直存在着的一种现状和出路。通过两个意象的使用，阿迪加深化了巴尔拉姆终于领悟到改变命运之道的深刻蕴含。

《塔楼最后一人》中，"流浪狗""螃蟹"与"黑蛇"是三个十分显著的意象，同时都充满着悲剧意味。在维什拉姆社区里，有一条瘦得皮包骨头的流浪狗，"这只狗已经失去了一层皮下脂肪，胸廓突出在外，像另一头

---

① 王鸿盼：《阿拉文德·阿迪加小说中的庶民叙事》（学位论文），天津外国语大学，2014年，第23页。

② M. A. Choudhury. "Bringing 'India of Darkness' into Light: A Socio-political Study of Aravind Adiga's *The White Tiger*". *English Language and Literature Studies*, 2015, 5 (1), p. 23.

③ ［印度］阿拉文德·阿迪加：《白老虎》，路旦俊、仲文明译，人民文学出版社2010年版，第228页。

正在啃噬它的野兽的胃"①。这条流浪狗如同大师的真实写照：孤独、瘦弱、无助，执着地生活在城市的边缘。讽刺的是，参与策划并实施谋杀大师的普里太太曾在说服瑞戈太太时坦言，她得到房子补偿金后，要将安妥家庭后剩下的钱为那些受伤的狗办一个诊所。狗的意象反映了庶民的被动地位，普里太太人性的双重性反映了一个残酷的现实，即身处边缘的庶民群体如同狗一样，生死完全掌握在别人的手中。而螃蟹则象征着塔楼里的一众庶民。小说中，阿迪加详细地描述了地产商沙赫吃螃蟹的过程："他开始品尝黄油螃蟹。他用一把细细的长匙，从撒了盐和胡椒的螃蟹外壳中掏出烤熟的肉；螃蟹壳里的肉全部掏空、吃完后，他将蟹爪揪下来，一个一个地吃着。先用力咬，再慢慢嚼，外壳破了之后再将温温的白色蟹肉吸出来。服务员本来准备将蟹肉掏出来装到盘子里，但达尔门·沙赫不想那样吃。他想体验一下享用一小时前还在呼吸的某种活物的那种感觉：想再次体验幸运地活着那种独特的感觉。"②沙赫吃螃蟹的过程与他对付塔楼庶民的过程如出一辙：首先解决相对容易的，在了解各个家庭的基本情况的前提下逐个击破，扩大支持拆迁率，分化以大师为首的反拆迁联盟；其次，慢慢任凭塔楼居民将大师视为众矢之的，最终借塔楼居民之手将其杀害。沙赫分解、掏空和吸食螃蟹的过程，也就是其瓦解塔楼的整个过程。"通过'螃蟹'这一意象，充分说明了出身庶民的沙哈（沙赫）具有非凡的商业智慧，同时也反映了庶民之间互相压榨的社会现实。"③"黑蛇"则象征着沙赫在收购计划不能顺利进行后采用的黑暗手段，它是沙赫等不择手段的开发商们惯用的方法之一，是一种藏在暗处的心理恐吓。"那条黑蛇现在就在他家，就在他的床上，正顺着他的大腿往上爬。蛇的信子充满了暴力，不停地在他面前摇晃着。"④"黑蛇"的威吓曾使无数像大师一样不愿顺利合作的人妥协。此外，还有与"黑蛇"同质的意象："黑水"。"黑蛇"暗指

---

① ［印度］阿拉文德·阿迪加：《塔楼最后一人》，路旦俊、仲文明译，上海文艺出版社2013年版，第52页。

② ［印度］阿拉文德·阿迪加：《塔楼最后一人》，路旦俊、仲文明译，上海文艺出版社2013年版，第180页。

③ 王鸿盼：《阿拉文德·阿迪加小说中的庶民叙事》（学位论文），天津外国语大学，2014年，第24页。

④ ［印度］阿拉文德·阿迪加：《塔楼最后一人》，路旦俊、仲文明译，上海文艺出版社2013年版，第275页。

外来恐吓，"黑水"则象征来自庶民内部人性的黑化，使这个曾经被称呼为"海洋"的词成为黑暗的象征，在塔楼社区泛滥。

"通知"（公告）在《塔楼最后一人》中也是阿迪加反复使用的特殊意象，在小说中总共出现了六次之多，连同出现的威胁信和恐吓语，强化了主人公大师承受的环境压力和紧张的气氛，有力地推进了情节的发展。随着情节的发展，当大师面对越来越多的排斥和威胁，渐渐走向被谋杀时，阿迪加营造了另一个特殊的意象，就是大师经常听到一个模糊的"声音"。这个声音并没有指向大师的精神崩溃，而是如同福斯特（Edward Morgan Forster）小说《印度之行》（*A Passage to India*，1924）中山洞里"回声"一样，指向印度社会更深层的冲突，传达出主人公大师为了维护尊严以个人之力抵抗残酷现实的情绪和感受，以最接近感官的手法表现这个意象，加重了阿迪加想要呈现的大师即将走向死亡的悲凉气氛。

综上所述，针对情节开展和人物塑造的需要，阿迪加在小说中营造了不同的意象。这些意象，在推动小说的情节发展、渲染小说的主体氛围、隐喻人物命运的状态、暗示人物的悲剧命运等方面都起到了举足轻重的作用，给小说带来了独特的艺术魅力。

第三节 当代印度庶民的语言纪录

阿迪加的庶民书写，不仅在小说背景、文体、结构、人物等方面表现出了独特的叙事策略，在叙事话语上同样与众不同。语言上的突出特点，为阿迪加的小说增添了鲜明的艺术效果。

一、纪录语言的自成一体

1. 简洁明快

阿迪加小说的语言，最显著的特点是简洁明快，通俗易懂又富含深意。简洁明快的语言同时蕴含着阿迪加丰富的直觉、情感与想象，表达了他对庶民人物生活与命运的独特体验和思索，真实生动地传达出了庶民的心声。

首先是叙事状物简洁明快，所述往往直指事或物的本质，犀利深刻，使批判和暴露的对象无处遁形。如《白老虎》中，巴尔拉姆提到印度的圣河恒河时的一番话："别去！总理阁下！我劝您千万别去恒河沐浴。水里都是些什么东西呀！满是粪便、稻草、泡得腐烂的尸体躯干、腐臭的水牛，还有七种不同的工业酸！"①将印度人民世代称为保护神和打开生死循环解脱之门的圣河描写得不堪入目，煞有介事的劝阻实则是无情的暴露。

其次是刻画人物时语言简洁明了，于人物举手投足之中刻画出人物的心理状态和精神面貌，且富含令人忍俊不禁的幽默色彩。如《白老虎》中，巴尔拉姆对他们家的女人们的一段描写：

> 我的婶婶们，堂姊妹，还有我的奶奶库苏姆。她们有的在喂牛，有的在簸谷，还会有人坐在地上，盯着另一个女人的头皮，仔细搜索

---

① ［印度］阿拉文德·阿迪加：《白老虎》，路旦俊、仲文明译，人民文学出版社2010年版，第14页。

着虱子的踪迹，然后用指甲把它们挨个捏死。她们也会时不时地停下手里的活，因为吵架时间到了。她们一上阵就会互相投掷金属瓶罐，撕扯头发，不过不一会儿就各自亲亲自己的手背，然后再摸摸对方的脸颊，以示重归于好。晚上她们挤在一起睡觉，交错层叠的腿让我想起一种动物，对，千足虫。①

这段描写将巴尔拉姆家的女人们烦琐乏味的生活状态和慵懒无聊的精神面貌刻画得栩栩如生，她们是巴尔拉姆最终选择改变命运的主因之一，这种现象至今依然根深蒂固地存在于印度农村社会之中。

再次是对话的简洁明快。简洁明快的对话蕴含着丰富的信息和人物情绪，起到了刻画人物和推动情节的效果。以小说集《两次暗杀之间》为例，如《圣阿尔丰索男子高中与大专》中英国人类学教授对印度议员提及的一句话："这就是你们印度教徒的大问题，你们自己都弄不清自己的事！"②通过简单的一句话，阿迪加将印度教种姓制度的最本质问题暴露无遗。印度教种姓分类的繁杂影响，一直是束缚印度社会发展的重大阻力。

最后是心理活动描写的犀利明快，传达了人物真实的情感和思想，深入地表现了生活在底层社会庶民众相的悲惨生活和悲剧命运。如《两次暗杀之间》里《天使之音电影院》中古鲁拉杰面对所处环境时的一段心理描写："第二天早上，在去办公室的路上，古鲁拉杰想：我生活在一个虚假的世界里。无辜者银铛入狱，作恶者逍遥法外。所有的人都知道这回事，却没有人有勇气去改变这一切。"③刻画出了古鲁拉杰对所处世界的清晰认识和对无人尝试改变、自己又无法改变的深切悲痛，简洁明了地道出了印度社会的黑暗可怕和印度民众对黑暗的默认和容忍。又如《安布雷拉大街》中，人力车夫齐纳亚在经过一天的劳动与他人的冷落嘲骂之后，希望某个地方会出现某个穷人能够奋起给他所处的这个世界一击，因为他很清楚在自己

---

① ［印度］阿拉文德·阿迪加：《白老虎》，路旦俊、仲文明译，人民文学出版社 2010 年版，第 19 页。

② ［印度］阿拉文德·阿迪加：《两次暗杀之间》，路旦俊、仲文明译，人民文学出版社 2011 年版，第 61 页。

③ ［印度］阿拉文德·阿迪加：《两次暗杀之间》，路旦俊、仲文明译，人民文学出版社 2011 年版，第 141 页。

所处的世界"没有什么神在注视着我们。没有人将我们从我们自己修建的监狱里释放"①。这段希望背后的无奈，将备受贫困生活摧残的齐纳亚期望摆脱悲剧命运的愿望和自己不敢奋起的软弱性格鲜明地表现了出来。

2. 幽默冷峻

幽默冷峻是阿迪加语言艺术的一个重要特色，也是他的小说能够在引人发笑的同时，又深具忧郁和悲剧气质的主要原因。阿迪加在接受采访时曾认为，"以前在对印度和其他国家的穷人进行描写时缺乏的就是幽默感"②。

通过对生活的敏锐观察，以机智与讽刺的形式来表现幽默，是阿迪加小说幽默的独特之处。阿迪加常常借助夸张、比拟、讽喻、反语等修辞手法和语言要素，幽默生动地表情状物，同时其作品又不乏理性深刻的社会和文化内涵。这些幽默的特点大量地体现在小说《两次暗杀之间》《白老虎》《选拔日》中，即便是悲剧色彩浓厚的《塔楼最后一人》，遇到特定的情境，作者往往也写得生动幽默。

如《两次暗杀之间》里，《灯塔山》中执着于贩卖禁书的卖书人"复印机"在被警察逮捕时的描写："他身后则紧跟着两个警察，手里拿着拴在手铐上的铁链，几乎要快步飞奔才能跟得上前面的囚徒。这古怪的一幕看上去好像是戴着手铐的人在拖着警察走，又像是他在带着两只猴子散步。"③这段警察逮捕"复印机"的情景将警察的狼狈之像生动地描绘下来，于幽默中透着"复印机"身上那股向往精神自由的悲壮与苍凉。

又如《安布雷拉大街》关于齐纳亚在火车站里拉屎的一段描写：

> 火车站的气味和噪音让他觉得很不舒服。他转过身，蹲在铁轨旁边，整整莎笼，歇口气。他正蹲着，一辆火车呼啸而来。他转过身来，突然很想对着火车上的人拉屎。对，这是个好主意。火车轰隆隆开动

---

① ［印度］阿拉文德·阿迪加：《两次暗杀之间》，路旦俊、仲文明译，人民文学出版社2011年版，第180页。

② 姜礼福：《布克奖新得主阿·阿迪加及获奖小说〈白老虎〉》，载《外国文学动态》2008年第6期，第17页。

③ ［印度］阿拉文德·阿迪加：《两次暗杀之间》，路旦俊、仲文明译，人民文学出版社2011年版，第37页。

的时候，他对着火车上的乘客挤出一坨屎。

在他旁边，他看到一头猪也在做同样的事情。①

这段描写，将备受贫困生活摧残的人力车夫齐纳亚，在受到有钱人的嘲骂之后自甘堕落的情景漫画式地表现了出来。猪的描写无疑是对他这种自辱行为最冷峻的嘲讽。阿迪加在对当代印度庶民贫苦的生活与悲剧性的命运的深切感悟中注入了一种漫画式幽默，在表示深切同情之时，也表达了对庶民自我堕落的悲痛。齐纳亚实际上是印度庶民精神贫乏、麻木堕落的一类人的真实写照。齐纳亚的行为，在无数像他一样生活在贫困之中的印度庶民身上重复上演。以此，阿迪加冷峻地再现了印度庶民阶层千百年来无法摆脱的悲剧轮回。

同样的情景也出现在《白老虎》中。《白老虎》虽然是"一部以贫苦、算计、残暴与腐败为背景的小说，但是始终贯穿了一种生动活泼的喜剧风格"②。在小说中，漫画式的幽默在一群生活贫苦、思想贫乏的车仆司机中再次出现。这是一段关于司机们相互攀比时的文字：

今天他终于如愿以偿地扬眉吐气了一把。司机们都争相传看他的手机，就像一群猴子好奇地盯着什么闪闪发光的东西一样。空气中突然飘来了一股氨水的味道，原来是一个司机在离我们不远的地方撒尿。③

这段描写将司机们无聊地争看手机的情景比作一群猴子好奇地盯着闪闪发光的东西，幽默地再现了这群车仆司机们贫乏的生活，同时也讽刺了他们精神的空虚。更具嘲讽意味的是对撒尿情景的描写，进一步强化了这种贫乏生活的画面效果。阿迪加在充满讽刺意味的画面中，将车仆们的生

---

① ［印度］阿拉文德·阿迪加：《两次暗杀之间》，路旦俊、仲文明译，人民文学出版社2011年版，第159–160页。

② 陆建德：《为什么要写信给中国总理？——〈白老虎〉导读》，载《书城》2010年第5期，第5页。

③ ［印度］阿拉文德·阿迪加：《白老虎》，路旦俊、仲文明译，人民文学出版社2010年版，第136页。

活场面幽默生动地表现了出来，隐含着他对这一类人冷峻的思考和深深的悲悯。车仆们在这种生活中消磨时光、自我消沉和相互压制，自己制造围困自我的鸡笼，是《两次暗杀之间》中齐纳亚所谓的自己给自己建造监狱的一个延伸。

基于这种幽默的语言表现，阿迪加冷峻地将社会现实的残酷、人物命运的悲苦、人性的自私冷酷，以及当代庶民社会庶民命运无法把握的困窘一一展示了出来。以独特的幽默来书写庶民社会的悲剧，是阿迪加对庶民社会的一种深层透视和对人性堕落的一种深层表达。在幽默的背后，阿迪加融入了他对印度庶民社会、人物的命运和印度历史文化的深刻思考与批判，使小说成为一部笑中带泪的悲喜剧。

3. 沉静悲悯

阿迪加的叙述语言，虽然简洁明快、幽默诙谐，但是很少平铺直叙，总是沉静地融情感和事件于一体，带着一种特有的同情感，情境化地表述事件和刻画人物。这是阿迪加小说在语言上的另一个重要特点——沉静悲悯。

阿迪加的小说，往往通过深刻残酷的揭露来表达他对这个国家、这个民族的深深思考和热爱，在感叹它腐化堕落、愚昧落后的同时，也努力为这个国家和庶民探索出路。阿迪加小说的故事，大多发生在印度民众显而易见的生活场景之中，体现着印度民众普遍的文化心理。阿迪加总是能准确地把握印度庶民生活中体现出来的深层文化内涵，并通过富含思考的语言最大限度地将其表达出来，这是阿迪加严肃地对待自己民族的历史、社会、文化的体现。如在《两次暗杀之间》中，《灯塔山（山脚下）》里教师德梅洛教导学生吉里什的情景：

> 他又谈到了其他一些让他不胜愤怒的事情。印度一度曾被三个国家统治：英国、法国、葡萄牙。现在则换成了三个土生土长的祸害：背叛、误事、背后暗算。"问题在这里……"他拍了拍自己的胸口，

222

"这里面藏着一个野兽。"①

这是阿迪加通过教师之口，沉静地分析历史和现状，痛斥深藏在印度人内心的劣根性，表达了他对贫苦庶民悲苦命运根源的深刻思索。

将沉静的思考融入对印度社会无情的揭露，既是阿迪加对印度社会历史文化等一系列因素造成的腐朽现状的不满，同时又是他对印度社会现状的理性反思。阿迪加的语言尽管简洁明快，暴露黑暗冷峻深刻、笑中含泪，饱含对印度历史文化的思考与社会批判。但是，在充满悲剧色彩的批判中，往往可以看出阿迪加对庶民悲苦的人生和其压抑在社会和文化阴影里的身世命运透出的悲悯，以及对他们惨淡应付、落魄容忍生活压迫的同情。这种同情和悲悯如同溪流，常常在小说不同的场景中流淌，使得阿迪加的悲剧故事中总能透出一种温馨和悲悯。如《白老虎》中，巴尔拉姆在贫民窟里见到在露天的地方方便的人群时的描写：

> 这些男人就在露天方便，活像贫民区前的一道防御墙：他们划出了一条线，任何有体面的人都不应该越过这条线。……我在他们身旁蹲了下来，冲他们露齿一笑。有几个人立刻将目光转向了别处：他们毕竟还是人，还懂得羞耻。有几个人茫然地望着我，仿佛羞耻对他们已经不再重要。这时，我看到有个家伙，一个皮肤黝黑的瘦子在冲我回笑，仿佛为自己正在做的事感到骄傲。……他哈哈大笑，直笑得脸朝下倒在地上，把他那污秽的屁股对着德里污秽的天空。②

通过这段描写，阿迪加再现了奈保尔如实记录的一个印度独有的景象，在奈保尔看来这是文明人的耻辱，是整个印度的耻辱。然而，当阿迪加描写到瘦子的屁股朝着德里污秽的天空时，这段"奇观"就具有了独特意味。在深深痛斥印度人的无羞耻感，痛骂印度社会的污秽不堪时，阿迪加表现

---

① ［印度］阿拉文德·阿迪加：《两次暗杀之间》，路旦俊、仲文明译，人民文学出版社2011年版，第87页。

② ［印度］阿拉文德·阿迪加：《白老虎》，路旦俊、仲文明译，人民文学出版社2010年版，第234-236页。

出了一种隐藏在内心深处的悲悯，以及对处于印度黑暗之地的印度庶民群体深切的同情。

阿迪加将庶民人物的命运与自己的感受结合起来，通过沉着冷静的语言和充满悲悯的笔调，书写了生存在印度底层的庶民人物群像。正是这种悲悯和同情，使得读者总能在阿迪加的小说中看到庶民生活里的温暖色调。阿迪加的语言，既充满着对黑暗腐朽的愤怒批判与深沉思考，又饱含对庶民人物悲剧生活的深切关怀和同情，沉痛犀利的言辞背后隐藏着阿迪加善良宽容的心怀。

二、纪录风格的独具一格

1. 印度风情

作为新闻工作者，阿迪加能够深入印度社会多种场合，观察印度社会各个层面的生活，体味印度社会各个阶层的生存现状。在阿迪加的小说中，处处都能感受到他语言中浓厚的地方特色。这种地方特色，随着小说情节和场景的变化，各具特点。

阿迪加的小说，常常通过对特定的风物、风情、风俗等环境和事物的细致描写，来渲染故事环境的气氛和增强故事情节的效果。尽管这些描写主要是作为人物的背景来铺垫表现人物的性格和行为，但深具印度地方特色。

如在小说集《两次暗杀之间》的《瓦伦西亚（去第一个十字路口的方向）》中，关于厨娘杰雅玛身世的描写：

> 父亲攒下的金子只能将六个女儿嫁出去，最小的三个女儿只能一辈子当处女。没错，一辈子。整整四十年了，她被送上这辆或那辆公共汽车，从一座城市被打发到另一座城市，在别人家做饭干家务。①

这段描写，从一个侧面反映了印度嫁妆制度对印度女性悲剧命运的重

---

① ［印度］阿拉文德·阿迪加：《两次暗杀之间》，路旦俊、仲文明译，人民文学出版社2011年版，第200页。

大影响。阿迪加通过这么简单的一段描写，深刻地揭露了这种制度给印度妇女造成的深层伤害。

又如《白老虎》中关于宣传色情电影的一段描写：

> 临近黄昏的时候，总有个人骑着单车，起劲地摇着铃铛，围着茶铺转上三圈。单车的后座上绑着一个硬纸板，上面是色情电影的大幅海报。阁下，一个村子要是没有一座放黄色电影的剧院，那还算什么印度传统村子？河对岸有个小影院，每天晚上都放映这种电影……①

这段对印度传统村子的描写，暗示着印度社会根深蒂固的色情污染。在《白老虎》中这样的描写很多，如农村老师和德里车仆们嚼槟榔吐痰、印度仆人区环境、动物园里的白老虎等都表现出了不同场景下的地方特色。

其次，在人物的外貌和行为的刻画方面，阿迪加的小说同样表现出了地方特色。比如在小说集《两次暗杀之间》的《市场与广场》中，关于科沙瓦的外貌描写：

> 他宛如一位苏菲派诗人，散发着神秘的气息。有些开店的人知道他的故事：比如有一天，他骑着一头黑色的公牛穿过大街，手舞足蹈，大喊大叫，好像湿婆大神骑着他的坐骑公牛南迪一样。②

这种在宗教上多元化的体现，深具印度地方特色。又如《瓦伦西亚（去第一个十字路口的方向）》中关于孤苦无依的杰雅玛对黑天神诉说内心苦闷的一段描写：

> 她将手伸进神龛，取出一个黑匣子，慢慢把它打开。里面有一个银制的童子模样的神像——赤身裸体地趴在那里，撅着亮闪闪的

---

① ［印度］阿拉文德·阿迪加：《白老虎》，路旦俊、仲文明译，人民文学出版社2010年版，第21页。

② ［印度］阿拉文德·阿迪加：《两次暗杀之间》，路旦俊、仲文明译，人民文学出版社2011年版，第94-95页。

屁股——这就是黑天神，是杰雅玛唯一的朋友和保护人。

"黑天神啊，黑天神啊，"她低声念叨着，双手捧着神像，手指抚摸着它那银光闪闪的屁股。"你都看到我周围发生了什么——我，一个高贵的婆罗门女子！"①

这段描写将杰雅玛的孤苦无依生动地表现了出来。这个40多岁因为没有嫁妆而嫁不出去的婆罗门女子，只能靠唯一的朋友和保护人——黑天神来不断地安慰自己。这是独具印度特色的生活画面之一，通过描写，阿迪加将印度教根深蒂固的嫁妆制度的残酷刻画了出来，即便在今天，这种情景在印度依然可以见到。

再者，阿迪加的小说在对人物的对话与心理描写上同样深具地方特色。以《两次暗杀之间》为例，《市场与广场》中有这样一句骂人的话："再敢这样，你这个秃头女人养的，我就把你扔出去！"②阿迪加在关于《基图尔的语言》中专门解释了"秃头女人养的"这句骂人的话。在基图尔，"上层种姓的寡妇一度被禁止再嫁，而且还要剃光她们的头发，以预防她们接触男人。因此一个秃头女人生下来的孩子极有可能是偷情的'产物'"③。因此，这句骂人的话，蕴含着印度自古以来根深蒂固的种姓制度和对寡妇的迫害。又如《波贾普》中关于共产党员穆拉利见到牛的一段心理描写：

这些动物倒是不用关心世间的事情。即便是在这户人家，丈夫刚刚自杀身亡，仍然有人给它们吃的，把它们喂养得肥肥胖胖的。它们顺顺当当地变得比这村子里的男人们还重要，仿佛人类文明在这里颠倒了主仆关系。④

---

① ［印度］阿拉文德·阿迪加：《两次暗杀之间》，路旦俊、仲文明译，人民文学出版社2011年版，第202页。

② ［印度］阿拉文德·阿迪加：《两次暗杀之间》，路旦俊、仲文明译，人民文学出版社2011年版，第122页。

③ ［印度］阿拉文德·阿迪加：《两次暗杀之间》，路旦俊、仲文明译，人民文学出版社2011年版，第152页。

④ ［印度］阿拉文德·阿迪加：《两次暗杀之间》，路旦俊、仲文明译，人民文学出版社2011年版，第281页。

这段心理描写深刻反映了神牛崇拜对印度社会根深蒂固的影响，同时也是阿迪加借助穆拉利之想，表达自己对印度的牛崇拜迂腐面的抨击。

2. 悲剧色彩

阿迪加在简洁明快的叙述中暴露社会的黑暗，展示社会的残酷、人物的悲苦，使他的作品带有浓厚的悲剧色彩。这种悲剧色彩，既反映在单个人物的身上，同时也反映在同一类人及整个社会层面上。

单个人物身上所体现出的悲剧色彩，在阿迪加的作品中体现得最为浓厚。在《两次暗杀之间》的《火车站》中，在车站流亡的齐亚丁，是宗教和种族冲突的受害者，也是带着悲剧色彩的小英雄；《港口》中的工厂主阿巴斯，是生活在黑暗复杂的社会下民族企业家的典型，在无可奈何中不得不向社会妥协；《灯塔山》中那个无数次被警察逮捕殴打的卖书人"复印机"，是在充满压制的境遇中为了自由永不屈服的悲剧英雄；《圣阿尔丰索男子高中与大专》中，永远在种姓困惑中徘徊的辛哈拉，在父母、家庭、学校乃至社会的不理解中，以暴力的方式释放内心的苦闷，可惜连自首也被误解，成为一个一直不能为人理解的受害者；《灯塔山（山脚下）》里，不断呼吁拯救幼虎的副校长德梅洛先生最后绝望地被气死在色情电影院里，是印度教育制度的巨大悲哀；《市场与广场》中的科沙瓦是社会黑势力的受害者，他的疯癫是他为了生存不得不走向黑暗造成的悲剧；《安布雷拉大街》中备受贫困生活摧残却善于思考的人力车夫齐纳亚，是不得不继续他贫苦悲寒的命运的悲剧典型；另外《凉水井大转盘》中的小女孩拉珠，《瓦伦西亚（去第一个十字路口的方向）》中的低等种姓女人杰雅玛，《瓦伦西亚圣母大教堂》中的灭蚊工乔治，《苏丹炮台》中得了性病却不知道如何去解决的小伙子，《盐市村》中为现实所迫改变信仰的共产党员穆拉利……这些人物身上都或多或少地带有那个时代特有的悲剧性，反映了伦理、性别、阶级、宗教、教育和信仰等多方面的社会悲剧。在《白老虎》中，主人公巴尔拉姆的哥哥基尚，以及最终被巴尔拉姆杀害的地主之子阿肖克，是穷富两个阶层悲剧人物的典型。基尚最终走上了巴尔拉姆父亲的老路，成为家庭束缚下的牺牲品。阿肖克作为地主之子，性格软弱的他为了家族的延续不断地行贿和投机，最终被自己的车仆巴尔拉姆杀死，成为政治和谋杀的牺牲品。两个不同阶层人物的故事，体现了整个社会保守落后与黑暗腐败中人物生存举步维艰的悲剧现实。《塔楼最后一人》中，悲剧气氛贯穿大师为了追求真理和尊严坚持至死的整个过程，给整部小说染上了一层浓浓的人性之恶的悲伤。

同类人物身上所体现出的悲剧色彩，经过《两次暗杀之间》的铺垫，在《白老虎》中得到明显体现。如巴尔拉姆家族中的妇女，反映了印度农村千百年来妇女生活的现状，表现出了印度农村妇女生存的悲哀。其次是以死于肺结核的巴尔拉姆的父亲为代表的一类人力车夫，他们无法摆脱穷苦命运，靠出卖苦力为生，又为富人和政府所忌，最终因劳累而死。这类人物是《两次暗杀之间》齐纳亚这个人力车夫的再现，他们最终不得不屈服于命运继续自己艰难的生存之路。与此类同的是生活于城市，但精神空虚、不求上进的车仆，他们有机会改变自己的命运，却只满足于当前的生活，是一群将自己关在笼子里，还要将同类置于地狱的悲哀性人物，他们的存在给印度庶民社会染上了一层宿命论的悲剧气氛。在《塔楼最后一人》中，塔楼庶民反映了被城市化侵蚀的城市边缘人物的悲剧性。他们为了各自的利益，联合攻击、诬陷，最后合伙谋杀一个孤苦无依的老人，充分体现了他们人性上的脆弱和道德上的沦陷。他们代表着整个印度社会快速向前发展中，不断出现道德堕落和人性丧失的一种悲剧，随着主人公大师孤苦命运的一步步展现，他们给整部小说营造了一层厚厚的悲剧氛围。

3. 温情特质

尽管阿迪加的小说整体上都带着浓浓的悲剧色彩，但读者依然能从无情的揭露和批判中看到点点悲悯的暖意和温情。这种悲悯和暖意传达出的温情特质，让人们看到庶民生活中温暖的色调，同时也感受到沉痛犀利的言辞背后隐藏着的作者善良与宽容。

这种温情特质，在阿迪加早期的作品《两次暗杀之间》中体现得最为明显；《白老虎》中，由于"丛林法则"的呈现而力度明显减弱；到《塔楼最后一人》，温情面时常为悲剧性事件所遮掩，但依稀可见；在《选拔日》中，父子悲情虽浓，但温情的特质还是在两兄弟情谊中得到了体现。

在《两次暗杀之间》中，庶民身上良善、美好的层面，成为小说特有的温情，时常出现在悲情中，使得整部小说集在悲情和温情中保持着平衡。《火车站》中齐亚丁让我们看到了一个脱离了宗教冲突的善良灵魂，《灯塔山》中卖书人"复印机"让我们看到了一种永不屈服妥协的精神，《灯塔山（山脚下）》里副校长德梅洛先生在污秽的泥潭中依然要"拯救幼虎"的师道情怀，在悲剧性结局中透着感动与希望；《天使之音电影院》里古鲁拉杰不甘沦落的执着坚持，《瓦伦西亚（去第一个十字路口的方向）》杰雅玛对侄子浓浓的关爱，《瓦伦西亚圣母大教堂》中乔治对戈梅斯太太的爱和对妹妹的关怀，《苏丹炮台》中拉特纳对小伙子无私的引导，《波贾普》中老太太卡米妮对待客之道的精神延续等。这些温情之处，从不同的层面体现出了作者对善良、纯真、勇气、执着、奉献和持守的赞美和宣扬。正是这些温情特质，让处在时代性悲剧氛围下的底层庶民身上闪烁着人性和道德之光。

尽管《白老虎》在对巴尔拉姆的一片揭露批判和否定之中，充满了黑暗落后与腐朽沉沦的气息，但依然能够看到温情的存在。巴尔拉姆的父亲是一个敢于牺牲同时善于创造的典型父亲形象，有着为了家人甘于牺牲自己的善良品质，有着对于改变不了自己的命运却要努力改变下一代命运的开明思想；哥哥基尚继承了父亲吃苦耐劳、甘愿奉献的精神，也展现了对巴尔拉姆背叛家庭的无私和宽容。这两位人物身上表现出来的良善，给了巴尔拉姆亲情的力量。主人公巴尔拉姆为了改变命运背叛种姓、背叛家庭、背叛雇主并犯下了杀人的罪行，但他身上始终带着和别的企业家不一样的良善，他在逃跑前带上了无所依靠的侄子，关爱自己企业的职员，同情并帮助被雇员撞死的穷困人家，并希望能够为穷人创办学校。巴尔拉姆在人性和道德上的与众不同，让小说的结局有一种满目疮痍后重建的希望，这也是《白老虎》这部小说温情特质最浓烈的体现，"表达了（阿迪加）对印度年轻一代精神世界和伦理道德观的关注"[①]。

《塔楼最后一人》中，阿迪加以一种绝对的冷静和沉着，如实地记录了主人公大师受到来自邻居各方面的压力和迫害最终被谋杀的过程，基调冷峻而残酷。但在有悖于道德和人性的行为背后，也呈现了这群小人物的温情。这些小市民，有着他们的艰难和对家庭的关怀，他们几乎都是出于对儿女的关爱，为了家庭的幸福和孩子的未来才一步步走向谋害大师的罪恶

---

① 黄芝、徐龙涛：《"下一代人没有道德观"？——论〈白虎〉中的父性书写与伦理选择》，载《当代外国文学》2022 年第 4 期，第 89 页。

之路。大师在孤苦无依中对自己妻子的深情怀念，也给有灰暗底色的小说带来了一抹暖的色调。大师决定拒绝搬出塔楼，正是出于对妻子的深情思念。小说结尾，尽管大师在这场塔楼搬迁运动中死去，但有良知的里格夫人带着孩子们举办有关大师的演讲，要孩子们永远铭记大师。阿迪加赋予了这群屈服于生活、犯下错误的人们一个可以寄予憧憬的未来。这无疑也给小说增添了一道亮丽的色彩，使小说具有一份特殊的温情特质。

《选拔日》中，阿迪加将冷酷与残暴附加在一心要儿子实现板球梦的父亲库马尔·莫汉身上，却将温和、细腻、重情重义和执着、冲动、敢爱敢恨分别赋予了曼珠纳特与拉达两兄弟。两个在父亲专制暴力下成长起来的兄弟，没有走上像父亲一样冷酷、残忍和为了改变命运而不顾一切的道路。他们经历过痛苦、冲突和磨砺，最后相濡以沫地生活在一起。哥哥拉达磨去了年轻时的戾气，变得格外通情达理；关于曾经失去的梦想和一直纠结的性取向问题，弟弟曼珠纳特最终也释怀了。两兄弟都将目光投向了前方，预示着小说有一个充满暖色调与希望之光的结局。

阿迪加正是凭借他庶民书写的情怀与责任感及对叙事艺术的自觉追求，通过在叙事策略上巧妙地安排，在语言上精益求精、扎根生活，在风格上追求沉静真实、富含悲悯，使得他的印度题材小说在整体风格上具有独特的艺术品位与审美效果，也使得他通过想象与再现建构起来的当代印度庶民社会别具一格，拥有了与其他印度裔英语小说不同的历史与文学价值。

结　语

作为一个长年旅居国外的作家，阿迪加与众多印度本土作家不同，他有着国际性的视野和深厚的印度情结。尽管阿迪加没有庶民生活的经历，却以一种特有的社会良知、创作立场和审视视角，不断地深入印度庶民社会，在旅行考察、亲身见闻的基础上，想象与再现了当代印度的庶民人物和庶民经验。他以四部印度题材小说，塑造了许许多多庶民形象，描摹出了当代印度庶民阶层的真实面貌与众生百态，反映了印度庶民阶层的生活实践与心理经验；同时他也通过这些小说，探寻了印度当代庶民改变命运的可行性道路，暴露了当代印度社会种姓制度、宗教冲突、官僚腐败、民主缺陷和严重的贫富差距等新旧问题，折射出了印度从农村到城市的种种黑暗，以及印度在发展过程中表现出的人性扭曲和道德败坏，重构和编年了印度新旧不同时期的历史与图谱。这既体现了阿迪加对印度社会深层伦理的思考和批判，也体现了其对当代印度社会发展的警醒，因此具有深刻的现实意义和重要的社会价值。

从社会学角度看，阿迪加的庶民书写体现了重要的社会历史价值。进入 21 世纪，印度社会的发展又进入了一个新的历史阶段，庶民社会陆续被一些知识分子关注，知识分子为庶民社会中的弱势群体发声，相关文字出现在诸多媒体上。阿迪加的印度庶民书写无疑抓住了这一时代脉搏，并专注这一社会的遮蔽点，充分发挥了他小说的社会性功能。从研究结果来看，阿迪加小说中的庶民社会的想象与再现，无疑是对当代印度社会现实生活的回应，某种程度上也是对当代印度社会现代化发展进程的真实记录。正在经历着巨变的印度充满了社会与人性的复杂性，阿迪加尝试通过文字突出社会的不公正及残酷，这对身为作家的他来说非常重要。阿迪加让读者了解印度社会经济快速发展、科技文化进步，以及社会繁荣光环背后庶民社会的残酷现实。在印度现代化发展背后，这个占印度社会人口多数的复杂群体,用他们的血汗和勤劳、苦难和辛酸铺就了印度现代化建设快速发展的基本道路。当庶民群体在屈辱和辛酸的生存状态下进行现代化建设时,他们的力量与奉献却被印度社会表层的繁荣光环所遮蔽,不仅被权势阶层忽视,连普通的人们也视而不见,他们在印度现代化的历史中成为一个沉默的群体,无法发出自己的声音。阿迪加的小说对他们历史经验的再现,对他们生存的艰难与困苦的描绘,对他们精神世界的观照,及其所展现的悲悯情愫与人文关怀,可以帮助读者深切地体会印度庶民群体所遭受的苦难、所经历的无奈,从而静心聆听他们艰难的发声。

阿迪加对印度庶民社会的想象与再现,一方面集中揭示了当代印度贫苦农村的农民在城市化进程中的尴尬身份。城市化已经成为印度目前发展的一个必然趋势,是对农村进入现代和农民进入城市的洗礼。然而,城市在引领乡村走向现代之际,不仅对乡村进行了"洗劫",也使城乡差距越来越大。现代化的主要受益者本应是农民,可他们不但没有受益,反而为此付出精神与物质的双重代价,陷入深层困境之中,沦为历史"中间物"。基于此,阿迪加的小说对乡村庶民在城市挤压之下生存的艰辛与苦难进行了细致描绘,突出了农村的贫困和城市的富裕,进一步帮助读者了解印度城市化进程中的乡村之痛。另一方面,阿迪加在对这种庶民社会的想象与再现过程中,以文学的形式弱化了当代印度社会的精英意识。他的庶民书写,打破了高种姓、权势阶层的垄断,让低种姓庶民实现了阶层跨越,为社会的思考提供了新的方向。社会学与历史学旨在研究社会问题,形成舆论空间,影响政治决策,总结历史经验。阿迪加的庶民书写再现现实的印度庶民生活与人生经验,关注当代印度社会的现状,与社会学与历史学的研究途殊同归,二者结合起来的底层文学更富鲜活性与艺术感染力。

总之,阿迪加的庶民书写是纯文学与社会现实主义的结合,这种形式不仅能够使更多的人了解底层人民的生存现状,也能考察其入城前的生活环境、文化观念等。阿迪加关于庶民的书写对当代印度社会中被繁荣光环所遮蔽的庶民亮光的现实进行了去遮蔽,让处在底层的庶民群体发出了自己的声音,让更多的人知道底层群众的存在,了解他们真实的生存状态,从而引起社会的关注;让社会反思高楼大厦背后低矮的贫民窟,自动化背后存在依靠体力维持生活的艰难,现代化财富背后庶民群体的牺牲;让更多的人思考当今社会中不利于社会和谐的意识形态,从而有助于对庶民的社会地位及身份认同进行更为深刻的剖析，推进社会的进步，建设一个更加和谐美好的社会。随着阿迪加的作品受到世界读者的广泛关注，他所再现的当代印度庶民社会及其庶民群体在社会上产生了深远的影响。这些庶民群体，如人力车夫、进城务工人员等开始受到更多人的关注，庶民群体的生存处境也被更多人所知晓，他们的生活状况在社会各界的关注下，也逐步得到了改善。尤其是当代印度人力车夫，已经有许多非政府性的援助机构，对这些肺结核高发病人群给予了人道主义援助。因此，就社会层面而言，阿迪加的庶民书写对印度庶民社会及其历史的想象与再现，体现了重要的社会历史价值和深刻的现实意义。

就文学层面而言，阿迪加的庶民书写更是体现了重要的文学史价值。在印度文学史上，以庶民为对象的文学作品十分丰富。印度独立前的马拉提语文坛兴起的达利特（Dalit）文学运动，关注印度社会的贱民种姓的生存境遇，以及贱民为争取提高社会地位所做出的努力。20 世纪 30 年代中期开始，印度英语文学三大家之一的安纳德，创作了一系列反映印度贱民生活状态的作品，塑造了生活在种姓歧视文化氛围下的贱民群体，他们有安于命运者，也有奋起反抗者。印度著名的大诗人、诺贝尔文学奖获得者泰戈尔（Rabindranath Tagore）也创作了不少描写印度庶民的作品，对生活在教派冲突、种姓差异、制度迫害和传统伦理道德压制下的庶民，特别是女性庶民，进行了深刻的书写。著名的印地语小说家普列姆昌德（Munshi Premchand），更是以其关于庶民被压迫的悲惨命运的书写，而被很多中印学者拿来与中国的鲁迅做对比，展开研究。他的经典小说《戈丹》（*Godan*，1936），通过描写主人公何利的悲剧，向读者展现了千千万万与何利相似的印度庶民的命运悲剧。还有，当代著名的印度英语作家作品也都不同程度地对印度庶民社会进行了书写，如阿兰达蒂·洛伊的《微物之神》（*The God of Small Things*，1997）、基兰·德赛的《继承失落的人》（*The Inheritance of Loss*，2006）。

阿迪加的小说创作，一定程度上承继了印度文学庶民书写的传统，拓展和丰富了印度文学的庶民题材，不仅塑造了大量当代印度庶民群体，描写了他们的生活经验和悲惨命运，暴露了他们生活环境的黑暗与残酷，同时也再现了庶民群体内部的压迫机制，对印度社会在政治、经济、文化与宗教等方面存在的问题进行了犀利的批判，对印度文学做出了其特有的贡献。

　　一方面，阿迪加关于印度庶民社会及其历史的想象与再现，将印度庶民在当代印度社会经济高速发展的大背景下遭遇的物质挤压和精神创伤，以及他们在苦难中的人性裂变展现在了世人面前。如同印度庶民学派挖掘印度庶民历史一样，呈现了掩盖于传统精英历史背后的庶民历史现状。阿迪加贴近印度庶民群体的生活，最大限度地体味庶民群体的生活，描述自己所经历及所见的事实与庶民"真实性"。尽管不可否认，阿迪加的这种印度庶民叙事的"真实性"，带有他对庶民的现在观念的情景化理解；尽管每一位心怀印度的作家，面对印度当下生活和社会转型，都会存有一种焦虑，即对日益加大的贫富差距及渐趋明显的二元经济结构和社会结构对立的焦虑，有可能在作品中表现自身对现代性的焦虑。但是，阿迪加小说中对印度庶民历史的再现，绝对不是"狭义上的自我表现"，而是他对于印度社会复杂状况所蕴含的时代症候和文化内涵的一种反思。阿迪加的庶民书写，既带着同情和怜悯，将良知、情感、责任置于庶民社会，同时又以自己的才情和理性思考进入庶民群体的场域，在赋予苦难以艺术震撼力的同时，重建了印度当代庶民社会文化，重建了庶民的自信与尊严。在书写庶民人物的内心与灵魂中，揭示了当代印度的诸多社会弊端和现实问题，并在这一过程中实现自己心灵的净化和提升。

　　另一方面，阿迪加关于当代印度历史的再现和庶民阶层的想象，延续了以社会现实为写作内容的故事体这一创作路线，并将其上升到另一高度。阿迪加采用现实主义为主的创作手法，重建文学与现实的联系，描写底层生活中的人与事，对现实持一种反思、批判的态度，对当代印度庶民则持一种同情与悲悯之心。他的庶民书写真实记述了底层的物质现状与精神状态，呈现了底层这一群体的生存真相，无疑是对当代印度庶民社会的一种社会记录。这种记录是印度现实主义精神的回归与深化。"庶民的生存史是一块拼图，作用在于补全印度社会的发展史，不管这块由阿迪加创作的拼图是否正好严丝合缝地嵌入整个拼图，它的努力还是在一定程度上填补了缺失的空白。从文学史的角度来看，反映庶民生存状态的作品并不鲜见，阿迪加的作品在新的时代背景之下，补充和拓展了印度庶民题材的写作。"①

同时，阿迪加对当代印度庶民苦难的悲剧性呈现，让人感受到了其庶民文学艺术的崇高和严肃，从而具有了严肃文学的特有的审美价值与意义。阿迪加对文体有着自觉的追求，在文学技巧与语言表现上成熟老练。四部小说四种文体，叙事角度各异，时空建构与人物命运、情节变化巧妙交织，使各个文本之间充满着生命律动和审美感知，表现出了独特的艺术特征与审美效果。这些显著的特征，共同构成了当代印度庶民的演义录。因此可以说，阿迪加的小说是对沉溺于娱乐消费审美体验的一次强力冲击，刺激着人们在安逸生活中逐渐麻木的神经。当代印度大量庶民的苦难与悲剧让人们无法回避，阿迪加的小说强有力地表现了这些苦难，具有一种特殊的审美力量，是对当代消费社会审美趣味的一种反抗。

无疑，阿迪加的小说是虚构的，但也是基于现实基础的虚构，是追求生活之外的另一种真实的虚构。在再现当代印度庶民社会历史中的庶民形象时，他在准确地把握庶民群体的经济处境、社会地位、文化身份的基础上，合理地组织了庶民人物的行为、语言和心理，选择合适的叙述者和叙述方式。因此，阿迪加的小说才能将话语的重心由言说者转向被言说者，恢复印度庶民在其庶民文学中的主体位置。阿迪加的庶民书写小说，不仅巧妙地再现了当代印度庶民社会历史图景及其结构，而且再现了当代印度庶民群体在这种结构中的活动区域，具有复杂的美学效果。

此外，阿迪加以庶民的视角直面人生苦难，关怀弱势群体，唤醒当代印度社会对庶民群体的关怀，其作品洋溢着浓浓的人道主义精神。这种关怀不仅是出于同情，同时也是为了唤醒处于苦难中的庶民，使其与命运、现实进行抗争，帮助他们以一种积极的态度去改善自己的处境，创造生活，重新发现生活的意义。因此，阿迪加的庶民书写以对庶民社会的热切关注和积极努力，使人道主义精神在当下发出耀眼的光芒。阿迪加在不同的场合阐述过其写作的目的与态度，即客观真实地呈现当代印度社会经济快速发展过程中所存在的不合理、不公平等现实。阿迪加的小说创作，往往是基于深入庶民社会调查之后的结果，并在小说创作的过程中进行了立场的

---

① 王鸿盼：《阿拉文德·阿迪加小说中的庶民叙事》（学位论文），天津外国语大学，2014 年，第 36 页。

转化，如《白老虎》，创造出了贴近现实生活的叙述者巴尔拉姆，这个巴尔拉姆与真实的"巴尔拉姆们"是无限接近的。

因此，阿迪加的这种庶民书写，以庶民的"真实性"记录当代社会、记录庶民历史，把自己的文学作品作为一份历史记录留给后人。这种摆脱知识分子历史和艺术高姿态的创作，表现了其人道主义关怀及其重新构建的现实主义立场，以及其作为印度社会庶民代言人的文学信念。他对印度庶民社会及其历史的想象与再现，超越了公众经验和审美趣味的制约，在现实主义基础上大力拓展了当代印度英语文学的叙述空间；同时摒弃了此前千篇一律的表述方式、表述腔调、表述语言，彰显了其独特的个人创作风格、精神气质与艺术修养。"对于处于社会底层的小人物充满由衷的同情、关怀、热爱甚至敬意，永远是一个伟大作家的基本态度，是一个时代文学精神健康和成熟的基本标志。"①阿迪加无疑体现出了这种健康和成熟的状态。

并且，为了再现庶民社会复杂的思想体验，阿迪加在叙述庶民时除了采用现实主义这一主要创作方法外，还运用了不同的创作手法，如浪漫主义、象征主义、表现主义，而交织运用象征主义与表现主义是阿迪加庶民文学文本范式的又一新的表现。阿迪加的庶民文本主旨是为庶民代言，使庶民发出声音，引起社会关注，象征主义、表现主义的运用使其作品呈现出了更高的技巧性，且叙述不受时间和空间限制，选取"缩型世界"的方式，以小见大，再加上作者的真实生命体验和当代政治经济背景的注入和影射，拓展了文本的内涵、深度和广度。阿迪加庶民小说想象与再现印度庶民的表述方式，无疑已经成功纳入印度当代经典文学的体系之中，成为当代英语文学创作的一种范式。像这类范式的创作，还有英国印度裔作家因德拉·辛哈（Indra Sinha）的《人们都叫我动物》（*Animal's People*，2007）。阿迪加的小说，同时提供了一种表述庶民社会的"新的写作"的可能，那就是知识分子的庶民书写与庶民自我言说之间的结合。最为典型的例子是《白老虎》，巴尔拉姆的"言说自我"几乎就是庶民群体对自身的生活经历与个人经历的表述；《两次暗杀之间》则采取了类似于"口述史学""纪录片"

---

① 李建军：《写作的责任与教养——从〈中国农民调查〉说开去》，载《文艺争鸣》2004 年第 2 期，第 68 页。

"纪实摄影" 等历史学、人类学与社会学的方法。

　　整体而言，没有庶民书写对当代印度庶民社会群体及其历史的想象与再现，庶民群体所遭受的苦难和折磨，只会变成印度政府工作报告中的一个个冷冰冰的数字；没有庶民题材的文学创作，当代印度普通的社会成员就不会了解城市繁华高楼、贵族豪车之外庶民生活的情景；没有庶民小说的重构，没有大众的关注，当代印度庶民的生活状态还会一直被遮蔽在印度社会发展的历史进程之中。阿迪加的庶民书写，呈现了印度社会现实内容和对现实的伦理价值判断，是对印度社会转型过渡时期的社会生活的文学再现，在现实再现与情境想象中记录了印度庶民群体面对社会转型、阶级变迁、城乡差距拉大等问题时的思想活动、情感世界与生活境遇，对于了解印度庶民群体的生存状态，修订与完善印度当前相关的社会规章制度，均有非常重要的意义。同时，阿迪加的庶民书写为印度庶民群体提供了一个进行精神诉求的平台，使印度庶民发出了自己的声音，使社会听到了庶民的呼喊，从而帮助庶民群体实现他们的合法权益，有利于社会进步与和谐发展。在引起世界普罗大众关注印度庶民群体的同时，也让当代印度庶民自身得到释放，获得向上的力量。因此，阿迪加的庶民书写具有明显的社会性和时代性，是印度庶民文学发展历史的沿革。

　　一位优秀的、有良知的作家，总在思考和实践着如何运用自己深厚的文学功力和影响力去描绘现实、反映现实、影射现实。尤其当作家作品本身触及诸如种族、宗教、政治、历史等敏感话题时，理所当然地就会引发广大读者乃至整个社会广泛的思考，推动社会朝着更合理、更和谐的方向发展。阿迪加通过小说中的庶民书写，有意识地将笔下的庶民人物和印度的历史、宗教、文化、政治等因素结合起来描写，对印度社会底层庶民的命运及发展进程中的问题进行了深层的剖析，尽管其作品中反映的通过暴力反抗命运，改变命运的方式有悖常理，但在警示社会黑暗与弊端、唤醒政府与国民等方面仍然具有十分重要的意义。

　　阿迪加小说的生命力在于他以特有的视角，让读者在阅读中感受理解他笔下人物在道德困境中的艰难抉择，感悟生命个体存在的悖论与意义。阿迪加小说的庶民书写为印度当代文坛乃至世界文坛的印度书写提供了一种新的创作视角、文学经验与精神资源，有许多内容仍然需要进一步深入挖掘，这既是新历史时期文学创作的一种必然吁求，也是文学精神的一种体现。

参考文献

一、中文参考文献

［1］阿迪加. 白老虎 ［M］. 路旦俊，仲文明，译. 北京：人民文学出版社，2010.

［2］阿迪加. 两次暗杀之间 ［M］. 路旦俊，仲文明，译. 北京：人民文学出版社，2011.

［3］阿迪加. 塔楼最后一人 ［M］. 路旦俊，译. 上海：上海文艺出版社，2013.

［4］德里克. 跨国资本时代的后殖民批评 ［M］. 王宁，等，译. 北京：北京大学出版社，2004.

［5］森. 身份与暴力：命运的幻象 ［M］. 李风华，陈昌升，袁德良，译. 北京：中国人民大学出版社，2012.

［6］卢斯. 不顾诸神：现代印度的奇怪崛起 ［M］. 张淑芳，译. 北京：中信出版社，2007.

［7］伯恩斯，拉尔夫. 世界文明史 ［M］. 罗经国，等，译. 北京：商务印书馆，1987.

［8］萨义德. 东方学 ［M］. 王宇根，译. 北京：生活·读书·新知三联书店，2007.

［9］金. 印度教育 ［M］. 杭州大学教育系外国教育研究室，译. 杭州：杭州大学出版社，1983.

［10］葛兰西. 狱中札记 ［M］. 曹雷雨，姜丽，张跃，译. 北京：中国社会科学出版社，2000.

［11］略萨. 给青年小说家的信 ［M］. 赵德明，译. 上海：上海译文出版社，2004.

［12］弗莱雷. 被压迫者教育学［M］. 顾建新，等，译. 上海：华东师范大学出版社，2001.

［13］陈峰君. 东亚与印度：亚洲两种现代化模式［M］. 北京：经济科学出版社，2000.

［14］陈峰君. 印度社会述论［M］. 北京：中国社会科学出版社，1991.

［15］陈佛松. 印度社会中的种姓制度［M］. 北京：商务印书馆，1983.

［16］陈少民. 战略高地：全球竞争与创新［M］. 北京：中国商业出版社，2018.

［17］尘雪. 印度：熟悉而陌生的邻国［M］. 北京：北京时代华文书局，2015.

［18］陈义华. 后殖民知识界的起义：庶民学派研究［M］. 北京：中央编译出版社，2009.

［19］陈义华，卢云. 庶民视角下的文学批评与文化批评［M］. 广州：暨南大学出版社，2012.

［20］达斯. 生命与言辞［M］. 侯俊丹，译. 北京：北京大学出版社，2008.

［21］拉尔. 印度均衡［M］. 赵红军，主译. 北京：北京大学出版社，2008.

［22］方汉文. 东方文化史［M］. 上海：上海外语教育出版社，2007.

［23］卡拉. 书信体小说［M］. 李俊仙，译. 天津：天津人民出版社，2013.

［24］关熔珍. 斯皮瓦克理论研究［M］. 上海：复旦大学出版社，2017.

［25］江阴市徐霞客研究会，等. 徐霞客研究文集［M］. 苏州：古吴轩出版社，2017.

［26］布. 地下城［M］. 何佩桦，译. 北京：新星出版社，2018.

［27］韦勒克. 文学理论［M］. 刘象愚，等，译. 南京：江苏教育出版社，2005.

[28] 伯德特，萨迪奇. 生活在无尽的城市 [M]. 北京：中国城市出版社，2019.

[29] 李应志. 解构的文化政治实践：斯皮瓦克后殖民文化批评研究 [M]. 上海：上海三联书店，2008.

[30] 林承节. 印度近二十年的发展历程：从拉吉夫·甘地执政到曼莫汉·辛格政府的建立 [M]. 北京：北京大学出版社，2012.

[31] 刘小枫. 沉重的肉身：现代性伦理的叙事纬语 [M]. 北京：华夏出版社，2004.

[32] 刘旭. 底层叙述：现代性话语的裂隙 [M]. 上海：上海古籍出版社，2006.

[33] 巴尔特. 写作的零度 [M]. 李幼蒸，译. 北京：中国人民大学出版社，2008.

[34] 韦伯. 印度的宗教：印度教与佛教 [M]. 康乐，简惠美，译. 桂林：广西师范大学出版社，2010.

[35] 昆德拉. 被背叛的遗嘱 [M]. 余中先，译. 上海：上海译文出版社，2011.

[36] 昆德拉. 生活在别处 [M]. 袁筱一，译. 上海：上海译文出版社，2004.

[37] 昆德拉. 相遇 [M]. 尉迟秀，译. 上海：上海译文出版社，2009.

[38] 昆德拉. 小说的艺术 [M]. 孟湄，译. 北京：生活·读书·新知三联书店，1992.

[39] 聂珍钊. 文学伦理学批评导论 [M]. 北京：北京大学出版社，2014.

[40] 尚会鹏. 种姓与印度教社会 [M]. 北京：北京大学出版社，2001.

[41] 石昌渝. 中国小说发展史：上卷 [M]. 太原：山西教育出版社，2019.

[42] 石海军. 后殖民：印英文学之间 [M]. 北京：北京大学出版社，2008.

[43] 斯皮瓦克. 从解构到全球化批判：斯皮瓦克读本 [M]. 陈永国，等，译. 北京：北京大学出版社，2007.

[44] 斯瓦鲁普. 贫民窟的百万富翁 [M]. 楼焉，寄北，译. 北京：作

家出版社，2009.

［45］唐仁虎，刘曙雄，姜景奎. 印度文学文化论［M］. 北京：北京大学出版社，2000.

［46］童庆炳. 文体与文体的创造［M］. 昆明：云南人民出版社，1994.

［47］奈保尔. 魔种［M］. 吴其尧，译. 海口：南海出版公司，2013.

［48］韦森. 经济理论与市场秩序：探寻良序市场经济运行的道德基础、文化环境与制度条件［M］. 上海：格致出版社，2009.

［49］吴永年. 变化中的印度：21世纪的印度国家新论［M］. 北京：人民出版社，2010.

［50］波德莱尔. 恶之花［M］. 郭宏安，译. 桂林：漓江出版社，1992.

［51］蒂洛，克拉斯曼. 伦理学与生活［M］. 程立显，等，译. 北京：世界图书出版社，2008.

［52］姚国宏. 话语、权力与实践：后现代视野中的底层思想研究［M］. 上海：上海三联书店，2014.

［53］斯道雷. 文化理论与通俗文化导论［M］. 杨竹山，郭发勇，周辉，译. 南京：南京大学出版社，2001.

［54］杨翠柏. 印度政治与法律［M］. 成都：巴蜀书社，2004.

［55］杨义. 中国叙事学［M］. 北京：人民出版社，1997.

［56］张帆，刘小新. 文学理论与文化研究［M］. 杭州：江苏大学出版社，2012.

［57］张敏秋. 跨越喜马拉雅障碍：中国寻求了解印度［M］. 重庆：重庆出版社，2006.

［58］周天勇，王元地. 繁荣的轮回：人口变动与经济增长的一个逻辑解释［M］. 北京：中国财富出版社，2017.

［59］朱明忠. 印度教［M］. 福州：福建教育出版社，2013.

［60］刘健芝，许兆麟. 庶民研究［C］. 北京：中央编译出版社，2002.

［61］罗钢，刘象愚. 后殖民主义文化理论［C］. 北京：中国社会科学出版社，1999.

［62］许宝强，袁伟. 语言与翻译的政治［C］. 肖涛，译. 北京：中央

编译出版社，2001.

[63] 汪耀进. 意象批评 [C]. 成都：四川文艺出版社，1989.

[64] 黄小慧. 庶民视角下的《白老虎》研究 [D]. 南昌：江西师范大学，2013.

[65] 姜礼福. 当代五位前殖民地作家作品中后殖民动物意象的文化阐释 [D]. 南京：南京大学，2010.

[66] 李田梅. 论阿拉文德·阿迪加《白老虎》中的过度城市化 [D]. 苏州：苏州大学，2016.

[67] 田豆豆. Unscrambling Aravind Adiga's *The White Tiger* from the Perspective of Freud's Psychoanalysis [D]. 西安：西安外国语大学，2011.

[68] 彭秋媛. 后殖民视角下《白老虎》汉译本中的"他者"与"自我"研究 [D]. 上海：上海外国语大学，2018.

[69] 王冠玥. 全民教育背景下中印农村基础教育问题比较研究 [D]. 上海：华东师范大学，2007.

[70] 王皓. 一名谋杀犯的成长：从叙事伦理学角度分析《白老虎》 [D]. 杭州：浙江大学，2017.

[71] 王鸿盼. 阿拉文德·阿迪加小说中的庶民叙事 [D]. 天津：天津外国语大学，2014.

[72] 向东. 现实与虚拟重叠：阿拉文德·阿迪加作品中的印度 [D]. 重庆：重庆师范大学，2012.

[73] 徐舒娴. 后殖民主义视角下《白虎》解读 [D]. 南京：南京理工大学，2018.

[74] 阎一川. "鸡笼"·"黑堡"·"丛林"：阿迪加小说中印度民众的生存困境 [D]. 西安：西北大学，2017.

[75] 朱卉艳. 重构自我：论 Aravind Adiga 的《白虎》中的属下心理 [D]. 杭州：浙江师范大学，2011.

[76] 陈金英. 经济改革以来印度中产阶级的现状 [J]. 南亚研究，2010 (3)：75-88.

[77] 陈晓宇. 浅议《白老虎》中的启蒙叙事 [J]. 戏剧之家（上半

月），2013（11）：340-341.

[78] 陈义华. 斯皮瓦克庶民研究的"臣属者"视角 [J]. 暨南学报（哲学社会科学版），2014（1）：21-27.

[79] 陈义华，王伟均. 印度海外文学的发展与研究 [J]. 外国文学研究，2014，36（2）：162-168.

[80] 陈颖. 现实的批判、道德的弘扬、人性的探索：浅析狄更斯小说的思想观念 [J]. 学术交流，2007（1）：178-180.

[81] 崔连仲. 古代印度种姓制度的几个问题 [J]. 辽宁大学学报（哲学社会科学版），1987（1）：45-49.

[82] 高自刚. 没有"政治"的底层政治：评帕萨·查特杰的《被治理者的政治》[J]. 中共杭州市委党校学报，2012（2）：35-38.

[83] 葛纪红. 福克纳小说意象的审美解读 [J]. 国外文学，2011（1）：106-112.

[84] 顾铮. 为底层的视觉代言与社会进步 [J]. 艺苑，2006（5）：35-41.

[85] 海仑. 阿迪加出版新作《两次刺杀之间》[J]. 外国文学动态，2010（2）：22.

[86] 海仑. 阿迪加出版新作《塔楼里的最后一个男人》[J]. 世界文学，2011（6）：308.

[87] 洪治纲. 唤醒生命的灵性与艺术的智性：2006年短篇小说创作巡礼 [J]. 文艺争鸣，2007（2）：125-130.

[88] 黄金龙. 暴力与身份验证：《白老虎》的庶民之思 [J]. 黑河学刊，2015（9）：26-27.

[89] 黄金龙. 小说《白老虎》叙述者与隐含作者辨析 [J]. 牡丹江大学学报，2015，24（3）：73-75.

[90] 黄夏. 分裂文明的阵痛与忧伤：读《两次暗杀之间》[J]. 书城，2012（7）：26-28.

[91] 黄芝. "城市腐蚀了你的灵魂"：《白虎》中的印度人口城市化 [J]. 外国文学评论，2013（3）：115-127.

[92] 黄芝. "我坦白"：《白虎》的自白叙事伦理 [J]. 当代外国文学，2012，33（4）：137-144.

[93] 黄芝，徐龙涛. "下一代人没有道德观"？——论《白虎》中的父性书写与伦理选择 [J]. 当代外国文学，2022，43（4）：82-90.

[94] 沙尔玛. 印度伦理学 [J]. 巫白慧，译. 哲学译丛，1980（5）：19-24.

[95] 季亚娅. 底层叙事：言说的理路与歧途 [J]. 江汉大学学报（人文科学版），2006（6）：22-27.

[96] 金玥成. 权威的解构与人性的消解：《白老虎》的反神话色彩 [J]. 戏剧之家，2020（16）：176-178.

[97] 姜礼福. 布克奖新得主阿·阿迪加及获奖小说《白老虎》 [J]. 外国文学动态，2008（6）：15-17.

[98] 姜礼福. 寓言叙事与喜剧叙事中的动物政治：《白虎》的后殖民生态思想解读 [J]. 当代外国文学，2010，31（1）：89-95.

[99] 静言.《白老虎》：幽暗的印度 [J]. 作家，2013（6）：1-2.

[100] 李北方. 贫民窟里没有公民社会：专访印度学者帕萨·查特杰 [J]. 南风窗，2012（25）：78-81.

[101] 李道全.《白虎》：身份转型的伦理思考 [J]. 西安外国语大学学报，2011，19（2）：46-49.

[102] 李道全. 悖论的庶民觉醒：阿拉文德·阿迪加及其短篇集《两次刺杀之间》[J]. 外国文学，2011（5）：3-9，157.

[103] 李道全. 寄往中国的信：《白虎》中庶民的倾诉欲望 [J]. 宁波大学学报（人文科学版），2017，30（1）：62-66.

[104] 李道全. 叙说自己的故事：印度小说《白老虎》对发展中国家的启示 [J]. 世界文化，2010（10）：4-6.

[105] 李建军. 写作的责任与教养：从《中国农民调查》说开去 [J]. 文艺争鸣，2004（2）：68-69.

[106] 李田梅.《白老虎》：对印度城市化的反思 [J]. 北方文学（下旬刊），2014（8）：21-22.

[107] 李臻，李红霞. 冷漠丛林中的孤寂白虎：《白老虎》主人公形象剖析 [J]. 作家，2013（6）：3-5.

[108] 雷武锋. 论《白老虎》对印度现代社会的批判与反思 [J]. 商

洛学院学报，2021，35（1）：25-30.

[109] 刘旭. 底层能否摆脱被表述的命运 [J]. 天涯，2004（2）：47-51.

[110] 陆赟. 印度的旧病新痛：评阿拉文德·阿迪加的两部新作 [J]. 外国文学动态，2012（2）：29-30.

[111] 陆建德. 为什么要写信给中国总理：《白老虎》导读 [J]. 书城，2010（5）：5-12.

[112] 拉加拉姆. 印度与中国的中产阶级：问题与关注 [J]. 李鹏，译. 江苏社会科学，2008（5）：85-91.

[113] 南帆. 曲折的突围：关于底层经验的表述 [J]. 文学评论，2006（4）：50-60.

[114] 南帆，郑国庆，刘小新，等. 底层经验的文学表述如何可能？[J]. 上海文学，2005（11）：74-82.

[115] 尚会鹏. 印度的底层社会 [J]. 党政干部参考，2010（9）：49-50.

[116] 王鸿博. 初出茅庐的布克奖得主：阿拉温德·阿迪加 [J]. 世界文化，2009（3）：13-15.

[117] 王晓华. 当代文学如何表述底层：从底层写作的立场之争说起 [J]. 文艺争鸣，2006（4）：34-38.

[118] 王新有. 印度的土地制度与贫民窟现象 [J]. 经营管理者，2009（24）：247-248.

[119] 仵澄澄. 权力的运作在小说《白老虎》中的体现："颠覆"与"含纳"合力下的自我形塑 [J]. 今古文创，2021（9）：18-19.

[120] 杨晓霞. 流散往世书：印度移民的过去与现在：兼论印度流散小说创作 [J]. 深圳大学学报（人文社会科学版），2012，29（6）：10-16.

[121] 杨晓霞，赵洁. 想象视野：《白虎》中的异国形象与文化定位 [J]. 当代外国文学，2020，41（2）：94-102.

[122] 杨振同. 当代印度文学的一朵奇葩：二○○八年英国布克奖获奖小说《白虎》述评 [J]. 世界文学，2009（5）：207-216.

[123] 俞祖华，王静静. 鲁迅改造国民性思想研究综述 [J]. 鲁东大学学报（哲学社会科学版），2010，27（6）：10-19.

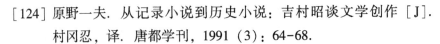

[124] 原野一夫. 从记录小说到历史小说：吉村昭谈文学创作 [J].
村冈忍，译. 唐都学刊，1991 (3)：64-68.

[125] 张锦. 印度女性的现代哀歌：以《两次暗杀之间》中的女性形
象为中心 [J]. 沧州师范学院学报，2021，37 (4)：46-50.

[126] 张奎力. 印度农村医疗卫生体制 [J]. 社会主义研究，2008
(2)：56-60.

[127] 张树焕. 民主视角下的印度腐败原因探析 [J]. 南亚研究，2012
(4)：104-116.

[128] 赵干城. 印度无户籍：贫民窟成城市顽疾 [J]. 人民论坛，2013
(4)：28-29.

[129] 周银凤.《白老虎》中的印度人物形象 [J]. 读书文摘，2016
(14)：44-45.

[130] 朱卉艳. 文化与自我：《白虎》之拉康式解读 [J]. 青年文学
家，2013 (10)：18-19.

[131] 祝平.《白老虎》：幽暗的印度：2008 年布克奖得主阿拉文德·埃
迪迦其人其作 [J]. 译林，2009 (2)：171-173.

[132] 朱珍珍.《白老虎》中的不可靠叙述研究 [J]. 北方文学，2018
(2)：122.

[133] 财政部农业司赴印考察团. 印度：农村问题放首位 [N]. 中国
财经报，2006-06-15 (4).

[134] 陈义华. 关注庶民文化表达，恢复庶民历史地位：当代印度庶民
研究学派评述 [N]. 中国社会科学报，2011-08-02 (13).

[135] 景荣. 印度经济改革失衡 [N]. 中国贸易报，2005-07-15.

[136] 李良勇. 油价飙升，印度人力车受欢迎 [N]. 浙江日报，2008-
07-2 (3).

[137] 王颖. 省时省力又有尊严 印流行太阳能黄包车 [N]. 现代快
报，2008-10-14 (A24).

[138] 赵干城. 印度的仇富情结与杀富血案 [N]. 东方早报，2010-
07-25.

[139] 佚名. 印度作家阿迪加捧得第 40 届布克奖杯 [N]. 东方早报，
2008-10-16.

二、英文参考文献

［1］ADIGA A. Between the Assassinations［M］. London：Atlantic Books，2009.

［2］ADIGA A. Last Man In Tower［M］. London：Atlantic Books，2012.

［3］ADIGA A. Selection Day［M］. London：Pan Macmillan，2017.

［4］ADIGA A. The White Tiger［M］. London：Atlantic Books，2009.

［5］ASHCROFT B, GRIFFITH G, TIFFEN H. The Empire Writes Back：Theory and Practice In Post-Colonial Literatures［M］. London and New York：Routledge，1989.

［6］BAHADUR T K. Urbanization in North-east India［M］. New Delhi：Mittal Publication，2009.

［7］BRUYN P, BAIN K, ALLARDICE D, et al. Frommer's India［M］. 4th ed. Manhattan：John Wiley & Sons，2010.

［8］CRANE R J. Inventing India：A History of India in English language fiction［M］. New York：Palgrave Macmillan，1992.

［9］DUTTA N K. Corruption In Public Services［M］. New Delhi：Anmol Publications Pvt. Ltd.，2006.

［10］HASAN Z. Parties and Party Politics In India［M］. New Delhi：Oxford University Press，2002.

［11］KANWAR P. Imperial Simla：the Political Culture of the Raj［M］. 2nd ed. Oxford：Oxford University Press，2003.

［12］MCKINSEY GLOBAL INSTITUTE. India's Urban Awakening：Building Inclusive Cities, Sustaining Economic Growth［M］. NY：McKinsey & Company，2010.

［13］SHARMA R K. Social Problems and Welfare［M］. Washington：Atlantic Publishing Group，1998.

［14］SPIVAK G C, HARASYM S. The Post-Colonial Critic：Interviews, Strategies, Dialogues［M］. New York and London：Routledge，1990.

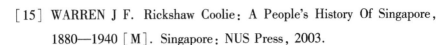

[15] WARREN J F. Rickshaw Coolie: A People's History Of Singapore, 1880—1940 [M]. Singapore: NUS Press, 2003.

[16] YONG J C R. White Mythology: Writing History and the West [M]. 2nd ed. London and New York: Routledge, 2004.

[17] CHANDRA N D R. Modern Indian Writing In English: Critical Perceptions (Volume I) [C]. New Delhi: Sarup & Sons, 2004.

[18] CHATURVEDI V. Mapping Subaltern Studies and the Postcolonial [C]. London and New York: Verso, 2000.

[19] GUHA R. Subaltern Studies I: Writings on South Asian History and Society [C]. Delhi: Oxford University Press, 1982.

[20] GUHA R. Subaltern Studies Ⅲ: Writings on South Asian History and Society [C]. Delhi: Oxford University Press, 1984.

[21] GUHA R. Subaltern Studies IV: Writings on South Asian History and Society [C]. Delhi: Oxford University Press, 1985.

[22] HERMAN D. Routledge Encyclopedia of Narrative Theory [C]. New York: Routledge, 2005.

[23] NIRAJA G J, BHANU M. The Oxford Companion to Politics In India [C]. New Delhi: Oxford University Press, 2010.

[24] RUSHDIE S. Imaginary Homelands: Essays and Criticism 1981—1991 [C]. London: Granta Books in Association with Penguin Books, 1991.

[25] ANJARIA U. Realist hieroglyphics: Aravind Adiga and the New Social Novel [J]. Modern Fiction Studies, 2015, 61 (1): 114-137.

[26] ANWER M. Tigers of another Jungle: Adiga's Tryst With Subaltern Politics [J]. Journal of Post-colonial Writing, 2014, 50 (3): 304-315.

[27] CHOUDHURY M A. Bringing "India of Darkness" Into Light: A Socio-Political Study Of Aravind Adiga's The White Tiger [J]. English Language and Literature Studies, 2015, 5 (1): 21-25.

[28] CHOUDHURY M A. Aravind Adiga's The White Tiger as A Re-Inscription of Modern India [J]. International Journal of Language and Literature, 2014, 2 (3): 149-160.

[29] DETMERS I. New India? New Metropolis? Reading Aravind Adiga's The White Tiger as A "Condition-of-India Novel" [J]. Journal of Postcolonial Writing, 2011, 47 (5): 535-545.

[30] DIVAKAR E S, PHIL M. Rushdie's Midnight's Children and Adiga's The White Tiger as Social Critiques [J]. Language in India, 2011, 11 (6): 102-117.

[31] DIXIT J, PANDEY B C. Social worries in Kamala Markandaya's Bombay Tiger and Aravind Adiga's The White Tiger [J]. Research Journal of English Language and Literature (RJELAL), 2020, 8 (3): 161-167.

[32] GOH R B H. Narrating "dark" India in Londonstani and The White Tiger: Sustaining identity in the Diaspora. [J]. The Journal of Commonwealth Literature, 2011, 46 (2): 327-344.

[33] HYRAPIET S, GREINER A L. Calcutta's Hand-Pulled Rickshaws: Cultural Politics and Place Making in A Globalizing City [J]. Geographical Review, 2012, 102 (4): 407-426.

[34] KHAN M Q. The White Tiger: a critique [J]. Journal of Literature, Culture and Media Studies, 2009, 1 (2): 84-97.

[35] KORTE B. Can the Indigent Speak? Poverty Studies, The Postcolonial And The Global Appeal of Q & A and The White Tiger [J]. Connotations, 2010, 20 (2-3): 293-317.

[36] LAVANYA A. RASHILA M R. Subalterns' Oppression In the Post Colonial Society of Aravind Adiga and Bina Shah [J]. Shanlax International Journal of English, 2020, 8 (3): 71-73.

[37] MATHUR R. Turbulence of Globalization in Rising Metropolis: a Case Study of Toltz's A Fraction of the Whole and Adiga's The White Tiger [J]. IRWLE, 2011, 7 (1): 1-8.

[38] MENDES A C. Exciting Tales of Exotic Dark India Aravind Adiga's The White Tiger [J]. Journal of Commonwealth Literature, 2010, 45 (2): 275.

[39] MULTANI A. From the Zoo To the Jungle: A Reading of Mulk Raj Anand's The Untouchable and Aravind Adiga's The White Tiger [J]. US-China Foreign Language, 2012, 10 (3): 1039-1044.

[40] NARAYAN S A. India [J]. The Journal of Commonwealth Literature, 2009, 44 (4): 85-118.

[41] PARRY B. Problems In Current Theory of Colonial Discourse [J]. Oxford Literary Review, 1987, 9 (1): 27-58.

[42] POURQOLI G, POURALIFARD A. The Subaltern Cannot Speak: A Study of Adiga Arvind's The White Tiger [J]. International Journal of Applied Linguistics and English Literature, 2017, 6 (3): 215-218.

[43] RANA R. Perils of Socio-Economic Inequality: A Study of Arvind Adiga's The White Tiger [J]. Language in India, 2011, (11) : 453-460.

[44] SCHOTLAND S D. Breaking Out of the Rooster Coop: Violent Crime in Aravind Adiga's White Tiger and Richard Wright's Native Son [J]. Comparative Literature Studies, 2011, 48 (1): 1-19.

[45] SEBASTIAN A J, NIGAMANANDA D. Drawbacks of Indian Democracy In Homen Borgohain's Pita Putra and Aravind Adiga's The White Tiger and Between the Assassinations: A Comparative Study [J]. Journal of Alternative Perspectives in the Social Sciences, 2009, 1 (3): 635-644.

[46] SEBASTIAN A J. Poor-rich Divide in Aravind Adiga's The White Tiger [J]. Journal of Alternative Perspectives in the Social Sciences, 2009, 1 (2) : 229-245.

[47] SINGH K. Aravind Adiga's The White Tiger: the Voice of Underclass: A Postcolonial Dialectics [J]. Journal of Literature, Culture and Media Studies, 2009, 1 (2): 98-112.

[48] SUNEETHA P. Double Vision in Aravind Adiga's The White Tiger [J]. ARIEL-A Review of International English Literature, 2011, 42 (2): 163-175.

［49］ TRILLIN C. Last Days of the Rickshaw ［J］. National Geographic. 2008, 213 （4）: 96-105.

［50］ YADAV R B. Representing the Postcolonial Subaltern: A Study of Aravind Adiga's The White Tiger ［J］. The Criterion: An International Journal in English, 2011, 2 （3）: 1-7.

［51］ ADIGA A. How English Literature Shaped Me ［N］. The Independent, 2009-07-17.

［52］ ADIGA A. Life Is Calling ［N］. Time （Asia）, 2006-06-19.

［53］ ADIGA A. Life of the Party ［EB/OL］. （2005-11-03） ［2022-06-20］. https: //content. time. com/time/subscriber/article/0, 33009, 536271, 00. html.

［54］ ADIGA A. My Lost World ［EB/OL］. （2006-06-18） ［2022-06-25］. https: //content. time. com/time/subscriber/article/0, 33009, 1205363, 00. html.

［55］ ADIGA A. My Wild Trip Home ［EB/OL］. （2009-06-10） ［2022-06-25］. https: //www. thedailybeast. com/my-wild-trip-home.

［56］ ADIGA A. Responds To Our Readers ［EB/OL］. （2009-07-30） ［2022-06-25］. https: //www. thedailybeast. com/aravind-adiga-responds-to-our-readers.

［57］ ADIGA A. Taking Heart From The Darkness ［N］. Tehelka Magazine, 2008-09-27.

［58］ ADIGA A. The Burden of Inflation ［EB/OL］. （2008-08-13） ［2022-06-25］. https: //content. time. com/time/subscriber/article/0, 33009, 1829868, 00. html.

［59］ ADIGA A. The Face of Reform ［EB/OL］. （2004-05-31） ［2022-05-20］. https: //content. time. com/time/subscriber/article/0, 33009, 641208, 00. html.

［60］ ADIGA A. The Poor Who Vote ［EB/OL］. （2005-03-07） ［2022-05-20］. http: //content. time. com/time/magazine/article/0, 9171, 1034826, 00. html.

［61］ADIGA A. The Unstoppable Gandhi［EB/OL］.（2009-04-23）［2022-05-20］. https：//www. thedailybeast. com/the-unstoppable-gandhi.

［62］ADIGA A. White Tiger Returns to Bite "Shining India"［EB/OL］.（2011-07-10）［2022-06-25］. https：//www. independent. co. uk/arts-entertainment/books/white-tiger-returns-to-bite-shining-india-2310147. html.

［63］ADIGA A. You Ask the Questions［EB/OL］.（2008-11-10）［2022-07-25］. https：//www. independent. co. uk/arts-entertainment/books/features/aravind-adiga-you-ask-the-questions-1006643. html.

［64］ADIGA A. Why I've Learned Many Languages［EB/OL］.（2012-02-19）［2022-07-25］. https：//www. thedailybeast. com/why-ive-learned-many-languages-by-aravind-adiga? ref=scroll.

［65］ANTONY PJJ. Tiger by the Tale［EB/OL］.（2009-05-14）［2022-07-25］. https：//www. arabnews. com/node/324190.

［66］CAIN H. Review："Amnesty," by Aravind Adiga［EB/OL］.（2020-02-21）［2022-07-25］. https：//www. startribune. com/review-amnesty-by-aravind-adiga/568073702/.

［67］CIURARU C. "Selection Day," by Aravind Adiga［EB/OL］.（2017-01-26）［2022-07-25］. https：//www. sfgate. com/books/article/Selection-Day-by-Aravind-Adiga-10886652. php.

［68］DERBYSHIRE J. The books interview：Aravind Adiga［EB/OL］.（2011-07-18）［2022-07-25］. https：//www. newstatesman. com/asia/2011/07/india-china-mumbai-city-book.

［69］FREEMAN R. Saga of two talented cricket-playing brothers in the dark, teeming morass of Mumbai［EB/OL］.（2017-01-05）［2022-05-30］. https：//www. bostonglobe. com/arts/books/2017/01/05/saga-two-talented-cricket-playing-brothers-dark-teeming-morass-mumbai/rapu3GlARjnSRE6oeCpPNO/story. html.

［70］GARNER D. Review："Selection Day" presents India as seen through the wickets［EB/OL］.（2008-11-07）［2022-05-30］. https：//

www. nytimes. com/2017/01/03/books/aravind-adiga-selection-day-review. html.

[71] GOODREADS. Interview with Aravind Adiga [EB/OL]. (2011-09-05) [2022-05-30]. https：//www. goodreads. com/interviews/show/609. Aravind_ Adiga.

[72] HIGGINS C. Out of the darkness：Adiga's White Tiger rides to Booker Victory against the odds [EB/OL]. (2008-10-14) [2022-05-30]. https：//www. theguardian. com/books/2008/oct/14/booker-prize-adiga-white-tiger.

[73] JACKSON A. "White Tiger" filmmaker Ramin Bahrani to direct film adaptation of Aravind Adiga's novel "Amnesty" for Netflix [EB/OL]. (2021-02-02) [2022-05-30]. https：//variety. com/2021/film/news/ramin-bahrani-amnesty-movie-aravind-adiga-netflix-1234898098/.

[74] JEFFRIES S. Roars of anger [EB/OL]. (2008-10-16) [2022-05-30]. https：//www. theguardian. com/books/2008/oct/16/booker-prize.

[75] KAPUR A. The secret of his success [EB/OL]. (2008-11-07) [2022-05-30]. https：//akashkapur. com/the-secret-of-his-success/.

[76] KING E. Between the Assassinations by Aravind Adiga：review [EB/OL]. (2009-07-05) [2022-05-30]. https：//www. telegraph. co. uk/culture/books/bookreviews/5720929/Between-the-Assassinations-by-Aravind-Adiga-review. html.

[77] LYDEN J. Author asks if Mumbai money can flatten tradition [EB/OL]. (2012-08-12) [2022-05-30]. https：//www. npr. org/2012/08/15/158870034/author-asks-if-mumbai-money-can-flatten-tradition.

[78] RIEMER A. The Dickens of Mumbai [EB/OL]. (2011-07-09) [2022-06-27]. https：//www. smh. com. au/entertainment/books/the-dickens-of-mumbai-20110707-1h34g. html.

[79] SAWHNEY H. India：A view from below Aravind Adiga with Hirsh Sawhney [EB/OL]. (2008-09-15) [2022-06-27]. https：//

brooklynrail. org/2008/09/express/india-a-view-from-below.

［80］SWARUP V. Caste away［EB/OL］.（2009-07-11）［2022-08-15］. https：//www. theguardian. com/books/2009/jul/11/between-assassinations-aravind-adiga-review.

［81］THOMAS L. Interview with Aravind Adiga, The White Tiger［EB/OL］.（2009-04-15）［2022-08-15］. https：//fictionwritersreview. com/interview/interiew-with-aravind-adiga-the-white-tiger/.

［82］THOMAS L. "Between the Assassinations" by Aravind Adiga［EB/OL］.（2009-06-21）［2022-08-15］. https：//www. sfgate. com/books/article/Between-the-Assassinations-by-Aravind-Adiga-3294424. php.

［83］VALDES M. Book review："Last Man in Tower," by Aravind Adiga［EB/OL］.（2011-09-19）［2022-08-15］. https：//www. washingtonpost. com/entertainment/books/book-review-last-man-in-tower-by-aravind-adiga/2011/09/15/gIQAAHPAgK_ story. html? utm_ term=. c9d0067bbb43.

［84］VALIYAMATTAM R J. Aravind Adiga's Last Man in Tower：survival strategies in a morally ambivalent India. World Literature Today［EB/OL］.（2017-09-07）［2022-08-24］. https：//www. worldliteraturetoday. org/2017/september/aravind-adigas-last-man-tower-survival-strategies-morally-ambivalent-india-rositta.

［85］WHITE A. Last Man in Tower：a parable built on ambiguity［EB/OL］.（2011-07-29）［2022-08-24］. https：//www. thenationalnews. com/arts-culture/books/last-man-in-tower-a-parable-built-on-ambiguity-1. 436021/? pageCount=0.

后 记

时间又来到了四月，恰逢毕业季，我坐在向南天的办公室里，读着学妹们发来的硕士毕业论文，猛然想起了我的毕业季。那些深夜我在桂庙学生公寓里埋头写作硕士毕业论文的日子，转眼已过去了整整十年。当年，我毅然离开工作了三年的公司重新回到校园，学校图书馆、学生公寓见证了我如饥似渴读书的时光。那时的我青涩而执着，那时的桂庙学生公寓还在，热闹而梦幻，那时的我得到了很多老师的精心教导，感受过很多同学给予的真挚关怀，读过不少想读的书，也"啃"过无数必读的论文。那时的四月，最深的莫过于夜色；那时的毕业季，最浓的莫过于不舍。那时，我硕士毕业论文研究的对象——阿拉文德·阿迪加，还是刚刚"跑"进印度英语文坛的一匹黑马。

转眼十年，望着即将出版的《当代印度庶民社会的想象与再现——阿拉文德·阿迪加小说研究》书稿，想起了十年前我硕士毕业论文的题目——《阿迪加小说的底层叙事研究》，当年印度文坛的黑马已经成为当代印度英语文学中最重要的作家之一。十年的时光里，《阿迪加小说的底层叙事研究》经历了很多，毕业时它被评选为学院优秀论文，也曾有幸被收入一套印度研究丛书，计划修订出版，却又因各种缘由无奈搁置。十年里，它被修改过多次，面对不足，我努力完善并修订了文中的理论部分；在入选出版计划时大胆融入博士研究生导师的庶民学派思想，将其中的"底层"改为"庶民"，并扩充了书稿的章节；又在申请博士后课题研究项目时增加了阿迪加最新出版的小说；为了能更全面展现阿迪加的小说，我再次扩充了章节，最终才有了初稿，并与博士研究生导师商讨后达成共识（阿迪加的小说是对印度社会的一种想象与再现），拟定了最终的书名。书稿的字数也从最初的不到6万，变成12万、15万，直到十年后的今天，在几经增补和修订之后，篇幅达 20 万字。

感谢我的硕士研究生导师杨晓霞教授，当年她爽快地"收下"我为她的首个硕士研究生，并将我引入科研的"印度之门"，才有了《阿迪加小说的底层叙事研究》的诞生。在十年前的硕士毕业论文"致谢"中，我曾这样写道：她善良随和的性格和慷慨大方的气度让我在人格修养上受益匪浅，她洒脱淡然的生活态度让我在生活上沉静坦然许多；在学业上，她踏实严谨的治学态度也深深地感染了我。十多年过去了，这些影响依旧，且愈加深远。从学生到同事，她在生活和学业上给予我的关怀、帮扶，令我受益，无以言表。杨老师亲历了《阿迪加小说的底层叙事研究》从选题到完成、顺利答辩的完整过程，也见证了它的几经演变。同时，《阿迪加小说的底层叙事研究》的研究内容也有幸成为杨老师主持的国家社科基金项目"印度英语小说中的底层叙事"的重要组成部分，走上了更为规范且兼具科学价值的道路。

感谢我的博士研究生导师陈义华教授，他是我科研之路上的明灯，指引我前进。在 2015 年的济南寒夜，他点拨我在古代与当代印度文学之间找到勾连之"线"，开启并指导我完成了博士毕业论文研究，鼓励我修订出版了首部个人专著《再现史诗印度——R. K. 纳拉扬印度史诗重述三部曲研究》。也是他不断鞭策我，才有了《当代印度庶民社会的想象与再现——阿拉文德·阿迪加小说研究》的初稿。书中有关"想象与再现"的核心理念和提及的庶民学派理论，都源于他。

还要特别感谢我攻读硕士学位期间给予我很多关照的周明燕教授和钱超英教授。周明燕老师既是良师又是慈母，在她的指导下，我进行了为期一年半紧张扎实的专业训练，这让跨专业攻读文学专业的我在读书、作文上有了质的进步，又是她刚强的性格和学文致用的独特见解，让我懂得如何坚强地生活。这些年她一直关注着我的成长，时常来电询问我的生活与科研状态，督促我要坚持初心，继续前行。钱超英老师治学的严谨和为人的淡泊，一直都深深地影响着我，帮助我学会诗意地学习与生活。两位老师带给我的精神力量，是我一生都受益的财富。另外，还要感谢治学严谨、细致的阮毅老师，善于发现问题和提出新理论的江玉琴老师，生活简朴、治学严格的林艳老师，性格活泼、讲课生动的柴婕老师，行事沉稳、踏实温和的何志平老师，以及深受学生喜爱、特立独行的张霁老师。他们人格的独特魅力，丰富了我三年的硕士研究生生活，他们给《阿迪加小说的底层叙事研究》的诸多建议，也帮助了我更好地完善修改。

同样，还要感谢与我一起度过三年时光的三位同窗——吴永芳、刘小培和苍晗，当年我们互相督促学习的情景仍历历在目，从某种意义上讲，《阿迪加小说的底层叙事研究》的诞生是大家集体努力的结果。也感谢曾经为我们学业助力的师兄、师姐，是他们在学习和生活上的关心和体贴让我们的研究生生活充满力量，也是他们不断的安慰和帮助，才有了我笃定写作《阿迪加小说的底层叙事研究》的信心，最终成文。也感谢在校园中幸福地学习生活的学弟学妹，感谢他们的青春活力，让我的心依旧年轻、阳光。

感谢中山大学出版社的副总编辑嵇春霞、编辑李先萍，以及本书的所有编校人员，他们为本书的出版付出了辛勤的劳动。

感谢我的父母，当年努力接受我放弃已然稳定的工作重回校园，如今还继续为我操心劳累。感谢我的爱人贺立英包容我这样一个只知道读书的伴侣，感谢女儿王紫歆、儿子王子谦不断原谅因忙碌而错失陪伴的父亲。岁月匆匆，脚步声声，感谢诸多亲朋好友与一直关心和支持我的人。

愿不负时光，却总留遗憾。从《阿迪加小说的底层叙事研究》的出现到《当代印度庶民社会的想象与再现——阿拉文德·阿迪加小说研究》的出版，这是一个期望守住时光、弥补遗憾的过程，然而也可能是一个继续"制造"遗憾的起点。书中还有诸多不足之处，愿读者指正。谨以此书，献给大胆"放下"印度、迈向世界化创作的阿拉文德·阿迪加，献给所有带着遗憾赶路的人。

王伟均

2023 年 4 月 6 日于深圳大学六合苑